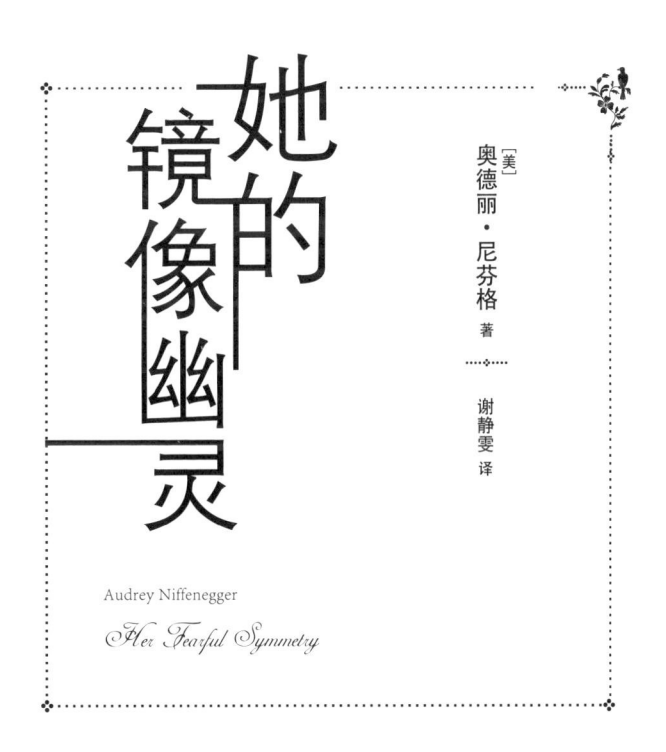

她的镜像幽灵

[美]奥德丽·尼芬格 著

谢静雯 译

Audrey Niffenegger
Her Fearful Symmetry

上海文艺出版社

图书在版编目(CIP)数据

她的镜像幽灵/(美)尼芬格著;谢静雯译.—上海:上海文艺出版社,2015
ISBN 978-7-5321-5898-0

Ⅰ.①她… Ⅱ.①尼… ②谢… Ⅲ.①长篇小说-美国-现代 Ⅳ.①I712.45

中国版本图书馆CIP数据核字(2015)第231340号

Her Fearful Symmetry
© 2009 by Audrey Niffenegger
Simplified Chinese language editon published in agreement with Audrey Niffenegger c/o Regal Hoffman & Associates through The Grayhawk Agency

著作权合同登记号　图字:09-2015-544

责任编辑:俞雷庆
特约策划:邱小群
封面绘图:格子左左
封面设计:汪佳诗

她的镜像幽灵
〔美〕奥德丽·尼芬格　著
谢静雯　译
上海文艺出版社出版、发行
地址:上海绍兴路74号
新华书店经销　利丰雅高印刷(深圳)有限公司印刷
开本889×1194　1/32　印张11.25　字数303,000
2016年1月第1版　2016年1月第1次印刷
ISBN 978-7-5321-5898-0/I·4715　定价49.00元

将此书与爱
一起献给珍·佩特曼

她说:"我知道死亡的感觉。
　　我知道悲伤的感觉。"
她让我感到我从未出生过。

——披头士乐队《她说她说》

目录

1	第一部
3	终结
4	最后一封信
7	野地的花朵
13	她行将离家
21	二月
27	镜像双生子
40	漂白水
44	海格特墓园的夜晚
48	周日午后
55	她灵魂的始末
59	紫罗兰洋装
61	节礼日
64	元旦
69	第二部
71	镜像双生子
81	罗奇先生
85	楼上邻居
93	跟踪

97	生病的日子
99	瓦伦蒂娜与茱莉亚在地铁
101	洪水
107	微妙的事
109	珍珠
118	她带电的本质
121	松鼠
123	樱草丘
129	死亡小猫
135	海格特墓园之旅
147	呼吸
152	艾丝沛·诺柏林的日记
153	生日问候
163	邮差公园
167	人形松鼠
168	呼吸
186	维生素
189	生日
191	鬼魂书写
207	**第三部**
209	不明的过渡阶段
216	家庭式牙齿医疗
229	迷途者
231	九条命
235	春天的骚动
244	在缝边处解体
247	提议
251	数算

252	试验
254	死亡小猫的葬礼
266	他失控崩溃
277	期待
278	复活日
279	最后的电话
281	被逮
283	维生素
284	三人舞
290	复活日
319	启程
329	日记的终结
332	回归
335	探访
336	偶遇、回避与察觉
341	终曲
348	致谢
351	绿色小箱

第一部

终　结

　　罗伯特伫立在贩卖机前，望着茶水注入塑料小杯的那一刻，艾丝沛告别了人世。事后他将会忆起，自己当时端着那杯劣茶，在日光灯的照射下，沿着医院通道踽踽独行，循着来时的路线踅回病房。机器将躺着的艾丝沛团团包围。她面向门口，两眼睁着。一开始罗伯特还以为她的意识清醒了。

　　断气前的几秒钟，艾丝沛忆起去年春季的某日，当时她与罗伯特在裘园中，沿着泰晤士河畔的泥泞小径漫步。连日以来霪雨纷纷，腐叶的气味扑鼻而来。罗伯特说："我们当初应该生孩子的。"艾丝沛那时答道："亲爱的，别傻了。"她在病房里高声说出来，可是不在场的罗伯特没听见。

　　艾丝沛将脸转向房门。她想呼唤：罗伯特。但是喉头顿时涨满。她觉得自己的灵魂仿佛想借由食道爬出来。她试着干咳，要放它出来，但喉头只是咯咯作响。我快溺死了。在病床上溺毙……她先感到强烈的压力，然后便飘浮起来。疼痛已然消失，她从天花板向下俯视自己残败的娇小身躯。

　　罗伯特站在门口。茶水烫到了他的手，他将茶搁在床头小桌上。房里的阴影开始随着黎明变幻，从炭黑转至朦胧的灰。其他一切看似如常。他关上门。

　　罗伯特摘下金属圆框的眼镜，继而脱下鞋子。他爬上病床，留心别搅扰到艾丝沛，他用全身抑住她。几周以来，她因发烧而浑身发烫，可是现在她的体温几乎恢复正常了。他触及之处的肌肤随之微微发暖。她已跨入无生物的疆域，正逐渐失去体温。罗伯特把脸埋入艾丝沛的颈背，深深地呼吸。

　　艾丝沛从天花板上望着他。对她而言，他是如此熟悉，但看起来又如此陌生。她看得见却感觉不到他紧搂她腰的修长双手——他的模样全拉长了，下颚凸显、上唇放大。他的鼻子微尖，眼眸深邃，棕色发丝铺散在枕头上。他流连在医院的灯光之下过久，肤色透着灰白。他的模样凄然，庞大的身躯相当消瘦，侧贴着她松垮的小小身体。艾丝沛想起许久以前在《国家地理》杂志上看过的照片：一位母亲紧抱着挨饿至死的孩子。罗伯特的白衬衫发皱，袜子的大趾头那儿有破洞。她此生的一切遗憾、罪恶与渴望有如排山倒海般涌来。不，她想，我不要走。但她已经往生。顷刻间，她已到他方，化为破散的虚无。

半小时之后，护士发现了他们。她静静驻足，凝望眼前这略显年轻的高大男人曲着身子，蜷贴着已然断气、纤细瘦小的中年女性，然后才去找护理员。

窗外，伦敦渐渐苏醒。罗伯特合眼躺着，聆听高街上的车流声响以及走廊里的脚步声。他知道自己很快就得睁开眼睛，放开艾丝沛的身躯，坐起身，站起来并开口说话。他不久就得面对未来，没有艾丝沛的未来。他一直紧闭双眼，吸入她淡去的香气，一面等候着。

最后一封信

信件每逢隔周寄达。信件并非寄至家中。隔周的星期四，艾蒂温娜·诺柏林·普尔总会开上六英里的路程，到高地公园邮局去。邮局跟她在莱克福里斯特的家相隔两个镇。她在那里有个小型的邮政信箱。收到的信件从不超过一封。

她通常会把信拿到星巴克，一面喝特大杯低咖啡因豆奶拿铁，一面读信。她总是背对墙壁坐在角落。有时，若是赶时间，她便在车里读信。看完信，她会把车开到二街热狗摊后面的停车场，停在垃圾拖车旁边，然后将信烧毁。"你的置物箱里为什么有打火机？"

她的先生杰克问她。"我毛线织腻了,改纵火了。"艾蒂答道。他便不再追究。

杰克之所以知道关于信件的事,是因为他雇用侦探跟踪妻子。侦探向他汇报时表示,她并未跟人会面,也不曾拨打电话或寄发电子邮件。除了那些信件之外,一点可疑的活动也没有。侦探并未汇报的是,艾蒂烧毁信件时,会狠狠瞪着他,然后用鞋子把灰烬捣进人行道。有一次她还对他摆出纳粹的行军礼。他开始害怕跟踪她。

艾蒂温娜·普尔有种特质,让这位侦探心神不宁。她跟他其他的监视对象都不相同。杰克强调过,他并不是要搜集证据作为离婚之用。"我只是想知道她在干什么,"他说,"有点什么东西……起了变化。"艾蒂通常对侦探置之不理。她什么也没跟杰克提。她咬牙忍耐,心知那位满脸油亮的超重男人绝对不可能查出她的事。

最后一封信在十二月初寄抵。艾蒂到邮局取信,开车到莱克福里斯特的湖滩上。她把车停在离马路最远的地方。那日寒风刺骨、冷气直窜。沙上没有积雪。密歇根湖一片棕色,小小的水波轻拍岩石边缘。为了防止侵蚀,所有的岩石全都精心排过,使得这片湖滩恍如舞台布景。除了艾蒂的本田雅阁以外,停车场空荡荡的。她任由引擎空转不止。侦探先是踌躇不前,叹口气后,才把车停入停车场的另一端。

艾蒂瞅了他一眼。我看信的时候,非得有人虎视眈眈吗?她坐着不动,凝望湖面半晌。我可以不读就干脆烧了。她暗忖,当初如果留在伦敦,自己的人生不知会是什么样子。她原本可以让杰克单独返回美国的。但对双胞胎姐妹的渴望征服了她,她从皮包里取出信封,将手指探到封口下,把信展开。

亲爱的艾:

我跟你说过,我会通知你的,这就是了,再见。

我试着想象,要是过世的人是你,感觉会如何。可是即使我们分离如此之久,要是没有你,这个世界根本难以想象。

> 我什么也没留给你。你用我的身份过了半辈子。那就够了。我倒是打算试验看看，我要把整层公寓留给那对双胞胎。我希望她们会喜欢。
>
> 别担心，一切都会好的。
>
> 替我向杰克道别。
>
> 不管过去发生过什么，爱你依旧的
>
> 艾

艾蒂垂头坐着等待泪水，却无泪可流，这点让她心生感激。她不想在侦探面前哭泣。她查看邮戳。信是四天前寄出的。她在想寄件人是谁。也许是护士吧。

她将信收回皮包。现在没必要焚毁了。她会保存一阵子。也许干脆留下来。她把车驶出停车场，与侦探交会时，对他比了中指。

从湖滩驱车回家的短短路程当中，艾蒂想到了女儿们。灾难性的场面闪过艾蒂的脑海。等她回到家，已经决意阻止茱莉亚与瓦伦娜继承姐姐的房产。

杰克下班回家时，发现艾蒂熄了灯，在他俩的床上蜷着身子。

"怎么了？"他问。

"艾丝沛过世了。"她告诉他。

"你怎么知道？"

她把信递给他。他读了信，除了如释重负，没有其他感受。原来只是这个，他心想，原来只是艾丝沛。他爬上惯睡的那边，艾蒂调整姿势伏贴着他。杰克说："真是遗憾，宝贝。"然后两人就不发一语了。在接下来的几个星期、几个月里，杰克将会悔不当初，因为艾蒂不肯谈论双胞胎姐姐、不愿回答问题、不肯臆测艾丝沛遗赠给他们女儿的可能是什么。她绝口不提自己的感受，甚至不准他谈及艾丝沛。杰克事后想着，要是那天下午他开口问了，艾蒂是否会好好跟他谈谈？要是他告诉她，其实自己知道内情，她还会把他隔绝在外吗？后来，这件事一直悬在他俩之间。

不过，此刻他们同卧于床。艾蒂将头贴在杰克的胸膛上、倾听他的心跳。"别担心，一切都会好好的。"……我想我应付不来。我还以为能再见到你。我为什么迟迟不去找你？你为什么没叫我去？我们怎能任由事情这样发生？杰克用手臂揽住她。当初那样，值得吗？艾蒂无法言语。

他们听到双胞胎从前门进来。艾蒂挣脱怀抱、站起身。她并未哭泣，但还是到浴室洗脸。"什么都别说。"她梳头时对杰克说。

"为什么不要？"

"就是不要。"

"好吧。"他俩的视线在化妆台的镜子里相接。她走出去，他听到她用全然正常的语调说："学校怎么样？"茱莉亚说："上学根本没意义啊。"瓦伦蒂娜说："你还没开始准备晚饭啊？"艾蒂回答："我想我们可能会去南大门吃比萨。"杰克坐在床上，自觉笨重又疲惫。如同往常一样，他满头雾水，但至少他知道自己晚餐的内容。

野地的花朵

艾丝沛·诺柏林过世了，人们现在除了埋葬她，无法再为她做什么。送葬行列静悄悄地穿过海格特墓园的栅门，灵车后面跟着十辆车，里面坐满了珍本书商与友人。路程极短，圣麦可教堂就在山坡上。罗伯特·范肖和他楼上的邻居玛莱格与马丁·威尔斯相偕从佛垂沃走下来。他们站在墓园西侧的宽广中庭，望着灵车谨慎地穿过栅门，开上通往诺柏林家族墓园的窄径。

罗伯特疲惫虚脱、麻木无感。一切声响似乎全已隐去，好似音轨故障的电影。马丁与玛莱格站在一起，与他稍微保持距离。马丁身形细瘦、衣着整齐，剪成平头的发丝渐灰，鼻子尖耸。他浑身散发出一种紧张快速、突兀歪斜的氛围。他有威尔士人的血统，对墓园的忍受度很低。与他相比，妻子玛莱格显得人高马大。她一头不对称的发型，染成亮紫红，抹了相配的口红。玛莱格骨架粗大、穿着多彩，没什么耐性。她脸上的线条与时髦的服饰形成对比。她神情忧虑地望着丈夫。

马丁一直闭着眼睛，嘴唇嚅动不停。要是陌生人看到，会以为他在祷告，可是罗伯特跟玛莱格知道他正在数数。大片雪花纷纷飘落，一触及地面就消失不见。海格特墓园里，满园的树木嗒嗒滴水、碎石小径一片泥泞。乌鸦从坟墓飞至低矮的树枝上，先在异教礼拜堂的屋顶上盘绕，继而停栖于上。那里现在是墓园办公室。

玛莱格努力抗拒点烟的冲动。她并不是特别喜欢艾丝沛，可是现在却想念起对方。艾丝沛会说点刻薄滑稽的话，拿这一切来说笑。玛莱格张嘴吐气，那口气烟雾般地悬浮在空中片刻。

灵车滑上科汀思小径，消失于视线之外。诺柏林家族墓园就在安慰角过去的地方，靠近墓园中央。吊唁者会沿着布满树根又狭窄的柱廊小径走，在那里与灵车会合。大家把车停在半圆形的廊柱前方，廊柱隔开了中庭与墓园。他们走下车子，站着张望四周，尽收眼底的是色如白蜡的天际下那几间礼拜堂（曾因被形容为"殡葬者的哥特风格"而闻名遐迩）、铁栅门、战争纪念碑和瞪着空茫双眼的命运女神像。玛莱格想起所有通过海格特墓园栅门的葬礼。维多利亚时代的人们，用装饰有鸵鸟羽毛的马匹拉着黑色马车，配上职业吊唁者与面无表情的默者[1]。时代更迭，车辆、雨伞、抑郁的友人这些五颜六色的组合取而代之。突然之间，墓园在玛莱格眼里成了一处老旧剧场：同样的戏码仍在上演，但戏服与发型已随时代改变。

罗伯特碰碰马丁的肩膀。马丁睁开眼时，露出骤然被唤醒的神情。他们越过中庭，穿过廊柱中央的通道，登上苔藓覆盖的阶梯并进入墓园。玛莱格走在他们后方，其余的吊唁者尾随在后。滑溜溜

1　默者，他们的主要职责是引领殡葬行列，在葬礼期间面露哀凄地伫立。

的小径陡峭多岩，人人留意脚下安全，无人开口。

墓园经理奈杰尔站在灵车旁边，看起来衣冠楚楚、神情警觉。奈杰尔用含蓄的微笑向罗伯特致意，神情似乎在向他说着：我们自己人，感觉就是不一样吧？罗伯特的朋友塞巴斯蒂安·莫罗与奈杰尔并肩而站。塞巴斯蒂安是礼仪师，罗伯特曾经旁观他工作，可是现在塞巴斯蒂安似乎多了同情与内敛。他似乎在默默无语的情况下，指挥着整场丧礼。偶尔他会向相关人士抛个眼神，而该做的事情就会有人完成。塞巴斯蒂安一身灰黑的西装，打了森林绿的领带。他生于伦敦，父母原籍尼日利亚。葱郁蔓生的植物让墓园一片阴暗，黝黑皮肤与暗色衣着让他显得特别有分量，却又几乎隐身难辨。

抬棺者在灵车周围集合。

人人等候着，罗伯特却兀自踏上主干道，往诺柏林家族墓园走去。墓园由石灰岩打造，只在生锈的铜门上方刻了家族姓氏。门上浅浮雕刻的图案是用自己的鲜血喂养后代的鹈鹕，即为复活的象征。罗伯特在进行墓园导览时，有时会把此地纳入行程。此时墓园的门敞开着。入葬团队的托马斯与马修站在距离墓园十英尺的小径旁等候，就在花岗石的方尖碑前方。他跟他们的目光交接，他们点点头，朝着他走来。

罗伯特探看墓室内部以前，踌躇了半晌。里面放有四具棺木，分别属于艾丝沛的父母以及祖父母。小空间的角落里累积了不算多的灰尘。要摆艾丝沛棺木的架子旁边，早已放好了一双支架。如此而已。罗伯特原本幻想，墓园内会像冰库一般，往外飘散着寒气。他觉得某种交换即将开场：他将把艾丝沛交给这座墓园，而墓园赐给他的将是……是什么，他不知道。肯定有什么的。

他伴着托马斯与马修回到灵车那里。因为艾丝沛的棺木并不会埋入土中，所以选用铅制内壳的材质，重量较外观看起来沉得多。罗伯特跟其他的抬棺者以肩负重，将棺木扛进坟墓。他们试着放低棺木以便摆上支架，一时进退不得。墓室太小，无法容纳所有的抬棺者，而那座棺木似乎顿时变得相当巨大。他们安置妥当了。深暗色的柠木在微弱的天光中亮着光泽。大家鱼贯而出，只剩罗伯特。他微微弓着背，手掌抵住棺木顶端，仿佛漆亮的木头正是艾丝沛的肌肤，仿佛他能在容纳她形销骨毁的遗体的箱子上寻得心跳。他想起艾丝沛的苍白面孔、碧蓝眼眸；她会佯装惊奇地睁圆双眼；她对什么心生反感时，会把眼睛眯成细线；娇小的胸脯；发烧时的怪异体热；患病末期的数月，她肋骨突出于腹部的模样，以及导管与开刀所留下的伤疤。他的心中同时溢满欲望与嫌恶。他忆起她发丝的细致触感。发丝一把把地掉落时，她泣不成声。他曾用手抚过她光秃的头皮。他忆起艾丝沛大腿的曲线，想到细胞一个接一个地肿胀、腐化，让她的身躯随之转变。她时年四十四岁。

"罗伯特。"杰西卡·贝茨站在他身旁。她从精致的帽子底下瞥着他，怜悯软化了她严峻的面庞。"现在来吧。"她伸出柔软老化的手，搭在他的手上。他的手在出汗。他抬起双手时，看到自己在原本完美的表面上留下了清晰的印子。他想抹去印痕，然后又想留下它们作为最后的证明，表示他曾触摸过艾丝沛的身体延伸物。他任由杰西卡领着他走出坟墓，跟着她与其他吊唁者参加入葬仪式。

"他的年日如草一样。他发旺如野地的花。经风一吹，便归无有；它的原处也不再认识它。"

马丁站在人群的边缘，再度闭起双眼。他垂着头，塞在大衣口袋内的手紧握成拳。玛莱格倚在他身上。她勾住他的手臂，但他似乎没注意到，开始前后摇晃。玛莱格于是站直身子，任由他晃动。

"因全能的上帝喜爱厚施怜悯，已接收我们在此离世的这位亲爱姐妹的灵魂到他身边，所以我们通过主耶稣基督，在确实肯定的复活永生盼望中，将她的身体交付大地，尘归尘，土归土，灰烬归于灰烬，我们的主耶稣基督要按着那使万有归服自己的大能，改变我们这卑贱的身体，和他自己荣耀的身体相似。"

罗伯特任由视线飘荡。树木光秃（再过三周就是圣诞节），但墓园仍旧绿意盎然。海格特种满了冬青树丛，那是萌芽自维多利亚时代的葬礼花环。如果你有办法在墓园里转换心情去想想圣诞节，那么这里会很有节庆气氛。他努力集中心神在牧师的话语上，听见附近有狐狸彼此呼唤。

杰西卡·贝茨站在罗伯特旁边。虽然她挺直肩膀、抬高下巴，可罗伯特还是察觉到了她的疲惫。她是海格特墓园之友的会长，这个慈善组织负责照料此地，并经营导览业务。她是罗伯特的顶头上司，可是他认为不管怎样，她都会来参加艾丝沛的葬礼。她俩彼此欣赏。艾丝沛来陪罗伯特吃午餐时，总会替杰西卡多带一份三明治来。

他一时惶恐：我要如何记住艾丝沛的一切？现在他满心尽是她的气味与声音；她在电话里唤他名字前的犹豫；她在两人欢爱时挪移身子的模样；高到不可思议的鞋子总让他心花怒放；她处理旧书的手法如此感性，售出时又毫不留恋。此刻，他对艾丝沛的认识就到此为止，他亟须让时光停摆，才不会让任何东西散佚。可是已经太迟。她过世时，他自己也该撒手而去。现在他超越她、渐渐失去她，她已经开始隐退。我该把一切都写下来的……可是怎么写都不够。不管我写什么，都无法带她回来。

佘杰尔关起墓园的门并上锁。罗伯特知道，那把钥匙会摆在办公室里有编码的抽屉隔间，直到再度派上用场。有一阵尴尬的停顿，仪式结束了，可是没人清楚接下来该做什么。杰西卡捏捏罗伯特的肩膀，向牧师点点头。罗伯特向他致谢，将一只信封递给对方。

众人一同步下小径。不久，罗伯特意识到自己再次站在了中庭。落雪已转为飘雨。一片黑伞几乎同时展开。人们纷纷闪身入车，驶离墓园。员工们说了些话，用手拍拍他，有人提议请他喝茶或喝些更烈的饮品。他不大清楚自己对大家说了什么，但他们全都识相地退开。书商们全往天使酒吧去了。他看到杰西卡站在办公室窗前望着他。马丁与玛莱格之前和他分开站着，现在走过来会合。玛莱格拉着马丁的手臂领着他往前。马丁仍然垂着头，越过中庭时，似乎专注于自己经过的每块石砖上。他竟然还是想办法来了，这点让罗伯特相当感动。玛莱格揽住罗伯特的手臂，他们仨迈出墓园、踏上史维恩巷。抵达海格特丘的顶端，左转之后走几分钟，再次往左拐。玛莱格为了催促马丁往前走，不得不放开罗伯特。他们沿着一条长又窄的柏油小径走着。罗伯特打开栅门，他们就到家了。佛垂沃的三层公寓一片阴暗。随着暮色渐渐降临，在玛莱格看来，整栋建筑比平日更为沉重，更具压迫感。他们一同站在入口的门厅里。玛莱格给罗伯特一个拥抱，她不知该说什么，该说的全都说了，她一语不发，罗伯特转身踱入自己的公寓。

马丁开口时嗓音粗哑。他说："真是遗憾。"这句话把他们全吓了一跳。罗伯特一时踌躇，然后点了点头。他等着马丁是否还有其他话要说。他们三人笨拙地站在一起，最后罗伯特再次颔首，身影没入公寓。马丁在想，自己开口这件事是否做对了。他跟玛莱格开始上楼梯，经过艾丝沛的门口时，在二楼的楼梯平台停下。门上钉着小卡片，印着"诺柏林"。玛莱格经过的时候，伸手摸摸卡片。它让她想起墓园上的姓氏。她想，从今以后，她只要路过就会这么想。

罗伯特把鞋脱下，躺在几乎全黑的朴素卧房里，身上仍穿着被雨淋湿的毛线外套。他盯着天花板，思及艾丝沛在他上方的公寓。他想象她的厨房，里面装满她无法入口的食物。她的衣物没人穿戴，书本没人阅读，椅子无人使用。她的书桌塞满了他必须翻阅的文件。有太多事情需要他处理，但不是现在。

他还没准备好面对她的缺席。在艾丝沛之前，不曾有他爱的人去世。有人不在身边，但无人离开人世。艾丝沛？连她的名字都有了空洞的感觉，仿佛名字从她身上脱离，正毫无束缚地在他脑海中飘荡。没有了你,我要如何活下去?问题不在于躯壳,他的躯体会如常地活下去,问题在于"如何"。他会活下去,可是没有艾丝沛,他也失去了生活的滋味、风格与方法。他必须重新学习孤独。

才四点而已。太阳逐渐西沉,卧房在阴影里变得朦胧不明。他合上双眼、等待睡意。过了好久,他明白自己无法入睡。他起身套上鞋,上楼打开艾丝沛的房门。他没开灯就直直穿越她的房间。到了她的卧房时,他再次脱下鞋子、卸下外套。考虑半晌,便褪尽剩下的衣物。他攀上艾丝沛的床铺,就是他向来睡的那一侧。他把眼镜摆在床头小桌的老地方,把身子蜷成习惯的姿势。当寒气离开床单,他慢慢放松下来。罗伯特在苦等艾丝沛上床之时,坠入了梦乡。

她行将离家

玛莱格·威尔斯·格拉夫站在卧房门口。她与马丁共享这间卧房长达二十三载。她手里拿着三封信。到底要把其中一封留在何处,她心中交战不已。她的行李箱立在前门阶梯的平台上,箱上搁着工整折好的黄色风衣。只消留下那封信,她便能启程。

马丁在淋浴间里,他在里头约莫二十分钟了,而且还会在里面多待一个钟头左右,即使热水用完也会如此。玛莱格刻意不去问他到底在里头做什么。她听到他喃喃自语,是种低沉亲切的咕哝,几乎像收音机。这是疯狂广播电台,她想,为您带来最新的顶级强迫性神经官能症。

她想把信留在他很快能找到的地方,却又不要太快。她想把它留在不会困扰马丁的地方,这样他才能把信拿起来并打开,但又不想摆在会因这封信的存在而受到玷污的地方,因为那里将永远摆脱不了这封信的阴影。一旦如此,往后的日子里,马丁就无法接近那个地方。

　　这个难题让她苦思了好几个星期，迟迟无法选定地点。就在她即将放弃、决心邮寄时，却又不希望马丁因为她下班未归而操心。我真希望能让信悬浮在半空中，她想。接着漾起微笑，去拿她的缝纫盒。

　　玛莱格站在马丁的书房里，就在他的计算机旁边，借着他桌灯投射的一池黄光，试着稳住双手替针穿线。他们的房间非常阴暗，因为马丁把报纸贴在所有的窗户上头，白光从报纸边缘的透明胶带透进来，她只能借此辨别早晨和夜晚。穿好线以后，她沿着信封边缘快速缝了几针，然后站在马丁的椅子上，把线尾往天花板上一贴。玛莱格虽然长得高，但还是得使劲伸展身子，一时之间天旋地转，她在阴暗房间的椅子上摇晃。要是我现在摔死，就会成为一则冷笑话。她想象自己撞破脑袋、瘫倒在地，而那封信在她上方垂晃。可是她随即恢复了平衡，从椅子上下来。那封信仿佛飘浮在桌子上方。完美极了。她收拢缝纫用具，把椅子推回去。

　　马丁呼唤她的名字。玛莱格站着没动。"什么事？"她好不容易回喊。她把缝纫用品搁在马丁的书桌上，然后走进卧房，站在关起的浴室门前。"有什么事？"她屏住呼吸，把剩下的两封信藏到背后。

　　"我桌上有封要给西奥的信，你出门时可以顺便帮我寄一下吗？"

　　"好……"

　　"谢了。"

　　玛莱格把门打开一条缝。整间浴室里弥漫着蒸汽，濡湿了她的脸。她犹豫起来，"马丁——"

　　"嗯？"

　　她的脑袋一片空白。"再见[1]，马丁。"她终于说出口。

---

[1] 原文为荷兰语。

"再见，我的爱，"马丁的语调爽朗，"今晚见啦。"

她的双眼涌出泪水。她徐徐走出卧房。走廊两侧摞满套着塑料膜的箱子，她勉强挤出去，闪入书房，拿起马丁给西奥的信，继续穿过前厅，迈出他俩的公寓大门。玛莱格站定，一手搭在门把上。回忆浮上心头：我们当时一起站在这里，我的手像这样搭在门把上。当时的手比较细嫩，我们风华正茂。那时正飘着雨。我们出门买了生活用品。玛莱格闭上双眼，驻足倾听。公寓相当宽敞，她从这里听不见马丁的声响。她让门留了一道缝（这门从来不锁），穿上外套并查看手表。她使劲抬起行李箱，磕磕绊绊地扛着下楼。她经过艾丝沛的门口时，匆匆瞥了一眼。当她走到一楼时，便把其中一只信封留在罗伯特的邮件藤篮里。

玛莱格自行推开佛垂沃的栅门，头也不回地走了出去。她沿着通往马路的小径走着，一面拖着滚轮行李箱。那天是湿冷的一月清晨，前一晚下过雨。这天早上的海格特村散发出恒久不变的气氛，仿佛年轻的她在一九八一年嫁为人妇而来到此地之后，不曾流逝分秒。红色电话亭仍然伫立在池塘广场，虽然现在广场上已无池塘（但就玛莱格记忆所及，也不曾在那儿见过池塘），只有碎石地以及退休人士打盹用的板凳。经营书店的那位老伯在旅客翻阅隐晦难懂的地图与脆薄易损的书本时，仍然会细细打量他们。有只黄色的拉布拉多犬奔越过广场，轻松地避开尖声惊叫的学步儿。小型餐馆、干洗店、房地产公司、药房全都空等着，仿佛炸弹已在某处引爆，只剩推着婴儿车的年轻妈妈们。玛莱格寄出自己跟马丁分别写给西奥的信件时，想起与西奥在此地共度的时光。也许这两封信会同时寄达。

司机在出租车办公室等候她。他把她的行李箱抛进后车厢，两人上了车。"到希思罗机场吗？"他问。"对，四号航站楼。"玛莱格说。他们驶下北丘，朝着大北路走。

晚些时候，玛莱格在荷兰皇家航空公司的柜台前排队时，马丁从淋浴间走了出来。跟马丁不熟的人可能会为他这个样子而担忧：他浑身通红，好似有个具备超能力的家庭主妇为了从他身上提炼杂质，把他烹煮到半熟的状态。

马丁觉得通体舒畅，感觉自己相当洁净。晨间淋浴是他一整天的高潮，他的忧虑会随之退潮。在淋浴间，他有可能解决所有让他心乱如麻的事，他现在的心思澄静清明。下午茶之前的淋浴就没这么令人满意，因为较为短促，侵扰的思绪蜂拥而至，而且玛莱格即将从英国广播公司下班返家。就寝之前的那一次淋浴，又因为要与玛莱格同床共枕，让他备受焦虑的煎熬：他担心身上会发出怪味，不知道她今晚想做爱，还是想推迟至明晚？（近来云雨的频率越来越低）更别提他还要为他的填字字谜、已写完与未回复的电子邮件和人在牛津的西奥操心（对于日常生活与女友的事，西奥提供的细节总是少得不如马丁所愿。玛莱格说："他都十九岁了，肯跟我们说点什么，就算是奇迹啦。"可是，这番话没帮马丁解忧。马丁想象各种恐怖的病毒、交通事故、非法药物等等。西奥近来买了一辆摩托车，为了保佑西奥平安顺心，马丁又往自己每日的例行公事中添加了许多仪式）。

马丁开始用毛巾擦干身体。他非常热衷于观察自己的身体，对于每个鸡眼、每条血管与每处虫咬，都忧心忡忡地留意着，可是他几乎不知道自己真正的模样。在马丁的记忆里，连玛莱格与西奥的存在，都只是一团团感受与字眼的组合。他很不善于记忆面孔。

今天诸事顺遂。马丁清洗与梳整的仪式都以对称的概念为中心来安排：剃刀刮左边一下，右边也要有同样的刮法。几年前曾有过一段低潮期，他用这种对称手法把全身上下的毛发刮个精光，每天早晨都要耗费数个小时才能完成。一看到他的模样，玛莱格泣不成声。最后他终于说服自己，多数一些数字来替代彻底的剃毛。所以今天早上，他数着剃刀刮动的次数（三十次），先把胡子刮好，从容地把剃刀摆在水槽上以后，又数了六十下。前后总共花了他二十八分钟。马丁不作声地数着，不紧不慢。欲速则不达。要是他试着加速，最后反倒得重新开始。把事情做好是很重要的，这样才会带来完满的感觉。

完满：做对事情的时候，马丁会从每一系列的动作、任务、数字、清洗、思绪、放空，得到（稍纵即逝）的满足感。可是过于心满意足，也是行不通的。重点不在于取悦自己，而是要趋吉避凶。

有些是执念，这些执念好似刺激、煽动、嘲讽：我没关煤气吗？有人在后门窗户偷窥吗？也许牛奶酸掉了，加进茶里以前，最好再闻一下。撒完尿以后，洗过手吗？为了确定一下，最好再洗一回。我煤气没关吗？套上裤子以前，裤子是不是碰过地面？再做一次，把事情做对。再做一回。再做一次。再一次。又一次。

面对这些执念所提出的质问，马丁就以强迫行为来回应。检查煤气。清洗双手。清洗到非常彻底的地步，就不会出错。用效力更强的肥皂吧。用漂白水好了。地板很脏。洗地板。绕过肮脏的区域，别碰到。走越少步越好。把毛巾铺在地上，免得污染扩散。清洗毛巾。再洗。再洗。这样进卧房，感觉不对劲。到底哪里不对劲？就是有问题。右脚先踩。然后用身体转到左边，对了，就这样。感觉好多了。可是玛莱格怎么办？她也得这样做。她不会喜欢的。无所谓。她不会肯的。她会配合的。她不得不。要是她不跟着这样，感觉就会很不对。感觉会发生很恐怖的事情。到底会出什么事呢？不知道。不能多想。赶快！来数22的倍数：44、66、88……1122……

情况时好时坏，有时则坏到谷底。今天似乎渐入佳境。马丁想起他在贝利奥尔学院求学的日子，每周三跟同修数学哲学课程的一个家伙打网球。有时他都还没从球袋里拿出拍子，就已经知道每次挥拍都会甜美顺利。今天就有那种感觉。

马丁打开浴室的门，环视卧房。玛莱格已轻把他的衣服铺在床上。他的鞋子摆在地上，与裤管连成一线。每件衣物都以精确的模式排好，衣物之间互不相触。他凝望卧房的硬木地板。有些地方的木头涂蜡已经磨掉，地板也有几处受潮变形，但马丁对这些视而不见。他试着判定,赤着脚能否在地板上安全行走。今天,他断定是安全的。马丁大步迈向床铺,开始慢吞吞地穿衣服。

马丁将衣物一件件套上,身体包覆在清洁磨旧的布料里,也越来越有安全感。虽然他饥肠辘辘,但还是慢慢来。最后,终于把脚滑进了鞋子。鞋子是个困扰。在他的洁净身体与向来让他忐忑的地板之间,棕色牛津鞋扮演了协调中介的角色。他讨厌碰触鞋子。但他还是碰了,还想办法系好了鞋带。玛莱格曾经提议替他买魔鬼粘固定的便鞋,可是单想到那种鞋的美感,就让马丁倒尽胃口。

马丁总是穿一身素净的深色衣服,散发出一板一眼的味道。虽然不至于在公寓里系上领带,但看起来总有一种刚刚取下领带的感觉,不然就好像是准备冲出门、忙着找领带的样子。自从他不再离开公寓,领带就一直留在衣橱里的架子上。

穿好衣服以后,马丁谨慎地穿过门厅、步入厨房。厨房桌上已经摆好了他的早餐:一碗维多麦、小罐牛奶以及两颗杏桃。他按下电水壶的开关,才几分钟水就煮沸了。马丁的强迫行为很少与食物相关(主要跟咀嚼次数有关)。厨房是玛莱格的天地,让他觉得困扰的东西,她总要他挪到公寓的别处。他努力别去打开煤气炉,因为他发现很难确定自己后来有没有关掉。他会把手搭在旋钮上,傻站好几个钟头,来来回回转着。可是,他能用电水壶泡茶,于是就这么做。

玛莱格把报纸留在谷片碗的旁边。报纸一派簇新,整齐地叠着。马丁心里涌出一股小小的感激之情,他喜欢抢先展开新鲜报纸,但老是赶不及在她之前这么做。他摊开《卫报》,直接翻到填字游戏。

今天是周四。每逢周四,马丁总用科学类的主题来设定填字游戏。眼前这份与天文学有关。马丁快速瞄了一遍,想确定一切正确无误。这个谜题的格式特别让他得意,往左右铺展的坐标方格,形状有如螺旋形星系,有棱有角,完全对称。接着他去看昨天谜题的解答,那道题是他的编谜同行艾伯特·比米什设定的,是严格的希梅内斯[1]式谜题,比米什用利利贝特这个笔名来编写字谜,马丁不知原因何在。他从没见过比米什本人,不过偶尔会通过电话一谈。马丁总是想象对方是个身穿芭蕾舞服、浑身毛茸茸的男人。马丁编写字谜的笔名是邦伯里。

马丁打开《时报》、《每日电讯》、《每日邮报》和《独立报》,开始挖掘里面的有趣报导。他目前忙着编写的填字游戏,跟美索不达米亚的战事历史有关。他不确定编辑会不会喜欢,可是就像任何艺术家一样,他觉得需要通过工作来表达自己当前关注的事物,而近来他的心思频频在伊拉克打转。今天的新闻都在谈一处清真寺里特别血腥的自杀爆炸事件。马丁叹口气,拿起剪刀,开始裁剪文章。

早餐过后,他(用相当正常的方式)洗好碗盘,将报纸井然有序地堆好(虽然剪过的报纸变得有点像镂空的蕾丝)。他走进书房,弯腰打开桌灯。就在他直起身子时,有东西扫过脸庞。

马丁一开始以为蝙蝠溜进了书房,但随即就瞥见了那只信封,它连在线上轻柔地摆动,从天花板上悬垂下来。他站着打量它。信封上写了他的名字,是玛莱格的粗黑字迹。你做了什么好事?他的脑袋一片空白,垂头站在晃荡的信封前面,双臂保护似地抱在胸前。最后他伸手取信,轻轻一拉,线从天花板松脱。他缓缓展开、将信摊平,并摸索着找到阅读专用的眼镜戴了上去。她做了什么好事?

亲爱的马丁:
    我亲爱的先生,我很抱歉,我再也无法这样生活下去。当你读到这封信的时候,我正在前往阿姆斯特丹的路上。我已经写信通知西奥了。

---

[1] 希梅内斯(1902—1971),真名德里克·萨默塞特·麦克纳特。从一九三九年直至去世,一直以"希梅内斯"这个笔名为英国《观察家报》编排谜题,被视为最棒的谜题编排者。

我不知道你能否理解，但我会努力解释。我想过正常的生活，不想为了抚平你的恐惧而时时保持警戒。我累了，马丁，你耗尽了我的精力。没了你的陪伴，我知道我会寂寞，但会自由许多。我会替自己找间小公寓，敞开窗户，迎接阳光与空气。我会把一切漆成白色，每个房间都会摆上鲜花。进房间的时候，我不用非得先伸右脚不可，也不用在皮肤以及接触的所有物品上闻到漂白水的气味。我的东西会放在橱柜跟抽屉里，更不用装在特百惠保鲜容器里面，也不用包在保鲜膜里。我的家具不会因为刷洗过度而磨损不堪。也许我会养只猫咪。

马丁，你病了，却不肯去看医生。我不回伦敦了。如果你想见我，可以来阿姆斯特丹。不过你得先离开这层公寓才行，所以我担心我俩可能永远无法再见了。

我努力想留下来，但失败了。

祝好，我的爱。

玛莱格
一月六日

马丁抓着信纸怔怔地站着。最惨的事竟然发生了。他一时无法接受。她离开了。她不会回来了。玛莱格。他慢慢弯下腰、臀部与膝盖，最后趴在书桌前的地板上，刺眼的灯光照在他的背上，脸庞只离信纸几英尺远。我的爱。哦我的爱……思绪从他脑中纷纷逃逸，只剩下庞大的空虚，好似海啸之前的退潮。玛莱格。

玛莱格坐在从史基浦机场出发的火车上，远望沿着轨道飞快掠过的平坦灰地。下过一阵子雨，天幕低垂。我快到家了。她看看表。现在，马丁一定已经发现她的信了。她从行囊里取出手机，然后打开。没有来电。她"啪"地猛然关上。雨水在火车窗户上划出横线。我干了什么好事？对不起了，马丁。可是，她明白，一旦返回家乡，她就不会觉得遗憾。现在，只有阿姆斯特丹才是她的归宿。

二 月

　　罗伯特刚刚为一群汉堡来的古董商做了一场西区墓园的特别导览。现在他站在海格特墓园主栅门的拱门下，等那群人采买完明信片、领取个人寄存物以后，就要把他们带出去，然后锁上门。冬季里没有固定的周日导览活动。他喜欢这种宁静日子里弥漫在墓园的那种含蓄平凡的氛围。

　　昔日的英国国教礼拜堂现在被当作礼品店，古董商三三两两走出来。罗伯特对着他们摇动绿色塑料募捐箱，由他们扔零钱进去。这个小小的交易行为总令他难为情，可是这座墓园的募捐款不用缴增值税，所以每个海格特员工在乞讨时，都会尽量表现出热忱。罗伯特面带微笑，挥手送走德国人，然后在庞然大门的锁洞里，转动老式的钥匙。

　　他走进办公室，把钥匙跟募捐箱搁在办公桌上。办公室经理费利西蒂漾起微笑，倒出箱里的东西。"这么阴郁的星期三，收获不错哟，"她伸出手，"无线对讲机呢？"

　　罗伯特拍拍雨衣口袋，然后说："我去拿回来。"

　　"那你要出去？"费利西蒂问，"快下雨了。"

　　"就出去一下。"

　　"莫丽就在对面栅门那里。你能把这些交给她吗？"

　　"好。"

　　罗伯特接过费利西蒂的小册子，从楼梯边的搁架里取出一把伞。他越过史维恩巷。莫丽是位精瘦的老妇人，身穿绿色粗棉连身工作服，外搭厚夹克，坐在斯特拉思科纳皇家山纪念堂里的一张折椅上。这座堂皇的粉红花岗岩建筑物，潜藏于东区墓园的栅门旁边。她耐性十足地从阴暗中向外窥看，从罗伯特手中接过小册子，把它们塞进身旁的小架子上。这些小册子的封面上印有卡尔·马克思的人像。墓园这一侧的往生者里，马克思与乔治·艾略特是耀眼的明星。

"你想进去取一下暖吗？"罗伯特问她。

莫丽语速缓慢，音质粗哑，带着睡意。她有微微的澳洲腔。"我还好。我开了暖气。你的探访结束了吗？"

"没有，我才刚刚导览完。"

"那么就去吧。"

罗伯特再度越过史维恩巷时，想到莫丽刚刚提及"你的探访"时的语气，仿佛现在已经包含在墓园的正式日程里。也许是吧。他想到员工们让出空间容纳他的悲痛，仿佛那种悲痛是有形可触的。在外界，人们会闪避悲痛，可是在这墓园里，人人都习惯与死者的亲友共处，所以面对死亡的态度很切合实际，罗伯特直到现在才懂得欣赏这一点。

罗伯特走到艾丝沛的墓园时，雨势从蒙蒙细雨转大。他的手一挥，撑开雨伞，背靠墓门坐在台阶上。罗伯特把头往后仰，合上双眼。不到一个小时前，他才带着导览团队经过这个地点。他那时正对着那群人闲谈，提及葬礼前的守灵和维多利亚人因恐遭活埋而采取的极端手段。他真希望诺柏林家族的墓地不在主干道上。只要带导览就一定会经过艾丝沛。领着探头探脑的观光客，经过刻了她家族姓氏的小小建筑物，让他觉得自己很冷血。当初那里还只是她家族的坟墓时，他不曾觉得不安，因为他与她的家人素昧平生。这是他头一次真正体会到，杰西卡为何如此坚持严守墓园里的礼仪规范。以往他老是喜欢拿这点来揶揄她。对杰西卡来说，海格特的重点不在于导览，也不在于纪念碑，更不在于超自然、气氛或是维多利亚人的病态怪癖。对她来说，墓园的焦点在于逝者和坟墓所有者。罗伯特那进度缓慢的博士论文，研究的正是海格特墓园与维多利亚时代的丧葬礼俗史。不过，杰西卡这人从不浪费资源，而且在分派工作上极为内行。她说："你既然都要做一堆研究，何不顺便来帮帮忙?"所以他开始提供导览。他发现,他对墓园本身的喜爱程度,远高于自己所写就的相关内容。

罗伯特镇定下来。他坐的石阶低浅湿冷,他突起的膝盖几乎高及肩膀。"你好,亲爱的。"他说。可是一如往常,他觉得自己对着墓园高声说话真是荒谬。他默不作声地继续:你好。我在这边。你在哪里呢?他想象艾丝沛好似隐居所里的圣人,端坐在墓园中,脸上挂着浅浅的笑意,透过门上的铁栅向外凝望他。艾丝沛?她总是睡不安稳。在世时,她的睡眠会因辗转反侧而断断续续。她常把毛毯全部卷走。艾丝沛独自入睡时,会四肢摊开地躺在床上,借由四肢而不是旗子来标示领土。罗伯特与她共枕而眠时,常会被艾丝沛迷途的手肘、膝盖或乱踢的双腿(恍如在床上跑步)扰醒。"哪天晚上,你一定会打断我的鼻子。"他对她说。她承认自己是个危险的床伴。"我要预先对可能发生的伤害表示歉意,"她对他说,亲亲话题里的那个鼻子,"不过,你看起来会不错的,那会替你添加某种流氓的魅力。"

现在只剩一片寂静。这道门是他原本可以穿过的障碍。除了墓园办公室有钥匙以外,艾丝沛的书桌里还有一把。艾丝沛的躯体就在某个离他才几英尺的箱子里。他选择不去想象这三个月的光阴对那躯体所产生的影响。

那种终结感再次扑袭罗伯特,一切都浓缩为他背后小房间里的静寂无声。我有话要对你说。你在听吗?艾丝沛在世时,他从未意识到,自己总要对她诉说完某事,那件事才算完整发生过。

罗奇昨天把给茱莉亚、瓦伦蒂娜的信寄出去了。罗伯特想象那封信从罗奇汉普斯特德的办公室,千里跋涉到美国伊利诺伊州的莱克福里斯特,被丢进彭布里奇路九十九号的信箱里,然后双胞胎之一取了信。那是厚厚的米色信封,上面有罗奇、艾德里奇、波茨与莱弗利的回信地址,律师们的姓氏用亮黑的墨水凹字印刷,双胞胎的名字与地址由罗奇的老秘书康斯坦斯亲笔写下,字迹细长有如蛛足。罗伯特想象其中一个双胞胎拿着信封,满心好奇。艾丝沛,这件事让我很紧张。要是你之前见过这些女孩,我会觉得好过一些。你自己不用跟她们一起住,说不定她们很恐怖。要是她们把这地方卖给某个糟糕的人呢?可是那对双胞胎激起了他的好奇心,况且他对艾丝沛的试验怀抱某种非理性的信心。"我可以把全部留给你,"她说过,"不然就留给那些女孩子们。"

"给女孩子们吧,"他当时回答,"我已经拥有太多了。"

"嗯。那我就送给她们吧。可是我能给你什么呢?"

他俩正坐在她的病床上。她当时发着烧,就在脾脏切除手术之后。艾丝沛的晚餐一口未动地摆在带轮床边的小桌上。他帮她按摩足部,两手因温暖芳香的精油而滑溜溜的。"我不知道。你能不能安排一下转世再生?"

"据说那对双胞胎简直就像翻版啊,"艾丝沛浮现出微笑,"如果她们想要这间公寓,我会让她们过来住。要我把双胞胎留给你吗?"

罗伯特回以微笑,"搞不好会有反效果。可能会让我……挺痛苦的。"

"要是你不试试,永远都不会知道。可是我就想给你一点什么嘛。"

"一束头发吗?"

"唉,可是头发现在都坏了,"她说着用指头扫过头顶上短短的银色细毛,"当初还有像样的头发时,早该趁机保留一些的。"艾丝沛以前蓄有一头波浪形的长发,色泽有如冬季奶油。

罗伯特摇摇头,"无所谓啦,我只是希望保留你身上的一点东西。"

"就像维多利亚时代的人吗?可惜头发不够长,要不然你可以拿来做个耳环还是胸针什么的,"她笑出声,"你可以用来复制一个我。"

他假装慎重考虑,"可是我觉得他们还没解决掉复制工程里的缺陷。最后你可能会有病态式的肥胖病,不然就是长出有蹼的四肢等等。而且我还得等你长大,那时我都是退休的老人了,你根本不会想跟我打交道。"

"那对双胞胎是更好的选择。她们身上有百分之五十的我,还有百分之五十的杰克。我看过照片,你在她们身上不大看得出他的痕迹。"

"你从哪儿弄到双胞胎的照片的?"

艾丝沛用手捂住嘴巴,"其实是艾蒂啦。可别跟人说哦。"罗伯特说:"你从什么时候开始跟艾蒂联络了?我还以为你恨死艾蒂了。"

"恨死艾蒂?"艾丝沛一脸受创,"没有。我以前的确很气艾蒂,现在还是,可是我从没恨过艾蒂,恨她就等于恨我自己。只是她……做了件蠢事,把我们的生活搞得一团乱。不过她还是我的双胞胎妹妹。"艾丝沛迟疑了片刻,"我在一年前左右写信给她,那时候我刚被确诊。我觉得应该让她知道。"

"你没跟我说。"

"我知道。那算是私事。"

罗伯特知道自己为了这番话而觉得受伤是很幼稚的事。他一言不发。

她说:"啊,别这样嘛。要是你父亲跟你联系,你会一五一十地告诉我吗?"

"其实我会。"

艾丝沛把拇指含在嘴里,轻轻咬着。他向来觉得这个动作极度性感,会让他欲火中烧,可是现在却莫名地失去了那种力量。她说:"对,你当然会告诉我。"

"你说她们有你一半的血缘,这是什么意思?她们明明是艾蒂的孩子啊。"

"没错啊。她们是她的小孩。可是我跟艾蒂是同卵双生子,所以从遗传上来说,她的小孩等于是我的。"

"可是你从没见过她们。"

"那很重要吗？我只能说，你没有双生手足，所以无法体会。"罗伯特继续生闷气。"哦，别啦，别那样嘛。"她试着往他身上凑去，可是受到手臂上条条管线的阻挡。罗伯特把她的脚细心地搁在毛巾上，擦净自己的手之后站起身，重新坐在她腰际由白色床单构成的弧形空间里。她几乎没占什么空间。他一手搭在她的枕头上，就在她的脑袋旁边，然后朝她倾身。艾丝沛把手贴在他的脸颊上。罗伯特好像跟砂纸接触似的，她的肌肤几乎刮痛了他。他转头吻她的手心。这些动作他们以往反复做过无数次。

"我把日记送给你吧，"艾丝沛柔声说，"那样你就会知道我所有的秘密。"

他事后才明白，这件事一直在她的计划之中。可是那时他只是说："现在就告诉我你所有的秘密吧。它们有那么吓人吗？"

"恐怖透顶。可是它们都是很老的秘密了。从我认识你以来，我就一直过着贞洁无瑕的生活。"

"贞洁？"

"嗯，就是一对一嘛。"

"那就可以了。"他给了她匆匆一吻。她现在烧得更厉害了。"你该睡了。"

"再帮我多拍拍脚吧？"她像个孩子央求人念念她最爱的床边故事似的。他重回她脚边的位置，往手里挤出更多的油，在掌间先摩擦生热。

艾丝沛叹口气，合上双眼。"嗯，"半晌之后她弓起双脚说，"真是棒透了。"接着她进入了梦乡，他手里捧着她滑溜的脚，坐在那儿思考。

罗伯特睁开眼睛。他一时在想，自己刚刚是不是睡着了？那份记忆如此鲜明。艾丝沛，你在哪里？也许你现在只活在我的脑海里了。罗伯特盯着小径另一侧的坟墓，它歪倾得岌岌可危。其中一座坟墓的两侧长了树，树根把墓碑微微撑离底部，悬在空中一英寸左右。主干道的坟墓后方还有墓地，上面覆满常春藤，罗伯特放眼眺望时，有只狐狸正碎步急行，穿越藤蔓。狐狸看到他，停顿片刻，继而没入矮丛里。罗伯特听到其他狐狸向彼此嗥叫，有些近在咫尺，有些则在墓园更深远的地方。交配季节已到。天光渐逝。罗伯特浑身湿漉发冷。他勉强振作精神。

"晚安了，艾丝沛。"他说出口时自觉愚蠢。他起身踱回办公室，涌起年少时意识到自己再也无法祷告时的感受。不管艾丝沛在何方，都不在此地。

镜像双生子

茱莉亚与瓦伦蒂娜·普尔喜欢早起。这点挺怪的，因为她们已经辍学，没工作又相当懒散。这对双胞胎姐妹没有黎明即起的必要，她们只是对于捕虫没特别兴趣的早起鸟儿。

二月的这个早晨，太阳还未完全升起。前晚彻夜落下的雪，积了十二英寸厚，在微光中泛着微蓝。彭布里奇路两侧的巨树在积雪的重压下弯伏。莱克福里斯特仍在安睡当中。双胞胎姐妹与父母同住的这栋黄色砖造平房，在大雪的覆盖之下，感觉静谧又温暖。平时的车流声响、鸟啼与狗吠全都消失了。

瓦伦蒂娜冲泡热巧克力时，茱莉亚打开暖气。茱莉亚走进家庭娱乐室，打开电视。瓦伦蒂娜端着托盘踏入娱乐室时，茱莉亚正站在电视前不停转台，虽然她明知两人要看什么节目。每周六总是看同一出。即使觉得多一分钟都无法忍受，这对双胞胎仍喜欢千篇一律的东西。茱莉亚在CNN那个台稍作停顿。布什总统正在一间会议室里与卡尔·罗夫[1]商谈。"把他们炸了。"瓦伦蒂娜说。双胞胎姐妹同时对着总统与助手比中指。茱莉亚转换频道，最后转到《这

---

1 卡尔·罗夫，曾任白宫政治顾问，被称为"布什的大脑"。

幢老屋》[1]。她调大音量，小心别突然发出爆响，免得吵醒她们的父母。瓦伦蒂娜跟茱莉亚坐在沙发上，彼此缠在一起，茱莉亚把腿跨在瓦伦蒂娜的大腿上。她们的虎斑老猫穆奇就坐在瓦伦蒂娜旁边。两人把格子呢羊毛毯拉来盖住身子，用装可可的马克杯来暖手，盯着电视，对其他事情茫然无觉。周六早晨她们可以一口气看完四集《这幢老屋》的重播。

"皂石厨房料理台。"茱莉亚说。

"嗯……嗯……"瓦伦蒂娜着迷地说。

这间家庭娱乐室的光线昏暗，唯一的光源来自电视与前窗，如果光线更强，这间房子会让人难以招架，因为里面的物品全是鲜黄绿、亮红格子呢或是与高尔夫有关。整间房子的装饰手法相当大胆。家具不是过度填塞、用轧光印花布套住、以雾面金属或毛玻璃制成，就是用有如冰淇淋口味的色彩漆成。艾蒂是室内设计师，她喜欢拿自己的房子来练习，而杰克早已放弃对这件事情发表意见。这对双胞胎姐妹笃信，母亲的品位是全世界最荒谬绝伦的。这点可能不是真的，毕竟莱克福里斯特的住家大部分都是这个模样，只是较为昂贵的版本。她们喜欢家庭娱乐室，因为这是父亲的地盘，丑陋到讽刺的程度。只要还算舒适，杰克都很乐意顺从家人的要求。

这对双胞胎本身在这栋房子里就显得怪。其实，不管到哪儿去，她们看起来都相当诡异。

她们在今年冬日的周六年满二十。茱莉亚是双胞胎姐姐，早生六分钟（对她而言深具意义）。茱莉亚抱着当老大的决心，硬是用手肘挤开瓦伦蒂娜，这种场面不难想象。

这对双胞胎非常苍白消瘦，就是令女孩子们羡慕、让为人母者担忧的那种瘦法。茱莉亚身高五英尺一点五英寸。瓦伦蒂娜比姐姐

---

[1] 《这幢老屋》，美国公共电视频道以修缮房子为主题的电视节目，花费几周的时间跟踪拍摄房屋的整修过程，自一九七九年起播映至今。

矮了零点二五英寸。两人都有细柔飘逸的白金色头发，蛛网般的鬈发悬在脸庞周围，在耳垂旁边弹跳，给她们一种蒲公英结籽的模样。她们的脖子修长，小胸平腹。脊椎的骨节明显可见：皮肤底下长长笔直的脊柱隆起。她们常被误认为营养不良的十二岁孩子，适合来演出电视版的维多利亚时代孤儿。她们有灰色的大眼眸，两眼分得相当开，几乎像是外斜视。心形脸庞，上翘的纤细鼻子，弓形嘴唇，一口直牙。两人都有咬指甲的习惯，身上也都没刺青。瓦伦蒂娜自觉笨拙，希望能有茱莉亚那种如鱼得水的自在气息。其实，瓦伦蒂娜的娇弱模样，倒容易对别人产生吸引力。

很难清楚指出到底是什么让这对双胞胎显得怪异。看到她们在一起，大家就会感到不安，却不清楚原因何在。这对双胞胎不只是同卵双生，还是镜像双生。这种镜像效果不仅限于她们的外貌，也跟她们体内的每个细胞息息相关。茱莉亚嘴巴右边的小痣，生在瓦伦蒂娜嘴巴左侧。瓦伦蒂娜是左撇子，茱莉亚惯用右手。两人独自出现的时候看起来并不反常。X光片最能彰显令人惊异之处：茱莉亚的身体组织相当寻常，但瓦伦蒂娜的五脏六腑却完全相反。她的心脏在右侧，心室构造完全颠倒。瓦伦蒂娜出生时心脏有缺陷，必须接受手术。当时为了用平常习惯的方式来观察她的小小心脏，开刀的医生用镜子作为辅助。瓦伦蒂娜有哮喘病，茱莉亚却连感冒都很少。瓦伦蒂娜的指印几乎与茱莉亚的相反（连同卵双生子都不会有一模一样的指纹）。她们基本上仍是一体，虽然完整但内含矛盾对立。

双胞胎专注地坐着，看着接近太平洋的一栋豪宅重钉墙面板，用砂纸磨光并上漆、修复屋顶窗、重建烟囱、拆除壁炉坐台、更换一副新的。

这对双胞胎酷爱属于过去的事物。她们的卧房看起来仿佛曾经属于另一栋房子，仿佛这卧房迷了途，而这栋普通平房发挥善心收养了它。双胞胎十三岁时，把墙上邋遢的花饰壁纸剥除，把毛绒玩具与娃娃全部送给美国退伍军人协会，宣告她们的房间是博物馆。

目前的展品是一个塞满塑料十字架的旧鸟笼，搁在小桌上。小桌原先贴满 Hello Kitty 贴纸，现在用钩针编织的网眼布垫盖住。房里的其他东西一概为白色。这就是埃桑迪斯[1]姐妹的卧房。

屋外，吹雪机开始轰隆作响。天空逐渐转为万里无云、阳光灿烂。《这幢老屋》第四段片尾制作人员名单在屏幕上滚动时，双胞胎坐正，伸伸懒腰，把电视关掉。穿着涡纹花呢浴袍的她们站在窗前，眯眼望着塞拉芬·加西亚清理她们家的车道（打从她们还是婴儿起，他就负责修整他们家的草坪，替他们吹走积雪）。他看到她们便挥了挥手。她们也挥手致意。

她们听到父母的骚动声，可是知道这并不表示他们很快就会起床。艾蒂跟杰克两人喜欢在周末赖床。昨晚，他俩到奥文夏俱乐部[2]参加派对，双胞胎在三点左右听到他们进门。"不是应该相反吗？"茱莉亚对瓦伦蒂娜说，她已经不是第一次这样有感而发了，"应该是我们让他们觉得焦虑吧？"双胞胎继续进行平时周六早晨的下一个活动：煎饼。她们会煎足够的分量，等艾蒂跟杰克终于现身时，如果他们想吃，就可以拿一些去微波炉里加热。茱莉亚负责搅拌面糊，由瓦伦蒂娜倒入浅平的煎锅，站着凝视浅黄色圆饼冒出空气泡泡，然后破掉。她喜欢翻动煎饼。她替自己做了五个小的，也替茱莉亚煎了五个。茱莉亚泡好咖啡。她们就在厨房里吃，坐在小岛般的桌子上，四周环绕着非洲堇，还有好似守护神[3]塑像的饼干玻璃罐。

早餐过后，双胞胎清洗碗盘。然后穿上牛仔裤与上面印有"BARAT"字样的连帽运动衫。（这是当地的一所大学，双胞胎上了一学期就休学了，声称那会浪费她们的时间跟杰克的钱。那是她们上过的第三所大学。她们原本得到了康奈尔的正式录取，可是茱莉

---

[1] 埃桑迪斯（Des Esseintes），法国作家于斯曼斯小说《反常》中的主人公，是个离群索居的古怪美学家，憎恨十九世纪布尔乔亚的社会，想要隐退到自己创造的理想艺术世界里。
[2] 奥文夏俱乐部，一座十八洞的高尔夫球场。
[3] 守护神，此指神话故事中的地下宝藏守护神，常作为花园装饰物。

亚在春季那学期罢课。校方要求她退学时,瓦伦蒂娜陪她一起回了家。后来她们又在伊利诺伊大学多撑了一年,可是茱莉亚怎么都不肯再回去。)邮差沿着小径蹒跚走来,将邮件塞进信箱细缝。邮件落在门厅地板上时,发出响亮的声音。双胞胎聚拢过来。

茱莉亚抓起那堆邮件,开始一件件地往饭厅桌上抛。"Pottery Barn[1]、Crate and Barrel[2]、ComEd[3]、Anthropologie[4]、给妈的信……竟然还有给我们的信?"双胞胎很少收到信件,她们的对外通讯向来依赖网络。瓦伦蒂娜从茱莉亚手中取走沉重的信封。她站着掂掂重量,摸摸纸张的触感。茱莉亚从她那里把信拿回来。她们面面相觑。是律师事务所的来信。从伦敦寄来的。双胞胎从未去过伦敦。她们不曾离开过美国。她们的妈妈从伦敦来,可是艾蒂跟杰克很少谈到这点。艾蒂现在是美国人了,她已经本土化了,或者说装成本土化了。普尔一家住在芝加哥郊区,那个区域开发之始,就意在模仿英国村庄。双胞胎注意到,艾蒂在怒火中烧或想让人留下印象时,口音就会重现。

"打开吧。"瓦伦蒂娜说。茱莉亚的手指胡乱摸索着脆硬的纸张。她走到客厅窗边,瓦伦蒂娜尾随她。瓦伦蒂娜站在茱莉亚背后,把下巴靠在茱莉亚的肩上,双臂环抱茱莉亚的腰。双胞胎看起来就像一个长了双头的女孩。茱莉亚举高信件,好让瓦伦蒂娜看清楚点。

茱莉亚与瓦伦蒂娜・普尔
彭布里奇路九十九号
美国伊利诺伊州 60035 莱克福里斯特

---

1 家具店名。
2 家居用品店名。
3 伊利诺伊州规模最大的电力公司。
4 综合居家杂货与服饰零售品牌。

亲爱的茱莉亚与瓦伦蒂娜·普尔：

　　我很遗憾地通知你们艾丝沛·爱丽斯·诺柏林阿姨的死讯。虽然她从未见过你们，但她相当关心你们的福祉。去年九月，她得知自己因病将不久于世，便重立了一份遗嘱。我已随信附上那份文件的复印件。你们是她的遗产受赠人，也就是说，她要把个人所有的财产全部遗赠给你们，只除了几份给朋友与慈善机构的小型遗赠。等你们满二十一岁，就能接受这份遗产。你们必须遵循下列条件，方能获得遗赠：

　　一、诺柏林小姐在伦敦拥有一间公寓，就在海格特的佛垂沃庭院。公寓毗邻海格特村里的海格特墓园，地处伦敦非常宜人的一区。她将这层公寓遗赠给你们，如果你们想卖，得先住满一年。

　　二、获得这整份遗赠的条件是，其中没有任何一部分可以用来嘉惠诺柏林小姐的妹妹艾蒂温娜或她的先生杰克（你们的双亲）。再者，严禁艾蒂温娜与杰克·普尔涉足这层公寓，也不能查看内部的物品。

　　如果你们答应遵照这些条件接受诺柏林小姐的遗产，请让我知道。如果你们有任何疑问，我随时可以答复。

　　诺柏林小姐的遗嘱执行人是罗伯特·范肖。如果你们接受阿姨的遗赠，他就会成为你们的邻居，因为他就住在她楼下的公寓。这份财产的相关事项，范肖先生也能提供协助。

　　祝　好

哈维耶·罗奇
罗奇、艾德里奇、波茨与莱弗利有限责任合伙公司律师
汉普斯特高街 **54D**
汉普斯特，伦敦，NW31QA

　　茱莉亚与瓦伦蒂娜交换了一下眼神。茱莉亚翻到下一页，上头

的字迹与艾蒂相似得令人不安。

亲爱的茱莉亚与瓦伦蒂娜：

你们好。我原本希望有一天能与你们相见，可是现在不可能了。你们可能想知道我为何要把杂七杂八的没用东西留给你们，而不留给你们的母亲。我能给出的最好理由是，我对你们怀抱希望。我很好奇你们会怎么处理这些东西。我想这可能会挺有意思的，甚至乐趣十足。

我跟你们的母亲在过去二十一年来彼此疏远。如果她愿意，可以由她来告诉你们事情的经过。你们可能认为我遗嘱的条件有些严苛，但你们恐怕得自己决定要不要接受这些条款。不是想在你们的家庭里造成不和，我只是想要保护个人的过去。死亡的坏处之一就是我开始觉得自己好像正要被抹除。另一个坏处是，我无法得知事情接下来的发展。

我希望你们能接受。想到你们两个住在这里，我就感到莫大的欢喜。我不知道提到这点会不会有影响，不过那层公寓很大，满是趣味横生的书籍，而且伦敦是个让人惊艳的居住地（不过在此生活恐怕相当昂贵）。你们的母亲跟我说，你们从大学休学，不过你们是自学型的。要是如此，你们可能会很喜欢住在这里。

不管你们如何抉择，我都祝福你们幸福快乐。

爱你们的，
艾丝沛·诺柏林

接着还有更多纸张，可是茱莉亚整叠搁下，开始绕着客厅踱步。瓦伦蒂娜靠在扶手椅的背部，看着茱莉亚绕着矮桌、沙发，继而岔出去绕了餐桌几回。伦敦啊，瓦伦蒂娜想。这想法庞大又阴暗，这个词好似黑色巨犬。茱莉亚停下来，转身向瓦伦蒂娜咧嘴一笑。

"简直就像童话故事。"

"或是恐怖电影,"瓦伦蒂娜说,"我们就像剧中那种阅历不深的纯真少女。"

茱莉亚点点头,继续踱步。"先摆脱掉父母,再引诱没戒心的女主角到阴森的老豪宅。"

"那只是公寓。"

"随便啦。然后……"

"连续杀人狂。"

"白人蓄奴。"

"或者你知道,就跟亨利·詹姆斯[1]一样。"

"我想大家现在不会因为肺结核死掉。"

"在第三世界还会啊。"

"是啦,哎,英国有社会医疗保险。"

瓦伦蒂娜说:"爸妈不会喜欢的。"

"的确不会。"茱莉亚说。她用手指扫过饭厅的餐桌,发现一堆面包碎屑。她走进厨房,沾湿一条抹布,拿来擦拭桌子。

瓦伦蒂娜说:"要是我们不接受,会怎么样?"

"我不知道。信的哪里一定写着吧,"茱莉亚顿住,"你该不会真的考虑拒绝吧?我们等的不就是这种机会吗?"

"甜心,那是什么?"艾蒂站在客厅与玄关之间的拱门下,眯眼望着她俩。她的头发乱七八糟,浑身一副邋遢的模样。两颊透着浓浓的粉红,仿佛刚被人掐过。

茱莉亚说:"我们收到一封信。"瓦伦蒂娜从小边桌一把将信捞起,带去给母亲。艾蒂看着回信地址说:"我还没喝咖啡以前,没办法处理这种事。"瓦伦蒂娜走过去替她倒了一杯。艾蒂说:"茱莉亚,去叫你爸起来。"

"嗯……"

---

[1] 亨利·詹姆斯(1843—1916),美国作家,一九一五年加入英国籍。

"跟他讲是我说的。"

茱莉亚沿着走廊蹦跳而去。瓦伦蒂娜听到她一面打开父母卧房的门，一面尖声唤道："爸啊……"好极了，瓦伦蒂娜心想，何不干脆用碎冰锥？艾蒂取来她阅读专用的眼镜，等杰克拖着身子走进饭厅，她已读完了信的头几页，正开始看遗嘱。

杰克·普尔曾经俊美，是那种身材壮实、大学运动队员型的俊俏。他的黑发现在夹杂了丰厚的灰丝。头发蓄得比银行里的其他男性都长。他相当高大，远远高过娇小的妻子与女儿。岁月让他的五官变得粗糙，腰围也跟着粗壮起来。杰克在人生的清醒时光中，大多都是西装打扮。到了周末，他喜欢不修边幅。此刻他正穿着一件老旧的紫褐色浴袍，还有一双巨大的、有裂口的羊皮拖鞋。

"嘿吼嘿。"杰克说。那是个老笑话，但是缘由早已遗落在双胞胎童年早期的迷雾之中。意思就是，给我来点咖啡，不然把你们吞下肚哦。茱莉亚替父亲倒了一杯，放在他面前。"好了，"他说，"我醒了。有什么急事？"

"是艾丝沛，"艾蒂说，"她不仅要把那个留给她们，还要把她们从我们这里挖走。"

"什么？"杰克伸出手，艾蒂把一部分的信摆在他手上。他们肩并肩坐着读信。

"恶毒的婊子。"杰克说，没带太多情绪或诧异。茱莉亚跟瓦伦蒂娜在桌边坐下，望着父母。这些人是谁啊？以前出过什么事？为什么艾丝沛恨他们？他们为什么恨她？双胞胎瞠目对望。我们会找出原因的。杰克读完，往浴袍口袋里摸找香烟与打火机。他把它们摆在桌上，可是并没点烟，他朝皱着眉的瓦伦蒂娜瞥了一眼。杰克把手覆在那包香烟上，让自己放心香烟还在。瓦伦蒂娜从她的运动衫口袋里掏出吸入器，搁在桌上，对着父亲露出微笑。

艾蒂抬头看着瓦伦蒂娜，"如果你们不接受，大部分遗产会转赠给慈善机构。"她说。双胞胎暗忖，两人之间的对话不知让母亲听到了多少。艾蒂正在读遗嘱里的一项追加条款，里面指示某个名叫罗伯特·范肖的人，将公寓里的私人文件全数撤走，包括日记、信件与照片，而这些文件也将归他所有。艾蒂思忖，这个罗伯特是何方神圣，姐姐竟然指定他当她们过往一切的监护人。可是重点在于，她安排在双胞胎抵达公寓以前，清空文件。艾蒂最恐惧的事，就是艾丝沛会留下任何证据，与双胞胎产生纠葛。

杰克把艾丝沛的来信摆在桌上，靠向椅背，看着妻子。艾蒂把遗嘱拿离一个手臂之遥，满脸怒容地重读了一回。杰克心想，亲爱的，你好像不怎么诧异嘛。茱莉亚与瓦伦蒂娜看着艾蒂读信。茱莉亚一脸狂喜，瓦伦蒂娜焦躁难安。杰克叹了口气。虽然他曾经努力要把女儿们从这座平房里推出去，让她们进入真实的世界，可是他心里盘算的所谓世界是大学，最好以全额奖学金上常春藤盟校。双胞胎的学术能力评估测试成绩几近完美，虽然她们过去的成绩时好时坏，可是到了现在，她们的成绩单会让任何一位招生部主任却步。他想象茱莉亚与瓦伦蒂娜在哈佛或耶鲁，甚至是莎拉·劳伦斯学院，稳稳当当地安顿下来。唉，连本宁顿学院都行。瓦伦蒂娜看了他一眼，漾起笑容，微微挑起她几乎隐形的眉毛。杰克想到自己最后一次见到艾丝沛的模样，她在机场排队时一面啜泣。女孩们，你们不记得她。你们不知道她干得出什么事来。艾丝沛过世的时候，杰克有如释重负之感。诺柏林小姐，我不知道你暗中还留了一手。他之前从未低估过她的能耐。他站起身，将香烟跟打火机掬入掌心，往书房走去。他关起门以后，倚着门点烟。至少你死了。他把烟吸入，让它从鼻孔冉冉飘出。人的一生最多应该只需应付一位诺柏林姐妹。他细细斟酌，觉得自己最终挑中了对的那个姐妹，因而心生感念。他站着吐出烟圈，思索当初可能有的不同后果。等杰克再走进饭厅时，自觉情绪稳定了些，几乎开朗起来。尼古丁这东西真是棒极了。

艾蒂直挺挺地坐在椅子上，双胞胎往前欠身，手肘靠在桌面上，双手撑起下巴。茱莉亚说："可是我们从没见过她啊。她何必留东西给我们？为什么不留给你？"瓦伦蒂娜的身子往旁边倾斜。

杰克往自己的椅子上一坐,艾蒂无言地凝望着她们。茱莉亚说:"为什么你们从不带我们去伦敦?"

"我有啊,"艾蒂答道,"你们四个月大的时候,我们去过伦敦。你们见了外婆,她后来就在那年过世了。你们还见过艾丝沛呢。"

"是吗?你真的带我们去了?"

艾蒂起身,穿过走廊往卧房走去。她消失了几分钟。瓦伦蒂娜说:"爸爸,你也去了吗?"

"没有,"杰克说,"我当时在那边不怎么受欢迎。"

"哦。"为什么不呢?

艾蒂拿着两本美国护照回来。她把一本递给瓦伦蒂娜,另一本给茱莉亚。她们翻开护照,盯着自己的模样。看到新生儿的照片还挺怪的。戳印上盖着"一九八四年四月二十七日希思罗机场"和"一九八四年六月三十日欧海尔国际机场"。她们交换护照,比较照片。要是没有名字,就无法判断照片里的是哪一个。我们像是长了芽眼的马铃薯,茱莉亚心想。

双胞胎把护照搁在桌上,望着艾蒂。艾蒂的心怦怦直跳。你们不懂怎么回事的。别乱问。不关你们的事。就放我一马,饶过我吧。她绷着脸,跟她们大眼瞪小眼。"妈,为什么她不留给你?"瓦伦蒂娜问。

艾蒂瞟了杰克一眼,"我不知道,"她说,"你得问她。"

杰克说:"你们的母亲不想谈这件事。"他把散落在桌面上的文件收拢成叠,靠着桌子让那叠纸的底部对齐,然后递给茱莉亚。他站起来,"早餐吃什么呢?"

"煎饼。"瓦伦蒂娜说。他们全部站了起来,试着继续正常周六早晨的例行活动。艾蒂替自己倒了更多的咖啡,用两手稳住杯子喝着。她在害怕,瓦伦蒂娜想,自己也跟着恐惧起来。茱莉亚步伐似舞地穿过走廊,把遗嘱高举在头上,仿佛涉水越过涨潮的河流。她走进双人卧房,将门带上。然后开始在厚实的地毯上原地跳跃,握拳击打顶上的空气,一面无声呐喊着,耶!耶!耶!

那晚，双胞胎面对面地躺在茱莉亚的床上。瓦伦蒂娜的床铺皱乱，但并未使用。她俩脚碰着脚。双胞胎身上隐隐散发出海带与某种甜甜的气味。她们正在试用新的润肤乳。她们听见房子在夜里渐渐平息了噪音。她们在铁铸床头板上穿绕了蓝色的光明节[1]灯饰，提供卧房幽暗的照明。茱莉亚睁开眼睛，看到瓦伦蒂娜正盯着她。

"嘿，鼠儿。"

瓦伦蒂娜低语："我会怕。"

"我知道。"

"你不怕吗？"

"不怕啊。"

瓦伦蒂娜闭上双眼。当然不会了。

"鼠儿，会很棒的。我们会有自己的公寓，而且不用工作，至少好一阵子不用。我们想做什么都行，有百分之百的自由啊，你知道吗？"

"到底是做什么的自由？"

茱莉亚挪挪身子，仰躺下来。啊，鼠儿，别那么胆小嘛。"我会在那边。你也是。我们哪里还需要别的？"

"我以为我们要回去上大学。你明明答应过。"

"我们到伦敦上大学。"

"可是还有一年。"

茱莉亚没回答。瓦伦蒂娜直盯着茱莉亚的耳朵，在半明半暗之中，耳道好似一条通往茱莉亚脑袋瓜的神秘小隧道。要是我够小，我就会爬到里面，告诉你该怎么做，你就会以为那是你自己的想法。

茱莉亚说："才一年。要是我们不喜欢，就把它卖了，然后回国。"

瓦伦蒂娜默默不语。

---

1 犹太人的节日。

过了片刻，茱莉亚牵起她的手，两人的手指交缠。"我们得好好准备一番。我们不要像那些去欧洲的笨美国人一样，只在麦当劳吃饭，不讲当地地道的语言，而是用英语大声嚷嚷。"

"可是英国人讲英语啊。"

"鼠儿，你知道我的意思。我们得认真研读一下。"

"好吧。"

"好。"她们挪挪身子，侧贴躺好。肩膀互贴、两手紧握。瓦伦蒂娜想，也许在伦敦，我们可以有一张比较大的床。茱莉亚盯着天花板"家庭站"[1]的恐怖挂灯，在心里罗列她们需要注意的所有事项：汇率、疫苗、足球、皇室……

瓦伦蒂娜躺在茱莉亚的床上，思索茱莉亚的耳朵内部，也想到自己的耳朵结构跟她恰恰相反。要是把耳朵抵在茱莉亚的耳朵上，捕捉到一个声响，那声响会不会无止境地来回摆荡，困惑又凄凉？我听到的会不会是前后颠倒的呢？万一是伦敦的声音呢？他们那边的车子在相反的方向开。我听到的可能是正向的声音，而茱莉亚听到的是反向的声音。搞不好伦敦的东西全部跟这里的相反……我可以随心所欲，没人可以对我颐指气使……瓦伦蒂娜听着茱莉亚的呼吸声。她试着想象如果独自一人，自己会做些什么。可是她不曾单独做过任何事情，于是挣扎着构想某种计划，继而精疲力竭地放弃。

艾蒂躺在床上等待杰克入睡。因为杰克会打呼，通常她会努力先睡着，可是今晚思绪奔驰，她知道努力没用。最后她转身侧躺，发现杰克正睁眼面向她。

"没事的啦，"杰克说，"她们以前也离开家过，那时就没事啊。"

"这次不一样。"

"因为是艾丝沛吗？"

"也许吧，"她说，"可能只是因为……太远了，我不想让她们

---

[1] 家庭DIY用品连锁店。

过去。"

他用手臂揽住她的腰际,她往他身上依偎。我很安全。我在这里很安全。杰克是她的防空洞、她的人肉盾牌。"还记得她们去康奈尔的时候吗?"他说,"房子是我们两人的天下,记得有多棒吗?"

"是啊……"当时让人出乎意料:没有孩子的婚姻生活竟然如此刺激有趣。那种感觉至少维持了一阵子。

"艾蒂,她们都二十岁了。早该离开家了。我们当初应该送她们到不同的学校去。"杰克说。

她叹了口气。你无法体会的。"太迟了。艾丝沛抢走了主动权。"

"也许她帮了我们一个忙。"

艾蒂没回答。杰克说:"回想当初,你在她们那个年纪的时候,也急着想独立啊。"

"那不一样。"

他等她说下去,但她并未多说,于是他极为轻声地说:"为什么呢?艾蒂?为什么不一样?"可是她紧闭双唇,合上眼睛。他说:"你可以跟我说啊。"

她睁眼微笑,"杰克,没什么好讲的。"她再次转身,把脸从他那边扭开,"我们应该想办法睡一觉。"

就差那么一点,他想。他不确定自己是失望还是松了口气。"好吧。"杰克说。他们并肩躺卧良久,倾听彼此的呼吸,最后杰克开始打鼾,任由艾蒂单独面对自己的思绪。

漂白水

有了网络这项发明,马丁得以一举抛弃外面的世界。或者该说,网络让他把外在世界的角色,降级为他个人世界的支持系统。

他个人世界欣欣向荣于公寓之内。

马丁没料到玛莱格会离开他。将近二十五年来,她一向默然接受他的仪式,从旁协助并怂恿他越发严厉的强迫行为。他不明白她现在为何会离开。"你就像个坏宠物,"她曾跟他说,"你就像足不出户的人形松鼠,日日夜夜坐在公寓里,舔着同一个地方。我希望能够打开窗户,我希望进公寓的时候,不用先往脚上套袋子。"这是他们当时在厨房里的对话。窗户全用胶带封住、贴满报纸,两人的袜子上都套了塑料袋。马丁无从招架,反驳不了玛莱格的断言。他的确是人形松鼠,他自己心知肚明。可是要是她离开,谁来照顾他呢?"你是个有博士学位的五十三岁大人,有电话跟计算机,你没问题的。叫罗伯特替你把垃圾拿出去。"两天之后,玛莱格就离开了。

她留给他的冷冻餐点足足有两星期的分量,还有一张列出网站与电话号码的清单。塞恩斯伯里[1]会外送生活杂货与清洁用品;马莎百货会寄裤子跟袜子;由罗伯特替他寄信,并把垃圾拿去楼下的垃圾箱。

说到底,这种生活方式还不赖。除了自己之外,不需要取悦别人。他非常想念玛莱格,可是并不思念她责难的瞪视和她的高声叹息,也不思念她踏错脚进门,还有他要她离房重来一次时她大翻白眼的模样。他从一家可疑的网络公司订购五千双胶乳手术手套时,不会看到她眉头紧蹙的样子。他订这批货时,顺道买了一套量血压的用具、一副防毒面具,加上一件军队剩余的沙漠迷彩连衫裤,那个网站声称这件衣服足以抵挡化学武器。

还有各种物超所值的东西有待抢购。他从另一个网站上订购了四桶五十公升装的漂白水。这一举动把罗伯特引到了他家门口。

"马丁,楼下有个家伙带了一大堆漂白水来。他说是你订的,得要人签收才行。屋里摆那么多漂白水,你觉得这样安全吗?容器上有各种吓人的图文,像是两手有烟冒出来,还有一堆警告文字,

---

[1] 英国知名的连锁超市。

"你确定这样好吗?"

马丁觉得棒透了。他的漂白水老是不够用。他只对罗伯特说,他会非常小心,然后请对方将漂白水摆在厨房里。

马丁越深入网络世界就越明白,只要付钱购买,所有的东西都会送上门来。比萨、香烟、啤酒、放养鸡下的蛋、《卫报》、邮票、灯泡、牛奶,只消开口要求,这些都行,而且还有更多。他从亚马逊上订了好几打书,不久以后,未开封的箱子就在走廊上层层堆高。他想念在斯坦福[1]以及长亩路上的地图店里东逛西逛的感觉。当他发现地图店的网站时,更是喜出望外。地图连同他从未到访之地的旅游指南一起被寄送过来。他一时灵光乍现,把斯坦福店里关于阿姆斯特丹的一切全订购了下来,把那座城市的地图一张张贴在他的卧室墙上。他画出玛莱格在他想象中的活动路线。他猜她住在约丹区,他猜中了(虽然他并不知情)。他指定了一条路线给她,在想象中伴随她沿着运河骑单车,去采买所有他不愿意吃但她爱极了的怪异蔬菜:茴香、耶路撒冷朝鲜蓟、芝麻菜。他不觉得它们称得上食物。马丁靠热茶、烤吐司、鸡蛋、肉排、马铃薯、啤酒、咖喱、米饭以及比萨过活。他特别难以抗拒布丁。可是在他的想象里,玛莱格会流连在阿姆斯特丹的露天市场里,往单车车篮里放满小苍兰跟孢子甘蓝。他回忆起几十年前,他跟玛莱格在此地散过步,美妙至极的春日傍晚,两人为彼此心醉神迷。当时,阿姆斯特丹噤声不语,船只声响与海鸥啼鸣从十七世纪运河沿岸的房子反弹回来,仿佛播放着来自过往的录音。马丁会站在房里,用食指指尖压在地图上,就在玛莱格目前任职的广播公司那里。他会合上眼睛,默默重复念诵她的名字,蠕动嘴唇,前后一百回。他这样做是为了阻止自己打电话给她。常常这样就足够了。有的时候,他非得拨电话不可,可是她从不接电话。他想象她扳开手机,皱眉瞪着他的号码,继而"啪"地关上。

---

[1] 世界上最大的地图与旅游书店。

一片狼藉的公寓中，马丁的书桌是一座循规蹈矩的孤岛。他成功地维护了自己的工作空间，不让强迫症染指。坐在桌前时，如果某种执念开始困扰他，他就会起身，把它带到公寓的其他区域去处理。除了每个工作时段一开始与最后的清洁仪式，马丁一直让书桌保持在安宁的绿洲状态。他的电脑以往只限于工作用途，电子邮件仅用于跟编辑和校对通信。除了设计填字谜题，马丁也做翻译，把好几种隐晦的古代语言转译成现代文字。他是某个网络论坛的成员，那个空间让世界各地的学者得以辩论不同版本文本的优点，讥笑不属于这个论坛的译者作品来互娱。

可是现在网络开始干扰他万分珍惜的书桌小岛。他发现自己在eBay追踪水族箱过滤器的拍卖状况，每十分钟左右就去亚马逊网站看看自己字谜书的销售状况。显示的销售排名总是令人沮丧，像是673082或是822457。有一次他最近的一本书排到第9326名，整个下午他喜滋滋的，直到就寝之前再上网站，发现名次掉到了787333。

马丁发现，虽然在网络上可以找到"火辣的年轻女孩与你相会"、"大胸脯"这类数不胜数的机会，来满足自己的私欲与他人的贪婪，但就是遍寻不着玛莱格。他反复利用谷歌来搜寻她，可是她就是那种罕有纤细的生物，成功地完全存在于真实世界里。她没发表过一份报告，也没得过奖项，不曾公开自己的电话号码，更没参加任何聊天室或邮件用户列表服务。他想她在公司一定有电子邮件，可是电台名录没把她列出来。单就网络来看，玛莱格并不存在。

时光荏苒，马丁开始纳闷，那位名叫玛莱格、曾与他共同生活、亲吻他、朗读以初春为题的荷兰语诗词的女人，到底是否存在过？几个月过去了，马丁埋头设计字谜与翻译，拼命清洗双手直到流血、数算数字、反复检查，然后又因为清洗、数数、检查而痛责自己。他拼凑起来的冷冻食品千篇一律，用微波炉加热之后，拿到厨房桌上，边阅读边进食。他自己洗衣服，过多的漂白剂使衣服越来越薄。有时他会聆听天气，飘雨与冰雹、罕有的雷鸣、风啸。有时他不禁好奇，要是把屋里所有的钟都停下来，会发生什么事？网络世界的运作不受时间限制，马丁觉得要是把钟停下，自己可能有如脱缰野马一般，昼夜不停地运转。这想法让他沮丧不已。没了玛莱格，他自己只不过是个电子邮件地址。

每晚，马丁躺在他俩的床上，想象玛莱格在自己的床铺上。多年下来，她变得有点丰腴，他爱她圆胖的模样、爱她在被单底下的温度、重量和曲线。她有时会轻声打鼾。马丁在黑暗中竖耳倾听，直到自己几乎能听到她那微小的鼾声，穿透阿姆斯特丹的卧房飘传而来。他会一再叫她的名字，直到那名字渐渐化为无意义的声响。玛—莱—格，玛—莱—格。这名字最后成了寂寞辞典里的一个条目。他想到她独处的样子。他从来不准自己乱想玛莱格是否早已另觅对象。连在心里构思那个问题，他都无法忍受。唯有在彻底想象过她的模样（她的脸伏贴在枕上的皱褶、她的腰臀在毯子下的鼓起）之后，马丁才能放任自己入睡。他苏醒时，常常发现自己已痛哭了好一会儿。

随着每晚过去，他发现越来越难以精确地回想起玛莱格的相貌。他惊慌失措，于是在公寓的四处钉上好几打她的相片。不知为何，这却只让情势更加恶化。他真切的记忆开始被那些影像取代。他的妻子，一个完整的人类，渐渐化成长方小白纸片上的染料组合。他看得出来，连相片的色调都不如最初冲洗时那般鲜丽多彩。重新冲洗照片没有用处。玛莱格像被漂白一样逐渐淡出他的记忆。他越是努力挽留她，她似乎消隐得越是快速。

海格特墓园的夜晚

没开灯，罗伯特端坐在桌前。他向前窗眺望，佛垂沃枝缠叶绕的前侧花园正隐没于暮霭中。正值六月，光线似乎徘徊不去，仿佛这座花园遗落于时光之外，成为自身的庞大影像。月亮升起，近乎圆满。他站起来晃晃身体，拿起夜视型望远镜与手电筒，穿越公寓到后门。他悄悄溜下阶梯，想起马丁老是担心有外人入侵。罗伯特避开贯穿后花园的碎石小径，吧唧吧唧地踩过覆满苔藓的土地，走到花园墙壁的那扇绿门前。他打开门锁，穿墙进入墓园。

他站在沥青路面上，也就是泰瑞斯墓窖的顶部。墓窖两端有阶梯通往地面。今晚他借道西侧阶梯，前往狄更斯小径。他没用手电筒。天篷似的厚密繁叶下一片漆黑，但他摸黑走这条路已经好多次了。

他最喜欢夜里的海格特墓园。夜间没有访客，也没杂草要拔，更不会有记者的发问探询。只有墓园本身，在月光下绵延铺展，好似柔软灰蒙的幻景、维多利亚式的忧郁多岩荒地。有时他真希望自己能与杰西卡结伴，沿着昏暗的小径漫步，享受傍晚的噪音，以及在远处彼此呼唤、他一经过就静止的动物的陪伴。可是他知道杰西卡在家，早已入眠。要是她知道他在夜间逗留，肯定会将他逐出墓园。他替自己找台阶下，告诉自己正在巡逻，旨在保护墓园免受破坏狂和自诩为吸血鬼的猎捕者的伤害，一九七〇与八〇年代，这些人在此纠缠不去。

夜里，罗伯特有时的确会在墓园遇见别人。去年夏天有一小段时间，围绕墓园西南边缘的尖刺铁篱笆缺了一根栏杆。就在这段时间，傍晚时分，罗伯特开始在墓园里看见小孩。

头一次发生在罗伯特坐在一群一九二〇年代的坟墓当中时。他在高高的草地里替自己清出一个位置，非常安静地坐着，透过装了夜视望远镜的摄影机观看，希望能拍到一窝狐狸，它们的洞穴离他所坐之处才二十英尺。太阳在树林后方沉下，将篱笆外的房子映成剪影，上方的天际一片晕黄。罗伯特听到一阵瑟瑟声，便将摄影机往那个方向转。可是取景器照到的不是狐狸，而是一个孩子的幽影，正朝着他快跑过来。摄影机差点从他手中摔落。另一个孩子也出现了，追逐前一个。穿着短洋装的小女孩们，在坟墓之间默默奔跑穿梭，卖力呼吸但没出声叫喊。她们快跑到他身边时，有个男孩大喊，她俩转身，奔向篱笆，挤过缺口，接着消失不见。

罗伯特隔天早晨向办公室呈报栏杆破损的事。孩子们继续在傍晚到墓园里玩耍，罗伯特偶尔会观察他们，对他们的身份与住处心生好奇，想不通他们在坟墓之间默默进行的怪异游戏有何含意。几周以后，有个男人过来修缮篱笆。罗伯特那天傍晚沿着街道散步，经过那三个孩子身边时，觉得有点悲伤。孩子们聚集在那里，手搭在栏杆上，无语地直往墓园里望。

罗伯特最初将博士论文设定为历史作品：他将这座墓园想象成三棱镜，借此观看维多利亚时代社会的某个时期，当时的人们过度讲究到耸人听闻、辉煌灿烂、缺乏理性的最高点。如火如荼的卫生改革，加上具有阶级意识的创新，维多利亚人创造了海格特墓园这个哀悼的剧场、永恒安息的舞台场景。可是罗伯特实际研究时，却受到了长眠于墓园的人物的引诱，开始将论文转向传记故事。传闻轶事让他偏离正轨。当时的人为了似乎不大可能发生的来世生活，做出了精心详尽的准备。他爱上了这些终归徒劳的筹备，开始以私己的角度来观看墓园，失去了客观的视野。

他常常陪坐在知名科学家麦克·法拉第旁边。还有伊丽莎·巴罗，她是连续杀人狂弗雷德里克·塞登的受害者。他会在弃儿的无名墓那里沉思。罗伯特曾经耗费整晚，望着飘雪覆盖狮儿，就是看守托马斯·赛耶思的石狗像，托马斯是末代空手拳击手。瑞克里芙·霍尔[1]的墓上总是繁花锦簇，有时他会从她的墓上借走花束，转献给某个偏僻又孤单的坟墓。

罗伯特喜爱观察四季在海格特里流转循环的样貌。墓园从来不乏绿意，其中有很多植物与树木对维多利亚人来说，象征着永生。所以连冬季也有常绿树、柏树与冬青，柔化了坟墓里杂乱随意的几何线条。夜里，石头与积雪反射月光，罗伯特沿着小径嘎吱踩过那片床罩般的薄薄雪白时，有时会觉得自己轻飘飘的，失了重量。偶

---

1 瑞克里芙·霍尔（1880—1943），英国女诗人。

尔他会到佛垂沃庭院的工具棚里拿梯子，登上黎巴嫩环中央的草地，他会倚在那棵三百年的黎巴嫩雪松上，或是平躺下来，让视线穿过多节的树枝仰望天际。肉眼几乎看不见任何星辰，它们全被伦敦输电网络的光害所遮掩。罗伯特凝望黎巴嫩雪松叶隙之间的飞机闪光。这样的时刻，他总觉得有种强烈的恰当感：他的身躯与草地下方的逝者平静安宁地栖居于小室，而上方的星辰与器械漫游于苍穹。

今晚他驻足在罗塞蒂家族的墓旁，想起伊丽莎白·西德尔。论文里那个献给她的篇章，他重写了无数次，目的在于享受思索伊丽莎白的乐趣，而不是因为还有她的什么新鲜轶事可谈。罗伯特在心里恋恋回味她的一生：她出身寒微，是女帽制造商的女儿。前拉斐尔派画家发掘她，帮助她成为模特儿，继而使她升格为但丁·加百列·罗塞蒂爱慕的情妇。后来她罹患不知名的疾病，并痴痴久盼与罗塞蒂成婚，带着胎死腹中的女儿。她因鸦片酊[1]中毒而死。满心歉疚的但丁把一份独特的诗稿塞进妻子的棺柩。七年之后为了取回诗稿，在夜里燃起篝火，借光掘出伊丽莎白。这一切让罗伯特觉得津津有味。他闭眼站定，想象坟墓在一八六九年的模样，当时还没有被其他墓冢包围，篝火焰影摇曳不定，男人奋力掘地。

感觉好似过了良久，罗伯特沿着那条模糊隐蔽的小径，回头穿越坟墓，随意游荡。

他无法相信天堂的存在。童年时期在英国国教的浸淫下，他曾想象天堂是一片宽大辽阔的虚空，虽有阳光普照但相当寒冷，充满隐形的灵魂与死去的宠物。当艾丝沛逐渐走向死亡，他努力唤回这份老旧的信仰，往自己的怀疑论里深深挖掘，仿佛信仰只是较为古老的沉积物，只消开采掉一层层的老练世故与经验，就能重新获得。他重读招魂论者的小册子、百年前降灵会的记录，还有与灵媒合作的科学实验。他的理性奋起反抗：那是过去的历史，虽引人入胜，但并非真实。

---

[1] 旧时用于止痛、镇静与安眠。

这样的夜里,罗伯特或站在艾丝沛的墓前,或坐在孤寂的阶梯上,背靠着让人不适的铁格子。他站在罗塞蒂家族的墓地旁时,感觉不到伊丽莎白或克莉斯缇娜[1]的存在,这并不会让他觉得困扰。可是走访艾丝沛的墓地时,发现她竟然"不在家"等他,却让他惶惶难安。她刚过世不久的那段时间,他会在坟墓旁边徘徊不去,等着某种征兆。"我会缠着你不走的。"当医院告诉艾丝沛罹患绝症时,她曾说过。"尽管来。"他当时回答,并亲吻她嶙峋的脖子。可是,除了在回忆中,她并未纠缠他。她总在不对的时刻,在他的记忆里减弱萎缩或熊熊燃烧。

此刻,罗伯特坐在艾丝沛墓门前方的阶梯上,眼见黎明笼罩树林。对街的瓦特罗公园里传来鸟儿骚动、歌唱、喧闹与溅水的声响。三不五时会有车子沿着史维恩巷飞快驶过。等光线亮得足以让罗伯特看清艾丝沛对面坟墓的刻字时,他就起身往墓园后侧和泰瑞斯墓窖踅去。他看到圣麦可教堂的尖塔,可是墙壁遮住了佛垂沃。他登上泰瑞斯墓窖侧面的阶梯,越过墓窖的顶上,走到绿门。疲惫顿时袭来。在睡眠压倒他以前,他费了好大的劲才走回公寓。户外,墓园露出日间的面貌,黎明让位给白日,员工纷纷抵达,电话铃声响起,自然世界与人类世界在彼此连结的轴心上各自运转。罗伯特和衣入睡,沾满泥巴的运动鞋摆在床边。接近晌午时,他步入墓园办公室,杰西卡说:"我亲爱的孩子,你怎么一副虚脱的样子呢?喝点茶吧。你从不睡觉的吗?"

周日午后

伦敦在无云的六月天际下闷烤着。杰西卡·贝茨的后花园里,

---

[1] 克莉斯缇娜,英国女诗人,但丁·加百列·罗塞蒂之妹。

罗伯特斜倚在破旧的柳条躺椅上,手里握着频冒水珠的金汤尼,一面看着准备玩槌球的杰西卡的孙子。那是周日午后,他隐约有种来错地方的感觉。通常他与杰西卡两人都会在墓园里。在阳光如此灿烂的周日,总会有大批观光客聚集在大门口,手中挥舞着相机,抗议合适着装与禁带水瓶入园的规定。他们会絮絮叨叨地抱怨五英镑的导览费,不讲理地坚持要推婴儿车、带八岁以下的孩子入园。可是不知为何,今天多了几位导游,于是爱德华将他与杰西卡打发走,要他们"自娱一下,我们这边没问题,连想都甭想到我们。"所以,此时,八十四岁高龄、闲不下来的杰西卡,在厨房埋头准备十二人份的午餐。罗伯特(虽然他自愿帮忙,但被对方坚决地护送到外面)闲散地躺着,望着孩子们把拱门箍环与标桩使劲打进地里。

草长得不适合打槌球,但似乎无人在意。"我想找羊来把草啃短,可是杰西卡不同意。"杰西卡的先生詹姆斯·贝茨说,他窝在休闲椅上,身上裹着一条薄毯。单是看着他,罗伯特就更觉得燥热。原本人高马大的詹姆斯,体格随着年纪的增长而缩水,柔和的嗓音微微颤抖。他脸上那副大眼镜放大了双眼,一身老骨看来弱不禁风,但举止态度果决。他过去曾经是校长,现在替墓园管理档案。

詹姆斯慈爱地看着孙子们。他们正因规则与分组的事吵嘴。他渴望从椅子脱身,越过草坪,与他们一起嬉戏。他叹了口气,瞅着怀里的那本字谜游戏书。"做得相当巧妙啊,"他说,把那页转向罗伯特,"所有的线索全是数学方程式,你先把解答转换成字母,然后再填进去。"

"啊。是马丁的其中一本吗?"

"对啊,他送这本给我当圣诞礼物。"

"真是有虐待倾向的恶魔。"

孩子们围着第一个拱门箍环,开始把上色的球敲过去。较大的孩子耐着性子等最年幼的孩子出击。"内尔,打得不错哦。"最高的男孩说。詹姆斯用笔指着罗伯特,"艾丝沛的财产,你处理得如何?"

有颗球被敲出界外,孩子们因此突然爆发了小争执。罗伯特的心思回到艾丝沛身上,事实上,她不曾远离过他的思绪。"罗奇正在跟双胞胎通信。艾丝沛的妹妹威胁要对遗嘱的有效性提出异议,可是我想罗奇已经说服她,说她必输无疑。急着打官司,肯定是美国人的特色之一。"

"艾丝沛从没提过自己有双胞胎妹妹,我还是觉得怪,"詹姆斯微笑,"很难想象有另一个像她的人。"

"是啊……"罗伯特看着孩子们端庄稳重地轻敲槌球,让球滚过草坪。"艾丝沛说,她跟艾蒂的个性不是很相像。她以前很讨厌被误认成艾蒂。有一次我们在马莎百货,有个女人朝艾丝沛走来、打开话匣子,最后弄清楚原来是艾蒂以前约会对象的母亲。艾丝沛对她的态度非常恶劣。那女人气呼呼地离开了。艾丝沛会露出趾高气扬的模样,就像某种会胀得非常巨大的巴西青蛙,对着想吃掉它们的生物啐口水。"

詹姆斯扑哧一笑,"她明明很娇小,却给人很巨大的感觉。"

"我以前老是扛着她走。我曾经背着她走过汉普斯特石楠地,那时她的一个鞋跟断了。"

"她以前老是穿好高的鞋啊。"

罗伯特叹了口气,想起艾丝沛的梳妆间,那里就像即兴的鞋子博物馆。近来有天午后,他在那儿流连了一段时间,躺在地上爱抚她的鞋,一面手淫自慰。他脸一红,"我不知道该怎么处理她的东西。"

"你什么都不需要做吧,等双胞胎来了,她们非得自己处理不可。"

"可是她们可能会把东西给扔了。"罗伯特说。

"没错。她们可能会。"詹姆斯小心挪动身子,在椅子里换了个姿势。他的背在痛。他纳闷,艾丝沛为何把身外之物全留给那些女孩呢？她们一来，很可能就会把她钟爱的一切全扔进垃圾桶。"你见过她们吗？"

"没有。其实，艾丝沛自己也从没见过她们。艾蒂跟艾丝沛的未婚夫私奔以后，姐妹俩就再没说过话了。"罗伯特皱眉，"说真的，那份遗嘱真的很古怪。双胞胎会继承大部分的财产，可是要等到二十一岁，就在今年年底。而且她们继承这层公寓的条件是，父母绝对不能踏进一步。"

"有点报复的意味，你不觉得吗？她怎么能期望你去执行这种事？"

"她临时把那点加进去，因为只要想到艾蒂或杰克碰她的东西，就觉得难以忍受。她知道这点并不实际。"

詹姆斯露出微笑，"这种做法真是'艾丝沛'极了。那何必留给他们的女儿呢？为何不留给你？"

"我在意的东西，她都留给我了。"罗伯特的目光越过草坪，但对眼前的景象视而不见，"那对双胞胎的事，她一直守口如瓶。我想，因为她们是双胞胎，所以她对她们有点好感。她想象自己是艾丝沛阿姨，虽然从没寄过生日卡给她们。你知道吗？吸引她的就是这种海派作风。这会完全改变她们的人生，把她们从父母的怀抱里一把捞出来，抛进艾丝沛的世界里。她们会怎么处理，没人说得准。"

"可惜她见不到她们了。"

"是啊。"罗伯特不大想继续讨论这份遗嘱。槌球游戏已经退化成一场混战，有些年纪较小的男孩用木槌当剑，女孩们把内尔的球抛过她的头顶，她往女孩中间一跃，想要救球，只有最大的两个男孩还锲而不舍地把球击过拱门。杰西卡恰巧在此刻走进花园，注意到这阵骚乱，于是两手叉腰，活像某种愤慨形象的化身。"嗯哼，"她说，"你们在干吗？"杰西卡的语调起起伏伏，好似快速放飞的风筝。孩子们立刻停下原本的动作，难为情起来，就好像猫咪姿态不雅地从某处跌落，现在正坐着舔舐身体，假装刚刚没事。杰西卡小心翼翼地走向罗伯特与詹姆斯坐定之处。她不管去哪儿,向来大摇大摆阔步走路。她有两个朋友近来摔坏了臀部,她只好暂且调整这个习惯。她拉了把椅子过来,在詹姆斯身边坐下。

"午餐准备得怎样了?"他问她。

"噢,还要一点时间。鸡肉还在烤。"杰西卡用手帕贴贴额头。罗伯特意识到自己无法在这样的热气下吃烤鸡。杯里满是近乎全融的冰块,他把杯子往自己脸上贴。"你脸色不大好。"她跟他说。

"失眠的关系。"他回答。

"嗯。"杰西卡跟詹姆斯异口同声,两人互相交换了眼神。"为什么呢?"杰西卡问。

罗伯特把头扭开。孩子们重拾槌球游戏,他们大半聚在中央的标桩周围,不过内尔正朝着卡在鸢尾花丛间的球挥甩木槌。她猛力敲击,有些鸢尾花从泥土里飞洒出来。他望着杰西卡与詹姆斯,两人正不自在地望着他,"你们相信有鬼吗?"罗伯特问道。

"当然不信,"杰西卡说,"鬼魂说根本是一堆愚蠢的空话。"詹姆斯露出微笑,低头瞟着腿上那本马丁的字谜游戏本。

"嗯,对,我知道你们不相信有鬼。"过去,海格特墓园曾经因受到超自然主义者与恶魔崇拜者的瞩目而不堪其扰。杰西卡耗费很多时间,才劝退日本电视节目和超自然现象热衷者,要他们别把海格特当成鬼影幢幢的墓场或迪斯尼乐园来推广。"只是我……我最近都会去艾丝沛的公寓,我觉得她……在。"杰西卡的嘴角往下一垂,仿佛他刚开了个下流的玩笑。詹姆斯好奇地抬起头。"你说的是什么样的感觉?"他问罗伯特。

罗伯特细想了想,"挺难形容的。可是,比方说,她公寓里的温度很奇怪。我坐在她的书桌前整理文件,身上某个部位会突然冷飕飕的。我的手会觉得一阵冰冷,接着那种感觉会沿着手臂往上蹿。或是我的颈背……"罗伯特停住,盯着自己的饮料,"她公寓里的东西会移动。很微小的动静:窗帘、铅笔。我用眼角余光能瞥见。我回来的时候,东西已经不在原位。书从桌子上摔到地上……"他抬起头,看见詹姆斯对着杰西卡微微摇头,她用手捂住嘴。"嗯,好吧。算了。"

杰西卡说:"罗伯特,我们在听啊。"

"我快疯了。"

"嗯,也许吧。可是要是能让你好过一些……"

"并不会。"

"啊。"他们三个人静静坐着。

詹姆斯说:"我见过鬼。"

罗伯特瞥了杰西卡一眼。她一副无可奈何的神情,撇着嘴笑,两眼半合。罗伯特问:"你见过鬼?"

"对。"詹姆斯在椅子里挪挪身子,杰西卡欠身替他调整支撑下背的枕头。"我那时很小,只是个六岁大的小子。让我想想,那应该是一九一七年。我在剑桥市郊长大,我们家住的那栋房子以前是客栈,一七五〇年左右建造。房子非常大,冷风直灌,独自矗立在十字路口上。我们没用二楼,卧房全在一楼,连女佣也睡在楼下。我父亲是圣约翰学院的老师,以前总有很多访客来家里过夜,通常都有足够的房间来容纳客人,可是这次访客一定比平常多,因为我弟弟塞缪尔被带到顶楼没用过的卧房去睡。"詹姆斯悄悄泛起一抹微笑,"用美国人的说法,塞缪尔是个相当冷静的家伙,可是他整晚嚎哭不停,最后母亲上楼带他去她的房里。"

罗伯特说:"我不知道你有弟弟。"

"塞缪尔在大战期间过世了。"

"哦。"

"所以,隔天晚上,该我去睡二楼的房间……"

"等等!塞缪尔跟你说过他为什么哭吗?"

詹姆斯说:"塞缪尔才四岁。我当然取笑了他,所以他不肯说。至少我记得是这样。有人带我到楼上去睡。我记得自己躺着,毯子一路拉到下巴,母亲吻我道晚安,然后我就在一片黑暗里了,不知会有什么恐怖的东西可能随时会从衣柜里偷溜出来,把我闷死……"

杰西卡露出微笑。罗伯特想,那抹笑容可能是因为想到孩童那种恐怖怪诞的想象力。

"后来发生了什么事?"

"我睡着了。可是晚点我又醒了。月光透过窗进来,树枝在微风里轻轻舞动,往床上投下暗影。"

"然后你就看到鬼了?"

詹姆斯笑出了声,"亲爱的老弟,那些树枝就是鬼。那栋房子方圆一百里之内连一棵树也没有,早在好几年前就全部砍掉了。我看到的是树的鬼魂。"

罗伯特思索片刻,"那还真是优美。我本来以为是恶鬼呢。"

"嗯,就这样,你懂了吧。我在想啊,要是那种事真的会发生,我指的是鬼,肯定会比那些古老传说要我们相信的还要更为美丽、更让人惊奇。"

詹姆斯在说话的时候,罗伯特凑巧看了杰西卡一眼。她凝望着丈夫,脸上的神情夹杂着耐心、敬佩和某种极度私密的东西,罗伯特觉得那像是结发一辈子的精华。他顿时渴望独处。

"你们有布洛芬[1]吗?"他问杰西卡,"我想,太阳把我的头晒痛了。"

"当然,我去拿给你。"

"不用,不用,"他说,一面起身,"我想我得在用餐以前先躺一会儿。"

"一楼的柜子里也有一些安乃近[2]。"

杰西卡跟詹姆斯望着罗伯特僵直地穿过露台,走进屋里。"我真的很担心他,"杰西卡说,"他有点疯。"

詹姆斯说:"她才过世八个月,多给他一点时间吧。"

---

1 强效止痛剂。
2 止痛药。

"是啊。但我不知道,他整个人好像停止运转了,虽然该做的事他都照做,可是心不在焉。我想他连论文都写不下去了。他走不出失去她的阴影。"

詹姆斯望着妻子焦虑的眼神,脸上浮现出微笑,"要是我走了,你会花多久时间走出来?"

她伸出扭曲的手,他将之握住。她说:"亲爱的詹姆斯,我想,我永远都走不出来。"

"哎,杰西卡,"她的先生说,"你刚替罗伯特回答了。"

罗伯特站在屋里一楼昏暗的走廊上,手里握着两片药。他没喝水就吞下药,将额头倚在凉爽的白灰墙上。在无情的艳阳之后,这种凉爽真是妙透了。他听见孩子们彼此呼唤的声音,他们已抛开槌球,转而进行别的游戏。现在他独自一人,却又想到外面去,跟人谈谈别的事,好让自己分神。等几分钟再回去吧。他的喉头紧缩,药丸刚刚吞得不顺。他意识到自己在墙上留下了汗渍,于是用前臂将之抹去。罗伯特闭上双眼,想起詹姆斯的经历:一个小男孩在床上坐直身子,瞪着不存在的树木的黑影。有何不可,他想,有何不可呢?

她灵魂的始末

艾丝沛·诺柏林过世将近一年,至今,她仍在摸索规则。

起初,她只是在自己的公寓里飘游。她没多少精力,大多数时间只是盯着过往的物品看。她会打起盹来,数个钟头或几天以后才又醒来。事实上,她无法判定过了多久,但那也无所谓。她无形无状,整个下午都在地上翻滚,在阳光洒照之处滚动,任由阳光烘暖她的每个分子,仿佛她是空气似的。她就这么起起又落落,时而变暖时而冷却。

她发现自己钻得进窄小的空间,于是做了第一项实验。她的书桌有个抽屉是她从来都打不开的,肯定是卡死了。钥匙能开其他抽屉的锁,唯独打不开左下角的抽屉。真可惜,要不然用来存放档案挺方便的。现在艾丝沛从钥匙孔飘进那个抽屉里,里面空空如也,她因而略感失望。不过,身处抽屉中给了她某种感觉,让她相当喜欢。被压缩成两立方英尺,给她某种扎实感,让她很快上了瘾。艾丝沛肢体犹未分化,可是挤进抽屉时,会产生某种类似抚触的感受,就像肌肤贴着头发、舌头抵住牙齿的感觉。她开始长时间地窝在抽屉里,睡觉、思考、让自我平静。就像回到子宫里呢,她想,为有容身之处而开心。

有天早晨,艾丝沛看到自己的双脚。两脚几乎都还未成形,但是她一眼就认出来了。手、腿、臂、胸、臀和躯干随之而来,最后她感觉得到自己的头部与脖子。那是她过世时的身体,相当瘦弱,留有针扎的疤痕和导管穿过的伤口。可是,单是能看见自己的身体,就已让她开心不已,好长一段时间,她都不介意自己的模样。她越来越不透明,也就是说,她能更加清晰地看见自己了。只是对罗伯特来说,她还是隐形的。

他常在她的公寓里逗留良久,把她的工作收尾、在公寓里游荡、东摸西摸、搂着她的衣物、蜷身躺在她的床上。她替他担忧。清瘦的他一脸病容,抑郁消沉。我不想看到这个,她想。她在急于让他意识到她的存在和不想打搅他之间动摇。要是他知道你在这里,他就走不出阴影了,她对自己说。

反正他也走不出去。

有时她会碰碰他。对他产生的影响,好似凛冽的穿堂风。她用手抚过他时,看到他的皮肤起了鸡皮疙瘩。她觉得他摸起来很烫。她现在只能感觉到温暖与凉爽。粗糙与平滑、柔软与坚硬,她都感觉不到。她也没有味觉或嗅觉。艾丝沛心里挥之不去的是音乐,曾经深爱、厌恶或不曾留意过的歌曲现在在她心里播放个不停,根本摆脱不了,它们就像邻家公寓里用低音量播放的收音机。

艾丝沛喜欢合起双眼，爱抚自己的脸庞。在自己的双手之下，她有着实际的分量，虽然周遭的世界会穿过她，仿佛她走在电影银幕的前方。她不再做洗漱、打扮或化妆的每日仪式：只要想着钟爱的针织套衫或洋装，就发现自己已经将它们穿在身上。让艾丝沛非常失望的是，她的头发不会变长。当初眼睁睁看着发丝一把把掉光，心里实在难受，重新长出来时，却有如他人的发丝，原本的金发变成银灰。她的手抚过发丝，感觉相当毛躁。

镜子再也照不出艾丝沛的影子。这点令她气恼不已，她原本就觉得自己微不足道，而看不到自己的脸，更让她寂寞。有时她会站在自己的前厅，专注地凝望不同的镜子，可是她顶多只能瞥见污渍似的晦暗东西，好像有人用黑炭在空气中画画再抹去，却没完全擦干净。她能伸出手臂，清楚地看到自己的双手；她能弯下身子，盯着穿鞋的双脚；却怎样都见不着自己的脸。

当鬼多半就是那么回事，这逼得她只能以外界为养分。她不再拥有任何东西。她非得从他人的行为——移动物品、消耗食物与呼吸空气上，挖掘乐趣。

艾丝沛多想能发出声音啊。可是即使她站在离罗伯特几英寸远的地方大喊，他仍听不见她的声音。艾丝沛推断，那是因为她没有发声工具，她那灵界的声带无法承担这种工作。所以她集中精力在移动物品上。

起初，东西全然没有反应。艾丝沛会把自己的身体与怒意凝聚起来，将自己猛力抛向沙发靠垫或是书本，但一丝动静也没有。她试着开门、震动茶杯、让时钟停下，但　无所获。她决定缩小目标，开始尝试追求非常微小的效果。某天她战胜了　枚回形针。她耐住性子努力又扯又推，耗费了一个钟头，终于成功挪动了半英寸。她那时便明白，自己并非无足轻重的存在：要是努力尝试，她也能影响外界。所以艾丝沛天天练习。最后终于能把回形针推下桌子。她能抖动窗帘，也能拽拽桌上白鼬标本的细须。她开始在灯光开关上下工夫。她能让门前后摆动几英寸，仿佛有轻风窜进房里。

成功翻动书本的纸页也令她欢喜。阅读向来是艾丝沛人生中的一大享受，现在只要能让书本摊开来放着，她便能纵情享受。她开始想办法从书架上把书拉下来。

虽说艾丝沛对物品来说虚幻不实，反之亦然，但是公寓的墙壁却是绝对的障碍，她怎么也无法穿越。一开始她不在意这点。她担心要是自己到了外面，风与天气会让她解体溃散。可是最后她焦躁难安，要是她的活动范围能涵盖罗伯特的公寓，她就会心满意足。她试过很多次，想沉下地板穿过去，可是最后总是化为一摊东西，就像西方的邪恶巫婆。她想从前门下面的缝隙滑到走廊，也总是功败垂成。她听得见罗伯特在楼下的公寓里淋浴、对着电视讲话、用音响播放拱廊之火[1]的音乐。那些声响让她充满自怜与怨怼。

敞开的窗户与门都很诱人，但她依旧无法穿越。艾丝沛发现，当她努力穿过门窗，就会溃散开来、失去形状，却发现自己仍在公寓里。

艾丝沛纳闷：为什么？这到底有何目的？我明白天堂与地狱、罪与罚背后的基本原理，可是如果这是灵薄狱[2]，又有何意义？我该从灵界的软禁中学习什么？每个死者都被派到生前的家中徘徊吗？如果是这样，那先于我的那些住户呢？难道这是天国管理者的疏忽吗？

宗教的事，她总是相当马虎。她就跟大家一样，都是英国国教徒：她想她应该相信上帝吧，可是如果为了它大惊小怪，似乎不够洒脱。除非有人过世或结婚，不然她很少踏入教堂。这么一回想，更觉自己当初过于懈怠，因为圣马可教堂几乎就在隔壁。我真希望我记得自己的葬礼。葬礼一定是在她仍是一团无形无状的迷雾、忙着在公寓地板滚动时举行的。艾丝沛好奇，关于上帝的事，自己当初是不是该勤奋一点。她忖度，自己是否会被永远困在公寓里。她

---

1 加拿大摇滚乐团。
2 在天主教中指天堂与地狱之间的区域，那些不曾判罚但又无福与上帝共处天堂的灵魂在此居住。

也纳闷,逝者是否能够自我了断。

紫罗兰洋装

艾蒂与瓦伦蒂娜一起坐在艾蒂的工作室里埋头缝纫。这是圣诞前一周的星期六。茱莉亚陪杰克到城里购物。瓦伦蒂娜将洋装纸样别在几码长的紫罗兰丝料上,动作谨慎地排好一片片的纸样,不想浪费布料。她打算做两件一模一样的洋装,但不确定自己买的丝料够不够。

"不错呢。"艾蒂说。午后的阳光烘暖了房间,她有些睡意。她给瓦伦蒂娜一把最棒的剪刀,看着钢制刀刃穿过薄薄的衣料。刀刃相碰,发出的声音真棒。瓦伦蒂娜把裁下的布片递给艾蒂,艾蒂开始把接缝线从纸样转画至布料。她俩来来回回传着丝料,长期养成的习惯,让两人和乐融融地工作着。布料上的标记一旦完成,就拔开别针,然后在没有纸样的情况下重新别好。瓦伦蒂娜坐在自己的缝纫机前面,细心地车缝洋装。艾蒂同时开始用别针做记号,裁出第二件洋装。

"妈,你看。"瓦伦蒂娜站起来,把洋装正面贴在胸前。静电发出噼啪声,把裙身贴裹在她的身上。袖子还没车上去,缝边还很粗糙。艾蒂觉得这件洋装像是圣诞节哑剧里给精灵穿的戏服。"你看起来像个灰姑娘。"她说。

"是吗?"瓦伦蒂娜走到镜前,笑盈盈地望着镜中的自己,"我喜欢这个颜色。"

"挺适合你的。"

"茱莉亚本来要我做粉红色的。"

艾蒂皱起眉,"那样你们看起来就会像是芭蕾舞娘。我们可以把她那件做成粉红的啊。"

瓦伦蒂娜与母亲四目相接,继而把脸扭开,"那么麻烦,不值得啦。不管我替自己做什么,她都想要。"

"甜心,我希望你面对她的时候勇敢一点。"

瓦伦蒂娜把洋装从身上拿开,在缝纫机前坐下来,开始处理袖子。"艾丝沛会不会老是指使你?还是你会指使她?"

艾蒂犹豫了片刻,"我们没有。不是那样的。"她在桌上摊平第二件洋装,开始用画线轮沿着接缝线滚动,"我们做什么都在一起,从不喜欢独处。我还是想念她。"瓦伦蒂娜静坐不动,等待母亲再多说一些。可是艾蒂说:"寄几张公寓的照片给我,好吗?我想,里面一定堆满了我们父母的家具。艾丝沛很爱那种维多利亚时代的厚重东西。"

"好啊,当然,"瓦伦蒂娜从椅子上转身,"我真希望我们不用去。"

"我知道。可是就像你爸说的,你们也不可能老待在家里。"

"我又不打算那样。"

艾蒂莞尔,"那倒好。"

"我真希望可以永远待在这个房间里缝纫。"

"听起来像童话故事。"

瓦伦蒂娜笑出声,"我是把稻草织成金线的小矮人。"

"才不是呢。"艾蒂说。她放下手中的洋装布片,踱到瓦伦蒂娜身边。艾蒂站在瓦伦蒂娜背后,手搭在她的肩上,并往前倾身,吻吻瓦伦蒂娜的头,"你是公主。"

瓦伦蒂娜抬起头,看到母亲上下颠倒地对她微笑,"我是吗?"

"当然啦,"艾蒂说,"永远都是。"

"所以我们会永远过着幸福快乐的生活?"

"绝对会。"

"好吧。"瓦伦蒂娜顿时敏锐地感觉到,刚刚形成了一份回忆。我们会永远过着幸福快乐的生活?绝对会。艾蒂回头继续处理另一件洋装,而瓦伦蒂娜完成了第一条袖子。等杰克与茱莉亚回到家,瓦伦蒂娜已经穿起那件紫罗兰洋装，艾蒂含着满嘴的别针，蹲伏在她前面收拢裙摆。瓦伦蒂娜勉强站定不动，她很想旋转，让裙摆往外翻飞，好似搭乘旋转木马。我要穿这件洋装去舞会，她想，王子会邀我共舞。

"我可以试穿吗？"茱莉亚说。

"不行，"艾蒂赶在瓦伦蒂娜开口以前，咬着别针透过齿缝说，"这件是她的。你等会儿再来。"

"好吧。"茱莉亚转身跑去替杰克包装买回来的礼物。

"看吧，"艾蒂对瓦伦蒂娜说，"你只要开口说不。"

"好吧。"瓦伦蒂娜旋转身子，裙摆展开扬起。艾蒂笑出了声。

节礼日[1]

杰克走进自己的书房，发现双胞胎正在看电影。午夜了，通常这时三个人早已就寝。

"看起来有点熟悉哦，"杰克说，"你们在看什么？"

"《污秽与愤怒》，"茱莉亚说，"性手枪[2]的纪录片。是你跟妈送我们的圣诞礼物啊。"

"噢。"双胞胎一起瘫坐在沙发上，所以杰克坐在躺椅上。他一坐定，就感觉万分疲劳。杰克总是相当享受圣诞时光，可是圣诞过后的几天似乎既空洞又凄清。这种情绪又因双胞胎再过几天就要前往伦敦而更为强烈。时光都溜去哪里了？再过五天她们就满二十一岁，然后就要离开了。

"行李打理得怎么样了？"他问。

---

1 圣诞节的次日。
2 一九七五年成立的英国朋克摇滚乐团，是摇滚音乐史上最有影响力的乐团之一。

"还好。"瓦伦蒂娜回答,她把电视转成静音,"我们的行李快超重了。"

"毫不意外。"杰克说。

"我们得去买变电器,这样电脑什么的才能插电,"茱莉亚看着杰克,"我们明天能不能跟你一起去市中心?"

"当然好。我们可以在七重天吃中餐,"杰克提议,"你妈也会想一起来。"好几个星期以来,艾蒂紧跟着双胞胎,想将她们储存于心中、留藏在记忆里。

"好啊,我们可以去水塔。我们需要新靴子。"

瓦伦蒂娜看着约翰尼·罗顿[1]无声地唱着。他一副精神错乱的样子,身上那件毛衣棒极了。她跟茱莉亚勤奋地筹备伦敦之行,阅读《孤独星球》旅游指南以及查尔斯·狄更斯的作品,列出打包清单,尝试在谷歌地图上搜索她们的新公寓。她们对艾丝沛阿姨和神秘的范肖先生有着无穷无尽的臆测。劳埃德保险公司新账户里的金额让她们非常惊喜。现在没剩多少事情可忙,结果产生了一种诡异的空白,某种不安的恐惧感油然而生。瓦伦蒂娜想,要不马上离开,要不永远别走。

茱莉亚看着父亲,"你还好吗?"

"嗯,还好啊。怎么?"

"我不知道,你好像累坏了。"你体重增加了很多,而且常常叹气。你怎么了?

"我还好。只是因为假期的关系吧。"

"哦。"

杰克坐着,想象要是这对双胞胎不在身边,这栋房子、这场婚姻以及他的人生会是什么样子?好几个月以来,他跟艾蒂都回避着这个话题,所以他现在在执迷不悟地思索不停,在这三者之间不断游荡——对于婚姻幸福的幻想、对双胞胎上次离家时的确切记忆和对

---

[1] 约翰尼·罗顿,英国摇滚乐手,性手枪乐队主唱。

艾蒂的担忧。

艾丝沛过世之前，有好一阵子艾蒂心思涣散。杰克雇了侦探，巴望着能找出她心不在焉、眼神空茫的原因。为何她在他问起时，又佯装开朗快活的模样？可是侦探只能观察艾蒂，无法回答杰克的问题。艾丝沛死后，艾蒂的分神被一种深刻的悲伤所取代。杰克抚慰不了她。虽然他试过，但是似乎就是没办法把话说对。现在他纳闷，双胞胎一旦离开，艾蒂要怎么过。

双胞胎每次离家就学，一开始情况都不错。杰克与艾蒂陶醉在自己的自由里：可以晚睡、放声缠绵、享受随性的娱乐和稍微放纵的痛饮，可是接着总会出现一种凄凉的感觉。很快他们就得面对那栋空荡荡的屋子。他们会一起吃晚餐，就他们两人。长夜漫漫，寂静无声地在他俩眼前展开，只能由一张DVD，或是到湖滩和酒吧走一趟来填补。两人也会各自退到房子的一端，他去上网或是读汤姆·克兰西[1]的小说，艾蒂一面听有声书，一面刺绣（她目前听的是《故园风雨后》[2]，杰克觉得这本书肯定会引发另一波严重的忧郁）。

这个晚上，他想到双胞胎要是离开，就有点兴致缺缺。她们之前尽可能待在家里，这点让他相当感激。他也感谢艾蒂与艾丝沛的共同安排，让茱莉亚与瓦伦蒂娜在这栋丑陋又舒适的房子里成长，让他有机会身为人父，这样女孩们就能坐在他的书房里，看着约翰尼·罗顿在静音的情况下，抽搐地唱着"上帝拯救皇后"。突然之间，一股有如悲痛的感激席卷了杰克，他从椅子里挣扎起身，喃喃道了声晚安，然后离开房间。他害怕自己要是在那里多坐 分钟，就会哭出声，或是脱口说出自己会后悔的话。他走进卧房，在闹钟的光线下，微微泛蓝的艾蒂蜷着身子睡了。杰克默默脱衣，没刷牙就爬上了床，躺在深渊似的黑暗里，无法想象自己是否还能再拥有

---

1 汤姆·克兰西，美国军事作家，当今世界最畅销的反恐惊悚小说大师。
2 英国作家伊夫林·沃创作的小说。

幸福。

瓦伦蒂娜关上电视。双胞胎站起身，伸伸懒腰。"他的心情看起来很低落。"瓦伦蒂娜说。

"他们两个都是一副想自杀的样子，"茱莉亚说，"我在想，等我们离开以后会怎样？"

"也许我们不应该去。"

茱莉亚一脸不耐烦，"我们最后总得去哪里吧。我们越快离开，他们就会越快恢复。"

"大概吧。"

"我们每个星期天都会打电话给他们，他们也可以过来看看。"

"我知道，"瓦伦蒂娜吸了口气，"也许你应该自己去伦敦，而我留在这里陪他们。"

茱莉亚因为被抛弃而一阵战栗。你竟然宁可陪爸妈，也不跟我在一起？"不行！"她顿了顿，想要平息自己的怒气。瓦伦蒂娜略带兴味地看着她。"鼠儿，我们俩都必须……"

"我知道。别担心，我会跟你去的。"她贴着茱莉亚，用手臂环抱着她的肩膀。然后她们捻熄灯光，蹭向卧房，经过父母房门时瞥了一眼。

元　旦

罗伯特站在艾丝沛的书房里。双胞胎将于明天抵达。他多带了一个硬盘，又从塞恩斯伯里买了几个纸箱，空空的纸箱立在艾丝沛庞大的维多利亚式书桌旁。

艾丝沛坐在桌上望着罗伯特。哦，亲爱的，你看起来真不快乐。她不知道前后过了多少时间。自己过世几个月？还是几年？有事情就要发生了。直到现在，罗伯特一直让她的公寓保持着几乎一成不变的状态。他扔掉大部分食物、取消她的信用卡,她不再收到邮件。他结束她的生意,亲自写信通知她的客户。她的公寓渐渐积起灰尘,连阳光也比她记得的还幽暗,窗户需要清洗了。

罗伯特一一检查艾丝沛的抽屉。他把文具与发票留下,拿走几袋相片,还有她打电话时随手涂鸦的笔记本。他到书架那里,小心取走她用来写日记的分类账簿,拭去灰尘以后摆进纸箱。翻开那本,艾丝沛说,翻开那本啊。罗伯特当然听不见她说话。

他默默忙着。艾丝沛觉得自己被忽视了。他在公寓里时,有时会对她说话。他把相册、装满信件的鞋盒、笔记本全摆入纸箱。她想碰碰他,可是忍住了。罗伯特把硬盘插进她的电脑里,备份她的档案。电脑里的东西他一概删除,只留下系统与应用程序。艾丝沛站在他背后看着。好奇怪啊,竟然会为了电脑感伤。我现在肯定是死了。罗伯特把硬盘拔出来、搁进纸箱。

他捧着箱子,在公寓里漫游,艾丝沛一路跟着他。去卧房啊,她无声地催促。他走到卧房时,在门口驻足了几分钟。艾丝沛飘过他身旁,坐在床上望着他。她端坐于此而他伫立在那儿的模样,还有光线将房间笼罩在尘埃飞扬的暖意里,这一切合力营造出了某种氛围。他马上就会走过来吻我。艾丝沛等着,忘却了现实。他们以往有好多次这样的经验。

罗伯特打开她梳妆间的门。他放下纸箱,打开一个抽屉。他把几件女用背心式内衣、几件胸罩,还有她几条较为花哨的衬裤装入纸箱。他站着浏览她的鞋子。他会拿那双粉红的仿麂皮高跟鞋,她想,他也真的这么做了。他调整其他鞋子的位置,好补上缺口。别点了信。他拉开一个放满针织套衫的抽屉,把每件衣服轮流嗅了嗅。他挑走的是一件平淡无奇的蓝色克什米尔羊毛衫。她想,她上次穿过以后,一定还没送去干洗。他又打开另一个抽屉,把两人的情趣玩具捞进纸箱里。你漏了一个,艾丝沛说,可是他已经关上了抽屉。

罗伯特往上伸手,从架子顶层取下一个盒子。艾丝沛微笑了。

她原本就仰赖他做事周全，而他也不负所望。他把那盒子摆在放满衣物的纸箱旁。

罗伯特清理了浴室，把她大部分的盥洗用品扔进垃圾桶，可是却握着她的子宫帽站了好一会儿。竟然对着这种蠢东西多愁善感起来，她想。接着子宫帽也进了垃圾桶。

他关起浴室的门，站在床铺旁边思索。接着他在床上躺下。艾丝沛卧在他身旁，小心别碰到他，心里充满希望。要是我再也见不到你怎么办？他拿的是她要送他的东西，他就要离开这层公寓了。甜心，别害羞嘛。这里只有你跟我。当他解开腰带扣环，把拉链拉开，她欢呼起来。她想象自己裸体的模样，而她就真的一丝不挂。

有时他会模仿她的技巧，可是今天他的动作更粗暴，像是迫切地向自己索讨什么。艾丝沛望着罗伯特的脸。她坐起身倾向紧闭双眼的他并摸摸他的头发，把脸凑向他的面庞，让他的呼吸温暖她。好暖和，好扎实。她真希望那一刻自己能活着陪在他身边、摸摸他，她愿用一切来换取。艾丝沛知道自己的碰触对他来说很冰冷，不管她何时试着摸摸他，他总会打起哆嗦、缩回身子。所以她跪在他身边看着他。

云雨交欢之际，罗伯特的脸部神情总是千变万化，这点常让艾丝沛觉得惊奇。欲望、凝神、痛苦、耐力、欢乐、迫切、释放，有时她觉得自己看到的是罗伯特灵魂各种极端状态的缤纷展现。今天他的表情传达了坚决和某种阴郁的恳求。感觉时间过了好久，艾丝沛开始焦虑。至少要有享受的感觉啊。为了我们两个。她看到他握住那话儿，缩起脚趾头，高潮时头往旁边抽动。他的身体松懈下来。罗伯特睁开双眼，目光穿过艾丝沛，瞪着天花板。罗伯特，我在这里。

一滴泪水半滚过他的面颊。甜心，别这样，别哭啊！艾丝沛从没见过罗伯特落泪，连在医院也没有，连她过世的时候也没有。哦，该死。我不希望你过得这么凄惨。她往下伸手，碰碰那滴泪。罗伯特震惊地转过头。

我在这里。我在这里。我在这里啊。艾丝沛环顾四周,想找什么能够移动的东西,然后她开始轻轻摇晃窗帘。可是罗伯特坐了起来,抹净双手,扣好裤子,根本没有注意到她的努力。她尝试摇晃装了情趣玩具与衬裤的箱子,可是那对她来说过于笨重,她只能筋疲力尽地站在房间中央。罗伯特走进浴室梳洗,出来时手里拿着装满她物品的垃圾袋。他放下手上的东西,开始抚平床单。他这样做时,艾丝沛就坐在床上。当他欠身,她用手抵住他的胸膛,穿过衬衫,轻轻碰触他的肌肤。他往后退缩。

"艾丝沛?"他语气急切地低声说。

罗伯特。她用手缓缓抚过他的肌肤:背、臀、双腿、腹部、双手和臂膀。他伫立着,转过脸并垂下头,闭上两眼。她想象他可能有的感觉,也许就像冰块擦过他的身体?她把手探进他的身体,他倒抽了一口气。你好暖和哦,她想,并且确定了他的感觉,她那种不具形体的冰冷,与他美好滚烫的液态身体相比,必定是天差地别。她把手挪开,仍感觉得到他的体温。她望着双手,以为它们会微微发光。罗伯特双手盘胸,弓背颤抖。噢,甜心,真抱歉。

"艾丝沛,"他细语呢喃,"如果刚刚那是你,做点什么吧,做点只有你知道的事,艾丝沛式的动作……"

她把指尖放在他的眉心上,缓缓向下抚至鼻子、嘴唇与下巴。她重复了一次。

"对,"他说,"我的天啊。"他又在床上坐下,手肘靠膝,双手抱头,直盯着地板。艾丝沛喜出望外地在他身边坐下。好不容易!她几乎因如释重负而迷醉。你知道我在这里了!

罗伯特呻吟出声。艾丝沛看着他,他的眼睛紧紧眯着,有节奏地握拳捶打自己的额头。"我已经完全,失去了,他妈的理智。靠!"他站起来,一把抓起纸箱跟垃圾袋,匆匆走回她的书房。艾丝沛不可置信地跟在后面。等等啊!罗伯特,别……

他用力抬起每个纸箱,大步穿过走廊,越过楼梯平台,走下楼梯到他自己的公寓里。她站在自己敞开的前门,倾听他在他的公寓里穿梭，复而登上楼梯。每次他一上来，她都任由他迎面穿过自己，然后紧随其后，在他怒冲冲地迈步向前时，捕捉一点他的低语。

"杰西卡说我快疯了，她说得真对！她说过，'你会把自己弄出病来。'我没病才有鬼……我在玩什么把戏啊，她又不会复活……噢，天啊，艾丝沛。"

门关上了。艾丝沛再次孤零零的了。我要眼泪，她想，仿佛在召唤一件针织套衫。她把手贴在脸上，摸到泪水。老天，我在哭呢。她停住动作，为自己的新成就感到惊奇，继而转身面对沉寂的公寓。

第二部

镜像双生子

茱莉亚与瓦伦蒂娜·普尔步下飞机，走进希思罗机场。她们的漆皮白鞋以完美的步伐踩在地毯上，带有电影音乐剧般的精准。她们穿着及膝白袜、膝上四英寸的百褶裙，素面白棉衫，外搭羊毛白外套。双胞胎各裹一条白色长围巾，背后拖着行李箱。茱莉亚的行李箱是粉红配黄色的毛巾布，上有日本的卡通猴脸，对着走在她后面的人睨笑。瓦伦蒂娜的行李箱蓝绿夹杂，上面有一张卡通老鼠的脸。那只老鼠看起来惆怅又害羞。

机场窗户外，早晨的天空一片透蓝。双胞胎穿过绵延不绝的长廊，在人行电梯上靠右站，跟着疲惫至极的乘客走下斜坡阶梯。她们站在入境管理处前面排队，一面手牵手打哈欠。轮到双胞胎时，两人递上崭新无瑕的护照。

"你们要待多久？"穿着制服的疲倦女人问道。

"永远，"茱莉亚说，"我们继承了一间公寓，要去住在那里。"她对着瓦伦蒂娜微笑，对方也报以笑容。女人认真检查她们的居留签证，往护照上盖戳印，挥手放她们进入英国。

永远，瓦伦蒂娜想，我会永远跟茱莉亚住在我们从没见过的伦敦公寓里，身处我们不曾见过的人们当中，永远。她掐掐茱莉亚的手。茱莉亚对她眨眨眼。

黑色出租车里寒风直钻，冷飕飕。瓦伦蒂娜与茱莉亚坐在后座打盹，成堆的行李堆挤在脚边，两人仍紧抓着对方的手。伦敦的街道或闪掠而逝或静驻不移。其他的汽车纷纷往前咻咻急行，依循着难以理解的交通规则。茱莉亚与瓦伦蒂娜学过开车，可是出租车在蜿蜒堵塞的街道上穿梭时，茱莉亚明白连她也不可能在伦敦开车，鼠儿肯定不行。鼠儿讨厌迷路，不喜欢到陌生的地方，加上她们也没车，茱莉亚于是只好仰赖出租车与公共交通。她望着红色双层公交车在她们身边摇晃前行，公交车里的人满脸倦意与无趣。你们怎么可能觉得无聊？你们住在伦敦啊！你们呼吸的空气跟女王、维维安·威斯特伍德[1]一样呢！

出租车经过一个地铁站，人们成群从中涌出。茱莉亚看看表，四点十五分，她把时间调为十点十五。车子转进海格特路，茱莉亚想她们一定快到了。她望着瓦伦蒂娜，瓦伦蒂娜现在已坐起身子，盯着窗外。出租车开始攀爬陡峭的斜坡。史维恩巷。"像情人巷[2]吗？"瓦伦蒂娜问。"小姐，比较像猪猡巷[3]吧？"司机说，"以前有人沿着巷子赶猪。"瓦伦蒂娜脸一红。茱莉亚拿出她的口红，不看镜子就往嘴上涂，然后递给瓦伦蒂娜，后者也依样画葫芦。两人面向对方。茱莉亚伸手将瓦伦蒂娜嘴角上没涂准的一丁点粉红口红抹去。无线电传来一长串密码似的名字与号码：塔姆沃斯一，杜根威一；班列特零，沃金零；艾塞特城零，赫里福特联一；艾迪索特二……"小姐，是橄榄球比分。"茱莉亚询问时，司机表示。

他们抵达山丘顶端，沿着窄路行驶，路的一侧有公园，另一侧是砖房。街廊中央矗立着一座大教堂。出租车开到教堂与后方立面朴素的灰泥建筑之间。"就在这里。佛垂沃庭院。"司机收下茱莉亚的钱。当她意识到这趟车程花了她们将近一百二十美金时，她相当震惊。她给了百分之十的小费。"谢谢你们。"司机说。瓦伦蒂娜打开出租车的门，湿冷的风迎面扑来。

"我没看到啊。"她对茱莉亚喊道。教堂在左侧，那栋灰泥建筑是七十二号，两者之间有一条狭窄的沥青小径，陡峭地向下没入昏暗里。围住教堂用地的一道巨大砖墙将小径笼罩在阴影里。瓦伦蒂娜看不到可能属于她们的房子。

"应该就在这条小径上，"出租车司机说，"要我帮你们提行李吗？"他拿起多不胜数的行李箱，沿着小径走过去。茱莉亚跟瓦伦

1　维维安·威斯特伍德，英国时装设计师，时装界的"朋克之母"。
2　情人巷一般指可以躲在其中亲热的隐蔽区域。
3　史维恩（Swain）与猪猡（swine）的发音相似。

蒂娜拖着毛巾布小行李箱，尾随在后。这条小径将她们引到灰泥房屋的后方，接着她们就看到一道顶端设有尖刺的石砌高墙。恣意蔓生的白桦树倾墙而出。瓦伦蒂娜嗅到潮湿的土地气味，让她开始想家。茱莉亚正用一把大钥匙开启一扇厚重的木头大门。大门无声地晃开，茱莉亚隐身于墙后。司机把行李整齐地排成一列，而瓦伦蒂娜站在行李附近的沥青地上，犹豫着要不要进去。司机好奇地望着她。他是有点年纪的男人，身材有些单薄，有双水汪汪的蓝眼睛。他穿着亮绿色的羊毛衫，搭了棕色格子呢长裤。"你还好吗，小姐？"他问。

"嗯，还好。"虽然有些反胃的感觉，瓦伦蒂娜还是如此回答。

"快来啊，鼠儿！"茱莉亚高喊。她的声音有些被闷住了，感觉相当遥远。

"你们是美国人吗？"司机说。

"我们的阿姨在遗嘱里把公寓留给了我们。"瓦伦蒂娜说，然后觉得自己愚蠢。他哪里会在意？

"哦。"司机说。这似乎已经满足了他对她们的好奇心。瓦伦蒂娜涌起一股感激之情，他没打算问她们身为双胞胎的事，或许他觉得那太私密了，搞不好他根本没注意到。她最喜欢大家没注意到这点。

"鼠儿！"

司机对她浅浅一笑，"去吧。"瓦伦蒂娜回以笑容，然后拖着行李箱穿过大门。

茱莉亚正站在前门，手搭门把。她等着瓦伦蒂娜越过覆盖住步道的湿软苔藓。瓦伦蒂娜望着佛垂沃幽暗的巨大屋型，看着漆黑的窗户与精心雕琢的铁饰，打了个哆嗦。没有在下雨，但也不算晴天。她听到司机在她背后沿着小径啪唧啪唧地走着。茱莉亚打开门。

她们踏进玄关。跟建筑外观相反的是，里面温暖整齐，几乎是空的。墙壁涂了略带粉红的灰漆，这色调让瓦伦蒂娜想起大脑。右边是一扇关起的栎木门，上面有一张手写的"范肖"小卡片。她们面前有张小桌，上面摆了三个空篮，桌边倚着一把雨伞。她们的左边是楼梯间，往上回旋爬升。瓦伦蒂娜心想，应该有个标了"喝了我"标签的小瓶子[1]，可是并没有。

"你可以把行李留在这里。"茱莉亚对司机说。瓦伦蒂娜说："谢谢。""那就祝你们好运了。"司机答道，然后便离开了。瓦伦蒂娜有点怅然若失。"来嘛。"茱莉亚说。她蹦蹦跳跳地上了阶梯，仿佛解除了地心引力的束缚。瓦伦蒂娜态度镇定地跟了上去。

下一个楼梯的平台上铺了褪色的东方织毯。楼梯继续延伸，可是双胞胎停下脚步。门上的卡片是淡绿色的，上面印着"诺柏林"，看来是用真正的打字机打的。茱莉亚把钥匙塞进锁孔，前后扭动好几次之后，才把锁转开。她回头看看瓦伦蒂娜。瓦伦蒂娜牵起茱莉亚的手，一起走进了她们的新家。

玄关摆满了雨伞与镜子。双胞胎在十八个镜子里照出了同样数目的影子，而她们的影子又被反照出来，不断反射下去。此番景象让她们心惊肉跳，两人动也不动地站着，谁也不确定哪个影子属于谁。接着茱莉亚扭过头，有一半的影子跟着扭头，这一来效果就减弱了。"好阴森啊。"茱莉亚开口打破了那片静寂。"对啊。"瓦伦蒂娜附和，她像盲人般地往前伸手，从前厅穿过通道，踏入黑暗的大房间。

艾丝沛原本在抽屉里打盹，她们的说话声将她吵醒了。

茱莉亚尾随瓦伦蒂娜走入客厅时，有种身在水里的感觉，仿佛这个房间在池塘的底部。房里的一切尽是巨大的阴影，而瓦伦蒂娜是在幽暗中移动的细影。茱莉亚听到了噪音（瓦伦蒂娜被一叠书绊到了）。瓦伦蒂娜拉开宽大高窗上的窗帘，阳光洒入房里。光线冰冷灰蒙、含有微粒。房间里灰尘弥漫。

"茱莉亚，你看，猫头鹰！"它正吊在挑高天花板的一个小洞

---

[1] 来自《爱丽丝梦游仙境》的典故。

里,那里原本装了灯座,现在只剩突出的电线。猫头鹰伸展翅膀,张开爪子以便捕捉小猎物。茱莉亚往上伸手,小心碰触猫头鹰的一只脚,使得猫头鹰缓缓打转。"它是'猫'升机。"她说,逗得瓦伦蒂娜直笑。

艾丝沛站在门口望着双胞胎。啊,我真想念你们。我一直想再见见你们的,现在你们来了。她用双臂拥住自己,急切又恐惧。

正如艾蒂所料,所有的家具都很笨重,装饰华丽又古老。沙发是淡粉红丝绒,有兽形椅脚和很多钉扣。有一架小三角钢琴(双胞胎很明显缺乏音乐细胞),还有一大张织有菊花图纹、触感柔软的大波斯毯,原色暗红,但现在很多地方都褪色成不鲜明的粉红。房里的一切似乎都被榨光了色彩。茱莉亚纳闷,色彩是不是全被收集到别的地方去了,也许放在某个橱柜里吧,等她们打开那扇柜门,色彩就会一股脑儿涌回它们遗弃的物品。她想到睡美人和那座宫殿,静止了一百年之久,里面满是凝住不动的大臣。艾蒂与杰克向来偏好新颖的事物。茱莉亚用手指抚过钢琴,在沉积的灰尘中留下一道闪亮的黑。瓦伦蒂娜打了个喷嚏。两个女孩一同望向门口,仿佛等着给人逮到她们打破公寓的宁静。

艾丝沛往前踏一步,正要开口时,才意识到她们根本听不见她的声音。

放眼所见尽是书本,墙面全是书柜,书本一叠叠地堆在桌面与地板上。瓦伦蒂娜跪下来收拢刚刚踢倒的那摞书,是动物寓言集与草本植物志构成的一座小岛。"你看,茱莉亚,人头狮身龙尾怪兽。"双胞胎晃回走廊,艾丝沛紧随她们。

她们走过 间相当简约素净的饭厅,里面只有 张正式的桌子、椅子,还有大型的餐具柜。一把带有缀饰的软柜凳孤零零地伫立在角落。巨大的落地窗通往极小的阳台,暗淡的天光透窗而入。双胞胎看到常春藤盘踞的墙外矗立着一座教堂。

隔壁房间原本是起居室,但被艾丝沛当作书房。里面有张装饰华美的大桌,配了笨拙的五〇年代办公椅。桌上摆了一台破旧的电脑、成堆的文件、更多的书本和信用卡刷卡机，还有一只白金两色的精致茶杯，杯底有蒸发已久的茶水，杯缘沾了杏黄色的口红。满墙的书柜上塞满了参考用书，加上整套的《牛津英语辞典》。两个架子有些反常，空空如也且一尘不染。整个房间充斥着压扁的打包纸箱、塑料泡棉、文件档案柜，还有一只小白鼬标本。它蹲踞在一组图书馆目录卡抽屉上方，往下瞅着她俩。这房间似乎在没有真正整理过的情况下，呈现出井然有序的样貌。瓦伦蒂娜在书桌前坐下，拉出中间的抽屉，里面有发票本、爽喉糖、回形针、橡皮筋跟名片。

艾丝沛·诺柏林
珍本书与旧书买卖
enoblin@bookish.uk.com

瓦伦蒂娜问道："你觉得这些书都是她自己的，还是用来卖的？不知道她有没有开店？"

"我想这里就是店面，"茱莉亚说，"这些收据上都没地址，所以我敢说她一定在这里工作。况且，除了这里以外，遗嘱没提到别的地方。"

"我真希望妈知道得多一点。她们不肯跟对方讲话，实在太逊了。"瓦伦蒂娜站起来，端详白鼬。它满不在乎地回瞪她。"你想它叫什么名字？"瓦伦蒂娜问。她心想，我们不知道，这点真让人伤心。

玛格丽特，艾丝沛心想，它叫玛格丽特。

"它看起来像乔治·布什。"说完，茱莉亚回头穿过饭厅。瓦伦蒂娜跟着她走。

房间远处有扇通向厨房的旋转门。这扇门很老式，依照双胞胎的美式标准来看，里面的电器就像娃娃屋里的一样迷你，全白、袖珍又耐用，唯一看起来新颖的是洗碗机。瓦伦蒂娜打开橱柜，在里面找到洗衣机。有个奇特的装置弹跳出来，是晒衣绳结合金属的复杂结构。"我猜那是干衣机吧。"茱莉亚把装置收折回去。这里的电源插座形状不同，所有的厨房器都有种微妙的怪异与陌生。双胞胎互换了不安的神色。瓦伦蒂娜转开水龙头，水在咕噜一声之后喷洒出来。她略微犹豫，然后把手伸进铁锈色的水流里。好一会儿水才变暖。

艾丝沛看着双胞胎困惑地面对她平凡至极的物品、聆听她们的美式口音。她们是陌生人，这点我倒没料到。

厨房后面是个被纸箱与尘埃笼罩的家具占满的小卧房。跟一间普通的小浴室相连。双胞胎这才了解，这里原本一定是佣人房。这里有个后门跟防火梯，也有个几乎全空的食品储藏室。"嗯，"茱莉亚说，"米。"

她们回到走廊（"每次穿过这边，我们都该收个两百美金的过路费。"瓦伦蒂娜说），然后走进卧房。卧房有两间，由铺了白色大理石砖的豪华浴室相连。每间卧房都有壁炉、精雕细琢的内建书柜，还有附有窗座的窗户。

另一间卧房俯瞰花园与海格特墓园，显然是艾丝沛的。

"看，茱莉亚。"瓦伦蒂娜站在窗边惊叹。

佛垂沃的后花园狭小无华。虽然前院是一团杂乱蔓生的矮丛、树木与草堆，但这个小后花园设有倾斜的碎砾步道、一个石凳、密度适中的植物，几乎带有日本风味。

"我真不敢相信，都一月了，却还这么绿意盎然。"茱莉亚说。莱克福里斯特老家地上的积雪已有十英寸厚。

砖墙上有一扇木制的绿门，隔开了花园与墓园。

"不知道有没有人会进去，"瓦伦蒂娜说。围绕在门四周的常春藤往内修剪得井然有序。

"我就会进去，"茱莉亚说，"我们可以去野餐。"

"嗯。"

越过这道墙，海格特墓园在她们眼前展开，广阔又紊乱。因为她们位于山丘上,照理视线应该能探入墓园的远处,可是浓密的树木阻挡了视线。枝丫虽然光秃无叶,可是交错成混淆视线的格子结构。她们看得见一座大坟墓的顶端,以及好几个较小的坟墓。她们观望时,有群人沿着小径朝她们漫步而来,接着定住脚步,显然在讨论其中一座坟墓。接着那群人继续走往她们的方向,消失在墙壁后方。好几百只乌鸦不约而同地飞腾入空。即使窗户关着,也听得见翅膀的急扑声。阳光乍然再现,墓园从灰蒙的浓深暗影,变幻成光斑点点的微黄与淡绿。石碑转为白色,边缘似乎镶上银光,悬停于常春藤之间。

瓦伦蒂娜说:"这是仙境。"她本来因为墓园而忐忑不安,想象会有怪味传来,到处破坏污损,让人不寒而栗。结果这里绿意盎然,满是覆盖着苔藓的石块,还有树林轻柔的拍打声。那群人沿着来时路对面的小径漫步,离她们渐行渐远。茱莉亚说:"他们一定是有导游带领的观光客。"

"我们也应该去参加一下导览活动。"

"好啊。"茱莉亚转身打量艾丝沛的卧房。那里有张鸟窝似的大床,上面搁了无数的枕头,铺了绳绒床罩,还有精巧的上漆木制床头板。"我决定,我们就睡在这边吧。"

瓦伦蒂娜查看这房间。这里的确比另一间卧房好,比较宽敞舒适,也更加明亮。"你确定我们要俯瞰墓园的房间?你也知道,这样感觉挺怪的。如果这是一部电影,晚上就会有一堆僵尸什么的偷溜出来,爬上常春藤,抓住我们的头发,把我们也变成僵尸。加上这又是艾丝沛阿姨的房间,如果她是在这里过世的呢?我是说,我们不该自己找麻烦,你知道吧?"

茱莉亚感到喉间涌起一股不耐烦。她想说:瓦伦蒂娜,别傻了。可是,鼠儿不理性的时候,用这种方法是安抚不了她的。"嘿,鼠儿,"她柔声哄道,"你明知道她是在医院里过世的,不是这里。律师跟妈讲过,记得吗?"

"是啊。"瓦伦蒂娜回答。

茱莉亚往床上一坐,并拍拍床罩,作为邀请。瓦伦蒂娜走过去坐在她身旁,接着两人一同躺在软绵绵的床上,细瘦的白腿在床缘悬荡。茱莉亚叹了口气。她想合上眼皮半晌,一秒钟就好,只要再一分钟,再多一分钟……

"一定是时差的问题。"瓦伦蒂娜说,可是茱莉亚没听到她的话。不一会儿,瓦伦蒂娜也坠入了梦乡。

艾丝沛走到床边。你们来了,都长大了呢。你们人在这里,感觉好怪啊。我真希望你们以前来过……我本来不明白,原来事情可以这么简单。太迟了,就像其他的种种。艾丝沛此刻在双胞胎上方俯身,轻轻触碰她们。艾丝沛往瓦伦蒂娜欠身时,挂在脖上的阅读眼镜擦过瓦伦蒂娜的肩膀。她看到茱莉亚右耳的小痣,重现于瓦伦蒂娜的左耳上。她把头贴在她俩的胸膛上,聆听她们的心跳。瓦伦蒂娜的心跳有种让人不安的嘶嘶声,是种低语而非跳动。艾丝沛坐在床上,就在茱莉亚身边,然后轻抚茱莉亚的头发,但她的发丝几乎纹丝不动,艾丝沛的触摸仿佛是钻入紧闭着的窗户的微风。

虽说相像,但还是不一样。艾丝沛在茱莉亚与瓦伦蒂娜身上看出那种怪异,她自己跟艾蒂身上也有这种老让大家尴尬窘迫的一体感。她想起艾蒂信里写过关于这对双胞胎的内容。瓦伦蒂娜,你不介意茱莉亚老是指使你吗?你们各自有朋友吗?有情人吗?你们年纪大得不适合做相同打扮了吧?艾丝沛笑了出来。我像个唠叨不停的母亲。她亢奋不已。她们来了!她真希望自己可以对双胞胎聊表欢迎之意,唱点歌曲或打点繁复的手势,对她们来此缓解她死后的无聊生活,表达自己的开怀心情。但她只是轮流朝双胞胎的额上细吻了一下,然后像猫一样趴在枕头上看着她们睡觉。

将近一个小时以后,瓦伦蒂娜动了起来。她做了个短促的梦,继而苏醒。她梦到自己还小,耳里飘进艾蒂唤她起床的叫声。外头下着雪,她们得提早出门上学。

"妈?"

瓦伦蒂娜匆匆坐起身,发现自己身处陌生的房间。她花了片刻才想到自己在哪里。茱莉亚仍然在睡。瓦伦蒂娜想打电话给母亲，可是她们的手机没有漫游的功能。她在床边找到一个电话，可是拿起话筒时，发现线路不通。没人可以打给我们，我们也没办法打给任何人。瓦伦蒂娜开始觉得孤单，不过是让少有机会独处者愉悦的那种孤单。要是我趁茱莉亚醒来以前马上离开，没人找得到我。我可以就这样消失。她从床上小心翼翼地滑下来。茱莉亚没有动静。跟艾丝沛阿姨的卧房相连的是一间梳妆间，像个大得可以走进去的橱柜，里面有个内置的梳妆台和全身穿衣镜。瓦伦蒂娜瞧瞧自己在镜子里的模样：如同往常，她看起来比较像茱莉亚而非自己。她打开梳妆台的一个抽屉，找到振动按摩器，难为情地再次关上抽屉。艾丝沛站在门口，略感担忧。她看着瓦伦蒂娜试穿一双红色厚底高跟鞋。鞋子有点过长，也许大了半号。比较合茱莉亚的脚。瓦伦蒂娜从衣架上拿下灰色的波斯羔羊皮外套穿上。艾丝沛想，她是披了羊皮的老鼠。瓦伦蒂娜挂好外套，踅回卧室。艾丝沛任由她穿过自己。瓦伦蒂娜打了个冷战，用双手快速摩搓上臂。

　　茱莉亚醒过来，把脸转向瓦伦蒂娜，"鼠儿。"她声音浓浊地轻唤。

　　"我在这边，"瓦伦蒂娜爬回床上，"你冷吗？"她把床罩往上拉，盖住两人的身子，然后用手指缠绕着茱莉亚的头发。

　　茱莉亚说："不会。"她闭上双眼，"我做了个好怪的梦啊。"

　　瓦伦蒂娜等着，可是她没继续说。

　　最后茱莉亚说："嗯？"

　　"……我也是。"她们冲着对方微笑，绳绒布料筛过的光线让她俩的脸色有如南瓜。

　　艾丝沛站着看她们。两人在床罩下融合成单一的形体。她先前没认真担心过她们可能会拒绝她，不过一旦明白她们将会留下来，却又欣喜得晕头转向。想想你们会有什么样的经历，或者我们会一起经历什么！探险、餐点……会有人从架上拿下书本来翻阅，会有音乐可听，也许还会举行派对呢。艾丝沛在卧房里旋转几圈。她把原本穿着的红色羊毛针织套衫与棕色灯芯绒长裤换成了深绿色的无肩带礼服,她曾穿着这件礼服到牛津参加一场夏季舞会。她对自己哼歌,旋着身子往外穿过卧房房门,进入走廊。她踩着舞王弗雷德·阿斯泰尔[1]的舞步,踏着墙壁往上舞动,一路舞过天花板。我一直希望能这样。嘻嘻。

"你有没有听到什么?"瓦伦蒂娜问。

"啊?没有啊。"茱莉亚答道。

"像是老鼠的声音。"

"是僵尸啦。"两人咯咯发笑。茱莉亚下床伸伸懒腰,"我们把行李搬上来吧。"艾丝沛跟着她们走到门口。双胞胎把她们的东西拖进公寓时,她轻巧地跳来跳去。她们把衣服挂在她的衣饰旁边,把几瓶洗发精塞进淋浴间,然后插上手提电脑充电时,她因新鲜感而狂喜。她们经过讨论,把瓦伦蒂娜的缝纫机摆在客房里,之后它会在那里蒙尘数个月。艾丝沛兴冲冲地望着她们。你们真是漂亮,她心想,又因为自己的诧异而感到惊讶。你们是我的。面对这些女孩、这些陌生人,她有种近似爱的感觉。

她们清空行李箱,大惊小怪地摆放完毛衣与梳子之后,茱莉亚说:"嗯,我们真的到这里了。"

"是啊,"瓦伦蒂娜表示同意,"我想是吧。"

罗奇先生

翌晨,茱莉亚与瓦伦蒂娜去跟她们的律师哈维耶·罗奇会面。其实他是艾丝沛的事务律师,双胞胎从艾丝沛那儿继承了遗产,连同他也接收了下来。几个月以来,罗奇先生一直邮寄文件给她们签

---

1 弗雷德·阿斯泰尔(1899—1987),美国电影演员、舞台剧演员、编舞家及歌手。

署,也寄来指示、钥匙和提供忠告的电子邮件。

出租车把她们放在一个仿都铎风格的汉普斯特办公街区。罗奇、艾德里奇、波茨与莱弗利的事务所在旅行社楼上。双胞胎登上窄梯,发现自己走进了一间小接待室。接待室有一扇门、一张空书桌、一把旋转椅、两张不舒适的扶手椅和一张摆了份《泰晤士报》的小桌。双胞胎在扶手椅里焦虑地坐了十分钟,可是什么事也没发生。最后茱莉亚起身打开门。她回头向瓦伦蒂娜招手。

隔壁房间里有另一张书桌,不过有位梳妆整齐的年长秘书坐在那里,桌上摆了一台庞大的米黄色电脑。办公室是艾丝沛所谓的早期撒切尔风格。对双胞胎来说,朴素得有点怪异。这是她们首次接触到英国人的癖好:让某些东西重要又破旧、昂贵又自贬身价。秘书将她们带入另一间装潢风格相同的办公室,只是里面有更多的书籍。她说:"请坐。罗奇先生很快就会与你们会面。"

罗奇先生到了,他的模样令人吃惊,甚至跟狄更斯笔下的人物一样怪诞奇异,但不是双胞胎原本想象的那种。垂垂老矣的他,身材原本就相当矮小,又随着年龄的增长而更加萎缩。他倚着拐杖徐徐走着,所以在他跨过地毯继而轮流轻握双胞胎的手时,她们有足够的时间端详他掩盖秃头的跨梳发型、粗浓的眉毛和缝制精美但过于松垮的西装。"普尔小姐,"他用庄严的语气说,"非常荣幸能认识你们两位。"他的眼睛黝黑、鼻子高突。茱莉亚想,他看起来就像妈妈的守护神饼干罐。艾丝沛以前有时会叫他小妖精先生,可是从没让他听见过。

"我们来坐这张桌子好吗?"他说着,脚步寸寸挪移。瓦伦蒂娜替他拉出一把椅子,双胞胎站着等他缓缓挪进椅子里。"这里比办公桌更舒服,也没那么正式,你们不觉得吗?康斯坦斯会端茶来给我们。哦,亲爱的,谢谢你。好了,跟我说说你们的探险吧。你们抵达以后,都做了些什么?"

"大部分时间都在睡觉,"茱莉亚说,"我们的时差挺严重的。"

"罗伯特·范肖去看过你们了吗?"

"嗯,没有啊。我们昨天才到的。"茱莉亚说。

"啊,嗯,我想他今天应该会过去吧。他迫不及待想见见你们。"罗奇先生露出微笑,轮流望着她俩,"你们跟母亲这边的家人真是惊人地相像。要是我不清楚情况,还以为眼前是二十年前的艾蒂跟艾丝沛呢。"他给每人各斟了些茶。

瓦伦蒂娜问:"你以前就认识她们?"罗奇先生如此老迈,要是他声称自己跟维多利亚女王有交情,她也会相信。

他漾起微笑,"亲爱的孩子啊,我父亲是你们曾外公的律师。你们外公小的时候,我就抱着他在膝上又摇又逗的了。你们的母亲跟阿姨小时候,我跟她们的父母谈话——就像我们三个现在讲话一样——她们就坐在那张地毯上玩积木。"双胞胎微笑以对。"可惜艾丝沛已经不在了,没办法迎接你们。但我可以保证,你们要搬过来的这件事,一直让她相当兴奋。她给你们的资助不少。我想你们对遗嘱的条件都很清楚了吧?"

"我们要先在公寓住满一年才可以把它卖了。"茱莉亚说。

"爸爸妈妈不能来看我们。"瓦伦蒂娜说。

"不不,"罗奇先生说,"我当然希望你们的父母能来探望你们,艾丝沛不是那个意思。她只是规定他们不能进入公寓。"

"可是为什么不行?"瓦伦蒂娜说。

"啊。"罗奇先生一脸遗憾。他摊开满是节瘤的双手,把头一偏,"艾丝沛不常透露心事。你们问过母亲吗? 不,我想她不会想讨论这件事。"罗奇先生一边说话,一边望着双胞胎。茱莉亚觉得他似乎期待她们会有某种反应。"人在立遗嘱时,有时会很别扭,把各种怪东西都放进遗嘱里,常常造成意料之外的效果。"

他等着她们说点话。双胞胎在椅子里挪挪身子,因为他的打量而感到尴尬。茱莉亚最后说:"哦?"可是罗奇先生只是垂下目光,伸手拿文件夹。

"那么,"他说,"让我告诉你们,你们的钱都做了什么样的投资。"接下来半个钟头让双胞胎相当困惑却也极度兴奋。她们曾经有过收入，是当保姆赚来的，还有某个夏天在威斯康星州的女童军营当辅导员。可是她们从未想象过自己可能拥有罗奇先生摊在她们眼前的那个数目。

"总共有多少钱呢？"茱莉亚问。

"如果包括公寓价值的话，大约是两百五十万英镑吧。"

茱莉亚瞥了瓦伦蒂娜一眼。"这些钱都够我们过一辈子了。"她说。瓦伦蒂娜皱起眉。

罗奇先生微微摇头，"在伦敦没办法，这边的花费会让你们吃惊。"

瓦伦蒂娜问："我们能在这里工作吗？"

"你们的签证不适合，可是我们当然能够申请。你们要做哪方面的工作？"

瓦伦蒂娜说："目前还不确定，可是我们计划回学校念书。"

"其实，我们不想跟学校有瓜葛了。"茱莉亚说。

罗奇先生来来回回地看着她俩，"哦。"

"我们只是好奇，"茱莉亚说，"为什么艾丝沛阿姨要把所有的东西都留给我们？我是说，我们真的很感激，可是却不明白，她从没来见过我们，为什么把东西留给我们？"

罗奇先生沉默了片刻，"艾丝沛不是那种很……擅长呵护别人的女性，不过她的确很有家庭观念。"他又补充道："我恐怕没办法说明原委，可是目前的情况就是如此。"

没办法说？还是不肯说？双胞胎心想。

"还有别的问题要我回答吗？"

瓦伦蒂娜说："我们不大清楚公寓的暖气系统怎么操作，昨天晚上那里有点冷。"

"那类事情可以请罗伯特帮忙，这小伙子很脚踏实地的，"罗奇先生说，"替我向他问好，请他打个电话给我，我们有一两件事情得核对一下。"他向她们道别。她们离开时，茱莉亚一回头便发现他两手交替倚杖，脸上带着兴趣盎然的神情望着她们。

她们回到佛垂沃时,那栋建筑静谧无声又阴郁。在玄关,茱莉亚说:"也许我们应该敲敲他的门。"

"谁?"

"就是那个叫罗伯特·范肖的家伙啊。我们应该问问暖气的事。"

瓦伦蒂娜耸耸肩。茱莉亚敲敲门。她听见公寓里传来隐隐的电视声。茱莉亚等了等,再次敲门,这次更大声了,可是无人应门。"唉,好吧。"她说,然后她们就上楼去了。

楼上邻居

马丁把电话搁在床上。这张床铺就是一座岛屿,岛屿四周是备受污染的海洋。马丁已在床上蹲伏了四个钟头。幸运的是,床上有生存的必要工具作伴:电话、一些面包与奶酪、一本翻旧的普林尼[1]作品。马丁非常想要离开床铺。他非得小解不可,而且他希望今天的工作能有些进展。电脑在书房苦等着他。可是马丁莫名地感觉到,他就是知道,昨晚出了骇人听闻的意外。卧房地板覆满秽物:细菌、粪便、呕吐物,有人潜进公寓,把这些恐怖的黏液涂抹在地板上。为什么?马丁纳闷,为什么会一直发生这种事?这有可能吗?不,这不是真的。可是我又能怎么办?

仿佛高声问出这个问题似的,脑海中浮现出一个答案:用罗马数字,从一千倒数回来。数的时候要一边摸着床头柜。当然啦!马丁开始照做,可是数到DCCXXIII[2]便一时结巴,只得重新开始。他一边数算,一边用脑袋的不同区域想着:何必这么数呢?于是又忘

---

[1] 普林尼(23—79),古罗马作家,著有《博物志》。
[2] 即阿拉伯数字723。

了数到哪里，再次重头数起。

电话响起。马丁不予理会，试着把注意力集中在数算上。铃声又响了三次，接着答录机咔哒启动。"你好，我们是马丁与玛莱格·威尔斯。我们目前不在。请留言。""哔"一声，停顿。"马丁，少来了，我知道你在，你一直都在。"是罗伯特的声音，"马丁。"咔哒。马丁这才意识到，自己又弄不清数到哪里了。他把电话丢进卧房，话机砸在墙上，开始嗡嗡作响。马丁害怕极了。现在他得把那台电话换掉。它在地板上，受到了污染。卧房里弥漫着午后的斜光。他失败了，无法从床上逃开，只能再次任由疯狂掌控自己。

可是他突生一念。对了！干脆移动床铺好了。这个木制古董床铺相当大。马丁吃力地爬到床脚板那儿，开始摇晃床铺，要把床往浴室那里推。床铺一点点移动，小小的木轮刮擦着地板木条。床还真的动了。马丁浑身冒汗、集中心神，几乎心生喜悦。他驾着床铺，一英寸接一英寸地越过卧房，最后踩上浴室踏垫。他自由了。

几分钟以后，马丁小解完毕、开始洗手之际，听到罗伯特穿过公寓，一面呼唤他的名字。他等罗伯特来到卧房才出声："在这里。"他听到一个声音，他想罗伯特可能把床推回平时的位置了。

罗伯特站在门外，"你还好吗？"

"我还好。我想我把电话弄坏了，你可不可以把它拔掉？"

罗伯特走开，捧着电话回来，"马丁，电话没坏。"

"不，它刚……刚在地板上。"

"所以被污染了？"

"对。你可不可以拿走它，我会订新的来。"

"马丁，难道不能让我替你清除污染吗？这已经是第三台了，前后才多久？一个月？我刚在四号广播电台听到一个报导，说旧电脑跟手机塞爆了英国的垃圾场。把一台功能正常的电话扔了，好像很可惜。"

马丁没回答。他开始洗手。总是要等好久，水才会变得够热。

他正在用石炭酸皂,洗起来有刺痛感。

罗伯特说:"你很快就要出来了吗?"

"我想可能还要好一会儿吧。"

"有什么我可以帮忙的吗?"

"只要把电话拿走就好。"

"好吧。"

马丁等着。罗伯特站在门外片刻,然后就离开了。马丁听到前门"砰"一声关上了。对不起。这句话在他脑海里不停重复,直到他用另一个更为私密的句子取而代之。现在水的热度让人满意。这个下午将会非常漫长。

罗伯特回到自己的公寓,打电话到玛莱格上班的地方找她。她曾交代过,除非有紧急事件,否则别打给她,但她从不接听手机也不回电。她在 VPRO 工作,那是荷兰比较古怪的广播电台之一。罗伯特从未去过荷兰。当他想象荷兰的模样,就会想起维米尔[1]的画作和《美国朋友》[2]。

先是怪异的荷兰电话铃声,接着人声响起,但不是玛莱格。罗伯特说要找玛莱格,发出那声音的人就去找她了。罗伯特站在前厅,电话贴着耳朵,听着广播电台里的噪音。他听得见模糊的话语:"不,我想不是……"、"跟他说这件事儿都没有,他这个人总是想要鱼与熊掌兼得。"[3] 罗伯特想象话筒端坐在玛莱格的办公桌上,好似被困住的昆虫。他想象玛莱格走向电话的模样,想象她的平凡脸庞微微皱折,绿眸透着疲惫,嘴巴涂抹着过于鲜艳的红唇膏,嘴角紧绷,少有笑容。在罗伯特的脑海里,她穿着橘色针织套衫。以往每逢冬天,这件衣服她会一口气连续穿上好几天。玛莱格的手指永远静不下来,总是拿着烟或笔、挑着某人衣领上想象的绒毛,或是摆弄自己软塌的发丝。她那副蠢动不安的样子,让罗伯特

---

[1] 约翰内斯·维米尔(1632—1675),荷兰画家,作品以风俗画为主,代表作有《戴珍珠耳环的少女》。
[2] 《美国朋友》,德国导演文德斯一九七七年推出的一部电影。
[3] 原文为荷兰语。

受不了。此时她拿起话筒。

"哪位？"玛莱格音质性感。罗伯特老是跟马丁说，她可以靠色情电话大捞一笔。她以前在BBC广播电台工作时，负责读午后的交通报导，有时男人会到广播大楼的大厅，指名要找她。她在VPRO是极受欢迎的主持人，节目大多讨论人权灾难、地球变暖以及动物的凄惨际遇。

"玛莱格，我是罗伯特。"

他觉得她的不安透过电话的以太网络朝他袭来。她在停顿片刻之后说："罗伯特，你好吗？"

"我还好，但你先生就不怎么好了。"

"你想要我怎样？我人在这里，他在那边。"

"我要你回家照顾他。"

"不，罗伯特，我不要。"玛莱格用手捂住话筒，对某人说了点什么，然后回头跟他讲话，"我绝对不会回去。他连走下楼拿邮件都办不到，所以我想短期之内我们不可能见得到面。"

"至少拨个电话给他。"

"为什么？"

"劝他服药、逗他开心……哎，我不知道，总之就是和他一起解决问题，难道你都不想帮帮他吗？"

"不想。我已经试过了。这不是玩笑，罗伯特，他没救了。"

罗伯特眺望窗外佛垂沃杂乱无章的前院。前院的坡度从房子那里开始往上升起，所以他好似看着空荡荡的倾斜舞台。就在玛莱格表明她对马丁的未来毫无兴趣时，双胞胎打开佛垂沃的前门，沿着步道走到栅门。她们穿着相配的粉蓝外套与帽子，手里拿着紫蓝暖手筒。其中一个用腕线晃着她的暖手筒，另一个指着树上的什么，两位女孩突然爆笑出声。

"罗伯特？你还在吗？"

一个双胞胎女孩走在另一个前面。对罗伯特来说，她们看起来像是双头、四腿与两臂的生物。她们自己打开栅门出去了。罗伯特合上眼睛，眼皮后方形成残像：一片黑暗衬出闪闪发亮的女孩剪影。他为之着迷。她们就像早年的艾丝沛，是他到现在一直无缘见识的往昔版本。她们好年轻啊，而且这么陌生。我的天，她们看起来像是十二岁。

"罗伯特？"他顿时睁开眼睛，双胞胎已经离去。

"抱歉，玛莱格，你刚说什么？"

"我得走了。我得去录音了。"

"呃，好吧。打搅你，抱歉了。"

"罗伯特，怎么了？"

他在回答以前先思索了半晌，"只是看到了相当神奇的事情。"

"哦，"玛莱格说，"是什么？你在哪里？"她头一回对两人的对话流露出兴趣。

"艾丝沛的双胞胎到了。她们刚刚穿过前侧花园。她们有点……让人惊奇。"

"我不知道艾丝沛有孩子。"

"是艾蒂跟杰克的小孩。"

"原来是大名鼎鼎的艾蒂啊，"玛莱格叹了口气，"我从来就不怎么相信有艾蒂这个人物，我一直怀疑那可能是艾丝沛编出来的。"

罗伯特微笑了，"我也一直不确定有没有杰克这个人。那位传说中跟恶魔双胞胎妹妹私奔到美国的未婚夫。看来真有其人。"

玛莱格用手掩住电话。她再次开口时说："罗伯特，我真的得走了。"接着她顿了顿，问："她们跟艾丝沛长得像吗？"

"要是你回来，就能亲眼瞧瞧。"

她笑出了声，"我会打电话给他，可是我不会回伦敦。罗伯特，你也知道，我一直不觉得伦敦像家。"玛莱格在伦敦足足住了二十六年，其中有二十五年跟马丁同住。罗伯特无法想象她是如何办到的。他脑海里浮现出她与其他荷兰人在一起的模样，这些高大健壮的人们会说五种语言，吞着在街边小推车买的腌鲱鱼。在伦敦，玛莱格总是一副忧心与匮乏的模样。罗伯特好奇，她回到自己的城市以后，是否重拾了自己渴望的东西。

"玛莱格，他在等你。"一片沉默，电话里传来杂音。罗伯特减弱攻势，"她们的确很像艾丝沛，不过，她们的头发更偏金色，而且我想她们也不像艾丝沛那样盛气凌人，她们看起来像小猫咪。"

"小猫咪？真是不搭调。嗯，对那个地方来说，有小猫咪也好。小猫咪可以帮帮你们这些阴郁的男人。罗伯特，我非走不可了。谢谢你的来电。"

"那就再见了，玛莱格。"

"再见。"

玛莱格站在她的小隔间里，手搭在话筒上。现在刚过三点，尽管她跟罗伯特表示没时间，但实际上还有几分钟空闲。她应该现在就做。马丁的电话有来电显示的功能，所以她只会用手机打给他。她霎时感到一股罪恶感。一年前刚刚离开的时候，她每隔几周就会去电。现在她任由两个月过去，却一个电话也没打。她把电话贴在耳上，数算铃声。马丁总在第七声铃响时接起。没错，他这就接了。

"你好？"他听起来像是受到了干扰。她忖度，电话铃响时他在做些什么呢？可是她知道最好别问。

"你好，马丁。"

"玛莱格……"她将电话用力抵在耳朵上。她向来爱听他叫她的名字，此时她却感到一阵哀伤。玛莱格往前倾身，手机仍贴在耳上，然后屈身蹲在办公桌旁边，这样她抬头就只会看到小隔间的围墙，还有天花板的隔音砖。"玛莱格，你好吗？"他听起来跟两人上次对话时没两样。

"还不错。我升迁了，现在有个助理。"

"棒极了，那太好了。"他一时停顿，"男的女的？"

她笑出声，"女的啦，她叫安丝。"

"嗯，好吧，嗯，那太棒了。我可不希望你倾倒在某个咬字绝妙又清晰的年轻美男子脚下。"马丁说到"咬字绝妙又清晰"时还刻意压低了嗓子。

"你啊,别瞎操心了,这里只有我们这些广播怪胎。年轻的那些忙着闲嗑牙,哪有空理我这种人。"玛莱格有种怪异的满足感,马丁竟然想象她被追求者包围。她听到他点燃香烟,接着轻轻吐出烟雾。

"我戒烟了。"她告诉他。

"不会吧。那你的手要做什么好呢?你可怜的手,要是没小香烟可忙,一定会疯掉吧。"马丁的语调深情款款,可是玛莱格听得出他努力要装出随性的语调。"你什么时候放弃的?"

"已经六天十二个小时又……"她看看手表,"十三分钟。"

"嗯,棒透了。我真嫉妒。"在说"嫉妒"这个词的时候,双方停顿了一下。

玛莱格绞尽脑汁想找新话题,"你目前在忙什么?亚述语吗?"马丁偶尔会接大英博物馆的工作,他俩上次通话时,他提过某份他正在翻译的亚拉姆语手稿。

"那些我翻完了。他们又给了我一小批珍贵的诗作,据说是奥古斯都时代一位叫玛塞拉的女士写的。如果这是真迹,就太令人兴奋了。那个时期几乎没留下什么女性作品。可是它们不大对劲。唉,我想查尔斯被骗了。"

"你怎么知道它们不大对劲?查尔斯肯定找人先审查过了吧?"

"作为作品来说,它们看起来不错。可是用语方面,很多细微的地方都不对。如果你决定要伪造一些莎士比亚的十四行诗,就会是这个样子的。即使你的现代英文讨喜迷人,在当时作家能顺手拈来的古体句子转折与装饰音上,还是会犯卜别扭的小错误。我想这位作家是个对十九世纪拉丁文驾轻就熟的二十世纪法国人。"

"可是它们不是副本的副本吗?或许才会以讹传讹……"

"啊,嗯,它们是在赫库兰尼姆城的图书馆里找到的,所以应该是真品。我今天一定要打电话给查尔斯。他会希望……"

玛莱格的上司出现在她小隔间的入口,疑惑地张望四周,然后才发现她坐在地上。玛莱格从蹲坐之处抬头望着伯纳德,用嘴型表示:是马丁。伯纳德翻翻白眼,继续矗立在她上方,他稀薄的灰发竖立,仿佛是个受到电击的卡通人物。他指指手表,于是她站起来,说:"我得走了,马丁。我要赶时间。"

马丁突然受到震动,他几乎都忘了,跟玛莱格聊天是这么具有抚慰作用,感觉如此正常又对味。这场谈话与他俩过去的日常对话如此相似,让他忘了这很快就会结束。她何时会再来电?他惊慌起来。

"玛莱格……"

她等着。她真希望伯纳德别再盯着她看。她用自由的那只手,比出小小的旋转动作。是,我知道。我马上就挂了。伯纳德带有警告意味地对她挑挑粗眉,然后回到了自己的办公室。

"玛莱格,快点再打来。"

"好。"她想打,但她知道自己不会。"我的爱,再见。"

"再见了!我爱你……"他们两个人都顿住了。她先挂掉了电话。

马丁握着手机,站在书房里。纷杂的情绪涌上心头。她打来了。她说"我的爱"。我应该问她更多问题的,我谈太多自己工作上的事了。她说她很快会再打来。有多快?不过是我先请她打,她才说要打。可是她今天打来了啊,所以她会再打的。她何时会打呢?我应该把要问她的问题先写下来。真不可思议,她竟然戒烟了。或许我也该戒了。我们可以一起戒,她下次打来时我可以跟她说。但她何时会打?他又从盒里摇出一根烟点燃。她打给我了呢!一分钟以前,我们还在讲话。他把手机贴在脸颊上,暖烘烘的。他对这个小电话涌出深情,它把玛莱格的声音带给他。马丁一手电话一手香烟地走向厨房。他一到厨房,又转身踅回书房。她打给我了呢。她答应要再打。她打了呢。她何时会再打?也许我该戒烟……

玛莱格啪嗒一声关起电话,放进口袋。她完成了要交给伯纳德的东西,然后用电邮传给他。她听到他的电脑响了一声,表示那份东西已经跨越两张办公桌之间十二英尺的距离。有人说:"再过十五分钟你就要上广播了。"她点点头往录音间的方向走,却在途中转进洗手间,倚在墙上哭泣。他还是没变。她真希望自己没打那通电话。通过电话,很容易就会回忆起马丁向来的模样。玛莱格洗洗脸,跑步去了录音间。工程师给了她恼怒的脸色。要等好几个月过去,她才会再拨给马丁。

跟　踪

罗伯特一整年都在想象双胞胎抵达的情形。他在心里跟她们有过完整的对话:他跟她们解说伦敦、墓园和艾丝沛的事;他与她们闲谈餐厅、论文等诸多事情。在她们即将到来前的漫长一年里,罗伯特把有趣的地点逐一标记下来:那是迪克·惠廷顿的猫[1]。她们会想知道的……我会带她们去邮差公园、杭特瑞恩解剖博物馆,还有约翰·索恩爵士博物馆[2]。我们会在黄昏搭乘伦敦之眼。这些事情他全跟艾丝沛一同经历过。圣诞节,我们会去丹尼斯·西弗斯之家[3],还有弃儿博物馆[4]。在罗伯特的想象里,他会成为双胞胎伦敦生活的导游、无可取代的夏尔巴人[5]和地陪。她们陷入小困境或有疑问时,自然就会来找他。他会慈爱地提供建议,帮助她们初识伦敦。罗伯特相当期待双胞胎的到来。他用那么多的诙谐妙语、期待与希望层层包裹她们。不料茱莉亚与瓦伦帝娜终于来到,罗伯特却对她们心生畏惧。

---

[1] 源自英国民间传说故事。
[2] 约翰·索恩爵士博物馆,英国最小的国立博物馆,也是全世界最早对公众开放的博物馆之一,一八三三年由伟大的建筑师约翰·索恩通过遗赠捐赠。
[3] 丹尼斯·西弗斯之家,乔治亚风格的连幢屋。
[4] 弃儿博物馆,原本是收容弃儿之处,后来成为伦敦第一座公共艺廊。
[5] 夏尔巴人,散居在中国、尼泊尔、印度和不丹等国边境喜马拉雅山脉两侧的民族,因为常为山中向导或搬运工等,故在此有引申含义。

他原本以为自己会走上楼，敲敲她们的门，然后自我介绍。可是她们的脚步与嬉笑声让他瘫软无力。他看着她们来来去去，身穿相仿的女装，拖着脚步穿过前侧花园，手里捧着一袋袋杂货、鲜花以及丑陋的台灯。她们为什么需要台灯？艾丝沛明明有很多啊。

她们每天会敲他的门一两次。每次罗伯特不是站着不动、在书桌前被打断工作，就是正在用晚餐。他听见她俩在走廊柔声交谈。开门啊，他对自己说，别当没用的家伙。

面对她们的双胞胎身份，他犹豫不决。她俩同行时，形貌高贵、不容亵渎。每天早晨他望着她们穿过滑溜溜的小径走向栅门。她们看起来各自独立，却又如此依赖对方，他还没跟她们任何一个讲过只言片语以前，就觉得自己受到了排挤。

某个明亮冷冽的早晨，罗伯特穿上外套、戴好帽子，端着咖啡站在前窗旁边等候。他终于听见双胞胎沿着楼梯咚咚走下去。他望着她俩穿过庭院，自行打开栅门出去。

接着他尾随她们。

她们领着他越过池塘广场，穿过海格特村，沿着杰克森巷行至海格特地铁站。他却步不前，任她们消失踪影，接着他又惊慌起来，担心会有列车匆匆带走她们。他奔下自动扶梯。车站里人影寥落，此刻是十一点半。他在往南的月台上再次找到她们，他站在离她们近得可以搭乘同一节车厢的距离。她们坐在中门附近，他坐在她们对面，相距十五英尺。一个双胞胎正在研究地铁的袖珍地图，另一个往后靠着椅子，端详车厢内的广告。"看，"她对姐姐或妹妹说，"我们各花一英镑就可以飞去特兰西瓦尼亚[1]啊。"听到她软绵绵的美国口音，与艾丝沛那种自信满满的牛津剑桥腔如此不同，罗伯特吃了一惊。

他挪开目光，不去看她们。他想起妈妈以前养过的猫咪"吱吱"。每次他们带猫咪到兽医门诊，猫咪都会把头塞进罗伯特的手

---

[1] 特兰西瓦尼亚，罗马尼亚中西部地区。

臂下藏起来。它似乎以为只要自己看不到兽医,兽医也就看不到它了。罗伯特只要不去看双胞胎,双胞胎也不会看见他。

她们在堤岸站下车,转搭区域线[1],最后从斯隆广场车站出来,走走停停地进入贝尔葛拉维亚区,时不时停步查阅她们的城市街道地图。罗伯特从没来过伦敦这一带,很快也迷路了。他退缩不前,眼睛远远盯着她们,自觉变态又愚蠢,更别提自己有多醒目了。斯隆广场上衣着光鲜的男男女女稳步经过他身边,提着神秘莫测的购物袋,耳边紧贴着手机。他们匆匆经过时,嘴里吐出小小的雾团,对着自己闲聊,恍如排练中的演员。相较之下,双胞胎看起来犹疑不决又稚气。

她们晃进小路,忽然亢奋起来,蹦蹦跳跳往前走,一面伸长脖子查看店家门号。"这边!"一个说。她们走进一家名叫"菲利普·特里西"的小帽店,花了一个钟头试戴帽子。罗伯特从对街望着她俩。双胞胎轮流戴帽子,在镜子前转来旋去。年轻女店员对她们微笑,主动递上一顶亮绿色的巨型螺旋帽子。双胞胎中的一个戴上帽子,三人露出相当满意的样子。

罗伯特真希望自己会抽烟,因为这样就能给他无所事事站在街头的借口。*也许我该去喝杯啤酒。看起来她们整个下午都会忙这个。*双胞胎正为了一顶塑料圆盘橘帽兴奋惊呼,那帽子让罗伯特想起中世纪绘画里,形似晚餐盘的圣像光环。*我需要伪装一下。也许黏个胡子或穿上生化防护衣。*双胞胎迈出店家,手里没提袋子。

罗伯特尾随她们跨过骑士桥,看着她们浏览橱窗、享用法式薄饼、直盯着购物人流猛看。午后过半,她俩隐入地下铁。罗伯特任由她们离去,自行前往大英图书馆。

他把个人物品摆进锁柜,登梯到人文学科一号阅览室去。阅览室里挤满了人,他在两人之间找到座位:周围摆满克利斯托弗·列

---

[1] 区域线,一般又称"绿线"。

恩[1]相关书籍的尖鼻女人和似乎在研究詹姆斯二世时期理家方法的胡须青年。罗伯特没订任何书籍，连先前预定的书都没去查。他两掌平贴于桌面，闭上双眼。**我觉得怪怪的。**他想自己是不是快感冒了。罗伯特感到了内心的分裂，他充满了矛盾的情绪，其中包括羞耻、振奋、成就、困惑、自我嫌恶，以及明天继续跟踪双胞胎的强烈欲望。他睁开眼睛，试着振作精神。你不能像这样监视她们，她们迟早会注意到的。罗伯特想象艾丝沛责备他："甜心，别那么胆小嘛。下次她们敲门，你就去开。"接着想到她还会嘲笑他。艾丝沛从不明白害羞这回事。艾丝沛，你别笑我。罗伯特在心里对她说。别笑我。

他桌上的呼唤灯亮起。罗伯特意识到自己一定占了别人的座位。他环顾四周之后，起身离开阅览室，搭乘地铁回家。他沿着通往佛垂沃的小径步行时，看到中间那层公寓有灯亮着，他的心因喜悦而抽紧。接着才想起，那只是双胞胎而已。今天是最后一次。明天我会去敲她们的门、好好介绍自己。

翌晨，他跟踪她们到贝克街，付了二十镑在杜莎夫人蜡像馆里逛，谨慎地与双胞胎保持距离。她们取笑贾斯汀·汀布莱克[2]与皇室成员的蜡像。隔日，她们去参观伦敦塔，然后在堤岸站观赏傀儡戏。罗伯特绝望起来。你们怎么都不做点有趣的事呢？她们周旋于尼尔园区[3]、哈洛德百货、白金汉宫、波多贝罗路[4]、西敏寺以及莱斯特广场[5]之间，日子模模糊糊地飞逝。罗伯特察觉双胞胎的决心：她们似乎在伦敦最公众的领域里旋绕，想找个秘密通道，好钻进表象底下的真正城市。她们试着透过 *The Rough Guide* 与 *Time Out*[6]，替自己建构一个属于个人的伦敦。

---

1 克利斯托弗·列恩（1632—1723），英国最为知名、饱受赞誉的建筑师之一。
2 贾斯汀·汀布莱克，美国流行乐手及演员。
3 尼尔园区，科芬园附近的一个小型购物区。
4 波多贝罗路上有个相当知名的市集。
5 莱斯特广场，伦敦西区的行人步行街。
6 两者都为旅游指南。

罗伯特在伊斯灵顿[1]出生。除了伦敦以外，他从未住过其他地方。伦敦的地理对他而言，是一团理不清的情感联系。街道名称会在心里唤起昔日女友、同学、那些旷课和无所事事的无聊午后，以及难得与父亲光顾的鲜为人知的餐厅与动物园、伦敦东区仓库里的喧闹派对等等，许许多多的记忆。他开始假装是双胞胎带着他参加学校郊游，假装他们三个人上的是一所奇异的公学[2]，制服怪异，课程与旅游有关。他不再思考自己的行为，也不大担心自己会被逮到。她们的浑然不觉让他害怕。她们缺乏年轻女子在都会里应有的伪装技巧。人们老是盯着她们看，而她们虽然意识到了这点，却没有多大反应，仿佛受到人们的瞩目是极其自然的事。

她们领头，他尾随。他时去墓园，时而不去。杰西卡问起，他便谎称自己在家忙论文。她好奇地望着他，后来他才注意到答录机里累积了一堆信息，这才明白她以为他在刻意躲她。

接下来，双胞胎一连好几天都留在家里，只有其中一位独自出门办事。罗伯特不禁担心。我应该上去看看她们的情况。到现在，他觉得自己对她们相当熟悉，可是他从未跟她们交谈过。他想念她们。他痛斥自己怎么可以沉浸在她们的生活里。不过，他仍犹豫是否要踏出这一步。他发现自己成天静坐在公寓里倾听与守候，一面忧心忡忡。

生病的日子

那天早上瓦伦蒂娜身体不适，所以茱莉亚到特易购买了鸡汤、利兹脆饼与可乐，双胞胎认为这些东西适合给病人吃。一等茱莉亚

---

1 伊斯灵顿，大伦敦下属的自治市之一，位于伦敦中心偏北。
2 公学，英国的传统贵族精英中学。

离开,瓦伦蒂娜就拖着身子下床,走到厕所呕吐,然后回到床上侧躺,膝盖缩至胸前,因发烧而身体发烫。她盯着地毯,视线随着金色与蓝色的图纹移动。她开始遁入梦乡。

有人欠身仔细打量她。那人没碰她,她只是感觉有人在场,而且这人关心着她。瓦伦蒂娜睁开双眼,感觉瞥见了某种黑暗模糊的东西,正朝床尾移去。瓦伦蒂娜听到茱莉亚从前门进来,便完全清醒过来。床尾那儿空无一物。

片刻后,茱莉亚端着托盘走进来。瓦伦蒂娜坐起身。茱莉亚搁下托盘,给她一杯可乐。瓦伦蒂娜把杯里的冰块摇得咔啦作响,然后拿杯子往脸颊上贴。她先啜了一小口可乐,接着又喝了一大口。

"这房间里有怪东西。"她说。

"什么意思?"茱莉亚问。

瓦伦蒂娜试着解释:"就像空气里的一抹污渍。它在担心我的情况。"

"它还真好,"茱莉亚说,"我也担心你啊。想要喝点汤吗?"

"好吧。我可不可以只要汤,不要里面的面跟料?"

"随你。"茱莉亚回到厨房。瓦伦蒂娜环顾卧房,卧房的模样一如平日早晨。这天艳阳高照,家具一副温暖无辜的样子。一定是梦吧,还真是个怪梦。

茱莉亚走进来,递过装了汤的马克杯。她把手贴在瓦伦蒂娜的额头上,跟艾蒂的动作一模一样。"鼠儿,你好烫啊,"茱莉亚坐在床尾,看着瓦伦蒂娜喝了点汤,"我们应该替你找个医生。"

"只是感冒而已。"

"鼠儿,你知道你不能不看医生。妈会吓死的。要是你哮喘发作怎么办?"

"是啊……我们可以打给妈吗?"她们昨天才打电话回家,可是又没规定一周不能打两次。

"现在家里是凌晨四点,"茱莉亚说,"我们晚一点就能打了。"

"好吧,"瓦伦蒂娜把马克杯递出去,"我想我要睡了。"

"嗯。"茉莉亚拉起窗帘,端着托盘离开。

瓦伦蒂娜再次满足地蜷起身子。她合上眼睛。有人坐在她的身边,抚平她的发丝。她含笑入睡。

瓦伦蒂娜与茉莉亚在地铁

瓦伦蒂娜不喜欢地铁。黑暗、快速又肮脏,而且人潮汹涌。她不喜欢跟人摩肩接踵,讨厌别人吐在她脖子上的气息,厌恶牢牢抓住扶手杆、被推往汗涔涔男人身上的感觉。最主要的是,瓦伦蒂娜不喜欢待在地下。不知为何,这整套系统的名称就是"地下",更让事情雪上加霜。只要情况允许,她就搭乘公交车。

地铁令她害怕,她试着不让茉莉亚知道这点。可是茉莉亚还是猜中了。现在,她们每次出去,茉莉亚会先把地铁图摊在饭厅桌上,计划复杂详尽的路线,至少都得转三趟车。瓦伦蒂娜跟在茉莉亚身边费劲地走着,搭乘无止境的电动手扶梯,通向无底洞似的地铁车站。今晚她们要到皇家艾伯特大厅看马戏团表演。她们从拱门站出发。到了沃伦街站,双胞胎得从北线换到维多利亚线,发现自己随着好些人穿过一条贴着白瓷砖的长廊。她悄悄检查皮包拉链,担心会有扒手。瓦伦蒂娜在想,大家是不是都看得出她们是美国人。人群有如糖浆般缓缓挪移。

瓦伦蒂娜注意到走在她们前面的男人。

他相当高,留着长及耳下的波浪形棕发,身穿扣结领式的白衬衫,塞进棕色灯芯绒裤子里,手拿厚厚的平装书。他穿着翼状尖头鞋,没穿袜子。男人走路时,步伐宽大又轻松自在,好似拉布拉多猎犬或树懒。他的肢体柔软,肤色苍白暗淡。瓦伦蒂娜好奇他在读什么。双胞胎跟着他走进电梯。穿过隧道时,他走在她俩前方;搭手扶梯时,她们站在他背后,这种长梯总让瓦伦蒂娜觉得世界偏斜了,自己恍如受制于某种怪异的新式地心引力。最后他们找到了搭乘维多利亚线的月台。

瓦伦蒂娜试着偷瞥书名。是以 sis 结尾的字。是卡夫卡的作品吗?[1]太厚了,应该不是。他戴着小型的金框眼镜,面容和善,下颚有棱有角,鼻子又长又窄,他把尖鼻埋进书里。他有棕色眸子,两眼半开,睫毛浓密。列车快到了。车厢挤得水泄不通,车门开启却无人上下车。男人往上瞥了一眼,然后继续阅读。

茱莉亚正在讲她早上看到的意外,有行人被摩托车撞了,是个上了年纪的妇女。瓦伦蒂娜试着不听。茱莉亚明知她很怕过马路。瓦伦蒂娜总是坚持要等绿灯亮了,即使眼前并无车辆,即使茱莉亚早已穿过马路,从对街朝她挥手。"别再说啦,"她对茱莉亚说,"要是你不闭上嘴,我就要永远待在家里。那你就得自己扛日用品。"茱莉亚一脸诧异,继而默不作声,让瓦伦蒂娜松了口气。

下一班车一分钟就到。这班没那么拥挤,双胞胎被推了进去。茱莉亚尽往车厢中央钻,可是瓦伦蒂娜站着,紧抓门边的柱杆。列车往前驶时,瓦伦蒂娜一抬头就看到刚刚观察的那个男人正紧靠着她,与她四目相对,她赶紧转开视线。他身上有青草的气味,仿佛刚刚割过草坪,还有汗味,以及某种瓦伦蒂娜无法指明的味道。纸张?尘土?不管是什么,闻起来都不错。她吸了进去,仿佛那气味含有维生素。某人的购物袋蹭着她的腿。瓦伦蒂娜再次往上看,发现男人依旧望着她。她脸一红,但迎向他的目光。他说:"你不大喜欢地铁吧?"

"对。"瓦伦蒂娜回答。

"我也不喜欢,"他的嗓音悦耳低沉,"太过亲密了。"

瓦伦蒂娜点点头。男人说话时,她看着他的嘴。他有张宽嘴,上唇有点形似兔子,露出原该矫正的微突牙齿。她想起自己跟茱莉亚被维思曼医生矫正牙齿的那些年,她想,要是当初放任不管,她

---

[1] 卡夫卡的作品《变形记》,英文书名为 *Metamorphosis*,就是以"sis"结尾。

们的牙齿会长成什么模样?

"你是茱莉亚还是瓦伦蒂娜?"他问。

"瓦伦蒂娜。"她答道,马上因为自己的鲁莽而惊愕。他怎么知道她们的名字?列车滑入地铁站,让她失去了平衡。男人抓住她的手肘稳住她,直到列车停住为止。维多利亚站到了,地铁不见人影的女声说。

"鼠儿!这是我们的站,鼠儿。我们得在这里换车。"车门开启时,茱莉亚的声音越过介于她俩的人墙。瓦伦蒂娜扭头望着男人。

"我得下车了。"她告诉他。他凝望她的神情让人安心,仿佛他俩已在这趟列车上同行了好几个钟头。

"你们要去哪里?"他问她。茱莉亚正推开人群朝他们走来。瓦伦蒂娜走下列车。

"马戏团。"茱莉亚来到她旁边时,她说。他露出微笑,然后车门关上,列车往前移动。瓦伦蒂娜驻足片刻观望。男人举起手,略微迟疑之后挥了挥。

"那是谁啊?"茱莉亚问。她挽起瓦伦蒂娜的手,两人随着人群向前走,去赶搭区域线。

"我不知道。"瓦伦蒂娜回答。

"他挺可爱的。"茱莉亚说。瓦伦蒂娜点点头。茱莉亚,他竟然知道我们的名字呢。我们谁也不认识。他怎么会知道我们的名字?

罗伯特看着瓦伦蒂娜与茱莉亚渐行渐远。他在下一站皮姆利科下车,步行到泰特美术馆,坐在陡峭的馆前阶梯上,凝望泰晤士河,心里狂躁不安。**你在怕什么?**他扪心自问,却答不出来。

洪　水

深夜两点,双胞胎正在睡梦中。那晚相当寒冷,双胞胎还是没弄懂如何使用暖气系统,即使今晚的天气比之前还冷,但它似乎无意工作。她们早已习惯美国家里的过强暖气,两人整晚把手贴在暖气片上,想不通它为何不冷不热。此刻她们盖了好几条被子入睡,在抽屉里找到热水瓶,把瓶子塞在脚下保暖。瓦伦蒂娜侧躺,蜷成胎儿般的球状。她没把拇指塞进嘴里,不过拇指就在附近徘徊,仿佛她原本吸吮着,后来拇指一时无聊便晃荡移开。茱莉亚有如汤匙般弯身紧贴瓦伦蒂娜,手臂靠在瓦伦蒂娜的大腿上。这是双胞胎习惯的睡姿,与她俩当初**在子宫里**的睡态互相呼应。她们的脸庞浮现出不同的神情:瓦伦蒂娜浅眠,眉头蹙起,双眼紧闭;茱莉亚的脸庞因做梦而微微抽搐,眼球在贝壳般的薄眼皮下来回移动。梦境中,茱莉亚返回莱克福里斯特的一处湖滩。湖滩上有孩童尖声欢叫,纷纷被小小的湖波掠倒。茱莉亚的皮肤感觉到湖水的湿意,于是在睡梦里扭动身体。梦中,天空飘起了雨。孩子们冲回收拾玩具与防晒乳的父母身边。雨继而倾盆而下。茱莉亚试着回想,车停在哪儿呢?她开始拔腿奔跑……

有水洒在茱莉亚的脸上,仍在做梦的她把手伸向脸颊。瓦伦蒂娜清醒过来,坐起身望着茱莉亚。细细一道水流开始从天花板往被子上倾洒,就落在茱莉亚的胸脯那里。

"呃,茱莉亚,醒醒啊!"

茱莉亚咕哝一声醒来,过了片刻才明白当前的情况。等茱莉亚爬下床,瓦伦蒂娜早已奔至厨房,带了一只巨型汤锅回来。瓦伦蒂娜把锅子塞在漏水处下方,水声淅淅沥沥地响着。床铺整个湿透了,上方天花板的灰泥看起来滑溜易碎。双胞胎站着,眼睁睁望着水在锅里蓄积。灰泥碎片在水里浮浮沉沉,好似农家干酪的软块。

瓦伦蒂娜在床畔的扶手椅里坐下。"怎么会这样?"她问。她穿着热裤跟细肩带棉衫,手臂与大腿全起了鸡皮疙瘩。"明明没下雨,"她把头往后仰,盯着天花板,"也许有人想泡澡,结果忘记自己在放水?"

"可是为什么漏水的地方不是这边?"茱莉亚走进浴室,把灯打开,仔细查看天花板。"完全是干的啊。"她告诉瓦伦蒂娜。

锅里流进更多的水,两人面面相觑。"啊,"茱莉亚说,"我不懂。"她披上她在乐施会[1]买的老旧的粉红丝质浴袍。"我最好上楼去看看。"

"我一起去。"

"不用啦,你待在楼下,免得水从锅子里溢出来,你看,水真的快满出锅子了。"

茱莉亚走出公寓,登上楼梯。茱莉亚从没去过楼上。楼梯平台上积了成堆的报纸,大半是《卫报》与《电讯报》。门半开启着,茱莉亚敲了敲,无人回应。

"有人吗?"她唤道。她只听见好似砂纸的摩擦噪音,是种有节奏感的磨蚀声。有人用低沉的声调说话,是个男人。

茱莉亚紧张地站在门前。她对这些邻居一无所知。她真希望自己把瓦伦蒂娜带在身边。要是这些人是恶魔崇拜者,或是虐童者,又或者会用电锯把好奇心强的年轻女子分尸怎么办?英国人有电锯吗?还是只有美国才有这种杀人狂?茱莉亚伫立在原地,手搭在门把上踌躇不前。她想象水灌满她们的公寓,艾丝沛阿姨的家具到处漂流,而瓦伦蒂娜从一个房间游到另一个房间,想从洪水里抢救东西。她开门走进去,边走边喊:"有人吗?"

公寓里非常幽暗,茱莉亚立刻撞上了塞满走廊的一叠箱子。很多物品紧堆在一起,形成强烈的压迫感。走廊尽头有地方亮着灯,那是另一个房间,可是这里只有微弱的反光。她赤脚踩在木头地板上,感觉黏黏的。走廊还有岔路,岔路两侧也堆满箱子,一路叠到天花板,高达十英尺。茱莉亚不由地想,这些箱子以前是否摔落,压扁过什么人呢?也许有人被埋在这一叠叠的东西下面?她像瞎子一样用两只手碰着箱子摸索前进。她闻到熟肉、炸洋葱的气味和烟草的甜味,还有以漂白水为底的清洁液的刺鼻复杂气味。正在腐烂

---

[1] 乐施会,一个具有国际影响力的发展和救援组织的联盟,由十三个独立运作的乐施会成员组成。

的水果，是柠檬吗？肥皂。茱莉亚试着辨识各种气味，它们让她的鼻子搔痒起来。老天，拜托，别让我打喷嚏，她心想，接着就打了个喷嚏。

咕哝低语跟磨砂声戛然而止。茱莉亚站住不动，感觉自己等了老半天，噪音才又开始。她的心怦怦猛跳，转身看看自己是不是让门开着，可是门不见了。面包屑，茱莉亚想，陷阱。我永远也走不出去了。

箱子在她的指头下消失。她往前伸手，摸到一扇关起的门。要是这是她们的公寓，这里应该是前侧卧房。现在噪音比较大声了。茱莉亚悄声穿过走廊，最后站在后侧卧房的门口探头进去。

男人背对着她，弯着膝盖、蹲伏在地。他在洗地板时，只有双脚与擦洗刷子碰到地板。茱莉亚想起一个模仿食蚁兽的男人。他全身只穿牛仔裤。顶头的灯光炙烈，对小房间来说亮得过分，房里有张巨床，四处扔满衣物、书本和垃圾，墙壁上钉着地图与照片。男人一边刷洗一边用异国语言朗诵着什么。他的嗓音优美，茱莉亚知道，不管他说的是什么，内容都很悲伤暴烈。她忖度，不知他是不是宗教狂热者？

地板因吸了水而暗沉。男人把手伸进桶里，取出沾满泡沫的刷子，顺道带出更多的水。茱莉亚望着他，片刻之后，她才明白他只是反复刷洗同一区域，地板其他部分仍是干燥的。茱莉亚绝望起来。她想说点什么，但不知从何开始。接着她告诉自己，这种行为跟鼠儿如出一辙，于是有了开口的动力。

"打搅一下。"茱莉亚轻声说。男人的手原本在桶里，一受惊吓便把桶摆倒了，水泼洒在地板上。"哦！"茱莉亚说，"哦，对不起，真是抱歉！让我来！"她拔腿越过渐渐扩散的水，奔进浴室，拿着毛巾冲回来。蹲伏在地的男人望着她，露出难以置信、近乎目瞪口呆的神情。茱莉亚努力围堵洪水，用毛巾当沙包，筑起布料水坝。她冲回浴室，手臂揽着另一堆毛巾回来，一面含糊地不停道歉。茱莉亚的精力跟她持续不停表示的悔意，撼动了马丁。他只是定定地盯着她看。她的粉红袍子松开,头发一团乱,外表好似穿着睡衣、去游乐场坐旋转杯玩耍的小女孩。她的腿露出了一大截。马丁心想,这女孩穿着一件旧浴袍跟一条热裤闯进他的公寓,真是迷人。虽然他不懂她在这儿干吗,可是见到她反倒让他松了口气。排山倒海来的焦虑感现在不见了。马丁在裤子上抹干手。茱莉亚把地板弄干以后,卷起所有的毛巾、扔进浴缸,满意地回到卧房,看到马丁双臂抱胸,伏在那儿仰头看她。

"嗯,你好。"马丁伸出手,而茱莉亚抓住一握,注意到他的手正在流血,一层薄薄的血红覆盖了她的手掌。马丁原本就预期她会握手致意,却诧异地发现自己已经站起身来。马丁的敏捷也让茱莉亚惊讶。她发现自己仰头盯着一位苗条的中年男人,戴着歪了一边的牛角框眼镜。她觉得他看起来一身凹凸不平,膝盖、手肘与指关节都相当显眼。他身上没什么毛发。茱莉亚注意到,他的胸膛有点凹陷。她脸一红并抬起头。他留着灰白夹杂的短发,一脸和善。

"我是马丁·威尔斯。"他说。

"我是茱莉亚·普尔,"茱莉亚回答,"我住楼下。"

"啊,当然……你因为寂寞,所以上来探险吗?"

"不是,嗯,是漏水的问题……我们的床就在正下方,一大摊水穿过墙壁流下去,把我们弄醒了。"

马丁脸红了,"真是非常抱歉。我会打电话请人修理。他会替你们弄好。"

茱莉亚扭过头,望向桶、刷子和湿乎乎的地板。她困惑地回头望着马丁。"你在做什么呢?"她问。

"清洗啊,"他回答,"我在清洗地板。"

"你的手都流血了。"茱莉亚告诉他。

马丁看看自己的手。手掌因长时间泡水而出现纵横交叉的裂口,透着光泽的手呈现亮红。他回头看茱莉亚,她正在打量卧室和沿墙堆起的箱子。

"箱子里装着什么?"她问。

"就是东西啊。"他回答。

茱莉亚抛弃社交手腕,"你这样生活啊?"

"对。"

"你是那种老是洗个不停的人。就像霍华德·休斯[1]。"

马丁不知该说什么,所以只说:"对。"

"真酷。"

"哦,不,一点都不酷。"马丁走进浴室,打开药柜并拿出一管乳液。他开始往手上搓涂乳液。"那是一种病。"他用沾满乳液的手指将眼镜扶正。茱莉亚觉得自己失礼了。

"抱歉。"

"没关系。"

一阵尴尬的沉默,两人都没看对方。

茱莉亚紧张起来。我之前猜得没错,他有心理疾病。她说:"我该下楼了。瓦伦蒂娜可能开始胡思乱想了。"

马丁点点头,"你们天花板的事,我很抱歉。我明早会马上打电话找人。我愿意亲自下去……"

"是吗?"

"可是我从不离开公寓。"

茱莉亚相当失望,虽说刚刚明明一心想从他身边逃开,"完全不离开吗?"

"那是我病情……的一部分,"马丁微笑,"别那副表情。很欢迎你过来找我啊。"他领着茱莉亚通过箱子堆出的迷宫。他们走到前门时,他让她自己开门、踏上楼梯平台,"我希望你会再来,也许可以明天过来喝喝茶?"

茱莉亚站在照明充足的楼梯平台瞅着马丁,他在黑暗的走道上却步。"好,"她说,"当然。"

---

[1] 霍华德·休斯,美国飞行员,也因晚年的古怪行为为人所知,部分原因出自每况愈下的强迫症。

"也欢迎你妹妹过来。"

茱莉亚顿时感到微微的占有欲。如果他见到瓦伦蒂娜,他可能会更喜欢她。大家都这样。"嗯,我再看看她有没有空。"

马丁含笑,"明天见啊。四点钟?"

"好。很高兴认识你。"茱莉亚说,然后飞奔下楼。

茱莉亚回来时,瓦伦蒂娜才刚倒掉那锅水。天花板还在滴水,湿透的寝具乱成一团。双胞胎站在一起审视损害的情况。"发生什么事了?"瓦伦蒂娜问。

茱莉亚跟她报告,可是又觉得马丁这人很难描述。茱莉亚说她俩受邀前去茶叙时,瓦伦蒂娜一脸惊恐。"可是他听起来很糟糕,"瓦伦蒂娜说,"他从来都不离开公寓?"

"我不知道。他很有礼貌。我是说,是啦,他显然是疯了,可是,就是那种不错的英国式古怪法啦。"双胞胎开始把棉被从床上拉开,扛进浴室,试着拧出水来。"我想这些被子搞不好全毁了。"

"不会啦,只是灰泥屑而已,可以冲得掉。也许泡泡水?"瓦伦蒂娜把塞子放进排水口,开始往浴缸里放温水。

"不管怎样,我说我会去喝茶,如果你想要,可以一起来。我想你至少应该跟他认识一下,他是我们的邻居。"

瓦伦蒂娜耸耸肩。她们拆完床铺以后,把汤锅留在床垫上收集漏水,到相当湿冷的备用卧室就寝。两人入睡时,还一面担忧着维修与茶叙的事。

微妙的事

双胞胎都觉得处女之身是种沉重的负担。

茱莉亚做过一些试验。高中时,她让男生吻她或是抚摸她,地点不是在车上,就是在朋友父母的卧房里(朋友趁父母出门大开派对),有一次还在海军码头[1]的女厕里。有好几次,她和男生在杰克与艾蒂不起眼的房前阶梯上亲热。她老希望家里是栋附有回廊的维多利亚式巨宅,这样她就能跟男生坐在回廊的秋千上吃冰淇淋,两人能从对方的唇上舔净冰淇淋,而瓦伦蒂娜会在漆黑的客厅里监视他们。可是,没有回廊,那些亲吻也跟那房子一样缺乏光彩。

茱莉亚想起自己在湖滩上、溜完冰在西侧公园遮篷后面、高中的音乐教室里,曾经多次抵挡男生的攻势。她记得每个男孩的反应、不同程度的困惑与愤怒。"哼,那你又何必进来?"音乐教室的男生问她,她没有答案。

她想要什么?她想象这些男孩能对她做什么?在他们出手以前,自己为何总是制止他们?

瓦伦蒂娜的追求者比较多,而且她比较不擅开口拒绝。双胞胎的少女时期,文静的男孩与自诩为明日摇滚巨星的男孩,皆以瓦伦蒂娜为追求目标。茱莉亚挑选对自己没兴趣的男孩,主动追求他们。瓦伦蒂娜心不在焉,对他们不理不睬,反倒赢得了他们的心。她给脚踏车开锁时,代数课坐在她后面的男孩对她告白,让她吃惊。校刊编辑邀请她去参加毕业舞会时,她也是如此的反应。

茱莉亚抱怨这种差别时,瓦伦蒂娜说:"你应该让他们自己来找你的。"可是茱莉亚沉不住气,相当介意自己受到忽视。这一点对茱莉亚发展罗曼史而言是个致命伤,尤其身边还有个自己的完全无动于衷的翻版。

瓦伦蒂娜觉得性爱很有意思,却对可能与之欢爱的男孩没有兴趣。当她把注意力集中在一个男孩身上,总觉得那男孩不完整、乏味又荒唐。她习惯自己与茱莉亚共同的生活里那种深邃的亲密,她不知道,盼望的云雾与狂野的幻觉是开始一段男女关系的基础。瓦伦蒂娜就像那种早已忘记如何调情、结婚多年的老手。莱克福里斯特高中走廊上,男孩隔着安全距离追随她,当他们面对她那种客气

---

[1] 位于密歇根湖畔,长达三千三百英尺的码头,设有摩天轮等游乐设施。

的迷惘态度时，便失去了热忱。

所以双胞胎一直还是处子。茱莉亚与瓦伦蒂娜眼看着高中与大学同学一个个隐身遁入成人的性爱世界，直到认识的人里面，只剩她俩仍徘徊在门外汉的世界。"是什么样子？"她们每逢朋友就问。得到的答案相当含糊。性爱是种私密的笑话：你得亲身体验。

双胞胎私下各自为了处子身而担忧，也一起担心这件事。可是最基本的问题是她们从未谈过的：性爱是某件她俩无法一起进行的事。得要有人先去试，另一个则被抛在后头。她们必须得挑选不同的家伙。这些家伙，也就是男友人选，会想跟其中一人独处，他们会想成为茱莉亚或瓦伦蒂娜生活中的重要人物。每位男友都会像是一把铁锹，很快地在姐妹之间撬开缝隙。一天会有好几个钟头，茱莉亚不知瓦伦蒂娜的行踪或行动；而瓦伦蒂娜会想转身跟茱莉亚说些什么，却发现身旁等着听她说的是男友，偏偏那些话只有茱莉亚才能理解。

她俩的私密世界是种微妙的东西，需要绝对的忠诚，于是她们一直保有童贞并静静守候着。

珍　珠

翌日午后，茱莉亚在四点整到了马丁门前。瓦伦蒂娜突然觉得害臊，不肯过来。那日早晨有人来修理她们的卧房天花板，所以茱莉亚觉得自己应该遵守诺言。

茱莉亚穿着牛仔裤与白色衬衫。马丁来应门时，她错愕地看着他身上的西装和领带。他手戴乳胶手术手套，看起来就像电视上的管家。

"请进。"他说，带着她穿过公寓来到厨房，里面的窗户虽贴满报纸与胶带，却舒适得出奇。"我们向来都在这里用餐，"马丁说，

"饭厅被箱子占据了。"他说得好像自己也搞不懂事情怎么会如此一样。

"你有家人吗?"茱莉亚之前没想到可能会有人嫁给这种疯狂的人。

"有,我有太太跟一个儿子。我太太在阿姆斯特丹,儿子在牛津。"

"哦。她去度假了吗?"

"我想你可以那样说吧。我不大确定她什么时候会回来,所以我这阵子都靠自己想办法。目前这边的事情都有点随意。"马丁已在厨房桌上摆好了三套茶具。茱莉亚坐在正对后门的那套茶具之前,万一需要逃走,这里会比较方便。

"瓦伦蒂娜不能来,她身体不大舒服。"茱莉亚说,这多少也是真的。

"真遗憾。下次吧。"马丁因为能在短时间内想办法张罗出过得去的下午茶而对自己相当满意。桌上有鱼子酱三明治、黄瓜与水芹,还有维多利亚海绵蛋糕。他把玛莱格母亲的瓷器摆出来,放上一小罐鲜奶跟一碗方糖。他觉得自己张罗得相当不错,就跟玛莱格处理得一样好。"想要什么样的茶?"他问。

"伯爵茶?"

他按下电动水壶的按钮,把茶包"扑通"放进茶壶。"不该这么做的,可是人总会偷懒。"

"不然该怎么做?"

"哦,得先温好茶壶,再用散装茶叶来泡……可是我尝不出差别,而且我茶喝得很多,所以泡茶的仪式有点变调了。"

"我们老妈就用茶包泡茶。"茱莉亚要他放心。

"那么肯定没错。"马丁严肃地说。水滚了(茱莉亚抵达以前,其实他早把水煮沸过好几回,只是要确定那只壶没坏),马丁泡茶。两人很快坐定,喝茶吃三明治。马丁全身弥漫着幸福感。他之前并未意识到,自己有多怀念跟其他人类共享餐点。茱莉亚一抬头,便看见他对自己笑盈盈的。他或许疯了,可是感觉很快活。

"所以,嗯,你在这里住了多久了?"

"二十多年啦。我们刚结婚的时候住在阿姆斯特丹,后来搬去圣约翰林。这层公寓是我们在西奥出生以前才买的。"

"你一直都待在家里吗?"

马丁摇摇头,"这是近来的事。我以前在大英博物馆工作,翻译古代与古典的语言。可是现在我在家工作。"

茱莉亚露出微笑,"所以他们把罗塞塔石[1]那些东西带来这里给你?"双胞胎上星期才去过大英博物馆。茱莉亚想起瓦伦蒂娜弯腰看着林多人[2]时,泫然欲泣的模样。

"不,不。我不常需要用到实际的物体。馆方会拍照跟素描,我就用那些东西。现在全都数字化了,变得简单很多。我想,总有一天他们只要拿物体在电脑前面挥一挥,电脑就会以《格里高利圣咏》[3]的唱腔把翻译唱出来。可是在那之前,他们需要我这样的人来解读。"马丁停住,然后相当害羞地说:"你喜欢字谜游戏吗?"

"我们不是很拿手。老妈会做《纽约时报》登的那些。她试着教我们,可是我们只能应付星期一的部分。"

"你们的艾丝沛阿姨是个填字奇才。我以前会为她的生日设计特别的字谜。"

茱莉亚想追问艾丝沛的事,但她明白马丁其实是想诱她多问问他字谜的事。为了礼貌,她说:"你会制作字谜啊?"

"是啊。我替《卫报》设计。"马丁说话的模样,仿佛坦承自己身为超级英雄的秘密身份。

茱莉亚挤出希望是恰当的敬畏神情,"哇!我们从没想过真的

---

[1] 罗塞塔石,一座外形不规则的黑色玄武岩古埃及石碑,由于成功解读石碑铭文,人们读懂了象形文字。
[2] 林多人,公元一世纪中期左右的完整尸体,发现地点在英格兰西北的煤田。
[3] 《格里高利圣咏》,罗马教皇格里高利一世确立教皇在欧洲的权利之后,收集整理的唱经曲集,因其表情素穆、风格朴素,亦称为"素歌",是西方音乐源头之一。

有人负责制作那些东西。报纸反正就会有，你知道的。"

"这是一种不够受人赏识的艺术形式。"问问关于她自己的事。你在垄断这场对话。"你从事什么行业？"

"还不知道，我们还没决定。"

马丁啜口茶，疑惑地望着茱莉亚，"常用第一人称复数来指自己吗？"

茱莉亚皱眉，"不是啦，我指的是自己跟瓦伦蒂娜。我们还没找到两人都想作为职业的事情。"

"你们非做同样的事不可吗？"

"没错！"茱莉亚停下并自我提醒：目前说话的对象是陌生人而非鼠儿。"我是说，我们想找能一起做的事，也许我们能做稍有不同、但又能互相搭配的工作。"

"你们两人各自想做什么？"

"嗯，瓦伦蒂娜喜欢衣服。她喜欢把现有的衣服改成新的东西，你知道，比方说她会裁开你的西装背面，做成束腹、腰垫[1]什么的。她啊，是亚历山大·麦昆[2]的死忠。"茱莉亚瞥瞥为瓦伦蒂娜摆设的茶具，忖度双胞胎妹妹正在做什么。马丁想象自己套着腰垫的模样，不禁莞尔。

"你自己呢？"

"我不知道啊，我猜我喜欢深入调查事情吧。"茱莉亚这么说的时候，一边望着自己的盘子。盘缘绘有蓝色牵牛花。为什么我觉得自己好像站在洞口的边缘？

马丁说："还要茶吗？"茱莉亚点点头。他倒茶，"你还很小吧？我儿子也还不知道自己要做什么。他主修数学，但是对数学没什么热情。我想他最后会做金融，把时间全花在规划异国假期上。他喜欢的事情都有点危险。"

---

1 腰垫，妇女戴在背后以撑起裙褶的东西。
2 亚历山大·麦昆，英国知名服装设计师。

"比如？"

"哦，比如骑摩托车。我想他还去登山呢，可是没人肯告诉我这是不是真的。别让我知道比较好。"

"你会替他担心啊？"

马丁笑出了声。好几个月以来，他的心情从没这么轻松过，"亲爱的孩子，我什么都担心啊。可是没错，我特别担心西奥，那就是为人父母的本性啊。自从有了西奥，我就开始替他操心了。我想这对他一点好处都没有，可我就是忍不住。"

茱莉亚想起马丁清洗地板的模样。你就像重复舔舐同一个地方的小狗。"所以你会清洗东西？"

马丁往后靠向椅背，双臂交叉抱在胸前，"你真敏锐。对，没错。"他望着茱莉亚，她回看他。两人各自感受到认可的小小振动。她想，他疯了，而我懂他。可是也许他并没全疯。像是某种清醒的疯狂，跟梦一样。马丁说："你喜欢深入调查事情，是指哪类事情？"

茱莉亚试着诉诸语言，"就是……所有的事情啊。我对大家不该看到的事都很好奇。比方说，我喜欢逛大英博物馆，不过要是能去所有的办公室跟储藏间走走，我会更喜欢。我想瞧瞧抽屉里有什么，然后，去发现东西。而且我想深入认识别人。我的意思是，我知道这样问可能有点没礼貌，可是我想知道你为什么有这些箱子？里面装了什么？你的窗户为什么全部用纸盖住？这样有多久了？你清洗东西的时候，有什么感觉？为什么不想办法处理这种问题？"

茱莉亚看着马丁想，现在他打算赶我走了。他们不自在地默默坐着，感觉过了许久，然后马丁脸上浮现出微笑。

"你好……美国啊。"

"这是'非常无礼'的委婉说法吗？对，我很无礼。抱歉了。"

"不，不，别道歉。道歉是我的工作。还要来点茶吗？"

"不了，谢谢。如果你给我太多咖啡因，我会完全失去控制力。但也许我刚刚就已经那样了。"茱莉亚说。

马丁又替自己斟了杯茶。"你真的想知道那些事情？"他说，"要是我回答你所有的问题，我可能会失去神秘感，你就不会再来拜访我了。"

"我会来看你的。"你是我所见过最古怪的人。即使你想，也摆脱不了我的。

马丁张开嘴，迟疑半晌之后问："你抽烟吗？"

"抽啊。"茱莉亚回答。马丁眼睛一亮。他离开桌子，带了包香烟跟打火机回来。他从盒里摇出一支，递给茱莉亚。她接过烟，摆于唇间，让他替她点燃。她随即猛咳一阵。马丁弹起身，替她带回一杯水。等她能开口说话时，她问："这是什么东西啊？"

"这是法国烟。没有滤嘴的，抱歉，我没打算害死你。"

她把点燃的烟递给他，"拿去吧，我只要吸你的二手烟就好。"

马丁深深吸了一口，让烟从嘴里缓缓飘出。茱莉亚想，她从没在任何人的脸上看过这么赤裸的快意。她那时便明白，他当初是如何把女生追求到手又娶进门的：他只消用那种表情望着她就行了。茱莉亚真希望有人能用那种神情看她。接着她开始觉得困惑。

马丁说："好奇心会让人惹祸上身哟。"他又吐了口烟。

"我知道。可是，要是不把事情查清楚，不管是什么，我都会觉得脑袋快炸开了。"

"你可以当个不错的学者。"

他讲话时，烟从他嘴里一团团地喷涌出来，茱莉亚为之着迷。我本来以为老爸是个死硬派的烟枪，但这家伙肯定属于另一个层次。"我没办法久坐不动，我会想要马上把事情查出来，然后再去查下一件事情。"

"那你就当记者嘛。"

茱莉亚一脸半信半疑，"听起来或许还不赖，可是瓦伦蒂娜怎么办？"她注意到马丁为了抽烟，已经脱掉手术手套。手套正皱巴巴地躺在他的杯碟旁边。

"你不认为你们分头追求自己的兴趣，可能会比较快乐吗？"

"可是我们明明是一起的，我们不管什么都一起做。"

"嗯。"

茱莉亚有种不安的感觉，好像有人抢在她前面来这儿，先跟马丁说了鼠儿的观点。"你想说什么？"她恨恨地说。

"可惜你见不到艾丝沛。有关双胞胎的事，她有些有趣的看法。"

茱莉亚全神贯注，"比如？"

马丁问："你要来点蛋糕吗？"茱莉亚摇摇头。"我想吃一小片。"他动作细致地切下一片蛋糕往盘上摆，然后放着不管，继续抽烟。"艾丝沛认为，要双胞胎放弃各自的个体性，以维持两人的一体关系，也该有个限度。她觉得自己跟你母亲超越了那个界限。"

"如何超越？"

马丁摇摇头，"她没跟我说。你该去问罗伯特，要是她跟人透露过，对象也应该是他。"

"罗伯特·范肖吗？我们还没见过他。"

"我还以为他老早就过去自我介绍了呢。怪了。"

"我们敲过他的门，可是他一直不在。也许他出城去了。"茱莉亚说。

"我今天早上才看到他。是他找人修理你们的天花板的，"马丁微笑，"因为我打搅到你们，所以他好好教训了我一顿。"马丁捻熄了烟，小心翼翼地戴上手套。

"呃。我想不通为什么……我是说，他是个什么样的人？"

马丁吃了一口蛋糕，茱莉亚等他咀嚼与吞咽。"唉，他对艾丝沛情真义切。我想她的死可能让他有点失常。可是他是个好人，能够耐心看待我的种种小意外。"

"你有很多……嗯，我们应该有天花板会塌下来的心理准备吗？"

马丁一脸难为情，"以前只发生过一次。我会尽量别再这样。"

"你能选择做或不做吗？"

"有一点点的选择空间。通常啦。"

烟雾熏得茱莉亚头昏脑涨,"可以用一下你的洗手间吗?"

马丁说:"当然。"他指向佣人房,"里面有一间。"茱莉亚摇摇晃晃地站起身,穿过摆满箱子的房间,走进小浴室。浴缸里堆了更多的箱子。感觉像是在自存仓[1]里生活。她上完厕所,往脸上泼了点水后舒服了许多。她回到厨房时说:"箱子里装了什么?我是说,你一副刚搬进来的样子。"

马丁宽容地望着她,"好吧,潘多拉·普尔小姐[2]。你可以打开一个箱子,当作特别的招待。"

"随便哪个箱子都行吗?"

"也许吧。我没办法一直记得里头装了什么,所以就随你挑吧。"

两人都站起身。好像复活节或圣诞节。"要给点提示吗?"

"不了,"他说,"大部分都没什么刺激的。"他们走进饭厅。茱莉亚站着,盯着高叠成塔的箱子。马丁说:"也许你能从最上面挑一箱?这样就不用移动所有的箱子了。"

茱莉亚指着一只箱子,马丁小心地把它从整叠箱子上移下来,然后递给她。箱子上贴了一层层的胶带,他只好去拿美工刀。她把箱子搁在地上,跪在旁边,用刀将胶带割开。她打开箱子时,马丁往后站了站,仿佛箱子可能会爆炸。

里面塞满了气泡纸。一开始,茱莉亚以为里头就只有气泡纸,可是等她继续探索,才发现里面有好几样物品,分别用气泡纸包着,也贴了胶带。她抬头看看马丁。他站在门口,紧张地拉了拉戴着手套的指头。"我应该停下吗?"她问。

"不用。随便拆个东西吧。"

她在箱里摸索,拉出一个气泡小包裹。她慢慢拆开,是一只耳

---

[1] 自存仓,一种供客户租用的储藏空间,客户可以随时出入,自行存取物品。
[2] 出自希腊神话典故,潘多拉受好奇心驱使打开了盒子。此处马丁认为茱莉亚像潘多拉一样好奇。

环,独颗珍珠镶在精致的银饰里。她举高给马丁看。他欠身一瞧。
"啊,"他说,"是玛莱格的。她会想拿回去的。"他并未从茱莉亚手里接过那只耳环。

她说:"你觉得另一只耳环也在里面吗?"他点点头。她挖遍整个箱子,直到找出类似的包裹。两只耳环都拿到以后,茱莉亚站起来,走到马丁身边,并伸出手。他并拢戴着手套的两手,接过她放在他掌心的耳环。她不想知道箱子里还有什么。他们回到厨房,尴尬地站在各自的椅子边。马丁把耳环小心翼翼地放进瓦伦蒂娜的茶杯。他说:"有时候,某种东西……会让人承受不住……所以得把它隔离收走。"马丁耸耸肩。"所以,这些箱子里的东西就是情感,透过物品的形式来表达。"他望着茱莉亚,"那就是你想知道的事吗?"

"对,"看起来似乎是个完全合理的操作系统,"谢谢。"

"还有其他问题吗?"

她瞪着自己的鞋子,"对不起。我不是故意要……你人真好……"她因为快哭出来而停住不语。

"嘿,嘿,没关系的,孩子。"马丁用拇指抵住她的下巴,将她的脸往上抬,"无伤大雅啦。"她对他眨眨眼。"别露出那么凄惨的样子嘛。"

"刚刚有一刻我觉得自己真的是潘多拉。"

"不,一点都不像。可是,我想我现在要放你回家了。"

"我可以再来吗?"茱莉亚急欲知道。

"可以啊。"马丁说,"那会很愉快的。你知道吗?你跟你阿姨很像哦。请再来吧,随时都行。"他补允。

"好,"茱莉亚说,"我会的。谢谢。"他们穿过箱子包夹的过道,最后站在马丁的前门。他看着茱莉亚拾阶而下,身影缩短,继而隐逝。就在消失以前,她站定挥挥手。他听到她的门开了又关,也听到她呼唤"鼠儿"和对方的响应。"老天。"马丁对自己说,转身将门关上。

她带电的本质

二月中旬，一个沉闷阴郁的周六傍晚，雨水拍打着窗户。艾丝沛想，不知雨水能否将窗上的尘垢刷洗掉。茱莉亚跟瓦伦蒂娜在电视前吃晚餐。这样下去，她们肯定会得某种维生素缺乏症，她心想，她们似乎从不吃绿色的东西。今晚是罐头鸡汤、花生吐司跟低脂牛奶。双胞胎很爱看电视（茱莉亚开玩笑说，她们多少还是得学学这里的语言），可是今晚她们似乎刻意为了特定的节目而坐在电视机前。原来是要看《神秘博士》。

艾丝沛在她们上方盘旋，她趴着身子，下巴靠在交叠的手臂上。电视上没别的东西了吗？科幻她看不上眼，打从一九八〇年初以来，她连一集《神秘博士》也没看过。唉，我想总比什么都没有好。她望着茱莉亚跟瓦伦蒂娜看电视。她们用马克杯慢慢喝汤，一脸热切。艾丝沛往屏幕一瞥，正巧看到超时空博士从塔帝思走出来，踏进一艘停止运作的宇宙飞船里。

那是大卫·田纳特[1]！艾丝沛迅速往电视凑过去，在距离一英尺的地方坐下。博士跟他的同伴在那艘宇宙飞船上发现十八世纪的法式壁炉，炉床上还有火。我想要壁炉的火，艾丝沛想。她一直在试验，尝试用炉上的火焰来取暖，可是双胞胎难得点火下厨。博士蹲在火边，跟一位一七二七年的巴黎小女孩对话，小女孩似乎就在壁炉的另一侧。你人都死了，却对大卫·田纳特浮想联翩，会不会挺悲哀的呢？这节目真诡异。原来那个小女孩是庞巴杜夫人[2]。宇宙飞船的发条机器人正想偷走她的大脑。

---

[1] 大卫·田纳特，苏格兰演员，以出演第十代神秘博士而闻名。
[2] 庞巴杜夫人，法国国王路易十五的宠妇。

"是电脑—蒸汽朋克？还是蒸汽—电脑朋克？"茱莉亚问。艾丝沛不懂她在说什么。瓦伦蒂娜说："看她的发型。你觉得我们弄得出来吗？"

"那是假发啦。"茱莉亚说。博士正在解读庞巴杜夫人的脑袋。他双手贴在她的脑袋上，手掌捧住她的脸庞，手指细腻地张开，绕过她的双耳。好修长的指头啊，艾丝沛为之惊奇。她把自己的小手叠在大卫·田纳特的手上。屏幕暖得让人雀跃。艾丝沛把手埋入屏幕，约莫一英寸深。

"天啊，好怪啊。"瓦伦蒂娜说。博士的手与另一只手的黑暗剪影重叠，那是只女人的手。他放开庞巴杜夫人的脸，可是那只黑手仍在原地。艾丝沛把手挪开，屏幕上的手影却还是黑的。"你是怎么办到的？"博士说。艾丝沛以为博士在跟她说话，接着才意识到，庞巴杜夫人正在回答他。我一定是把屏幕给弄坏了。搞不好我也可以用脸来这一招。她把自己整个儿塞进电视，发现自己透过屏幕往外张望。电视内部真棒，暖烘烘的，空间的挟制相当宜人。艾丝沛在里面才待了一两秒，双胞胎便眼睁睁地看着屏幕变黑：电视坏了。

"讨厌死了，"茱莉亚说，"电视看起来明明很新啊。"她站起身，开始摆弄按钮，可是一点也没用。

"也许保修期还没过，"瓦伦蒂娜说，"不知道她在哪儿买的？"

在约翰·刘易斯商场，艾丝沛想起来。可是一定超过保修期了。她飘出电视之外，站在前方，希望它能恢复生机。刚刚好刺激啊，她们竟然看到我了！嗯，是看到我的手。她等待电视恢复正常状态，但屏幕始终一片漆黑。想想，我刚刚竟然让电器短路了。我身上带电吗？我到底是什么东西组成的？她低头瞪着双手，那在她眼里看起来就只是手而已。艾丝沛飘到房间角落的一盏落地台灯旁。灯没开。她伸手穿过固定装置，用指头碰碰灯泡底座。灯开始发出微光。啊，真是棒透了！她看看双胞胎是否注意到了，可是没有。

"也许楼上那个家伙可以让我们看他的电视。"瓦伦蒂娜说。与马丁见面令她犹豫,但她又很想看完这一集。

"我不确定他有没有电视,"茱莉亚说,"他堆了一大堆东西,不大容易看出来。"她们沉默地站着,犹豫地彼此对望。

"搞不好这里有拼字游戏。"瓦伦蒂娜起身,茱莉亚跟着她走出房间。艾丝沛站着,一面握着灯泡,心里觉得非常扫兴。在客房的衣柜里,她想。她放开灯泡,微光随之熄灭。她听见双胞胎在她的书房里大肆搜索。我要更认真地面对这一点。我真希望自己以前多读一点鬼故事。我确定能够在勒法努[1]那类作品里找到一些诀窍。也许维基百科上面会有什么信息。不知道我能不能打开电脑?不,我可能只会把它给毁了。艾丝沛爬回仍然透着暖意的故障电视里。我是怎么了?我觉得自己蠢极了。我想死亡敲掉了我一半的智商。我以前是能够理性思考的。现在我只是东飘西飘,随意做些关于生存性质的试验,然后沉浸在自怜里。

等电视的最后一丝热度都消失以后,艾丝沛离开那里,晃进了客房。衣橱的门微微开着。拼字游戏摆在最上层,就在大富翁的盒子和克里巴奇牌戏[2]下面。她开始推啊推。徒劳无功,盒子对她来说太重了。去他的。

她走到书房去看双胞胎在做什么。她们一起坐在地板上,挤在一本过期的《脸谱》杂志前面。艾丝沛心生烦躁。蠢女孩啊。你们坐在一间塞满精彩印刷品的公寓里,却在读些什么?竟然在读关于莫里西[3]的报导。

"别啦。"瓦伦蒂娜说。

"别什么?"茱莉亚回答。

"别气我。电视的事不是我的错。"

"我没气你啊,"茱莉亚放下杂志,看着瓦伦蒂娜,"我只是有

---

[1] 勒法努(1814—1873),十九世纪爱尔兰首屈一指的鬼故事作家。
[2] 克里巴奇牌戏,以克里巴奇计分板计分的双人牌戏,据说是由十七世纪的英格兰诗人萨克林所设计。
[3] 莫里西,英国创作歌手,八十年代摇滚乐的代表人物。

点无聊,不是生气。"

"哦。我只是感觉,你好像真的觉得我很烦人。"

"唉,我没有。"

"好吧。"

她们回头读杂志。艾丝沛蹲在地板上,与她们相隔几英尺,定睛盯着她们。瓦伦蒂娜抬起头,疑惑地环顾房间。她放眼不见一物,于是再次低下头。茱莉亚翻到另一页。

好啊,艾丝沛想,你跟我啊,我们有点进展啦。

瓦伦蒂娜说:"这里好冷哦,我们干脆上床睡觉吧。"茱莉亚收起杂志,拨下电灯开关。艾丝沛独坐在黑暗中,倾听双胞胎刷牙的声响。等公寓安静下来,她踱至书桌,指头碰碰桌灯的灯泡。灯泡发出了微光。

松　鼠

几天以来,马丁一直听到屋檐传来的噪音。介于天花板与屋顶的空间里,有东西在奔跳、扒抓与刮搔。马丁先打电话给罗伯特,由罗伯特联络一位名叫凯文的害虫防治员。

凯文周一一早按时赶来,他是个体重至少有二十英石[1]、身高体阔的魁梧男人。马丁与罗伯特领着他穿过堆满箱子的阴暗房间时,他默然无语。马丁纳闷,这么庞大的人类要怎么穿过梳妆间天花板的小活板门到屋檐去?

凯文把梯子拉下来,拿出手电筒,轻轻咕哝了一声,硬挤过那个洞口。罗伯特与马丁听到他的靴子踩过一条条的托梁。马丁抬头盯着那个洞口,感觉有些恶心作呕。可能会有东西从洞里跑出来,

---

[1] 1英石约等于6.35千克。

不管是什么生物，搞不好身上都有跳蚤。凯文的靴子也可能顺便把跳蚤带下来。他好像上去很久了。马丁变得非常不安。罗伯特说："你不用站在这里。你为什么不去书桌那里抽根烟？我会等他的。"马丁摇摇头。靴子隐约的踩踏声似乎沿着建筑物的外缘移动。"你上去过吗？"罗伯特问。

"我们刚搬来时，玛莱格上去过。当时屋顶出了点问题，主要是板子跟隔热材料。那是你搬来以前的事了。"马丁心想，自己能否说服凯文在下梯子以前先把靴子脱掉。不大可能吧。

靴子的踩踏声近了。凯文在开口处现身，低身踏回梯子。马丁紧盯着他的靴子。罗伯特问："有没有看到什么？"

"上头啥也没有，"凯文说，"你们的屋檐整个都是空的啊。"

"嗯，"罗伯特说，"那它们一定是在屋顶上，而不是在屋顶里。"

"也许吧。"

罗伯特先送他出去，再回到楼上。马丁正在刷洗梳妆间的地板。

"如何？"罗伯特问。

"这个话题真难懂。"马丁回答。

"我祖父以前都这么回答。"

马丁说："你为什么不去跟艾丝沛的女孩们介绍自己？她们都来了六个星期了。"

罗伯特倚在门框侧柱上思考这件事。"我不知道。我这阵子挺忙的，不过我已经找人修好她们的天花板了。"他看着马丁刷个不停，说，"你清洗的时候，也许可以少用点水，要不然会弄塌她们梳妆间的天花板，那艾丝沛的鞋子就全毁了。"

"她们挺有魅力的。或者应该说她们其中的一个，我还没见过另一个。她很有艾丝沛的味道呢。"

"哪方面？"

"那种犀利无比的坦率。艾丝沛当然运用得比较好，茱莉亚似乎有点失控。可是说实在的，这个女孩挺可爱的，没什么好怕的。"

罗伯特轻轻哼了一声，马丁将其正确解读为请闪开。"你一直听到的那些噪音，你确定是动物发出来的吗？我注意到有棵大栎树盖过了屋顶。也许我们需要找树木修整专家过来修剪一下。这没什么不好。"

"好吧。"马丁确定一定有东西在屋顶上出没，可是既然害虫防治员都检查过且一无所获，他知道现在最好别坚持下去。马丁明白，现实有两种：实际的和感受到的。他过去曾经试着解释，可是罗伯特无法理解，他总是以几乎高人一等的严肃态度和他谈服药的事。马丁停下刷洗动作，怔怔地盯着地板，然后合上眼睛，体会自己对地板有何感受。清洗地板的冲动已经获得满足。他站起来收拾水桶与刷子。

"你论文的进度怎么样？"他问罗伯特。

"还好。我今天要去皇家医学会，帮杰立夫博士处理一本小册子，要把埋在海格特里的医学从业人员全部列进去。"

"哦，真有趣。"马丁惆怅地说。世上的诸多事情里，他最想念的就是亲自到排名逼近世界顶尖的几家图书馆里做研究。罗伯特张嘴要说什么，后来又改变了主意。马丁说："那就跟博士打个招呼吧。老天爷，你就去跟那对双胞胎自我介绍一下嘛。"

罗伯特莞尔，向马丁露出谜一般的神情。"好，我马上去办。"他离开马丁的公寓，拾阶而下。在二楼的楼梯平台上，他面对门口伫立，盯着那张标了艾丝沛名字的小卡片。他举手正要敲门，却又作罢，继续走下楼梯，踱入自己的公寓。

樱草丘

灰蒙蒙的冷天，风雨欲来。茱莉亚与瓦伦蒂娜登上樱草丘。为了御寒，她们把自己裹得厚厚的，费劲攀丘让两人的面颊透着粉红。茱莉亚在乐施会买了本《超迷你英国俗语辞典》,两人结伴走路时,她偶尔会参阅这本书。

"炸马铃薯和包心菜。"茱莉亚说。

瓦伦蒂娜沉思片刻,"是可以吃的东西?牛肉腰子派?"

"不是,牛肉腰子派就叫牛肉腰子派。"

"嗯,是炖菜吧。"

"把包心菜跟马铃薯切块以后一起煎,"茱莉亚说,"好,这里有个不错的:毫无价值的话。"

"胡言乱语的意思。"

"很好,给我们的鼠儿加一分。现在你来考我几个吧。"茱莉亚把书递给瓦伦蒂娜。双胞胎抵达丘顶。伦敦在她俩面前铺展绵延。双胞胎并未意识到,二战期间,温斯顿·丘吉尔常常伫立于两人凑巧站定的位置,思考战事策略。眼前的景致让双胞胎感到失望。芝加哥的景色雄浑壮阔,要是到了约翰·汉考克中心的顶楼,还会觉得有点天旋地转,迎面便是一座毗邻庞大水域、巨型建筑物耸立的城市。身处樱草丘的双胞胎,放眼即是二月里一片单调乏味的摄政公园,以及四周远方的小小建筑物。

"这上面真他妈的冷死了。"茱莉亚上上下下弹跳,用双臂揽住自己。

瓦伦蒂娜蹙眉。"别说'他妈的',那是脏话。"

"好吧。这上头冷毙了,冷得要死。岂有此理,这上头真冷。"茱莉亚开始跳起某种舞步,包括绕着圈子奔跑,偶尔穿插着两脚互跳、单脚腾跳,身子一边左右摇摆。瓦伦蒂娜双臂交叉地站着,看着茱莉亚四处弹跳。茱莉亚不时会撞上她。"来嘛,鼠儿。"茱莉亚紧抓住瓦伦蒂娜戴了连指手套的双手。她们跳着二步舞转圈圈,足足好几分钟,直到瓦伦蒂娜上气不接下气。她往前倾身站着,两手搭在膝上直喘气。

"你还好吗?"茱莉亚问。瓦伦蒂娜摇摇头,帽子掉了。茱莉亚帮她戴回去。几分钟之后,瓦伦蒂娜的呼吸恢复正常。茱莉亚觉得自己可以沿着山丘上下慢跑十次,喘不过气的情况也不会像瓦伦蒂娜才跳几分钟舞就气喘吁吁那么厉害。"你现在好了吗?"

"嗯。"她们开始走下山丘。风势几乎马上减弱了。瓦伦蒂娜感觉自己的肺部松开了。"我们该查清楚要怎么找医生。"

"对。"她们默默步行了一会儿,脑子里依循着相同的思路:我们原本答应过老妈,说一来就要马上找医生,不能等到瓦伦蒂娜出什么紧急状况。可是我们来这里才六个星期,所以现在还算'马上'吧。况且,海格特丘附近就有家医院,到时要是出了什么差错,我们可以上急诊室。可是我们还没办保险,所以最后还是得跟爸妈报告。只是,我们要怎么弄懂居民保健服务的事?也许替艾丝沛阿姨处理遗嘱的律师可以解释给我们听。

"我们应该打电话给罗奇先生。"她们异口同声地说,然后扑哧一笑。

茱莉亚说:"厄运。"[1]

瓦伦蒂娜说:"我现在好多了。"接着就有种近来常出现的感觉,像是被人监视。那种感觉有时会消失,刚在山丘上就感觉不到。她转身东张西望,可是眼前除了推着娃娃车的妇女,街上只有她们两个人。房舍立面空白狭窄,窗帘拉着,将她俩阻隔在外。双胞胎走下台阶,到了傍着摄政运河的步道。运河气氛宁静,两畔皆有宽广步道。房舍以诡异的角度耸立于步道上方,仿佛她俩走在一条透明街道的正下方。冰冷的大雨滴不时飘落。瓦伦蒂娜一直回头张望。有个骑单车的少年目不斜视地骑过她们身边。有人在上方的街道上跟她们齐步前进。她们散步时,瓦伦蒂娜一直听到身边有脚步声响着。

茱莉亚注意到了瓦伦蒂娜的不安,"怎么了?"

"你知道的。"

---

[1] 美国人认为,两个人要是同时说一句话,代表的是厄运,所以要抢着把"厄运"二字说出来,好把厄运转移给对方。

茱莉亚正要重唱这几天以来的老调,那就是:那太疯狂了,鼠儿。可是她突然也意识到脚步声了。她仰起头,什么都没有,只有墙壁、栏杆和房舍。她停下脚步,瓦伦蒂娜也是。那些脚步声持续响着,一、二、三、四,然后停了下来。运河河水夸大了那些脚步声。此刻,运河轻拍水泥河岸的声音反倒彰显了脚步声的缺席。茱莉亚与瓦伦蒂娜面对面站着,头斜向一边,以便捕捉声响。她们等着,那些脚步声也跟着守候。双胞胎转身,沿着原路走回去。脚步声继续前行,远离她们,然后稍有犹豫,复而向前。随着她俩渐行渐远,脚步声也逐渐消失了。

双胞胎走到台阶这里,拾级走上街头。远处有个穿着长大衣的男人,仓促地朝她们的反方向走开。瓦伦蒂娜眉头一蹙。茱莉亚问:"你想回家吗?"

想,但不是你想的那样。"不想。"瓦伦蒂娜说。在公寓里,被监视的感觉更加强烈。"我们去维多利亚与艾伯特博物馆,看看卡罗琳王后的服饰吧。"

"好啊。"茱莉亚附和。当她查看城市街道地图时,两人停下脚步。瓦伦蒂娜站着观望,不管跟着她们的是什么,都已不见踪影。

艾丝沛觉得自己就快有所突破了。她认真思考身为徘徊不去的鬼魂这件事在美学与实际层面之间的平衡点。我之前一直在瞎混,努力要做活人的事,忙着摆弄物品之类的。但我能做他们所不能的:我可以飞翔、穿墙,还能烧坏电视。我不算是物质,所以我一定是能量。艾丝沛真希望自己当初多学点物理学。她对自然科学的知识大多来自益智节目与填字字谜。如果我是能量,那又如何?瓦伦蒂娜好像能感应到她,但茱莉亚却不行,她不明白原因何在。但是艾丝沛加倍努力:她在公寓里亦步亦趋地跟着瓦伦蒂娜,把灯光打开又关上。瓦伦蒂娜向茱莉亚抱怨管线太老旧,担心这栋建筑就快被烧毁。双胞胎出门时,艾丝沛分派练习给自己做:投下阴影、让特易购的食谱单飘离餐桌几英尺(这两项任务她都做不来)。她想象壮观的场面：我要把书从架上全部拉下来、打破所有的窗户、在钢琴上弹奏《枫叶拉格》[1]。可是她太过虚弱，连一个音符都弹不出来。她走到琴键上，用脚上的黄色马汀鞋使劲踩踏。琴键下陷几厘米。她自以为听见琴弦低语，但其实什么也没有。她在应付门板上较有收获，要是铰链足够润滑，她抵着门板使尽全身力气，就能把门关上。

所以她持续练习。要是我活着时也这么勤奋地健身，肯定能抬起一辆宝马。效果虽是渐进的，不过相当明显。艾丝沛最有效的行为，就是干瞪着瓦伦蒂娜。

瓦伦蒂娜不喜欢。她好像能够感应到艾丝沛的情绪状态，可是即使在艾丝沛投射雀跃心情与抛出微笑时，瓦伦蒂娜还是惴惴不安。她会四下张望、起身活动、丢下书本、把茶杯拿到其他房间。有时艾丝沛会跟着她走，有时任由她逃开。为了公平起见，艾丝沛尝试盯着茱莉亚看，但茱莉亚却不为所动。

有天早上，她们在饭厅吃早餐，艾丝沛来到她们身边。她走进房间时，瓦伦蒂娜正在说话。"……我不知道，就像有鬼魂，你知道，就是某种存在。就像有人在旁边。"瓦伦蒂娜环顾晨光照亮的房间，"它现在就在这里，一分钟以前还没有。"

茱莉亚顺从地把头仰起，静下来坐好，试着感受鬼魂，接着摇摇头说："没有啊。"

该做点事情了，艾丝沛心想。她相当兴奋，因为瓦伦蒂娜确实实用了"鬼魂"这样的字眼。艾丝沛走到茱莉亚的椅子后面，朝她弯下腰，用手臂揽住她的肩膀，然后把双手贴在她的心脏上。茱莉亚小声惊吁，高喊："哎哟！"艾丝沛放开她，茱莉亚缩在椅子里打哆嗦。

"什么？"瓦伦蒂娜警觉地问。

"这里刚刚变得特别冷，你没感觉吗？"

---

[1] 《枫叶拉格》，美国音乐家斯科特·乔普林谱于一八九九年的作品。

瓦伦蒂娜摇头:"是那个鬼魂。"艾丝沛用手指往上抚过瓦伦蒂娜的手臂。她不敢用揽住茱莉亚的方式来拥抱瓦伦蒂娜,她不确定瓦伦蒂娜的心脏能否承受得了。瓦伦蒂娜搓搓手臂:"这里有点风。"她俩专注地端坐等候。就是现在,机不可失。艾丝沛扫视房间,想找纤细得足以移动的物品。她想办法让瓦伦蒂娜的汤匙抵着茶杯微微颤动。双胞胎坐着观望,面面相觑,然后把视线移回汤匙那里。艾丝沛把壁灯里的灯泡点亮。房间里相当明亮,双胞胎没看到她做的事,于是她回头摇动汤匙。

"如何?"瓦伦蒂娜问。

茱莉亚说:"我不知道。你怎么想?"迁就她吧。

"有情况。"

"鬼魂吗?"

瓦伦蒂娜耸耸肩。艾丝沛涌起一股喜悦:我们就快成功了。瓦伦蒂娜说:"它挺开心的。"

"你怎么知道?"茱莉亚问。

"因为我突然开心起来,虽然我并不开心。就像是从我外面传来的感觉。"

"至少不是恶灵。你知道,就像《鬼驱人》里面,他们把房子建在墓园上方。"茱莉亚说。她狐疑地望着瓦伦蒂娜。

"你想是墓园来的东西吗?"瓦伦蒂娜想象模糊不明、黏滑污秽的死物攀过墓园墙壁,攀上房子这一边,侵入她俩的公寓。"呃。"她站起来准备溜开。

"越来越诡异了,"茱莉亚说,"我们出去吧。"茱莉亚看得出来,瓦伦蒂娜快吓坏了,最好出门活动一下。

瓦伦蒂娜说:"鬼魂,我们要出去了。请不要跟着我们,你跟踪我们的时候,我觉得很讨厌。"

你在说什么啊?我从不离开公寓的。艾丝沛看着双胞胎更衣,然后跟着她们走到前门。瓦伦蒂娜略含敌意地说:"拜拜,鬼魂。"接着让门对着艾丝沛的脸砰然关上。她尽量不把这件事放在心上。

死亡小猫

隔天晚上下雪了。瓦伦蒂娜与茱莉亚谨慎地穿过冰冻小径。小径从南边的树丛延伸至佛垂沃。地上积雪虽然只有半英寸深，但她们穿的是平底皮鞋，况且小径向下倾斜，在没有附着摩擦力的情况下走路相当冒险。她们正在讨论清理小径是她们还是邻居的职责。圣麦可的墙壁将小径笼罩在暗影里。她们上方的夜空一片清亮，满月与白雪让海格特村幻化为闪闪发亮的精灵国度。茱莉亚正在抽烟。香烟的橘色尖端飘浮着，离她被阴影覆盖的脸庞有几英寸远，随着走动而上下起伏。茱莉亚把烟从唇间取出，将隐形的烟雾往头上吹时，橘色尖端依着弧线往下。瓦伦蒂娜觉得心烦，这一来茱莉亚在床上就会浑身烟味，一到早上就会满嘴恶臭。可是她什么也没说。瓦伦蒂娜想，要是自己别去提这件事，茱莉亚就不会为了故意烦她而抽烟抽个不停。就在此时，茱莉亚把气吸得太深，不得不停下脚步，好好咳上一分钟。瓦伦蒂娜站着，目光怔怔地越过茱莉亚猛咳的身影，她在这时瞥见一个小小的白色东西，急步窜过常春藤，直直攀上教堂墙壁。大小形似松鼠，瓦伦蒂娜心想，伦敦这里不知有没有白松鼠。接着她想起那个鬼魂，喉头顿时一紧。那东西迅速往墙顶冲去，接着似乎就悬在原地，仿佛知道有人正看着它。茱莉亚咳完便挺直了身子。

"你看。"瓦伦蒂娜低语，一边用手指着。白色的东西把自己往墙顶一提。它站起来时，双胞胎从剪影里看出来那是只猫，而且是只幼猫。它伸展身躯，端坐在墙上，往下俯瞰她们，鄙视她们较为低劣的位置。那堵墙有十五英尺高，幼猫相较之下看起来娇小又不协调。

"哇，"茱莉亚说，"猫可以做到那样？真像猴子。"

瓦伦蒂娜想起她们曾在马戏团看过的白老虎。它把脚掌搭在饲养员的肩膀上,动作轻柔,仿佛打算与对方共舞。那只老虎踩过离地十英尺的钢索。

"这是抗拒死亡的猫咪,"瓦伦蒂娜说,"你觉得它住在墓园里吗?"

"这是死亡小猫,"茱莉亚说,"嗨,死亡小猫!"她发出叫唤猫咪的声音:喵、喵、喵。可是猫咪耸耸身子,消失在墙壁后方。她们听到它动作激烈地穿过了墙后的常春藤。

她们回到家时,瓦伦蒂娜在饭厅阳台上摆了个缺角的旧茶杯,里面装满了牛奶,还有一浅碟的鲔鱼。茱莉亚隔天早餐时注意到。

"那是干吗用的?"

"死亡小猫啊。我希望它能上来找我们。"

茱莉亚翻翻白眼,"浣熊比较可能会被吸引过来吧,不然就是狐狸。"

"我想它们没办法那样爬。"

"浣熊可以随心所欲地到处爬。"茱莉亚啃着涂了奶油的吐司。

鲔鱼跟牛奶搁在原地一整天,引来几只好奇的鸟儿。瓦伦蒂娜偷偷溜进饭厅几次,看看有没有东西来访,可是杯子与浅碟直到晚餐时间依然原封不动。

"要是你把东西留在那里太久,就会吸引蚂蚁过来。"茱莉亚说。

"现在是冬天,蚂蚁都在冬眠。"瓦伦蒂娜说。后来,她把牛奶倒进水槽,将杯子洗净,重新填满新鲜的牛奶,也用同样方式处理鲔鱼。她先把杯与碟摆回阳台的原位,然后上床就寝。

翌晨,瓦伦蒂娜打开通往阳台的落地窗,查看杯子与碟子。她心满意足地发现东西被碰过了:鲔鱼不见了,牛奶只剩前晚的一半。她在茱莉亚进来以前就把杯碟收走。当晚她再把杯碟添满,摆在阳台上,然后将灯熄灭,坐在饭厅地板上等候。

她听到茱莉亚在公寓里活动的声响。一开始,她只是在活动:

就寝前的更衣、洗脸与刷牙。接着她开始在公寓里穿梭,寻找瓦伦蒂娜。"鼠儿?"茱莉亚的脚步声沿着走道传来,继而步入公寓前侧。"鼠儿?"瓦伦蒂娜默默坐着,仿佛她俩在玩捉迷藏。茱莉亚穿过走道,站在饭厅外面。近了,更近了。"鼠儿?你在哪儿?"她打开门,看到瓦伦蒂娜坐在落地窗旁的一池月光里。找到了。"你在干吗?"

"嘘。我在等小猫。"瓦伦蒂娜轻声说。

"哦。我可以一起等吗?"瓦伦蒂娜想,茱莉亚的窃窃私语怎么会比平时的说话声还响呢?

"好啊,"瓦伦蒂娜回答,"可是你要完全安静哦。"双胞胎并肩坐在地上。两人都没戴手表,时间滴答过去。

茱莉亚在地板上伸伸懒腰,然后睡着了。房里冷飕飕的,地板还要冰冷。茱莉亚穿着运动裤与威尔可[1]长袖棉衫,这件棉衫是从她高中暗恋的男生卢克·布伦纳那儿偷来的。瓦伦蒂娜想替一脸不适的茱莉亚拿枕头跟毯子来,虽然她自己穿戴整齐,可是手脚与鼻子也都冷冰冰的。她想替自己泡杯茶,便起身离开房间。

瓦伦蒂娜拿着茶水、枕头与毛毯回来时,茱莉亚醒来了。瓦伦蒂娜进来时,她用手指抵着嘴唇。有一阵窸窸窣窣的声音,仿佛有东西在枯叶之间游动穿梭。瓦伦蒂娜双膝着地,以枕头为垫。她默默把茶放下。

茱莉亚回眸望着双胞胎妹妹,对方的眼睛在幽暗之中发光。瓦伦蒂娜那天没洗头,发丝平直松垮、色调微暗。瓦伦蒂娜深深呼吸,注意力集中在杯子与碟子上。茱莉亚露出微笑,视线也在杯碟上。她很喜欢看瓦伦蒂娜极度渴望什么的模样。

声音越来越近,接着戛然而止。双胞胎一动不动。一切暂停,接着小白猫从墙壁飞身跃至阳台上。

它又小又瘦,双胞胎看得到它的肋骨。小猫有着蝙蝠似的巨

---

[1] 威尔可,芝加哥另类摇滚乐团,成立于一九九四年。

耳，短短的猫毛处处纠结，可是，不知为何它看起来并不悲伤，而是流露出坚定的意志。它没什么特别超自然的地方。公事公办似的，小猫马上跑向碟子，大口吞下鲔鱼，进食时，侧腹一面动着。瓦伦蒂娜想起自己曾经在佛罗里达州看过被海水冲上沙滩的水母。小猫如此纤瘦，她觉得自己仿佛看得见它的内脏。是只小母猫。瓦伦蒂娜看得出神。

小猫吃完以后，坐着清理自己。它匆匆瞥了她俩一眼（或是朝她们的方向瞟。瓦伦蒂娜不确定小猫看不看得到她们，月亮早已移位，她俩此时坐在阴影里）。接着它便跳离阳台，窸窸窣窣地离开。

茱莉亚伸出手掌，瓦伦蒂娜与她击掌。"鼠儿，真的很酷啊。你要继续喂它吗？"

瓦伦蒂娜微笑着，"我要收养它。在你还没意识到以前，它就会戴上颈圈，坐在我大腿上喽。"

"可是你不觉得它有点……野吗？要是它没受过便盆训练呢？"

瓦伦蒂娜瞪了茱莉亚一眼，"它是小猫，它会学的。"

同样的场景在接下来几晚重复出现。瓦伦蒂娜到塞恩斯伯里买了几罐猫食跟一只砂盆。每晚她都坐着等死亡小猫过来。通常她都远离落地窗而坐，纯粹只是观察。五个晚上之后，她让落地窗微微开启，试着引诱小猫进来，可是这个举动吓到了它，结果瓦伦蒂娜又得从头开始。这只小猫真的很有野性，难以哄诱。

"我还以为它现在已经会坐在你腿上了。"茱莉亚调侃。

"要不然你来试啊。"瓦伦蒂娜反驳。

茱莉亚认真思索，那晚她从艾丝沛的针线盒里拿出一卷线轴来到饭厅。她等着小猫吃完餐点，就把线轴往外滚到阳台上。小猫狐疑地望着线轴。茱莉亚稍稍扯动细线。小猫试探地伸出脚掌。不久，小猫就在阳台上追着线轴四处跑，疯狂地弹跃蹦跳，等着细线再次抽动。可是一等茱莉亚把线轴拉进房里，小猫抬头看见茱莉亚，便从阳台闪身跳入常春藤丛。

"不错的尝试。"瓦伦蒂娜说。小猫没受茱莉亚的诱惑而进来，这点让瓦伦蒂娜窃喜，不过她那么想要小猫，怎么到手其实也都无所谓了。

最后，把死亡小猫引诱进来的，既非瓦伦蒂娜，也不是茱莉亚。二月底的某个周二晚上，瓦伦蒂娜准备好小猫的食物，手里端着托盘正要穿过饭厅时，听到有东西轻快蹦跳着，常春藤窸窣作响。落地窗开了条缝，冷空气窜入室内。外面的阳台上，猫咪蹦跳弹跃。线轴猛然抽动又翻滚，受制于一只察觉不到的手。有时它恰巧就在小白猫的掌握之外，有时飞掠阳台被小猫的脚掌截住。瓦伦蒂娜站住不动。线轴快速旋入介于一扇门与门槛的空间，在那里诱人地晃动不止。小猫犹豫了。它聚精会神，然后一跃，动能让它往前飞奔，进入房里。门在它背后关上了。

瓦伦蒂娜跟小猫瞪着对方，人猫震惊的程度不相上下。她们在同一刻恢复情绪。瓦伦蒂娜把托盘放在地上，小猫则开始来回奔跑，在镶木地板上疾走，寻觅逃生之路。瓦伦蒂娜把饭厅的门关起来，背部抵着门。

"是谁？"她说。她原本希望用正常的语调开口，却发出了尖锐的声音。"是谁？"线轴一动不动地留在地上。除了小猫，屋里的一切都是静止的。它压平身子，藏在软垫搁脚凳的围布底下。瓦伦蒂娜立定倾听，或者应该说，她用身体来感知房间，尝试分辨周围有没有什么东西。她颤抖不已，可是除了冰冷的空气与小猫的恐惧，她感觉不到任何东西。接着有什么东西推动她倚靠的门，瓦伦蒂娜身子一软。

"鼠儿？"原来只是茱莉亚。瓦伦蒂娜松了一口气，把门开了一道缝。"快进来。"她说。茱莉亚亚照做，从六英寸的开口钻进来，一把把门关上。"你抓到它了吗？"茱莉亚眼睛一亮。

"不是，"瓦伦蒂娜说，"是鬼魂抓到的。"她等着茱莉亚露出轻蔑的表情，可是茱莉亚望着瓦伦蒂娜时，看到她正在颤抖。茱莉亚把灯光开关扳开，吊灯的微弱光线洒满饭厅。

"来这边。"茱莉亚从围聚于饭桌四周的细长椅子中拉出一张，瓦伦蒂娜往上一坐。茱莉亚环顾房间,"如果鬼魂抓到它了,那它在哪儿?"

"它在软柜凳底下。"

茱莉亚趴在软柜凳前面,小心翼翼地撩起缘饰。她看到亮着绿眼的小动物对她龇牙咧嘴、低声嘶吼。"它就归你了哟。"茱莉亚说。

瓦伦蒂娜绽出微笑,"喏,把鲔鱼拿到软柜凳附近吧,搞不好它会溜出来吃。"

茱莉亚跟着照做。"嘿,"她说,"鬼魂是怎么办到的?"她决定暂时放弃不信有鬼的想法。想到鬼魂还派得上用场,茱莉亚还挺喜欢的。

"鬼魂就用你的方法,只是小猫看不到鬼魂,所以直接跳进房里来,然后鬼魂就把门关起来了。"

"也许那表示鬼魂一直在观察我们?"茱莉亚不自主地害怕起来,"要不然鬼魂怎么会知道你想要那只小猫。你本来就把线轴留在这里?还是它原本在缝纫盒里?"

"没有,本来就在这里。"

"嗯。"茱莉亚两手交握在背后来回踱步。瓦伦蒂娜想起她俩还小时,在第九频道一看再看的福尔摩斯电影。福尔摩斯老在踱步。瓦伦蒂娜有点希望茱莉亚会说,我亲爱的华生,那很简单嘛。可是茱莉亚只是往地上一坐,蹙眉直瞪着软柜凳,"你想鬼魂还在这里吗?"

瓦伦蒂娜东张西望。饭厅有点空荡荡的,在这里,鬼魂能待的角落不多。"大概吧,"她说,"可是鬼魂大多是一种感觉,至少在今天晚上以前是这样。又不是我亲眼见过。现在我就感觉不到它。"

艾丝沛站在饭厅餐桌上。她穿着蓝色雪纺酒会礼服、渔网丝袜,脚踩细高跟鞋。能在平滑的木头上走路而不会造成地板损坏,这让她挺开心的。能逮到小猫,还让瓦伦蒂娜目睹她的成就,也令她乐不可支。那就对了。我办到了!她们现在非得相信我的存在不可。

死亡小猫火冒三丈地坐在软柜凳下面。它明知附近有鲔鱼，却不想让别人看到它吃，免得让对方称心。过了一会儿，茱莉亚看软柜凳看腻了，于是上床就寝。瓦伦蒂娜在饭厅里摆了猫砂盆，希望小猫不会到处撒尿。她捻熄灯光，也跟着就寝。艾丝沛坐在餐桌上守候。

"喵，喵，喵。"她说，明知小猫听不见她的呼唤。全然的静寂延续了半小时，小猫才爬出来张望四周，在房里绕行，寻找出口。艾丝沛从桌上跳下来，坐在软柜凳上。她等着小猫平静下来。她趁它囫囵吞吃鲔鱼时，轻抚着它。它没注意到。

海格特墓园之旅

三月初某个清爽的周日，杰西卡站在东侧墓园的栅门前，看着访客聚集在西侧的主门前方。这批人看起来不太妙：穿着令人生畏的运动鞋、背着抢眼相机的一对美国夫妇；发线后退、戴着眼镜的安静中年男人；三位穿着松垮牛仔裤、头戴棒球帽的年轻日本男子；推着好似空气动力娃娃车的妇女；背着庞大背包、浑身是劲来回踱步的壮硕男人。

一辆黑色厢型车沿着史维恩巷奔驰。车子侧面用马戏团海报式的镀金字休写着：**蛮勇**。

的确如此，杰西卡心想。她看看手表，三点差十五分。她回头瞥了凯特一眼。凯特是个身材浑圆、个性讨喜的美国义工，她正在跟某个坟墓所有人谈及东侧墓园墙壁的修缮。杰西卡把目光移回门边的那群人身上，看到有两位一身白色装扮的女孩子加入了他们。女孩自顾自地牵手站在一起，身穿镶毛边的白色兜帽运动衫，搭配白色迷你裙、贴身裤与靴子。她们的白色毛织软帽几乎与发色相同。女孩们背对杰西卡，可是她不用看她们的脸，就知道一定是那对双胞胎。她们真是甜姐儿。她在想，她们知不知道墓园小径有多泥泞？她们是不是还不满十六岁？

茱莉亚与瓦伦蒂娜站在栅门前方，在两脚之间转换重心，一面打着哆嗦。茱莉亚纳闷，大家都到哪儿去了？栅门之内一派静谧。警卫室所在的位置再过去有个宽阔的中庭，周围的柱廊延伸为半圆形。她听到有人在使用移动对讲机，可是视线之内杳无人影。道路对面是墓园的另一半，卡尔·马克思就葬在那边。那里看起来比较空旷，更像一般的美式墓园。指南上写着，西侧墓园较有意思，可是要加入导览才能参观。双胞胎的窗户俯瞰的就是西侧。

杰西卡越过史维恩巷，大步穿过一小群人，打开巨型栅门的门锁。她以不同色调的深紫与淡紫打扮自己，戴着一顶马上就让瓦伦蒂娜觊觎不已的帽子。那是顶宽边毛毡帽，帽圈上插了根曲度很大的黑羽毛。瓦伦蒂娜跟茱莉亚对她的第一印象是王室成员，说不定她是女公爵，下午前来墓园剪彩，或是在探访挚爱之后留下来帮忙。这个想法并未随着她开口而马上消失。"亲爱的各位，现在请进。大家都读过注意事项了吗？好，请把所有的行李都留在办公室里面。非常抱歉，可是八岁以下的孩子不能进西侧墓园。拍下的摄影作品只能作为个人用途。请往这边，烦请在中庭远程的战争纪念碑前面留步，我们马上就过来。"双胞胎听话地坐在长凳上等候。

罗伯特捧着票箱走出办公室，为詹姆斯刚刚念给他听的字谜线索而分神。他与杰西卡会合，两人一同跨过中庭。他看到双胞胎时，胃部猛然紧缩了。那种感觉让他想起怯场的滋味，接着才明白那是愧疚感。

"别跟她们收钱。"他跟杰西卡说。

"为何不收？"

"她们是坟墓所有人。"

"当然不是，哦，"她说，更仔细地端详她们，"我懂了。"他们继续前进。"那么你应付得来吗？要不要我叫凯特带团？"

"别傻了,我总得跟她们见面的。"

双胞胎看着他们走近,茱莉亚用手肘碰碰瓦伦蒂娜,"那不是你在地铁上遇见的男人吗?"她低语。瓦伦蒂娜点点头。她看着罗伯特撕下入场券,杰西卡向每个人收取五英镑。双胞胎坐在长凳的末端。杰西卡收完那对美国夫妇的钱以后,关上投钱箱,向她们眨眨眼。茱莉亚递出十镑,可是杰西卡含笑摇头。美国女人恼怒地瞅了她们一眼。茱莉亚掐掐瓦伦蒂娜的手。

"欢迎来到海格特墓园,"杰西卡说,"罗伯特会替你们导览。他是我们最有学养的导览员之一,是研究维多利亚时代的历史学家,目前正在写一本关于这座墓园的书。我们的工作全部以自愿为前提,单是让墓园继续开放,每年就必须筹措三十五万英镑以上的经费。"杰西卡边说边向大家施展魅力,并且展示那个绿箱子。"你们离开时,会有一名义工拿着这个绿箱子守在栅门这里,对你们所能提供的任何协助,园方都会非常感激。"罗伯特看着观光客骚动不安。杰西卡预祝大家有趟愉快的导览旅程,然后回办公室去了。她感到一阵兴奋。为什么呢?她站在办公室窗边,观察罗伯特在柱廊阶梯前面,将整群人聚拢起来。他站在两阶之上向下俯望,比手画脚地对着大家讲话。游客们所站之处,除了绿意与阶梯,什么也看不见。女孩子们像极了艾丝沛。*生命真令人惊奇。我希望他会好好的,他看起来有点苍白。*

罗伯特试着清空心思。他觉得他好像在观察自己,仿佛一个人分裂成两个罗伯特:一个镇定自若地提供导览,另一个神经紧张得无法言语,苦思自己可以对双胞胎说些什么。*真要命,你以为自己才十七岁啊!你又不用跟她们讲话,她们自然会找你说话的,等着就好。*

"十九世纪初,"罗伯特开始讲解,"伦敦的墓园拥挤到吓人的地步。埋葬在教堂庭院是几百年来的习俗,但人们因为工业革命如火如荼地展开、工厂需要工人而涌入城市,再也没有空间可以埋葬任何人了,可是人们终究会死。一八〇〇年,伦敦的人口几乎达到一百万。到了十九世纪中叶，人口超过两百万。教堂庭院跟不上死亡的无情步调。"

"教堂庭院也对健康产生了危害，它们污染了地下水，引发伤寒与霍乱。既然没有空间容纳更多坟墓，就必须挖出旧有的尸体，以便埋葬新近的逝者。如果你们读过狄更斯，就知道我在说什么：手肘从地里突出来，盗墓人偷走死尸卖到医学院去。场面混乱不堪。"

"一八三二年，国会通过一项法案，准许建立商业用途的私有墓园。接下来的九年里，七座墓园陆续开张，在当时的城市边缘围成一圈。这些墓园后来以'壮丽七园'之名为人所知，分别是肯瑟绿园、西诺伍德、海格特、二区、布朗普顿、艾柏尼园和陶尔哈姆莱茨。海格特在一八三九年开幕，很快成为伦敦人趋之若鹜的坟地。上楼梯来吧，你们会知道原因的。"

双胞胎在整组人的后面，所以她们往上走时只看到其他人的腿。她们走到顶端时，那群人围聚在站定的罗伯特四周。眼前尽是密密麻麻的大型坟墓，碑石东倒西歪，被葱郁的树木与植物推挤侵占。瓦伦蒂娜有种似曾相识的强烈感觉。我来过这里！可是其实没有，也许我梦到过？有只乌鸦近身飞过她们的头顶，俯冲越过中庭，降落在礼拜堂屋顶的尖端。瓦伦蒂娜忖度，明目张胆地飞过墓园，会是什么样的感觉。她好奇乌鸦对这整件事有何看法。真是怪异，把人放进土地里，往上面摆个石头。她顿时涌出一股惊奇感，人们竟然全都同意被埋进地里。

罗伯特说："我们目前就站在柱廊区的顶端。如果你们往礼拜堂看，那边，就是你们进来的地方，那里有两座礼拜堂，分属英国国教与不信国教者，汇聚在同一栋建筑里，相当独特。我们在西侧墓园，就是原始的部分，占地十七亩，其中两亩拨给不信国教者，也就是浸礼会、长老派、萨德曼派，以及其他新教教派。海格特这么受欢迎，到了一八五四年就必须扩张，所以伦敦墓园公司在史维恩巷对面买下二十亩地，建造东侧墓园。这一来就引发问题了：在英国国教礼拜堂里做完仪式以后,要如何在不离开圣化过的土地的情况下,把棺木送到东侧去?教会并未替史维恩巷祝圣,所以他们发挥维多利亚人典型的巧思,在道路下方挖出一条隧道。仪式结束时,利用压缩空气推动的升降机,将棺木往下降入隧道。护棺者会从那里接手,把棺木抬过去,然后在东侧往上升,等于是'死后复活'的动人隐喻。"

茱莉亚想,他一副志得意满的模样,好像整个东西是他发明的。她觉得自己有点易怒、冰冷又潮湿。茱莉亚朝瓦伦蒂娜瞟了一眼,对方正痴迷地盯着导游。罗伯特用眼光扫过整群人。他们大多已把相机准备好,渴望拍照,继续往前。他看到瓦伦蒂娜直勾勾地看着他,于是转向他们旁边的坟墓。

"这个坟墓属于詹姆斯·威廉·赛尔比。他在世时是个有名的马车夫。他喜欢高速驾驶,不论晴雨。鞭子与喇叭代表他的职业,但是反转的马蹄铁却表示他的运气已经用完。一八八八年,赛尔比接受了一场赌局,要在八个钟头以内从伦敦驶到布莱顿。他用了七组不同的马匹,花了七小时又五十分钟就抵达终点,赢得了一千英镑,可是五个月以后,他就过世了。我们臆测,他赢得的赌金可能都用来购买这个气派十足的纪念碑了。小心步道,今天路况挺差的。"

罗伯特转身开始上坡。他听到观光客在背后忙乱地走着。主干道布满岩石又泥泞,处处是树根与凹洞。他们行进时,他听见相机喀嚓作响,有如昆虫的唧鸣。他的胃部翻搅。不知道能不能暂时把他们全留在安慰角,让我到灌木丛里静静呕吐?他坚持下去。他带他们参观有空石椅的哥特风格坟墓,空椅表示占有者已经离去、永不复返。他领着他们到洛夫特斯·奥特韦爵士的坟墓,那是个偌大的家族墓园,曾经设有一片片的玻璃隔板。"当时的人可以让视线往下穿过坟墓、看见棺柩。请注意,这不是要满足人们的偷窥快感,而是因为很多维多利亚人痛恨被埋在六英尺之下,这座墓园里有不少坟墓都是地面上的……"他向大家提起"海格特墓园之友",

以及他们如何拯救海格特的事。"第一次大战以前，全体员工包括二十八位园丁。墓园里整齐有序，宽敞又宁静。但自从所有健壮的男人都去打仗后，情况再也不同于以往。草木开始占领盘踞，墓园没有空间建造新坟，不再有财源进来……一九七五年，西侧正式关闭，基本上就是处于弃置的状态，任由恶魔崇拜者、怪人、破坏公物者、约翰尼·罗顿出没……"

"他是谁？"其中一个日本青年插嘴问道。

"性手枪乐团的主唱，以前就住附近，在芬奇利园里面。好，所以你们可能已经注意到了，这个墓园周围的邻居有点时髦，所以亵渎坟墓的事情，以及在附近游荡的问题人物让居民有所警觉。一组当地人士集结起来，用五十镑买下海格特墓园。他们努力让它恢复正常，并发明了所谓的'监督之下的忽略'，如同字面意义：他们不打算把它弄得井井有条，也不是要模仿维多利亚人的做法。他们处理的方式是让人们看出时间与自然对这个地方的影响，但不是要放任它陷入危险的地步。在某种意义上，这里算是博物馆，同时也是还在运作的基督教墓地。"罗伯特瞥了一眼手表，他得带大家继续往前走了，杰西卡昨天才跟他提过，要准时带团回去。"往这边走。"

他加快步伐，带领他们往安慰角走去，接着说起伊丽莎白·西铎·罗塞蒂的故事。一如往常，罗伯特必须抗拒冲动，免得向这组人倾诉自己所知的一切。要是如此，他们会在这里连续听上好几天，在他滔滔不绝之际，因为疲惫与饥饿而逐渐瘫垮。他们主要是想参观这个地方。别讲太多细节，以免他们觉得无趣。他陪他们走到他最爱的坟墓之一，那是一座台石型的坟墓，墓上有个哭泣者的浅浮雕，是个陪伴棺柩守夜的女人。"在医疗技术没那么发达的时候，很难判定某人是否真的已经死亡。你们可能以为死亡会相当显眼露骨，可是在好几个有名的案例里，都有死尸坐起身来、继续活下去的情况发生。很多维多利亚人单是想到自己可能会被活埋，就神经紧张。"

"维多利亚人行事风格很实际,他们企图解决这个问题,便发明了一种线系的铃铛系统,线穿过地面,探入棺木,要是你在地下醒来,就可以拉铃,等到有人过来把你挖出来为止。从记录上来看,这些装置不曾救过任何人。大家在自己的遗嘱里立下各种古怪的规定,像是要求斩头,免得违背意愿地复活。"

"那吸血鬼呢?"

"吸血鬼怎么样?"

"我听说这个墓园里有吸血鬼。"

"没有。有一堆想出风头的蠢蛋硬说自己见过吸血鬼。不过的确有些人表示,海格特的一场掘尸让布拉姆·斯托克灵感大发,写下了《德拉库拉》。"

瓦伦蒂娜跟茱莉亚在整队人的边缘迟疑不前,两人有着截然不同的体验。茱莉亚想离开这群人,自行探险。她厌恶演说跟教授,罗伯特惹得她心烦气躁。你只是在大放厥词。快点继续走啊!瓦伦蒂娜不是很仔细地在听罗伯特的评论,因为自从杰西卡介绍了他的身份以后,这想法就在她脑子里不停打转:原来你就是艾丝沛的罗伯特·范肖。那就是你知道我们的原因。想到他以前在她俩不知情的情况下见过她们,她就感到非常不安。我该跟茱莉亚说的。瓦伦蒂娜瞥了茱莉亚一眼。不要,最好等等。她心情不好。

罗伯特转身,带他们再往上坡走,在通往埃及大道的入口停步。罗伯特等那对美国夫妇追上来,因为他们什么都想拍,所以常常落后。你们啊,不可能办得到的,这里有五万两千座坟墓呢。一位日本青年说:"哇。"他把声音拉长,听起来像是"呜啊"。罗伯特喜欢埃及大道那种戏剧感,看起来就像《阿伊达》[1]的舞台场景。

"海格特墓园不只是基督教的墓地,也是一个营运的企业。为了吸引地位显赫的维多利亚人死后安葬于此,只要是时髦邻里所需要的东西,它都需要,这是海格特相当赏心悦目的特点。一八三〇

---

[1] 《阿伊达》,意大利作曲家威尔第创作的四幕歌剧。

年代末期,海格特开幕时,埃及的东西相当受欢迎,所以我们这里有埃及大道。入口是参考卢克索的一座坟墓打造而成,原本是有色彩的,而且那时大道本身没有这么黑暗阴郁,它原本是朝天空开敞,也没有现在这些遮蔽大道的树木……大道里的墓园可以容纳八到十个人,墓园里有架子可以放置棺柩。注意那些倒转的火炬,钥匙孔也是上下颠倒的。墓门底部的洞是为了让气体排放出来而设置的。"

"气体?"戴眼镜的安静男人问。

"尸体腐烂分解时会释放气体。以前会在里面摆蜡烛陪葬,好把气体烧掉。当时晚上的气氛一定相当阴森。"他们穿过埃及大道,站在另一端,即使沐浴在烈阳下,双胞胎仍然搂着自己取暖。罗伯特看着她们,蓦地回忆起几乎伫立于同一地点的艾丝沛,当时她仰脸面向太阳。哦,你……他心绪一颤。大家都等他讲下去。别看她们。别去想她。罗伯特盯着地面片刻,然后打起精神。

"我们站的地方就是黎巴嫩环,这里是墓园里最受青睐的地点,名字取自你们眼前那棵巨大的黎巴嫩雪松,就在墓室上方。那棵树的树龄将近三百年,即使是在海格特墓园刚成立的时候,这棵树应该也相当醒目。这块地原本是伦敦主教地产的一部分,他们来建圆环时,沿着这棵树的周围砍树,它就伫立在原本地面楼层的高度。想象一下,要用一八三〇年代的工具移开那么多的泥土呢。内圈圆环先建成,结果大受欢迎,于是二十年后开始建造外侧圆环。你们可以看出建筑品位的转变,从埃及式转为哥特式。"

罗伯特带领他们穿过圆环。没有越来越轻松的感觉。他瞥瞥手表,决定略过几座坟墓。

"这是梅布尔·维罗妮卡·巴滕跟她的爱人拉德克利夫·霍尔的坟墓。我们在这里看到的是骨灰瓮壁龛,这个名称来自拉丁文,就是'鸽子'的意思,原始的意思是给鸽子居住的隔间……请跟着我登上楼梯……好。这是知名的动物饲养人乔治·伍姆韦尔的坟墓。他刚起步的时候,从一个水手那里买来两条大蟒蛇……"罗伯特略过亨利·伍德夫人[1]、卡特家族的仿埃及式坟墓,以及亚当·沃斯[2],然后带访客绕过圆环顶端,让他们欣赏圣麦可的景致。接着他把他们聚拢,站在泰瑞斯墓窖与偌大的比尔家族坟墓之间。双胞胎意识到,眼前正是她们透过卧房窗户看到的那座巨大坟墓。她们往后退,努力让视线越过墓窖,可是虽然看得见马丁的公寓,自己那层却隐而不见。

"德裔犹太人朱利叶斯·比尔来到伦敦时身无分文,通过股票交易发迹致富……"瓦伦蒂娜想着,自己其实从未思考过死亡这件事。家乡莱克福里斯特的墓园整齐有序、空间宽敞,杰克的父母就葬在那里,墓地不大,用了颇为搭调的粉红花岗岩碑石。双胞胎从未见过两边的祖父母。我们不认识任何过世的人,也很难想象自己或茱莉亚不在的状态……一阵寂寥或思乡的感觉袭来,她不确定是哪种。瓦伦蒂娜望着罗伯特,但他就是不理会她,似乎刻意把注意力放在戴眼镜的男人身上。他认识艾丝沛呢。他是她的情人,可以跟我们讲讲她的事。

"……朱利叶斯·比尔无法在维多利亚时代的社会里找到稳固的地位,因为他不仅是外籍的犹太人,而且钱财是自己赚取而不是继承来的。所以他建起这座相当庞大的墓室,让人无法错过。要是你恰巧在泰瑞斯墓窖漫步,那就和维多利亚时代女士偏好的周日午后消遣一样,你会发现,比尔之墓挡住了景致。"瓦伦蒂娜想起她们后花园的那道绿门。她想象自己与茱莉亚穿着旧时的裙撑,在黑暗又讨厌的泰瑞斯墓窖顶端漫游,里面躺着几百具腐烂中的尸体。那些维多利亚人还真懂得怎么找乐了。

罗伯特领着他们穿过几条北道,经过不信国教者的区域。他带他们参观托马斯·赛耶斯的坟墓,名叫狮子的石犬耐心十足地看守着。接着略过一便士邮政制度的创始者罗兰·希尔爵士的坟墓。经

---

[1] 亨利·伍德夫人,英国小说家。
[2] 亚当·沃斯,德裔美籍罪犯。

过诺柏林家族墓园时,他没有发表评论。往前五十码,罗伯特转身对整群人说话,看到茱莉亚与瓦伦蒂娜没跟上队伍。她们在诺柏林家的墓前驻足,勾着手臂交换意见。罗伯特把整队人留在托马斯·查尔斯·德鲁斯前面,慢跑回到双胞胎身边。

"你们好。"他勉强开口。

她们愣住了,恍如突然被人迎面冲撞的兔子。瓦伦蒂娜说:"你是罗伯特·范肖吧?"茱莉亚心想,什么?

罗伯特的胃部猛烈地抽搐了。"对。没错。"瓦伦蒂娜与罗伯特互换某种茱莉亚无法诠释的眼神。"我们等导览结束再谈好吗?"他说,陪着她们走回小队前面。他笨嘴拙舌地讲完托马斯·查尔斯·德鲁斯的掘尸故事,跳过谋杀案受害者伊莱扎·巴罗,也略过举办狗展成名的查尔斯·克拉夫特。他谈到伊丽莎白·杰克逊和史蒂芬·吉尔里时多少恢复了情绪,接着催促整组人穿过科汀思小径。杰西卡拿着绿箱子在栅门那里等候他们。罗伯特对她说:"我等会儿要带双胞胎回去看她们的家族坟墓。"他多少希望杰西卡会拒绝他,但她只是微微一笑,挥手要他自便。

"别花太久时间,"杰西卡说,"你知道我们今天挺缺人手的。"罗伯特走向瓦伦蒂娜与茱莉亚,看到她俩站在柱廊阶梯那里,被背后的拱门一起框住,有如衬在幽暗背景里的两座灿烂白雕像。他觉得自己似乎注定在此与她们相会。

"那么,来吧。"他说。她们警觉又好奇地跟着他走。他领着她们拾阶而上,穿过步道,感觉她们的眼光落在他身上。双胞胎越来越不安,导览时,罗伯特·范肖看起来相当唠叨、急于取悦他人,现在却不发议论地带着她们穿过墓园。墓园本身的声响填满了寂静:靴子踩在步道上的啪嗒声、风在树林里的细语与咆哮。鸟鸣、车声。罗伯特的大衣在背后拍飞,瓦伦蒂娜回想起那天在运河旁看到的渐远的身影。她渐生恐惧。没人知道我们在这里。接着她想起栅门那里的女公爵,就放下心来。最后,他们来到诺柏林墓园。

"所以,"罗伯特开口,觉得自己像是荒谬谐仿版的海格特导览员,"这是你们家族的坟墓。它属于你们,只要是墓园的开放时间,你们随时可以来访。我们会替你们制作一个坟墓所有人的通行证。艾丝沛的书桌里有把钥匙。"

"什么东西的钥匙?"茱莉亚问。

"开这扇门用的。你们也有后花园跟墓园之间那扇门的钥匙,不过墓方员工要我们别用。"

"你会进去吗?"

"不会。"他的心脏猛跳。

瓦伦蒂娜说:"我们一直在想你的事情,奇怪为什么一直见不到你。我们还以为你可能出城去了什么的……"

"马丁说你没出城。"茱莉亚打岔。

"所以我们一头雾水,因为罗奇先生说你会帮我们……"瓦伦蒂娜抬头看罗伯特,可是他紧盯着自己的脚。仿佛过了好久,他才开口回答。

"抱歉。"他说。

他无法正视双胞胎,她们倒是同情起他来,虽说两人都搞不懂为什么自己会有这种感觉。他原本口若悬河、急着吐露多于任何人想知道的墓园信息,现在却不擅言辞、害怕地站着,这让茱莉亚相当诧异。他的发丝垂覆脸庞,身姿凄苦。瓦伦蒂娜想,他只是很害羞,他怕我们。瓦伦蒂娜自己也害羞(她一直跟一个外向又老爱嘲笑她有多胆怯的人在一起),更没见过一个表面看似正常却突然显得极为拘束的人。她观察罗伯特的恐惧,感觉有种深刻的亲密感,又因为身边有茱莉亚替她壮胆,便向他走近一步,把手搭在他的手臂上。罗伯特的目光透过镜框望着她。

"没关系的。"她说。他感觉自己重新获得了曾经失去的,但那到底是什么,他无法对自己说明。

"谢谢你。"他回答。他沉静的语句里带有巨大的强度,使得瓦伦蒂娜随即爱上了他,虽然她说不上来是哪种感受,却没有任何东西可以比拟。他们原本可能会以那种姿态久久伫立着,可是茱莉亚说:"也许我们该回去了。"罗伯特说:"嗯,我跟杰西卡说过,我们不会花太多时间。"瓦伦蒂娜本来觉得全世界仿佛静止了,现在又继续运转。他们并肩走向柱廊小径。

茱莉亚问起罗伯特的论文,他带她们回墓园栅门的一路上都忙着回答。经过办公室门口时,杰西卡冒了出来,罗伯特猜想她一直在等待他们。她把双胞胎的手揽在自己手里,说:"艾丝沛跟我们很亲。我们很高兴,终于见到你们了,希望你们能常来走动。"

"我们会的。"茱莉亚说。能够观察幕后的情况、观察游客离开以后墓园的活动,她很喜欢这样。瓦伦蒂娜与杰西卡四目相对并露出了微笑。"再见。"瓦伦蒂娜跟茱莉亚溜过栅门时说。罗伯特站在杰西卡后面,望着她们。罗伯特看到瓦伦蒂娜的脸庞映出了他自己的感受,这让他充满疑惧。他虽然了解,但他不愿知道。

"我亲爱的,再见啦。"杰西卡说。她在锁孔上转动钥匙,看着双胞胎走上史维恩巷。何必这么担心呢?她自问。她们真是甜美。罗伯特已经隐入办公室。她发现他正在清点零钱并将它们装进小塑料袋里。

"你还好吗?"她问他。

"不错啊。"他说,没正眼看她。她正要追问时,对讲机嘎嘎吐出凯特的请求:东门需要更多的入场券。杰西卡一把抓起票本,任由罗伯特沉浸在自己的情绪里。剩余的周日时光在导览与访客、清点收据与打烊关门的忙乱之间匆匆度过,等到她再次想起罗伯特,两人已经站在西侧栅门边,准备上锁。

菲尔跟几个较为年轻的导游正往山坡上爬,要到警卫室那里喝一杯。"你想一起来吗?"菲尔问罗伯特。

"不了。"罗伯特其实想要来一杯,但他不想跟任何人交谈。他想要重新回味当天下午的一切,让它有不同的结果,推出另一种结论。"不了,我想我身体有些不舒服。"他转身走开,突兀得让其他人愕然。

"他最近在烦什么?"凯特问杰西卡。

杰西卡摇摇头。"我们的罗伯特老让人摸不着头脑，"她回答，"可能只是艾丝沛的关系吧。"大家都表示赞同，对，也许是艾丝沛的关系。他们爬上山丘，往警卫室那边前进，才多聊了一些罗伯特的闲话就失去了兴趣，转而开启更有趣的话题，即交换当天导览发生的怪事，试着跟对方一较长短，看谁对墓园隐晦的轶事传闻所知更多。凯特开车载杰西卡回家，她们都觉得罗伯特的情况的确不妙，而艾丝沛就是起因。确定这点之后，两人就把注意力转向了周一的葬礼。

罗伯特回到家，拿上杯子、一瓶苏格兰威士忌跟绿门的钥匙，径自走入墓园。他并未往前走，只是靠墙坐下，替自己斟了些威士忌。他坐在那里，心思涣散地盯着朱利叶斯·比尔之坟的顶端，一边饮酒，直至夜幕低垂。接着他脚步跟跄地回到公寓，上床就寝。

呼 吸

日复一日，平静无波。茱莉亚跟瓦伦蒂娜试着驯化小猫，用食物跟铝箔小球来哄骗它，坐在饭厅里跟它聊天，而它在椅子底下疑心重重地瞅着她们。双胞胎出门或就寝时，艾丝沛就陪它玩耍，有个对象可以互动让她开心，即使对方只是只气呼呼的小白猫。小猫的气渐渐消了，可以放它进公寓的其他区域。它偶尔会让人抚摸。令艾丝沛惊愕的是，它竟然抓碎了霍加斯[1]出版的《到灯塔去》的书脊和沙发背面。小猫驯化的过程逗得瓦伦蒂娜开心不已，期待在不久的将来能享受到她对茱莉亚形容的"完全小猫幸福感"。

虽然有时会听到罗伯特淋浴或看电视的声响，但双胞胎始终不见他的踪影。他窝在自己的公寓里，埋头苦写将海格特墓园当作自

---

[1] 霍加斯，作家伍尔夫与其丈夫在一九一七年共同创建的出版公司，《到灯塔去》即为她的作品之一。

然保留区的文章。每日午后，他前去墓园，杰西卡与莫丽会教他写下关于该地的动植物的笔记，逼他一起漫游在自然中，为他指出故作矜持而一连数月不肯绽放的野花，教他它们的拉丁文学名。她们还表达了对外来物种的不满，怀念墓园往昔的景观盛况，对稀有的蜘蛛惊叹不已。罗伯特因自己的无知而挣扎，拼命跟上她俩的脚步。她们拖着他深入墓园的隐蔽角落，每当他提出一个聪明的问题，莫丽跟杰西卡就会对他粲然一笑。因此他不会再去想双胞胎，彻底的疲惫让他睡得很安稳。

茱莉亚去找马丁，但他客气地请她过几天再来，因为他的工作进度落后了。一等她离开，他就继续用牙刷蘸上未稀释的漂白水，猛刷浴室地板的瓷砖。玛莱格的生日快到了，马丁担心自己能否打电话给她，还有该怎么寄礼物给她。这些问题一直盘踞在他心里，可是他仍未找出任何解决的办法。再多做点清洁工作或许有用。

对于双胞胎，艾丝沛没有纠缠得那么勤了，至少目前是这样。她避开她们。要是她们对她没有好感，强迫她们承认她的存在也没有意义，况且她们表明了怀疑（茱莉亚）或敌对（瓦伦蒂娜）的态度。艾丝沛兀自过着自己的日子，进行特定的练习，一边等候。所以瓦伦蒂娜突然发现自己自由了。罗伯特不再跟踪双胞胎，在街上，瓦伦蒂娜也不再有那种被监视的感觉，她开始放松，再次享受起姐妹俩的出游。

双胞胎逛街时很少采购东西。公寓里尽是艾丝沛的物品，她们视之为考古出土物与魔术帽的结合。不管她们需要什么，手边某个地方似乎都有。她们靠着艾丝沛的人生过活，仿佛生活在崩毁的特洛伊城上方的狩猎采集人。

今天她们去逛哈维·尼克斯百货。售货小姐不再当她们是顾客，服务速度缓慢且不耐烦，不过双胞胎整个下午都忙着试穿普拉达跟斯特拉·麦卡特尼的衣服，心满意足地昂首阔步。瓦伦蒂娜在更衣间里翻转每件衣物，默想结构与布料。茱莉亚看着瓦伦蒂娜高兴的样子，自己也跟着开心。这阵子以来，瓦伦蒂娜一直在脑海里酝酿一项计划（还算不上计划，比较像是一种需求），后来她们在楼上咖啡厅里喝茶时，她对茱莉亚说："我想去中央圣马丁学院上点课。"

"上课？为什么？"

"我想当服装设计师。"瓦伦蒂娜试着露出自信的笑容，仿佛对茱莉亚献上一份讨喜的礼物，"亚历山大·麦昆以前就在那里念过书。"

"你在上课的时候，我该做什么？"

"我不知道。"瓦伦蒂娜顿了顿。她想，我才不管呢，你要干吗都随你！她不确定如果要从两人共同的户头里取钱，是否需要先经过茱莉亚的同意。她会问问罗奇先生。瓦伦蒂娜不想争论，于是说："你可以当我的管理人？"

茱莉亚嘟起嘴，"听起来有点无聊。"

"嗯，那就不要吧。"

她们默默坐着，凝望着相反的方向。咖啡店里有挑高的天花板，无数的小桌子边挤满妈妈与娃娃车，刀叉碗盘发出安全平凡的声响，女性的欢声笑语在她们四周回荡。瓦伦蒂娜觉得自己仿佛脱下了手套。她想象一只厚重的强化手套躺在两人的茶具之间。我老是退让，但这次可不行。她说："我们总有一天得工作。你保证过，到了这里，就要回学校念书的。"茱莉亚怒目瞪着她，但并未回答。

服务生带来账单。茱莉亚付了账。瓦伦蒂娜说："我们回家以后，上网找找艺术大学的资料。也许有你喜欢的东西。"

茱莉亚耸耸肩。她们沉默地穿过店家，走到骑士桥。瓦伦蒂娜原本以为地铁就在左边，但茱莉亚却转向了右边，并开始加快脚步。她们经过海德公园角落的地铁站。瓦伦蒂娜说："那边有地铁站。"可是茱莉亚不理睬她。她们穿过马路走进梅菲尔区，开始曲折前进、随意转弯，由茱莉亚带路，瓦伦蒂娜跟在后面快步疾行。瓦伦蒂娜知道她们会继续走路，直到茱莉亚决定再跟她说话为止，而在这期间，她们将会彻底迷路。

此时正值高峰时间，街道人潮汹涌。傍晚天气清澈冰冷。瓦伦蒂娜看到熟悉的商店、广场与街名，可是她脑子里没有伦敦地图，所以无法将周围的环境建构起来。平常那都由茱莉亚负责，瓦伦蒂娜向来懒得留意。瓦伦蒂娜开始害怕，想着自己该不该干脆走开，独自去找地铁站。她们目前在伦敦市中心，应该到处都有站才对。我应该离开她，自己回家去。瓦伦蒂娜从没试过在吵架的时候置茱莉亚于不顾。想到单独搭乘地铁，她就一阵晕眩，她不曾在没有茱莉亚的陪伴下这么做过。接着她看到熟悉的红白蓝标示：**牛津环**[1]。

双胞胎穿过摄政街，马上被卷入一波往地铁站猛挤的人潮。人群里有不同的人流，她们发现自己逆流而行了好几分钟。人人镇定自若，仿佛天天傍晚六点半都是如此，茱莉亚为之惊奇，说不定他们的生活真是如此。瓦伦蒂娜在她背后，茱莉亚听到她吃力的呼吸声。她往后伸手，瓦伦蒂娜握住。"鼠儿，没事的。"她说。她们找到她们要去方向的人流，现在被推来挤去的情况没那么严重了。

瓦伦蒂娜觉得自己好像即将溺毙。她无法呼吸，四面八方都有人朝她挤压。想进地铁站的意念随之烟消云散。她只想摆脱人群。手肘与背包纷纷戳击她。她听到几英尺外有公交车与汽车的声响。人们对自己或彼此嘟囔着怨言，可是对瓦伦蒂娜来说，所有的噪声似乎都被消音了。

一波人潮往地铁入口的方向涌去。茱莉亚被往前推，瓦伦蒂娜往后。茱莉亚感觉瓦伦蒂娜的手被扯出了自己的手掌。"鼠儿！"瓦伦蒂娜脚步一踉跄，往旁边跌向迎面而来的人们。有个男人用打趣的语调说："糟糕！她摔倒啦！请大家站开！"可是没人动弹得了，就像身处舞台前的摇滚区。大家纷纷探手抓住瓦伦蒂娜，扶她站好。"亲爱的，还好吧？"有人问。她摇摇头，无法回答。她听到茱莉亚呼唤她的名字，但她看不见她。瓦伦蒂娜试着换气，却只觉得喉咙缩闭，她试着缓慢地吸进空气。她又在走动了，是人群推

---

[1] 牛津环，指牛津街与摄政街的圆环形交叉口。

她往前的。

茱莉亚站在人潮外面，惊慌失措。"瓦伦蒂娜！"没有回应。她再次潜入拥挤的人群，可是只看得见邻近的人。我的老天爷。她看到明亮的发丝闪过，于是往前一扑。"当心点。"瓦伦蒂娜看到了茱莉亚并且把手贴在喉咙上。我没办法呼吸。茱莉亚一把抓住她，开始推挤前方的人们。"她的哮喘快发作了，让我们出去！"人群试着让开路，没人看得到双胞胎的实际情况。最后她们俩蹒跚着踩上了牛津街的人行道。

瓦伦蒂娜倚在灯火通明的商店橱窗上喘息，里面摆满了廉价的鞋子。茱莉亚在瓦伦蒂娜的皮包里翻来翻去。"你的吸入器呢？"瓦伦蒂娜摇摇头。我不知道。一小群路人关心地围观着她们。"喏，用我的吧。"一个手拿滑板、长发掩面的少年用另一只手递上吸入器。瓦伦蒂娜接过来吸了吸。她的喉咙微微松开。她向男孩颔首，男孩可以自由活动的那只手稍微向外伸着，仿佛觉得随时需要扶她一把。茱莉亚看着瓦伦蒂娜吸气，一面示范深呼吸来催对方呼吸，也用意念要她换气。瓦伦蒂娜站着，用吸入器多吸了几口，手抵着胸骨呼吸。"谢谢。"她终于出声，把吸入器还给了男孩。

"别客气。"

一小群在旁围观的人渐渐散去。瓦伦蒂娜想要躲起来，想要避开寒气。茱莉亚说："我去叫出租车。"然后大步走开。瓦伦蒂娜仿佛等了好几个钟头才听到她的呼叫，"鼠儿！这边！"瓦伦蒂娜感激莫名地爬进暖烘烘的黑色出租车里，往座椅上重重坐下，开始掏出手提包里的东西，往大腿上扔，最后终于找到了吸入器。她坐着时，手持武器般地紧抓吸入器。绝望在她心里绽开。这太疯狂了。我不能一辈子当鼠儿。瓦伦蒂娜瞟了茱莉亚一眼，对方正无动于衷地盯着窗外缓慢移动的车流。你以为我需要你，你以为我离不开你。瓦伦蒂娜向外望着陌生的建筑物，伦敦是个无穷无尽、苛刻无情的城市。要是我刚刚死在那群人当中呢？她想象茱莉亚打电话通知父母的情景。

茱莉亚看着她,"你还好吗?"

"还好。"

"我们应该替你找个医生。"

"对啊。"

她们一路无语地回到佛垂沃。"你想看看那个网站吗?"走进公寓时,茱莉亚问。

"不了,"瓦伦蒂娜回答,"算了。"

艾丝沛·诺柏林的日记

艾丝沛书房里的一个空架子让瓦伦蒂娜跟茱莉亚困惑不已。书房里挤满了各种想象得到的书籍、小摆设、书写用具,以及有用没用的东西,空间相当有限。但是这里却有一个空空的架子,这一点就好似一道难解的谜题:以前一定摆过东西,会是什么呢?是谁搬走的?架子有十二英寸深、十八英寸宽。是紧邻艾丝沛书桌的书柜,从底下开始数的第三个横架。这架子跟书房其他地方不同,近来曾略微除过尘。书桌也有个上锁的抽屉,但她们找不到钥匙。

先前放在这架子上的东西,现在正搁在罗伯特的公寓里,连同他从艾丝沛公寓搬来的东西,一箱箱地放在床边的地板上。除了艾丝沛的针织线衫与鞋子,箱子里的东西他一件未碰。他把这些衣鞋摆在自己书桌的抽屉里,不时打开来摸一摸,然后关上抽屉,继续工作。

他把箱子摆在床铺的那一侧,远离房门,这样他就可以好几天不用看到它。他考虑把箱子搬进客房,但这种举动感觉不大友善。他终究还是得翻看里面的物品。艾丝沛过世以前,他本以为自己会想读她的日记,他以为自己想要知晓一切、想要获知她全部的秘密,可是他拖延了许久才去碰那些日记,将之带回公寓。现在它们在这里，但他还是没打开。他拥有自己的回忆，不想改变或反驳。身为历史学家，他知道任何一批文件都有煽风点火的潜力。那些躺在卧房地板上的箱子就好似尚未燃爆的火炮，罗伯特尽量不予理睬。

生日问候

三月十二日，天际低垂的灰蒙蒙的周六，是玛莱格五十四岁的生日。马丁六点醒来之后躺在床上，心思从开心期待（她预计会接到他的来电，所以一定会接听电话），跳到焦虑地考虑该送她什么生日礼物。（复杂的令人生畏的字谜游戏，每条线索的首字母与末字母，都是用她的全名变化而成的各种相同字母异序词[1]，答案就在约翰·邓恩《辞别莫伤悲》其中一行里。）他把字谜与送她的礼物交给罗伯特，对方答应会用快递寄出。马丁决定等到两点再去电，等于是阿姆斯特丹的三点，那时她已用完午餐，会有周六下午的放松心情。他下床后，开始进行他的晨间例行公事，觉得自己好似圣诞节早晨等着父母起床的独子。

玛莱格这天早上起得晚，醒来时迷迷糊糊。微弱的阳光透过百叶窗帘洒在她的枕头上。今天是我的生日呢。祝她万寿无疆，嘿，叭，万岁！[2] 除了傍晚要跟几位朋友喝咖啡、吃蛋糕，今天没安排什么活动。她知道马丁会打电话来，也希望西奥会来电。西奥有时会忘记，他似乎刻意要塑造出一层无知无觉的保护膜。她点是打电话给西奥，提醒他马丁的生日。也许马丁会替她做同样的事？她梦

---

[1] 相同字母异序词，即重新排列字母的顺序，以便组成别的字词。例如，调换 live 的字母顺序，将词改成 evil。
[2] 原文为荷兰语。

见过马丁,是一场非常美好[1]的梦境,场景是他们在圣约翰林舒适[2]的老公寓。她在洗碗,他从她背后凑上来,亲吻她的脖颈。是记忆还是梦境?她想象他的手搭在她肩上,他的嘴唇扫过她的颈子。嗯。自从离开马丁以后,玛莱格一直严格控制着自己的情色想象。每当他的身影试着潜入脑海,她就刻不容缓地把他猛踢出去,可是今天早晨,她任由自己的梦境与回忆舒展铺陈。

包裹在中午左右寄抵。玛莱格把它摆在厨房的桌子上,因为包裹上面几乎贴满胶带、写满"小心处理"的恳求,所以她花了几分钟找出美工刀。看起来就像疯子寄来的东西。可是这个疯子是我的,只属于我一个人的。她在塑料泡棉之间翻找,拉出平扁的信封袋与粉红盒子。粉红盒子里装有一双蔚蓝色的皮手套。玛莱格套上去,尺寸恰到好处,柔软得有如呼吸。她用戴着手套的指头拂过手臂上隐形的汗毛。手套掩住宽大的指节与老人斑。她觉得自己仿佛获得了一双崭新的手。

信封里装着信与字谜。答案放在另一只较小的信封里。玛莱格马上拆开小信封。她没有解字谜的天分,马丁知道这点。她永远也解不开他每年替她设计的谜题杰作。两人都明白这些生日谜题的真正内涵:一种忠诚的表现,等同于玛莱格为了马丁生日所编织的、复杂得令人惊愕的针织线衫。信封里有邓恩诗作的两个诗节。

> 若他们一分为二,
> 就有如圆规的硬直双足各自分立,
> 你的灵魂是固定的一脚,不曾作势将移,
> 但倘若另一脚动了,也会随之移行。

> 虽立于中心点,
> 但另一脚漫游漂泊时,

---

1 2　原文为荷兰语。

它会侧身探询，
另一脚返回原点时，便再度直立。[1]

玛莱格露出微笑。她打开那封信，一个迷你包裹落进她戴着蓝手套的手里。她得先脱掉手套才能打开。一开始她以为里面是空的，她摇了摇包裹，可是没东西掉出来。她用一根手指探了又探，这才找到卡在里面的两小片金属与珍珠，它们滚入她的掌心。哦，哦！我的耳环。玛莱格捧着它们到窗旁。她想象马丁在箱子之间连续搜寻了好几天，挖出裹了一层层塑料护膜的物品，只是为了找出她的耳环。亲爱的马丁。她握住耳环，合上双眼，任由自己思念他。相隔这样的距离……

她抬起头，望着自己的一室公寓。十七世纪时，这里原本是马房的秣草棚，有着倾斜天花板、厚重横梁和石灰墙壁。她的床垫占据一隅，挂于帘后的衣服在另一个角落。她有一张带了两把椅子的桌子、迷你的厨房、一扇俯瞰着曲折小街的窗户、窗棂上摆了一花瓶的小苍兰。她有一张舒适的椅子与一盏台灯。这一年多来，这房间是她的天堂、堡垒与退隐地，是她在婚姻的捉迷藏游戏里，不会被看破的胜利开局绝招。玛莱格站在原地，手里紧抓着耳环，看出自己的舒适房间其实是个寂寞的地方。公寓，一个分离的地方。[2] 她甩甩头，想转换思绪，然后打开马丁的来信。

亲爱的玛莱格：

生日快乐，我心爱的女子。我真希望今天能见到你，真希望能拥住你。可是既然那不可能，我就寄上替代的双手给你，好套上你的手。当你在自己的城市里漫步时，那双替代的手能潜伏在你的口袋里，给你温暖，让你想起蔚蓝的天（这里现在

---

[1] 此诗以圆规两脚的意象，来表达即将分别的夫妻。夫妻好似圆规两脚各自独立，然而顶端仍然紧紧相系为一体。
[2] 公寓的英语"apartment"，前半部分"apart"有分离之意。

也是灰蒙蒙的)。

你充满爱意的先生
马丁

真是完美,玛莱格想。她把手套、耳环、字谜以及那封信排在桌上,有如一幅静物作品。他打电话来会毁掉这个气氛,简直太糟了。

马丁手握电话,站在书房里,盯着电脑的时钟数到两点。他一身西装与领带,屏住呼吸。当指针走到两点,他吐了口气,在快速拨号键那里按下了1。

"你好,马丁。"

"玛莱格,生日快乐。"

"谢谢,谢谢。"

"西奥打过电话了吗?"

玛莱格笑出了声,"我想他根本还没醒来吧,嗯?你好吗?有什么新消息?"

"我还好,一切都好。"马丁点燃香烟,瞥瞥书桌上的问题清单,"你呢?还是不抽烟吗?"

"对,不抽。感觉很不可思议呢,你应该试试。我又能闻到东西的味道了。我以前都把东西的气味忘光了,比如水、小苍兰,还有好多美妙的气味。你寄来的手套闻起来好像冬季的最初几天。"

"你喜欢?"

"哦,完美极了。我不敢相信你竟然找出了我的耳环。"

"美国人有个新词'重送礼物',讲的就是这种情形。在你生日时,把你的耳环寄还给你,似乎有点小气。可是既然都找到了……"马丁想到茱莉亚把耳环放进他手里,玛莱格也回忆起马丁最初送她这副耳环时的场景,那时是西奥的生日。

"不会。我很高兴……还有那封信,跟那份字谜。"

"你解出来了吗?"他调侃她。

"当然,我坐下来,才花二十分钟就解开啦。"

一种满意的停顿。"你生日打算做什么?"他终于问。

"跟埃玛、莉萨一起喝咖啡、吃蛋糕。我跟你提过她们。"

"哦,对。那晚餐呢?"

"没有——我在家吃。"

"自己一个人吗?"马丁顿生灵感,"那不好哟。听着——让我带你去外头吃顿晚餐吧。"

玛莱格皱起眉,"马丁……"

"不,听好,我们就这么做:先挑一家不错的餐厅;预约好座位以后,穿上漂亮的衣服,带你的手机过去;我们在电话上聊,你就能享用一顿美妙的晚餐,几乎像我们还在一起一样。"

"马丁,那种餐厅不让人用手机的。而且我自己那样独自用餐,感觉太引人注目了。"

"我也会跟着吃啊。我们就一起吃嘛!只是在不同的城市里。"

"哦,马丁……"她的态度软化了,"用什么语言?"

"你想用哪种都可以。荷兰语?法语?"

"不,不要。用比较特殊的,为了隐私起见……"

"巴利语?"

"那这顿晚餐的时间就很短啦。"

马丁笑了,"考虑一下再告诉我。我们几点用餐呢?"

"你那儿八点半的时候?"

"好,我会到的。"他想到自己也许不该提醒她那一点,"别忘了先替手机充电。"

"我知道。"

"再见。"[1]

"回头见。"[2]

马丁把电话挂回听筒架上。交谈的过程中,他一直站在同一地

---

1 2 原文为荷兰语。

点，俯身伏在书桌的电话上方。现在他挺直身子，含笑转身，手飞快地贴向胸口，"哦！"

茱莉亚站在门口，微弱的灯光衬出黑色的轮廓，"抱歉，我不是故意吓你的。"

他垂下脸庞、闭上双眼，几乎像是要把头藏在翅膀底下。他等着自己的心跳减缓。"没关系。你来这里很久了吗？"他看着她。她踏进房里，现出原形。

"没有，没多久。刚刚是你太太吗？"

"对。"

"她喜欢那副手套吗？"

马丁点点头，"到厨房这边来吧，我来泡茶。嗯，她很喜欢那副手套。谢谢你帮忙挑选。"

他跟着她穿过摆满箱子的廊道，经过饭厅，踏入厨房。

"其实那是瓦伦蒂娜挑的，她对服饰很有概念。"茱莉亚在桌旁坐下，看着马丁取出茶具。为了跟太太打电话，他还先打上了领带呢。莫名地，这让茱莉亚有点沮丧。

"你跟瓦伦蒂娜啊，就像老夫老妻似的，天赋跟杂务，什么事情全都分工好了。"马丁往电水壶里盛水时，瞅了茱莉亚一眼。她有点不对劲。怎么回事？她好像有点情况。"有人打了你吗？"茱莉亚的颧骨浮现出淤青。

她用手指贴着淤青，"你有冰块吗？"

马丁走到冷藏室，把物品东移西挪的，最后才找到一包摆了很久的冷冻豆子。"喏。"茱莉亚把那个袋子紧贴在脸颊上。马丁回头泡茶，在他斟完茶以前，两人都一语不发。

"来点巧克力饼？"他提议。

"好，谢谢。"

"你想谈谈是怎么回事吗？"

"不想，"茱莉亚瞪着茶杯，那袋豆子遮住了她的表情，"她不是故意的。"

"还是一样。"

"你跟太太结婚多久了?"她问。

"二十五年。"

"她离开多久了?"

"一年两个月又六天。"

"她会回来吗?"

"不,她不会。"

茱莉亚用手肘撑在桌面上,倾着脸往豆子上贴,这样就能从某个角度望着他,"所以?"

"等等。"马丁走去书房拿香烟与打火机,等他回到厨房,已经想好了答案,"我要去阿姆斯特丹。"他把烟点燃,露出微笑,想象玛莱格会有多诧异。

茱莉亚说:"棒极了。什么时候?"

"哦,嗯,很快啦。等我能离开这栋房子的时候,也许一两个星期后吧。"

"哦,"她一脸失望,"所以,大概是绝对不会?"

"千万别说绝对。"

"你知道吗?我最近做了点研究。可以服用药物治疗强迫症,也有行为治疗法。"

"茱莉亚,我知道的。"他柔声说。

"可是?"

"病情的其中一个症状,就是拒绝为了病情接受治疗。"

"哦。"她用双手捧着豆子,想把团块捏散。马丁觉得淤青的颜色变深了,虽然似乎消肿了一些。豆子发出脆响,让马丁非常难受。"亲爱的,那不是你的问题。我最后还是会到阿姆斯特丹去的。"

茱莉亚对他浅浅一笑,"是啊。好吧。"她啜饮茶水,接着又把豆子抵在脸颊上。

"你没事吧?"

"什么？哦，当然，只是有点酸痛。"

"那种事常发生吗？"

"小时候才那样。我们以前又打又咬，吐口水，拉头发，什么都来，可是长大就不会了。"

马丁说："你回公寓安全吗？"

茱莉亚笑出了声，"当然啦。瓦伦蒂娜是我的双胞胎妹妹，又不是什么巨型怪兽。其实，她通常挺胆小的。"

"胆小的人有时会让人出乎意料。"

"嗯，她的确是。"

马丁吞云吐雾，一边想着玛莱格。她会怎么打扮呢？他想象她踏出出租车，走进摆着鲜花与白色桌布的餐厅。茱莉亚想着瓦伦蒂娜，她把自己锁在梳妆间里。茱莉亚那时站在门边等候，听着瓦伦蒂娜啜泣。也许我该回去了。她站起身。

"我要去看看她的情况。"

"你干脆拿这些回去吧？"马丁把那包巧克力消化饼递给她，"当作和解的礼物。"

"谢谢。我可以借走这包豆子吗？我们没冰块。"

"当然。"他含笑起身，带路穿过箱子。豆子、和解、片段、拜托、恳求……快说点什么。[1] "不知为何，我一直以为美国人对冰很痴迷，有一大堆冰饮什么的。你们的冷藏库里难道没有一堆小冰河吗？"

"没有，它们全蒸发不见了……你知道的，我们是半个英国人，也许不能算是一般的美国人。"

"我确定你们跟'一般'完全沾不上边。"马丁说。茱莉亚露出微笑，然后下楼。豆子、和解、恳求……他看看手表。晚餐以前，还有三个小时二十八分钟得打发。时间刚好足够用来淋浴。

玛莱格坐在 Sluitzer 餐厅的长桌边，在桌布底下紧抓着手机。

---

1 这些词的英语发音尾音相近，都是马丁的联想。

她跟领班解释过她的窘境。他体贴地护送她到通常保留给私人派对用的房间。他点燃几根蜡烛，动作迅速地挪走多余的餐具，让她独占足足能容纳二十个人的房间。虽说她来这里总是点同样的菜色，可是仍然浏览了一下菜单。

就在侍者带了一杯酒来给她时，电话响起了。"马丁？"

"你好，玛莱格。你在哪里？"

"Sluitzer。在私人的房间。"

"你穿了什么衣服？"他问。

她往下一瞥。她穿着长裤与灰色高领衫。"那件露背红洋装、露趾高跟鞋，还戴了那副耳环。"她真的戴了耳环。"你晚餐要吃什么？"

"我想我要点盘烧羊肉当前菜，然后是烤欧辛红鹿脊肉配腌渍香料当主菜，再配上不错的墨尔乐红酒。"

"听起来都是肉。你假装自己在哪里？"

"在肉桂俱乐部。"

"那不是图书馆里面的印度餐厅吗？"

"是啊。"

"我从没去过。"

"我也没有，我正在实验中。"马丁一边说话，一边撕开一盒盒的冷冻食品，包括串烧鸡肉和菠菜马铃薯咖喱，手机紧夹在头和肩膀之间。肉桂俱乐部没有外送服务。"你跟平常一样吃鲷鱼吗？"

"是啊，没错。"侍者过来等她点菜。玛莱格把菜单递还给他，盯着自己在餐厅窗户上的身影。在烛光反照的柔光中，她看起来很年轻。她对自己微笑。

"西奥打过电话了吗？"马丁问。

"嗯，他打过了。我正要出门，所以没讲多久。"

"他的情况怎么样？"

"他还不错，可能会在放假时过来一趟。我想，他交了新的女朋友。"玛莱格说。

"啊,那还真是新闻。他跟你说了不少事情吗?"

"她叫艾姆丽塔,是孟加拉国来的外国学生,家人开了茶巾工厂还是类似的工厂。西奥的说法是,她是个美人胚子,而且天赋异禀。他说,她还懂得下厨。"

"看来他意乱情迷了。她有哪方面的天赋?"马丁按下微波炉的按钮,食物开始旋转。

"数学。他解释过,可是我恐怕没听懂。你得自己问他。"

忧虑暂时消散,马丁突然有种轻盈感,"好极了。这样他们在课业上就能聊得来。"他跟玛莱格是在俄文课上认识的。他们向来喜欢与彼此分享翻译的错综、某种语言融入另一种语言的复杂。"我以前担心他最后会跟幼儿园老师定下来,就是那种老是兴高采烈的女人。"

"别急着要他结婚。"

"嗯,我知道,"他替自己多斟了点酒,"那就是间接体验生活的麻烦所在,会比实际生活的步调快许多。再过几分钟,我们就要担心孙子该取什么名字了。"

她笑了出来,"我全挑好了。男生的话,就叫杰森、艾利克斯跟丹尼尔。女生就叫瑞秋、玛丽恩跟露易丝。"

"六个孩子?"

"有何不可?又不是我们来养。"她的餐点到了。马丁把食物从微波炉里拿出来。菜肴看起来暗淡无色,马丁很希望真的身在肉桂俱乐部,而不是想象。接着他想,那个想法真傻。我真正希望的是两人一起用餐,无论在哪里都好。

"你的菜如何?"他问她。

"相当可口。跟往常一样。"

桌面收拾干净以后,玛莱格啜饮白兰地,"跟我说点下流的话。"[1]

---

[1] 原文为葡萄牙语。

"用葡萄牙语啊？好心的爱人啊，那得要拿一两本字典来用才行。"他走到书房，抓起两人的葡英辞典，走到他们的卧房。他脱下鞋子，爬进床铺。马丁思索了半晌，飞快地翻阅辞典寻找灵感。"好，开始啦。我们正要离开餐厅。搭上出租车，沿着维佐路行驶。我们是共乘出租车的陌生人，尽量远离彼此坐着，各自盯着窗外直看。这段路程挺长的，我朝你瞟了一眼，注意到你美丽的双腿、丝质长袜和高跟鞋。你的洋装往上缩到大腿那里，可能是在你坐上出租车时弄的，搞不好是你故意撩起来的呢？嗯，很难说是哪一种……"

玛莱格独坐于长桌前，手里握着白兰地，手机贴在耳畔，心绪回到了过去，在一辆穿过阿姆斯特丹街道的出租车里。我想要你，我想要我们像以前那样。

"玛莱格？你在哭吗？"

"没有，没有，继续说……"说得越久越好，直到电池用完，直至黎明，直到我再见到你，我的爱。

邮差公园

翌日天气暖和，这种天气的诡异之处，就是让人既觉得舒爽，又遗憾地说着"全球变暖"的坏处。罗伯特在教堂钟声中早早醒来，心想着今天正适合到邮差公园野餐。

他鼓起勇气上楼邀请双胞胎。中午以前，他已把三明治、罐装水、苹果和一瓶白贝露装进向杰西卡与詹姆斯借的老旧野餐篮里。他决定搭乘公交车，一部分是顾及瓦伦蒂娜对地铁的恐惧，一部分是他觉得双胞胎应该认识一下公交车系统。抵达公园的朴素栅门时，三人饥肠辘辘，双胞胎已弄不清楚方向。

罗伯特把野餐篮提进公园，放在长凳上。"到啦，"他说，"邮差公园。"他事先没告诉她们会看到什么,她们原本想象的是像圣詹姆斯或摄政公园那样的地方,所以她们站在原地,疑惑地四下张望。这座公园占据了一处狭窄的空间,介于一座教堂与毫不起眼的房舍之间。公园整齐有序、荫凉处处而且空无人影。有一座小型喷泉、八张木头板凳、疏疏落落的树木与蕨类植物,一端有着低矮似棚的建筑物,有些牌匾型的老式墓碑斜倚于房舍上。

"这是个墓园?"茱莉亚问。

"对,以前是教堂的墓地。"

瓦伦蒂娜一副疑惑的模样,可是一语不发。公园有点了无生气,她不懂罗伯特为什么一心想带她们过来。

"为什么叫邮差公园?我看不到邮差,也见不到邮递员啊。"茱莉亚说。

"老邮局就在附近,邮差以前都来这里吃午餐。"

瓦伦蒂娜游荡到教堂墙上的标示前:**亚德门外之圣巴托夫公会与区教会**。她望着罗伯特,对方微笑并耸耸肩。她往公园后方的小棚走近几步。

"快到了。"他说。茱莉亚就在那里,瓦伦蒂娜赶着跟她会合。小棚似的房舍表面覆盖着美丽的白瓷砖,上面写有蓝色的碑文:

伊莉莎白·巴赛尔,十七岁,巴思奈绿区,为了救一个小孩免于受到失控马匹的伤害,自己重伤致死,一八八八年六月二十日。

弗雷德里克·艾尔弗雷德·克罗夫特,查票员,在乌威治兵器房车站,为了救企图自杀的疯女人,自己遭到火车辗毙。一八七八年一月十一日。

双胞胎来回走逛,默读匾额。这样的匾牌似乎有好几百个。

> 大卫·赛尔夫斯,十二岁,乌威治人,为了撑起溺水的玩伴,结果两臂紧抱着对方跟着没顶。一八八六年九月十二日。

"你有点病态啊,你知道吗?"茱莉亚对罗伯特说。他露出有点受伤的神情。

"这些碑纪念着为了别人而自我牺牲的平凡人,我觉得很美。"他转向瓦伦蒂娜,她点了点头。

"它们很不错。"她说。她想不通,茱莉亚为何这么刻薄。她们通常会觉得这样的东西挺有趣的。这些匾牌有个非常怪异的地方:故事本身极为简略,但都暗示着混乱,而且每块匾额都装饰有花朵、叶子、皇冠和锚具,借这些装饰遮掩了以下字眼:溺毙、烧死、压垮、崩溃。

> 莎拉·史密斯,王子剧场的哑剧艺术家,身穿易燃洋装,试图熄灭吞没她同伴的火焰,因而重伤致死。一八六三年一月二十四日。

这些平凡的灾难朝瓦伦蒂娜迎面扑来。她回到长凳边坐下。为了确保安全,她拿出吸入器,吸了两口。茱莉亚跟罗伯特看着她。

"她有哮喘吗?"罗伯特问。

"对。可是我想,现在她是想避免恐慌发作。"茱莉亚蹙眉,"你为什么要带我们来这里?"

"这是艾丝沛最爱的地方之一。如果她人还在,能带你们畅游一番的话,一定会亲自带你们过来。"他们走向瓦伦蒂娜。"我们来吃午餐好吗?"罗伯特打开野餐篮,把食物与饮料分给双胞胎。他们在板凳上坐成一排,静静吃着。

"你还好吗?"罗伯特问瓦伦蒂娜。

她瞟了茱莉亚一眼说:"我还好。谢谢你带午餐来,真是不错。"茱莉亚,说点中听的话吧。

"是啊,挺好的。我们吃的是什么?"

"明虾蛋黄酱三明治。"

双胞胎查看三明治的内馅。"吃起来像小虾子。"茱莉亚说。

"你们那边叫做'小虾色拉三明治'。不过我从来都搞不懂为什么会叫'色拉'。"

茱莉亚浮现出微笑,"我们正在努力自学英式英文。逻辑不适用。"

瓦伦蒂娜问:"你去过美国吗?"

"去过,"罗伯特回答,"我跟艾丝沛几年前去过纽约,还有大峡谷。"

双胞胎困惑不已。"你们为什么没来看我们?"茱莉亚问。

"我们讨论过,可是她最后决定不要。有些事情她从没跟我说过。要是她知道自己即将过世,也许会吧?"罗伯特耸耸肩,"她不愿多谈自己的过去。"

双胞胎面面相觑,并且默默达成协议由瓦伦蒂娜开口请求帮助。"可是你有她的文件,对吧?"瓦伦蒂娜放下三明治,试着装出随意的样子。

"我确实拥有她的文件,但我还没看。"

"什么?你怎么可能不看呢?"茱莉亚压抑不住恼怒。

安静,茱莉亚。由我来。"你不好奇吗?"

"我害怕。"罗伯特说。

"哦。"瓦伦蒂娜瞥了茱莉亚一眼。茱莉亚一副不管罗伯特喜不喜欢都准备冲回家抢读文件的模样。"嗯,我们在想,不知道你介不介意让我们看看?我是说,我们住的地方摆满了她的东西,可是却不认识她这个人。你知道,我们挺有兴趣的,对她有兴趣。"

瓦伦蒂娜还没讲完,罗伯特就频频摇头,"对不起。我知道她是你们的亲友,一般来说,我会很乐意把那些东西交出去,可是艾丝沛交待我别给你们。抱歉了。"

"可是她都死了。"茱莉亚说。

他们默然端坐。瓦伦蒂娜坐在罗伯特旁边,她在茱莉亚没看到的情况下,把手往下探,握住他的手。罗伯特跟她手指交缠。瓦伦蒂娜说:"没关系,就当我们没说过吧。对不起。"茱莉亚翻翻白眼。今天她的淤青缩小了,也用化妆品盖住了,可是单是看着她,就让瓦伦蒂娜难过。瓦伦蒂娜在想,不知道罗伯特注意到了没有。

"那不是我做的决定,"他说,"我不知道里面写了什么,所以也没办法告诉你们为什么最好别读她的文件。可是艾丝沛真的关心你们,要不是相当重要,我想她不会这么坚持。"

"好啦,好啦,"茱莉亚说,"那就算了。"

公园上方的狭窄天空出现云朵,雨滴开始洒落。罗伯特说:"也许我们最好把东西收一收。"这场野餐一败涂地,一点也不像他早上想象的都会田园景象。他们从公园鱼贯而出,各自的沮丧程度不一。在公交车上,瓦伦蒂娜跟罗伯特并肩而坐,茱莉亚坐在他们前方。他主动把手伸向瓦伦蒂娜,她把手摆在他的手里,两人在诧异与满足的沉默里,一路回到海格特。

人形松鼠

马丁梦见自己在地铁里。这是环线的列车,是座位一律面对走道的那种车厢。起初,他是唯一的乘客,可是很快有人陆续上车。他发现他死盯着自己的膝盖,省得面对挤在他身边的男人胯下。他不确定自己该在哪站下车。既然是环线,应该会一次次地绕行,所以他乖乖留在原地,试着回想自己的去处。

马丁听见对面座位传来奇特的噪音,像是压碎、撕裂、咀嚼的声响。随着列车行进,这些声响越来越大。马丁焦虑起来,这些声音就像磨牙声一样让他神经紧张。有东西滚过来、抵住他的脚。他低头一看,是颗核桃。

列车在纪念塔站停靠，好几个人走下车。现在他的视线能穿过走道了。两名年轻女子坐在一起，身穿磨旧的白运动鞋与医疗擦手衣，膝上各自搁着一只购物袋。两个女人都有鼓凸的双眼与明显的暴牙。她们露出警觉的神情，仿佛准备抵御小偷抢走袋子。她们用铲子般的双手探进袋子、挖出核桃，并用巨齿将之咬开。

"看什么看？"其中一位对马丁说。他听到核桃滚过地板的声音。其他人似乎都没注意到。马丁摇摇头，无法说话。女人们站起来分坐在他的两侧，让他恐惧万分。之前开口说话的那位向他倾身，把嘴贴在他的耳畔。

"我们是人形松鼠，"她低语，"你也是哟。"

呼　吸

"我们得替你找个医生。"茱莉亚说。瓦伦蒂娜点点头，发出喘气声。

可是说来容易做来难。双胞胎真有福气，对居民保健服务的复杂程度一无所知。罗伯特向她们说明时，努力别让自己流露出恼怒的语气。

"你们不能直接过去，期望他们马上受理你们的问题。"双胞胎在他公寓外与他攀谈时，他对瓦伦蒂娜说。他站着说话，一边挥舞手里的一叠信件以示强调。"你们得先调查一下，看看有哪些家庭医生要收新病人，然后打电话预约注册时间。接着要填写一大堆表格，说明自己的病史。这个时候，只有在这个时候，你们才能预约看诊时间。"瓦伦蒂娜正要开口，却猛咳起来。

茱莉亚对罗伯特摇摇手指，仿佛亲手发明居民保健服务的是他。"不行，"她说，"鼠儿得马上看医生。"

"那就去惠廷顿医院吧，到意外急救部。"她们最后就这么做了。罗伯特陪同她们前往。惠廷顿医院位于海格特丘下方、沃特洛公园的另一侧，建筑物不规则地向外延展。他们步行过去。春风潮湿强劲，当他们抵达医院，瓦伦蒂娜的呼吸方式已经转为足以让胃部紧缩的深沉喘息。

瓦伦蒂娜回答了一些问题，稍作等候之后，年轻的巴基斯坦裔护士将她匆匆带走。护士敦促瓦伦蒂娜穿过隔开候诊室与意外急救部的双推门，茱莉亚跟罗伯特听到护士一边低语抚慰着她。他们着手填写表格，入院办公桌前坐着下颚宛如巴吉度猎犬的白人中年男子。

"对什么过敏？"

"盐酸四环素、霉菌、大豆。"茱莉亚说。

"现在的病情？"

"嗯……她有器官逆位的问题。"办理住院的男人原本一副百无聊赖的模样，现在抬头望着茱莉亚，探询地挑起眉毛。"我们是镜像双胞胎，她的器官位置大多左右颠倒，例如，她的心脏在这边，"茱莉亚把手贴在胸膛上，就在胸骨的右侧，"她的肝跟肾什么的都跟我的相反。"男人想了一下，接着飞快地打起字来。

"我都不知道。"罗伯特说。

"哎，那你现在就知道啦，"茱莉亚心烦地说，"又不是什么很重要的事，除非你是瓦伦蒂娜的医生。"

"我指的是，你们是镜像双胞胎，我本来以为你们是同卵双胞胎。镜像双胞胎不是会更……南辕北辙吗？"

茱莉亚耸耸肩。"我们相当对称，所以从我们的脸上看不大出来。要是你看我们头发的分线或是痣的长法，或者拿一组X光片来比较，就能看出来，因为她跟我截然相反。她有不对称的非连枷二尖瓣脱垂。"她向办理入院的男人补充。

"那是什么意思？"罗伯特说。

"有个心脏瓣膜没长好，"茱莉亚回答，"所以她那样呼吸时，我才会这么担心。可能会对她的心脏有太大压力，那样我们的麻烦就大了。"

"我真不敢相信,你们来伦敦都快三个月了,竟然还没给她找医生!"罗伯特顿时万分焦虑,语气尖锐。

她还嘴道:"我们原本要找的。之所以一直拖延,是因为不知道该怎么找起,又不是说没考虑过。"茱莉亚自知这个理由不充分而为之生气。她填完数据,回到候诊室的座位上。

诊断结果是支气管炎。他们搭出租车上山丘,瓦伦蒂娜窝在茱莉亚的手臂里咳嗽。回到佛垂沃的玄关,双胞胎开始往楼上走。罗伯特想跟着她们。"不用,"茱莉亚说,"我们没事的。谢谢。"她鲁莽地转开身。

罗伯特说:"可是她需要……"

"我会照顾她。那是我的工作。"茱莉亚看着缓缓上楼、每跨一阶就歇一下的瓦伦蒂娜。

"我可以去拿处方药。"罗伯特主动提议。

茱莉亚斟酌了一番。这样对她们有帮助,毕竟得搭一班公交车才到得了布茨药店。"好吧。给你。"她把处方笺递过去,好像施惠给罗伯特,而非受惠于他。他走出前门,仿佛一名身负重任的男子。她由我来照顾,才轮不到你呢,茱莉亚心想。她跟着瓦伦蒂娜踱入她们的公寓。她先装满热水瓶,然后才脱下外套,接着走进卧房,瓦伦蒂娜正慢慢地宽衣解带。

"罗伯特人呢?"瓦伦蒂娜问,仿佛没听到他们的对话。

"他到布茨去了。"茱莉亚说。

瓦伦蒂娜不予置评地爬上床。茱莉亚拿热水瓶给她,设定好喷雾器,把她目前在看的书拿过来,然后泡茶去。她做这些事情时,目标明确、相当开心,一边完成这些抚平人心的小任务时,一边对着自己哼歌。她端茶走入卧房,发现小猫在瓦伦蒂娜的脑袋旁边蜷起身子。瓦伦蒂娜已经入睡。小猫伸出一只脚掌,保护似地搭在瓦伦蒂娜的肩上,怀疑地瞅着茱莉亚。连你也这样啊?茱莉亚想。我们都想成为她的唯一。她把茶具托盘放在床边的桌上,然后突然想到，要是我病了，大家都会急着冲到我的床边吗？这个想法让她烦心。她自己从不生病，去揣测这种事有何意义？瓦伦蒂娜的呼吸在喉咙里沙沙作响。茱莉亚端着自己的那杯茶，走到窗边坐下。原本一直待在那里的艾丝沛，只好起身站在床边，咬着大拇指担心着。对大家来说（人类、猫咪与鬼魂），这一天真让人焦心。

艾蒂坐在饭厅桌边喝咖啡，电话就在她的手肘旁。她的目光其实不在电话上，她近身放着电话，是因为再过几分钟铃声就会响起。杰克拿着周日的《时报》晃了过来，开始把报纸分成她与他的两叠。艾蒂伸手，他把财经版摆上去。她翻开报纸，用手指往下滑过股价表，一面发出啧啧声。电话响起。艾蒂让电话铃足足响了三声，小啜一口咖啡，仿佛不急着答话。杰克穿过走廊，在卧房里拿起电话。

"妈？"

"嗨，茱莉亚。"艾蒂说。

"瓦伦蒂娜？"杰克说。

"嗨，爸。"瓦伦蒂娜努力要用正常的语调说话，可是这番努力反倒让她狂咳一阵。

"哦！我的天，"艾蒂说，"听起来挺糟糕的。"

"只是支气管炎，"茱莉亚说，"我们看过医生了。"

"我今天好些了。"瓦伦蒂娜说完后放下电话，走进浴室。茱莉亚看着她弯下身，手肘抵着水槽、用手捂住嘴压下咳嗽声。最后瓦伦蒂娜回来接电话。

"我们见到罗伯特·范肖了。"她说，主要是想改变话题。

"他帮我们注册居民保健服务。"茱莉亚说。

"哦，"艾蒂说，"他是什么样的人？"

"闷闷不乐，"茱莉亚说，"有点吓人，怪人一个。要是他在我们这个年纪，可能会是个哥特派，你知道，就是浑身穿洞挂环和刺青。"

"哪有，"瓦伦蒂娜说，"他人不错，有点害羞，看得出他在想念艾丝沛。他戴约翰·列侬那种小眼镜。"她想说更多，但不得不搁下电话咳嗽。

"瓦伦蒂娜迷上他了。"茱莉亚向他们通报。瓦伦蒂娜用手指横划喉头。茱莉亚，别啦。

"对她来说，他一定有点老了。他跟我们同龄没错吧？"杰克说。

"我想他比较年轻，三十五岁左右吧？"

瓦伦蒂娜又接起电话，"我才没迷上他呢。可是他人不错。"艾蒂想，啊哦，可是她知道自己最好别说什么。这场对话后来转到天气、电影与政治上。等他们全挂掉电话，瓦伦蒂娜暴躁地说："现在他们会一直念念不忘了。你刚刚干吗提那件事？"

"这样能让他们分心，别去注意你生病的事。"茱莉亚回答。

"可是那又不是真的。"

茱莉亚只是笑笑。

艾蒂与杰克同时挂掉电话，在走廊上相会。"别一副那么担心的样子嘛，"杰克说，"她都说没事了。"

艾蒂嗤之以鼻，"那就是你应该非常操心的时候。"

他用手臂环抱住她，"她听起来的确很糟。"

"也许我们应该过去一趟。我们不会去那栋公寓，只是到伦敦而已。我们可以租下附近的公寓……"艾蒂依偎在他身上。她喜欢杰克的壮硕，也喜欢站在他身旁的娇小感觉。很有安慰的作用。

他抚摸她的头，"要是你妈跟着你横越大洋，搬进我们对面，你会有什么感觉？"

"那不一样。"

"她们应付得来。随她们去吧。"

艾蒂摇摇头，可是对他露出了微笑。这就对了，只要微笑，当我的艾蒂，对我而言就够了。他亲吻她的头顶，"没事的。"

罗伯特与杰西卡正在海格特墓园楼上的办公室里喝下午茶。杰西卡笃定地望着罗伯特，罗伯特准备面对她的"恳谈"。他预料这番恳谈跟"别让游客不停拍照片免得拖延导览时间"或者"请记住别把手塞在口袋里走来走去，看起来很不体面"有关，可是她让他吃了一惊。

"你不觉得，"杰西卡问，"对你来说，她有点太年轻了？"

"有点？"

"对你来说，年轻到荒谬的地步？"

"也许吧，"罗伯特说，"多年轻才算太年轻？"

"跟年龄本身的关系不大，因为很多我认识的人在二十一岁时就很成熟了，可是她们两个看起来好幼小，让我想到我女儿十六岁的时候。"

"杰西卡，那反倒有某种吸引力。"

她对他挥挥手，"你懂我的意思。艾丝沛是个可人儿，冷静明智，毫不轻浮，你在她之后跟瓦伦蒂娜在一起，这样感觉很怪。瓦伦蒂娜看起来跟你很不搭调。"

"当初也有些人认为我对艾丝沛来说太年轻。"

"我说过这种话吗？"

"其实，我确定你真的说过。我记得，就在这间办公室里。"

"绝对不可能。"

"我比艾丝沛小九岁，不过，我现在的年纪快赶上她了。"

"是啊……"

"你比詹姆斯年轻。"

"詹姆斯九十四岁。今年七月我就八十四了。"

"我想不通，为什么社会比较能接受男方年纪大一些？"

"我相信那是男人安排出来的。"

"啊。我想你没提过自己是怎么认识詹姆斯的。"

杰西卡在回答以前迟疑了。罗伯特想，一定有点伤风败俗。她的表情好像我刚问了她的胸罩尺码。"我们是在大战期间认识的，我在布莱奇利公园当詹姆斯的助理。"

"真的假的？我都不知道，原来你们是负责破解密码的？"

"其实，我们的工作内容比较偏……行政。"杰西卡噘起嘴，仿佛自己吐露的信息过多了。

"我还以为你读法律呢。"

"在漫长的人生中，一个人可以做很多事情。我网球也打得很勤，还养大了三个孩子。我有充裕的时间可以进行各种冒险。"

"而且你还救了这座墓园。"

"你也知道，这不是靠我一个人的力量。莫丽、凯瑟琳、爱德华……我们得到很多好人的帮助。不过，该做的琐碎小事太多，帮手当然永远也不够。这倒提醒我，你回家时，能不能顺便把这些带上山丘，丢进安东尼跟蕾西的信箱？这样能省下邮票。"

"当然好。"

杰西卡叹了口气，"我不得不说，想到自己得写那堆信，就觉得有点疲倦。"她把茶杯搁在桌上，朝他伸出双手，"来吧，帮这把老骨头离开她的椅子。"

罗伯特整个下午都坐在东侧墓园栅门旁的斯特拉思科纳之坟，一边卖票，一边看着造景团队修剪树木。那天的步调缓慢，他有时间去思考杰西卡说得是否正确。瓦伦蒂娜对他而言也许过于年轻，也许他该放开她，回头哀悼艾丝沛。也不是说他不再哀悼她了，想到艾丝沛就会有一阵尖锐的痛楚。可是罗伯特不得不承认，他不似以往那么频繁地想起她。在他每个清醒的思绪里，艾丝沛的存在渐渐淡去，而这个时间点正好与双胞胎到来之时吻合。他觉得羞愧，仿佛自己是将警卫塔楼遗弃给敌人的哨兵。但艾丝沛总不会希望我耗费余生来哀悼她吧。她会吗？他们其实没谈过这点，可是不管他全心投注在对她的回忆里，还是让瓦伦蒂娜飘进曾经以艾丝沛为对象的幻想里，他都觉得不对劲。他在被挑起的罪恶感里生活。这种状态让他非常困惑，可是也有些愉悦。

有天清晨，罗伯特发现瓦伦蒂娜带着一瓶保温的茶水，坐在后花园里。他穿过绿门时，并不知道她在场，直到她出声道："早安。"

"老天。"他说，往后退了几步，差点在墓石上撞断脚踝，"我是说，早啊。"

瓦伦蒂娜坐在低矮的石凳上，身穿铺棉格纹晨袍。她赤着双脚。"哦，真抱歉！"

"你不冷吗？"那天是个暖和天，不过黎明相当清冷。

"嗯，现在觉得冷了。我的茶都冷掉了。"

"你要不要干脆进来？"

她举目往二楼窗户一瞥，"茱莉亚还睡着。"

瓦伦蒂娜小心穿过潮湿的苔藓，罗伯特替她撑开门。她从他的手臂下方穿过去时，他觉得自己仿佛抓到了一只鸟儿。

"你想加件针织套衫或什么保暖的东西吗？"

"不用，不过也许再来点茶？"罗伯特去烧水。他将泥泞的衣物换掉。他出现时，瓦伦蒂娜正站在他的书桌前方，"这些女人是谁？"

罗伯特书桌上方的墙面上贴满了明信片、杂志剪下的资讯、从网络与书本里印出的影像，全都是女性。她们四四方方地以阳光发散的形式，从墙壁正中央往外辐射，一群一群的，仿佛用女性银河来标示太阳系。"哦。嗯，那是埃莉诺·马克斯，是卡尔的女儿。那是亨利·伍德夫人。这是凯瑟琳·狄更斯……"

"她们全葬在海格特吗？"

"没错。"

"没有男人？"

"男人在这边，"他在邻近的墙面上，用大头针标出另一个太阳系，"我没灵感时，宁可盯着这些女性看，那些男人看起来有点阴郁。"

为了看清楚，瓦伦蒂娜打开桌灯。水壶汽笛响起，罗伯特蹦蹦跳跳跑出书房。回来时，他端着瓦伦蒂娜的茶。她说："我们在泰特美术馆看过那幅画。"她指着墙壁中央的一张明信片，"她是谁啊？"

"那是米莱[1]画的奥菲利娅[2]。模特儿是伊丽莎白·西德尔。"罗伯特在瓦伦蒂娜转身面向他时，感觉自己的脸红了起来。她说："你有好多她的照片啊。"

"她是但丁·加百列·罗塞蒂的缪斯。他一次又一次地画她。她就是前拉斐尔画派的时尚女孩。我有点迷恋她。"

"为什么？"

"是啊，为什么呢？就外表来说，她似乎并不是特别迷人。她非常渴望情感，也老是病快快的。或许是因为她美丽又早逝吧。"罗伯特微笑，"别一副那么担心的样子嘛！这种痴迷是很轻微的。"

"你好像对死去的女性特别有兴趣。"瓦伦蒂娜说。

她在说笑，可是罗伯特语带防御地回答："不是因为她们过世了。尽管无法到手的东西总是诱人。"

"哦。"他那样说是什么意思？

罗伯特在一叠叠纸张中清出空间，坐在书桌上。他给她一张旋转椅，她把光着的脚往前伸，双手抓稳装茶的马克杯，小心保持平衡，坐着旋转了三百六十度。她看起来好孩子气，罗伯特发现看着她真是痛苦。我想，我目前的问题里面，死去的女孩还算最轻微的。

瓦伦蒂娜说："你的家具并不多。"

"是不多。这地方对我来说太大了，租金也太贵。"

"那你为什么住在这里？"

"都是艾丝沛的错。"

瓦伦蒂娜对他露齿一笑，再次旋转。"我也是。"她伸出一只光

---

[1] 米莱，即约翰·艾佛雷特·米莱（1829—1896），英国画家与插图画家，前拉斐尔派的创始人之一。
[2] 奥菲利娅，莎士比亚作品《哈姆雷特》中的人物。

脚,停住旋转,接着朝另一个方向缓缓转动,"你是因为她在这边才搬到这里来的吗?"

"我们其实是在前院碰见的。我那时探头探脑,因为这里有出租标示。我一直在找跟墓园相邻的公寓,因为我想要那种小门,你知道,就是花园墙上的那种。所以我来这里,记下房屋中介的电话号码,就在那时,艾丝沛从前门跳了出来,说她有钥匙,问我想不想看看公寓?我当然说:'好,麻烦你。'因为我真的想看看。她就带我到处参观。我马上就看出来,这里太大了,可是空空如也的公寓里有个迷人的女性,这一点超越了一切……"罗伯特沉醉在自己的故事里,一时无视瓦伦蒂娜的存在,"所以我最后搬了进来。不过,我不得不说我实在很迟钝,花了好多年才弄清楚,是她钓上我,而不是我追到她。我那时很年轻。"

"那是什么时候的事?"

罗伯特计算了一下,"将近十三年前。"

"哦。"我们那时候八岁。瓦伦蒂娜突然有个想法,"你们为什么不住在一起?我是说,这些公寓大得不得了。两个单身的人住在两层巨大的公寓里,好像很滑稽。你的东西又不是很多。"

"是不多。我的东西的确不多吧?"罗伯特盯着瓦伦蒂娜的膝盖,"艾丝沛不是很想。她以前跟人同居过,觉得讨厌极了。我想,她到最后有了不同的感受,那时都是我在照顾她。我想她了解,我们当初要是同居,的确行得通。我自给自足,她也是。她喜欢独处,她知道如果想找我,我就近在咫尺。"

"我妈也是那个样子。"

"是吗?"

"我想我爸一直有点困惑,你知道,有时候我妈会露出一副自己是访客的样子,很冷淡,后来又突然变得很有趣、比较活在当下的样子,你懂我的意思吗?"瓦伦蒂娜抬头端详他,"艾丝沛也像她那样吗?"

罗伯特顿了顿,想解析她的语意。"对,"他说,"有时候她即使人在场，心思也会飘得远远的。"他想起他俩云雨之后，当他浑身大汗瘫倒在艾丝沛身上，她似乎忘了他的存在。

"对啊，完全一样。艾丝沛喜欢对大家呼来唤去的吗？我们家向来都由我妈掌控所有的事情。"

"嗯，我想她是这样，不过话说回来，我喜欢别人指使我。我的家里有一堆姑姑阿姨，我在童年时老被女人呼来唤去。"他对她微笑，"我的印象是，茱莉亚会对你颐指气使。"

"我不喜欢这样，"瓦伦蒂娜扮了个鬼脸，"我不喜欢指使别人，也不喜欢受人指使。"

"好像很合理啊。"

"几点了？"瓦伦蒂娜问道。她突然焦虑起来，坐直身子，把马克杯摆在书桌上。

罗伯特瞥了手表一眼。"七点半。"他告诉她。

"七点半？我得走了。"她站起来。

"等等，"他说，"怎么了？"他滑下书桌，面对她站定。

"茱莉亚醒来要是找不到我，她会吓死的。"

罗伯特犹豫不决。她会回来的。让她去吧。瓦伦蒂娜还未转身离开之前，他便涌起了强烈的寂寞感。他随着她走到后门。她的手搭在门把上。两人顿时一阵尴尬。

"想找个时间跟我一起吃晚餐吗？"他问她。

"好啊。"

"这个星期六？"

"好。"她继续站在原地等着。罗伯特蓦然想到可以亲吻她，于是这么做了。这个吻让他惊奇，因为好久以来，除了艾丝沛，他不曾吻过任何人。这个吻令瓦伦蒂娜诧异，因为她从未用那种方式吻过别人。对她来说，亲吻向来比较像是存在于理论上而非肉体性的。事后她合眼驻足，双唇微启，脸庞上扬。罗伯特想，她将会让我心碎，而我会任由她这么做。瓦伦蒂娜自己走出去，轻声登上阶梯。他听见她们的门闩声。罗伯特驻足，试着厘清刚才发生的事情却无法做到，任由自己臣服于昏眩的困惑之下。他替自己调了杯酒，继而上床就寝。

接下来的周六傍晚，西装笔挺的罗伯特在双胞胎的前门现身。瓦伦蒂娜溜出来并说："咱们走吧。"他在玄关的镜子中瞥见茱莉亚，她凄凉地站在昏暗的光线里。他向她挥手，但瓦伦蒂娜急忙步下楼梯，所以他跟了上去。他往上一瞥，茱莉亚恰巧把头探进走廊。她对他露出了怒容，然后把门关上。

他叫了出租车。"苏活区的安德鲁·埃德蒙餐厅。"他对司机说。他们急驶过海格特村、肯特镇。罗伯特比较仔细地打量瓦伦蒂娜，看出她穿了艾丝沛的衣服，黑丝绒洋装搭上白色克什米尔羊毛披肩，唤回了多年前好几个晚上的回忆。连鞋子也是艾丝沛的。她那样做是什么意思？接着他意识到，瓦伦蒂娜可能没从美国带晚宴礼服过来。他相当恼怒地想起，艾丝沛留给双胞胎的钱，足够让她们买新衣服了。瓦伦蒂娜身穿艾丝沛的衣服，看起来年岁较长，仿佛艾丝沛的片段附在她身上。她正凝望着窗外，"我从来就弄不清楚自己在哪里。"

罗伯特的视线越过她："坎登镇。"

瓦伦蒂娜叹了口气，"看起来都一样。而且这么多相似之处。"

"你不喜欢伦敦吗？"

她摇摇头，"我想去喜欢它，可是它不是家。"

罗伯特从没想过，等一年满了，她可能不会留下。现在他感到某种迫切感，觉得必须说服她相信伦敦有多么好。"我无法想象自己仕在其他地方。不过话说回来，我是在这里长大的。我想，要是我离开了，就会觉得有点断了根吧。我的回忆全在这里。"

"唉，没错。我对芝加哥的感觉就是这样。"

他用微笑面对她的真诚，"你太年轻了，不该这么念旧吧。我是个过时的老历史学家，理应僵化顽固。可是你该出去探险才对啊。"

"你几岁?"她问。

"两周以后我就三十七了。"他告诉她。他注意到,当他自称年老时,她并未加以反驳。

瓦伦蒂娜面露微笑,"我们应该替你办个派对。"

一开始罗伯特以为她说的"我们"指的是他跟她两个人,后来才明白她的意思是她跟茱莉亚。他想象茱莉亚可能会有的反应,然后说:"我想我们会在墓园喝茶吃蛋糕吧,你何不过来见见大家?"

"好啊,"她微笑以对,"我没在墓园参加过生日派对。"

"哦,不是派对啦,只是比平常稍微精致一点的茶叙而已,不会有礼物或类似的东西。"

他们开始交换关于生日的故事:"我们第一次去马戏团……"、"我最后到医院去洗胃……"、"茱莉亚火冒三丈……"、"我父亲在那天早上出现,我以前从没见过他。"

"什么?"

罗伯特顿了顿,不确定自己想不想在两人初识之时,就把这个故事告诉她。他一直忘记他们还不大认识彼此,"其实,我父母没有结婚,我父亲在伯明翰另有家庭。直到现在,他们还是他台面上的家人,压根儿不知道我妈跟我的存在。我五岁生日以前从没见过他,直到他开着一辆兰博基尼现身,带我们到布莱顿一日游。那是我第一次看到海。"

"好怪啊。他怎么等那么久才来看你?"

"他是个很自我的人,而且不喜欢小孩。不过这点也挺滑稽的,因为我有五位同父异母的手足。母亲说他之所以来见我,是因为她终于开口跟他要了钱。在那之后,他偶尔会过来一趟,带点不实用的礼物给我们……他这个人很有趣,但完全靠不住。我小的时候,老是担心他会把我从老妈身边带走,那样我就再也见不到她了。"

瓦伦蒂娜望着罗伯特。他在说笑吗?要是他在说笑,她也察觉不到。出租车停靠在餐厅前面。瓦伦蒂娜原本以为那里会很宽敞,装潢良好又安静,结果发现自己身处一个拥挤的小房间,摆满因年久而暗沉的木头，头顶是低矮的天花板。她难得感觉自己身形庞大。这就是真正的伦敦，伦敦人就在这里用餐。纷杂混乱的情绪朝她扑来：终于成为非观光客的胜利感、她身在此处而茱莉亚不在的满足感，还有无法胜任跟罗伯特对话的感觉。要是有人说他以为自己的父亲会绑架他，你要跟这样的人说些什么？茱莉亚会说什么？他们在小桌边落座，挤在一群精力充沛的都市人和向编辑求爱的文学经纪人之间，瓦伦蒂娜问："他为什么会那样？"

罗伯特越过菜单看向她："什么？"

"呃，你爸啊，你刚说……"

"哦，对。我现在已经知道他绝对不会那么做了，可是他当时老拿那件事来开玩笑。他说只有我跟他的话，该会有多棒，说要把我带去北方……对我来说，他就像个妖怪。我在青春期以前都挺怕他的。"

瓦伦蒂娜瞠目望着他，然后往菜单里寻求庇护，茫然不知该如何回答。他怎么那么平静地面对这种事？我猜，不管家人的情况如何，你都没什么好诧异的。她现在已经相当熟悉这种感受了：自己年轻天真到了荒唐的地步。

我太过分了，罗伯特体会到。他说："你想来杯酒吗？你要吃什么？"他们开始断断续续地闲聊，因为两人同样喜爱 Monty Python[1]，也谈及墓园的传闻轶事、瓦伦蒂娜小猫的滑稽举动，两人也都相当赞赏茴香汤，对话逐渐顺畅起来。等这顿饭结束以后，两人的相处更显自在，或者说，至少没有之前那么不安了。

在公寓独处的夜晚真是漫长。茱莉亚考虑上楼去看马丁，可是她很气自己一个人被抛下，所以决意尽量把这晚过得凄惨。电视还是坏的，这点让她很满意。

茱莉亚热了点西红柿汤，坐在饭厅里，一边吃一边读艾丝沛书

---

1 Monty Python，英国六人喜剧团体。

房里发现的旧版《幸运的吉姆》[1]，艾丝沛坐在对面望着她。那是附有作者签名的初版书，可别把汤溅在上头啊。艾丝沛体悟到，早该留下更多详细的指示给双胞胎的。虽然不是故意想破坏，可是她们随意处置她的物品，让她气急败坏：她们在泡澡时读《项狄传》与《维莱特》的珍本、把丹尼尔·笛福的小册子塞进皮包在地铁上看。艾丝沛渴望从茱莉亚手中一把抢走那本书。可是我何必介意呢？那是书，她正在读，我应该能够接受才对。瓦伦蒂娜穿着我的衣服跟罗伯特共进晚餐，我不该觉得困扰。可是我心里就是不舒服，真的很不舒服。茱莉亚喝完汤，合上书，收走碗盘并将它们清洗掉。她跟小猫玩耍，直到小猫无聊起来，躲进梳妆间打盹。接着茱莉亚躺在前厅的沙发上瞪着天花板，最后难以忍受了才不得不打开电脑。她想办法靠写电子邮件给几位久受冷落的高中朋友打发掉了几个钟头。艾丝沛退回抽屉里去生闷气。十点，茱莉亚泡了个澡。十点半，她开始认为，瓦伦蒂娜现在随时都该回来了。到了午夜，她前后拨了瓦伦蒂娜的手机三次，开始惊慌失措。艾丝沛看着茱莉亚来回踱步，有种预感……是什么呢？麻烦。危险。这真是太过火了，历史以让人忐忑的变异重演了。艾丝沛想象罗伯特可能会带瓦伦蒂娜到访的所有地方：钟爱的酒吧、珍视的步道……回家来吧，回到我可以守着你的地方。茱莉亚上床就寝，可是七窍生烟地清醒地躺着。艾丝沛坐在窗户凹座。她们等候着。

"你想沿着南岸散散步吗？"罗伯特问瓦伦蒂娜。他已付过账，两人正准备离开餐厅。瓦伦蒂娜迟疑了。她打量着自己穿的鞋。鞋型又长又尖，况且大了半号。"当然好。"她说。他们搭出租车前往西敏桥。怪的是，街道一片冷清。他们的脚步在人行道上踩出声响，耳边传来河道对岸的嬉笑声。瓦伦蒂娜不曾在夜间来过西敏区。没有人潮，感觉好多了。罗伯特带着她过桥，走下几道阶梯。

---

[1] 《幸运的吉姆》，英国作家金斯莱·艾米斯的小说。

他们并肩站在栏杆前面,视线越过泰晤士河,远眺国会大厦。低垂的橙月悬挂于大本钟上方。罗伯特用手臂揽住她。她身子一僵。那种站姿他们维持了几分钟,各自好奇对方在想什么。最后他说:"我们走走吧?你一定越来越冷了。"

"对,有点。"她说。他们回头拾级而上。走路让瓦伦蒂娜松了口气。她不确定礼仪守则,她以为他会亲她,可是他会期待更多吗?他会想象她陪他回家吗?他了解那有多么不可能吗?几点了?要是不赶快回家,茱莉亚会不高兴的。反正她已经不高兴了,不过这下她会吓破胆的……瓦伦蒂娜趁罗伯特不注意时,试着偷瞥他的表。接着她想起自己身在何处,于是转身看看大本钟。接近午夜。他俩漫步经过滑铁卢桥与黑修士桥。她的脚滚烫如火。他正跟她聊着他在泰特美术馆看过的展览。她渴望地看着他们经过的每张长凳。靠近伦敦桥时,她问:"我们可以坐下吗?"

"哦,"他意会了,"真抱歉,我都忘了你鞋子的问题。"

瓦伦蒂娜往一张长凳上重重坐下,两脚滑出鞋外。她扭扭脚趾头,转转脚踝。罗伯特俯身拾起鞋子。他坐在她身边,双手各套在一只鞋里。鞋子暖烘烘的,带着点湿气。"你的脚真可怜。"他说。

"那不是我的鞋。"她说。

"我知道。"他把艾丝沛的鞋摆在长凳上。"这边,"他说,一面伸出双手,"把你的脚给我吧。"

她一脸狐疑,可是乖乖顺从了。他小心地转过她的身子,让她能向后倾身、用手肘撑住,一面把双脚搭在他的大腿上。

"你可以脱掉丝袜吗?"

"别看哦。"她说。

他开始按摩她的脚。一开始她望着他,可是很快就把头往后仰,他只看得到她修长的脖子与小小的尖下巴。他把注意力集中在她的脚上,感觉自己到达了新一层面的淫荡纵情,竟在公开场合替年轻女孩做足部按摩。我在想,他们会不会因为这样逮捕我?他停止了思考。整个世界缩小为两人的长凳、她的脚与他的手。

瓦伦蒂娜抬起头。她头昏目眩,深深放松。罗伯特往下倾身,亲吻她的脚。"好了。"他说。

"哦,我的天,"她说,"我想我走不动了。"

"我来背你。"他说,然后就这么做了。

茱莉亚与艾丝沛听到楼梯上传来的脚步声时,已经接近凌晨两点。茱莉亚跳下床,不确定自己该不该去迎接瓦伦蒂娜,或是要等她过来。艾丝沛飞到玄关那里,眼见门缓缓开启,看到罗伯特扛着瓦伦蒂娜,然后轻柔地放下,让她赤着脚立定。当艾丝沛看到瓦伦蒂娜双手各持一鞋、身子微微摇晃时,马上就知道了事情的来龙去脉,仿佛亲眼目睹了他俩之间发生的事。瓦伦蒂娜站着,朝漆黑的公寓窥看。她转向罗伯特,朝他微微挥手。他面带微笑,向她微微鞠躬,把丝袜递给她之后下楼去了。瓦伦蒂娜踏进公寓,带上门,然后悄无声息地走进卧房。

艾丝沛留在玄关那里。她无意旁观双胞胎即将挑起的战火。那种事我早经历过了。她想离开公寓,她渴望独处,整顿思绪。她想找罗伯特,好好恳求他。可是我要恳求他什么呢?我要说什么?艾丝沛想来一杯烈酒,泡在浴缸里狠狠哭一场。她想拼命散步,直到筋疲力尽而入眠。但她却走入自己的书房,望着笼罩于月光下的前侧花园。放我走,她向将她困在此地的无论是谁的神明请求。求求你,我现在就想死去,真的死去并且离开。她等着,但毫无回应。拜托,上帝,或者不管你是谁,请让我走吧。她眺望花园,仰视天际。毫无动静。她那时便明白,原来无人倾听。现在她会经历的任何事情,都将出于自己之手。

瓦伦蒂娜溜进卧房,手里仍握着鞋子与丝袜。茱莉亚穿着睡衣坐在床上,两脚悬空晃着。她在瓦伦蒂娜进来时转身,"你知道几点了吗?"

"不知道。"

"快要凌晨两点了。"

"哦。"

茱莉亚跳下床铺。瓦伦蒂娜想,要是她想打我,我可以用鞋子来防御。她们面对面伫立着,各自犹豫不前,怕吐出会引起争论的话语。茱莉亚想,我们该睡了,但又忍不住说:"你就只有这点话要说吗?'哦'?"她模仿瓦伦蒂娜无辜的样子。哦,哦,哦。

瓦伦蒂娜耸耸肩,"我又没有宵禁。而且你不是我妈,即使你是我妈,我也二十一岁了。"不然你想怎么样,啊,茱莉亚?

"让我知道你什么时候会回家,这是基本的礼貌,要不然我会担心。"我的角色超过老妈。你不能自顾自地走开。

"那不是我的问题。你明知道我在哪里,也知道我跟谁在一起。"你又不拥有我。

"我知道你出门吃晚饭,但晚餐哪会吃到凌晨两点!"七个小时你在干吗?

"我出门约会,这不关你的事!"放我走!

"就是有关!你什么意思?"我们之间从来没有秘密的。

"你不觉得我们该有各自的生活了吗?"哦,天啊,茱莉亚,你就放手吧。

"我们有啊!我们共同过各自的生活!"瓦伦蒂娜!

"我不是那个意思!"瓦伦蒂娜把鞋子丢过房间,它们不具伤害力地在地毯上弹跳。"你懂我的意思,我想要有自己的生活。我要隐私!我厌倦当半个人。"她哭了起来。茱莉亚走向她,瓦伦蒂娜放声尖叫:"别碰我!别——"接着奔出房间。

茱莉亚两臂垂在身体两侧站着,双目紧闭。明天她就会正常了,好像这种情况不曾发生过一样。她回到床上,躺在那里侧耳倾听瓦伦蒂娜在公寓某处的声音。最后她睡着了,梦到自己在马丁的公寓里,在一叠叠的箱子之间,独自穿过无穷无尽的通道。

瓦伦蒂娜在客房里就寝。床单潮湿冷黏,穿着内衣睡觉让她情绪复杂,几觉怪异。我不记得自己单独睡过。她因过于兴奋而难以入睡。跟茱莉亚吵架这件事占满了她的心思，而跟罗伯特共度的夜晚感觉好像已经是几个星期前的事了，是在真实战斗中一段朦胧又愉快的插曲。她认为自己相当理性，也夺得了胜利：我赢了，她想。我把想说的话讲出来了。她错了。她知道我是对的。从现在开始，情况将会有所不同。

早晨，双胞胎害羞地在厨房碰面。她们弄了炒蛋与吐司，在饭厅冰冷的光线里共进早餐，鲜少交谈。两人之间的相处虽然回归正常，但事情已不同于以往。

维生素

"你看起来好糟糕啊，"几天后，茱莉亚这么对马丁说，"我要替你买点维生素。"

"现在你讲话就跟玛莱格一个样。"

"那是好还是坏？"他们正在马丁的书房里。傍晚时分，瓦伦蒂娜随罗伯特到墓园去，茱莉亚像个迷途的生物般来到楼上，高声抱怨自己遭到遗弃，希望马丁能陪她看电视。可是马丁忙着工作，所以她在他身边晃荡，虽说无聊但充满期待。

马丁微笑，转身看着她。在电脑屏幕的微光之中，他看起来超凡脱俗。茱莉亚觉得他很美，虽说她明知那是一种破损之美。他的脸微微泛青，在温暖的桌灯光线里，双手透着离奇的血橙色。"真好。有人替我操心，这还真不错。不过我不希望你操心过度。"

有个想法在茱莉亚的脑子里酝酿着。"我不会的。可是如果我替你弄维生素来，你会吃吗？"

马丁转回屏幕前方。他正在画字谜的格栅。他按下鼠标，三个方格变黑。"也许吧，我不大会记得服药。"

"我可以提醒你，把它当成我的工作。"

"我想,那会比实际去吃水果跟蔬菜简单吧。"

茱莉亚说:"好,那我明天就去布茨一趟。"她稍有迟疑,"你整晚都要工作吗?"

"对,我昨天就应该开始的,可是却跑去忙别的事情。明天就截稿了。"马丁在手绘的字谜草图里做着笔记,"要是你想看电视,请便。"

"不了,我不想自己看。我下楼看书好了。"

"唉,抱歉,我真是个差劲的同伴,可是我真的得完成这个,不然编辑会拿着棍棒来我门口。"

"没关系。"等茱莉亚回到自己的公寓,计划已经完成。

"你不能那样,"茱莉亚告诉瓦伦蒂娜时对方说,"你不能不告诉他就直接给他药。"

"为什么不行?他说拒绝治疗是那种病的症状之一。所以我打算偷偷让他服药。等发挥效用,他又能出门,他会很高兴的。"

"那有副作用怎么办?要是他有过敏反应呢?而且你要怎么把强迫症的药弄到手?"

"我们只要去医生那里,假装自己有强迫症就好啦。我这阵子查了这方面的资料,装起来不难。我在想,我要跟医生说我非常怕蛇,也许还得先把我的眉毛拔光。"

"你说'我们'是什么意思?我才不跟你去。"瓦伦蒂娜抓紧椅子扶手,仿佛觉得茱莉亚可能会把她从椅子里拖出来。

茱莉亚耸耸肩,"好吧,没关系。我自己去。"

事情比茱莉亚原先预期的还要复杂,可是她最后还是成功地取到了安纳福宁[1]的处方笺。她把胶囊倒进维生素的罐子,某晚的晚餐之后,来到马丁的书房。

"瞧,我记得哟。"她说,一边摇摇瓶子,让药丸咔哒作响。

他那时正弯身伏在一些照片上,迷失在另一种语言里。"抱歉,

---

[1] 安纳福宁,一种抗忧郁药。

什么?哦,你好,茱莉亚。那是什么?真好,谢谢你。来,我把它们摆在电脑旁边,这样我就会记得服用。"

"不要啦,"茱莉亚说,"由我来保管,我才能确定你真的会吃。我们说好了,对吧?"

"是吗?"他说。她走到厨房拿了一杯水来。当她递过一颗胶囊跟那杯水时,马丁让药丸留在掌心里,并瞥了它一眼。他探询地抬头看她,可是什么也没说。

"你要吃了吗?"她紧张地问。胶囊上印了安纳福宁二十五毫克。要掩藏的话,她只能仰赖马丁的近视眼。

"嗯?哦,对。"他把药丸放进嘴里,就着水大口吞下,"好了,护士。"

茱莉亚笑出了声,"你看起来已经比较好了。"她摇摇维生素罐子,然后走下楼去。瓦伦蒂娜就坐在艾丝沛书房的地板上,盯着手提电脑。

"你会害死他的。"瓦伦蒂娜说。

"不,我不会。你在胡说什么?"

"瞧瞧这个,"瓦伦蒂娜把电脑转向茱莉亚,后者坐在她身旁的地上,"看看副作用。"

茱莉亚读着。视线模糊、便秘、反胃、呕吐、过敏、心悸……好长一串。她看看瓦伦蒂娜,"我常常上楼,我跟他见面的时间比医生多,我只要监控好他的情况就行了。"

"要是他心脏病发作呢?"

"那不太可能。"

"要是他发生痉挛呢?他要是突然便秘,又不会告诉你。"

"我只给他一点剂量。"

瓦伦蒂娜下线,关掉电脑。她站起来。"你是个白痴,"她告诉茱莉亚,"你不能随便替别人做决定,而且你没眉毛看起来很怪。"

"你根本连见都没见过他。"茱莉亚说,可是瓦伦蒂娜早已离开房间。茱莉亚听到她穿过公寓,走出前门并下了楼梯。"好,"茱莉亚说,"随你便。你就等着瞧。"

生　日

罗伯特生日当天,天空万里无云,气候温暖怡人。他前晚在适当的时间就寝,于是轻盈地跳下床,充满奇特的喜悦与期待。"……哒哒哒哒哒哒……巴啦巴啦巴啦……生日……"他在淋浴时歌唱,早餐吃下半熟的白煮蛋与吐司。他奢侈地花了一整个早上重写论文里献给海格特的建筑师史蒂芬·吉尔里的那章。他在中午以前抵达墓园,好整以暇地陪詹姆斯处理档案,直到两点去导览为止。所有熟悉的纪念碑似乎都向他致意：你终有一死,但非今日。他导览完以后,发现一楼办公室除了墓园经理奈杰尔和一对商讨如何替自己的婴孩办理丧礼的年轻夫妇以外,空无一人。罗伯特匆匆离开上楼。

瓦伦蒂娜靠在办公室的椅子上,尽可能不引起注意;杰西卡在打电话;费利西蒂一面泡茶,一面对石刻师乔治轻声说话,谈的是他正在设计的一座纪念碑;詹姆斯从档案室向下呼唤杰西卡;艾德华忙着影印;菲尔则从盒里取出蛋糕;托马斯跟马修相当羞赧地走进来,办公室里顿时似乎人满为患,因为入葬团队很少到室内来,况且两人都相当高大。

"看,"菲尔说,"我要他们把糖霜弄成埃及大道的形状。"

"呕,"罗伯特说,"还真……让人倒胃口。"

"对啊,"菲尔说,"灰色的糖霜不吸引人。"

费利西蒂看到蛋糕,扑哧一笑。接着,大家想起楼下奈杰尔办公室里那对丧子的父母,赶紧安静下来。"棒极了。"她低语,并开始往蛋糕上摆粉红小蜡烛。杰西卡搁下电话,不针对某个特别对象地说："你们守点规矩。"她对瓦伦蒂娜眨眨眼,然后下楼去了。

除了罗伯特，瓦伦蒂娜只见过杰西卡与费利西蒂。罗伯特走进来时对她微笑，让她顿生信心。她惊奇地看着罗伯特与菲尔互相打趣，还把自己朝死亡迈进的笑话，拿来跟托马斯和马修抬杠。我好像动物学家，看着珍稀动物到了自己的天然栖息地一样。罗伯特在这里看起来一点也不害臊。他唤来坐在角落椅子上的瓦伦蒂娜，开始四处介绍她，一手轻轻碰着她的背。瓦伦蒂娜很高兴罗伯特的友人能这样认识她，即使她意识到，要是对外宣示所有权的是茱莉亚而非罗伯特，自己该有多气恼。

詹姆斯从档案室走下来，谨慎地在杰西卡的书桌前坐定。杰西卡走进办公室，奈杰尔跟在背后。"哦，"他说，"在庆祝什么呢？"

"奈杰尔，我们要举行四二○派对，"费利西蒂说，"你没带道具服装来吗？"

"是罗伯特的生日。"詹姆斯跟他说。

"当然了，"奈杰尔懊悔地说，"我的心思恐怕在别的地方。"

"都安排好了吗？"詹姆斯问。

"对，"他回答，"葬礼排在周一十一点。"办公室的气氛阴郁起来，没人喜欢婴孩的葬礼。罗伯特想，我们替婴孩下葬时，总会下雨。接着他想到，这不可能是真的。可是以防万一，我会带把伞来。

"哦，天啊！"奈杰尔注意到蛋糕，"那是怎么回事啊？"

"嘿，别这样嘛，"菲尔说，"别看不起这个蛋糕。"他用手机替它拍了照，"存档用。"费利西蒂点燃蜡烛，大家聚集在罗伯特四周，对他唱着生日快乐歌，他一副又难为情又开心的模样。瓦伦蒂娜唱着歌，感觉自己好像认识这些人很多年：刺有刺青的菲尔身穿皮制风衣；卷起衣袖、嗓子有如男中音的乔治，用沾有石墨的手轻轻拿着墓碑的铅笔素描；爱德华庄重地穿着西装打着领带，唱歌时两手交握于前，仿佛自己身在教会，让瓦伦蒂娜想起黑白老电影里的男主角；托马斯跟马修穿着长靴与吊带，面带微笑地歌唱；奈杰尔一脸忧伤，仿佛唱歌是个非常严肃、可能引发不愉快后果的任务；费利西蒂面容和善、音质清朗；杰西卡与詹姆斯的歌声带着气音，好似吹得过响的长笛。人人同声高唱"生日快乐，祝你生日快乐"。歌曲末尾，罗伯特闭上眼睛，许了再度快乐起来的愿望，张口吹熄蜡烛，最后只剩一根燃着。人群里响起不大在意的喃喃声。他再吸一口气，将最后一根解决。掌声与笑声扬起。罗伯特切了蛋糕，将第一块递给瓦伦蒂娜。她一手端着纸盘、一手执着叉子，看着他把一块块蛋糕传出去。费利西蒂把茶斟进墓园里各形各色的马克杯与瓷杯里。罗伯特吃了口蛋糕，灰色糖霜尝起来跟其他颜色的味道一样。他瞥了一眼瓦伦蒂娜，发现在这一片欢乐的气氛中，她肃穆沉默地盯着他看。瓦伦蒂娜刹时绽放微笑，让他的心情为之轻快：过往似乎烟消云散，现在一切关乎未来。罗伯特踱至瓦伦蒂娜身边，两人并肩站着吃蛋糕，在闹哄哄的生日派对里，静静又开心地在一起。一切都会顺利起来的，他想。

杰西卡望着他们。她长得好像艾丝沛，真叫人忐忑不安。她想起她刚见过的那对，就是那对年轻的父母。他俩倚着彼此穿过墓园大门，仿佛逆着一阵他人无法察觉的强风而行。罗伯特与瓦伦蒂娜并未碰触对方，可是却让杰西卡联想起那对夫妇的相依相偎。他似乎挺开心的。她叹了口气并啜了口茶。或许一切会归于平静吧。

鬼魂书写

艾丝沛正在灰尘上头做文章。她想不通自己之前为何不懂灰尘的沟通力量。灰尘很轻，她能轻而易举地移动它，是传达信息的理想媒介。

双胞胎最初来到公寓时，茱莉亚无所事事地用手指划过钢琴上的灰尘，留下一道闪亮的痕迹。这一直让艾丝沛很困扰，她开始吃力地把灰尘归回原处，要抹去茱莉亚不经心的毁损，直到这时才意识到自己无意间找到了等同于白板的东西。灰尘就是能放大她求救信号的传声筒。她兴奋不已，马上回到抽屉里去思索各种可能性。

现在终于有了机会，她要说什么呢？"帮帮我，我已经死了。"不行，这种事她们无能为力。最好别露出太悲伤的样子。可是我不想吓坏她们，我要她们知道是我，而不是什么骗局。她想起罗伯特。她能写东西给他，他会知道她在这里。

翌日是周日。细雨纷纷，均匀的微光溢满前厅。艾丝沛在钢琴上方飘浮。要是有人看得见她，那人只会看到一张脸与一只右手。

双胞胎在饭厅里，在咖啡与吃剩的果酱吐司前面消磨时光。艾丝沛听见她俩漫无目的的友好对话，她们在过了一半的早晨时光里，讨论等会儿该开展何种娱乐活动。她刻意不听她们说话，而将注意力放在眼前那片了无生气的尘埃上。

艾丝沛试探性地把指尖放在钢琴上。她回想曾在某处读到过，居家的灰尘大多由人类脱落的皮肤细胞所构成。所以也许我是用自己以前的细屑来书写的。当她划出一道闪亮的路径时，尘埃纷纷退开，轻软微粒也让步了。竟然这么简单，她欢欣鼓舞。她小心翼翼地书写，这样罗伯特一定会知道是她下的笔。单是几行字就耗费了将近一个钟头。等她写完，双胞胎已经出门了。艾丝沛在自己的努力成果上方徘徊，一面哼歌，欣赏自己签名的装饰曲线与精确的标点。她用力旋开落地灯，那是她以前用来照亮乐谱用的。他们不可能错过的，她高声欢呼，在公寓里欢天喜地飞绕一圈，冲过门口，掠过天花板。小猫在椅子上睡觉，身体有一半塞在餐桌底下，她想办法往小猫头上丢了一块方糖。真是个灿烂辉煌的早晨！

那天恰巧是五朔节[1]，罗伯特整天都在东侧墓园的入口处忙着，向主要来自中国的一大堆访客指出卡尔·马克思的坟墓。那天晚上他虚脱地坐在书桌前，盯着电脑，试着找出第三章里到底有什么惹

---

[1] 五朔节，欧洲传统民间节日，在每年的五月一日。

得他这么心烦。这份东西的语调有问题：这个篇章谈的是霍乱与伤寒，营造出来的氛围却兴高采烈，简直到了快活的地步。这样不成。他想不通，传染病为何那么逗人开心。

他把关键的段落全部标成红色，此时听见有人使劲敲门。

双胞胎一脸严肃地站在门厅。"上楼来吧。"瓦伦蒂娜说。

"怎么了？"

"我们得让你看看某个东西。"

茱莉亚尾随瓦伦蒂娜与罗伯特上楼。她意识到自己怀着希望。

公寓灯火通明。双胞胎护送罗伯特到钢琴那里，然后往后退了几步。他看到艾丝沛的手写字体：

瓦伦蒂娜与茱莉亚，向你们问候一声。

我在这里。

爱你们的
艾丝沛

还有：

罗伯特，一九九二年六月二十二日。艾

罗伯特脑袋一片空白地杵在原地。他打算伸手去摸摸字迹，但瓦伦蒂娜一把抓住他的手腕。"这个日期是什么意思？"茱莉亚问。

"只有我跟她知道的……事情。"

瓦伦蒂娜说："那盏灯是她打开的。"

"那天发生了什么事？"茱莉亚问。

瓦伦蒂娜说："这字迹就跟老妈的一样。"

"发生什么……"

"是私事，可以吗？是我跟艾丝沛之间的事。"罗伯特语气尖锐地回答。双胞胎彼此对望了一眼，然后往沙发上一坐，双手交握。

罗伯特把那个信息读了又读。他想起初识的那天：当时他站在前院，要抄下"出租"标示上房屋中介的电话。艾丝沛透过前窗往下俯视他。她正在挥手，他也挥了一下。她离开窗口之后，几乎是马上出现的，她一定是跑下楼的。她身穿白背心裙，用夹子把头发往后固定住。她脚踩那种便宜的橡胶拖鞋，那种拖鞋叫什么啊？她领他上楼，走进公寓，拖鞋频频拍着她的脚底。那天，他的公寓空空荡荡的。她带着他全部参观了一遍，可是他们聊的尽是其他事情。他们说了些什么？他想不起来了。他只记得跟着她走、背心裙装露出她背部肩骨的模样、细致的椎节隐入脊椎骨的波谷里、裙装的拉链、紧裹的腰际以及蓬松的裙身。她有着那年夏天晒出的淡古铜色皮肤。后来他们上楼去了她的公寓。两人就在这间房里喝啤酒，后来在她的卧房，他解开那件裙装的拉链，裙子如同贝壳般从她身上落下。她在他的双手中暖洋洋的。虽说他事后租下了公寓，可是那日下午他却忘了自己为何来到此地。除了她的赤脚、发丝不停地从夹子里松脱的模样、未上妆的素颜，还有双手移动的模样，他忘却了一切。艾丝沛，我快崩溃了。我没办法，我不知道该有什么感觉。

他瞪着字迹。瓦伦蒂娜想，他对我就没有那种感觉。茱莉亚等候着。她忖度艾丝沛不知是否也在这间房里。小猫跳上沙发，蹲踞在一边的扶手上。它把脚掌收折于胸膛底下，望着他们，似乎对现场可能有幽灵这件事漠不关心。

最后罗伯特轻唤："艾丝沛？"

他们每人轮番觉得全身有种稍纵即逝又深沉的冰冷感受。罗伯特说："你可以写点东西给我们看吗？"双胞胎起身，三个人一起站在钢琴旁边，凝望琴面。

好似慢动作的定格卡通，灰尘似乎是自动挪开的，字母通过隐形的媒介而显露出来：**好**。

艾丝沛明白，罗伯特正挣扎着要整合过去与现在，也看得出他既兴奋又不安。瓦伦蒂娜望着他，茱莉亚看着瓦伦蒂娜。结果就是这样，艾丝沛想，对我们大家来说都很难挨。她开始在房里游荡，推挤物品。门晃了晃，帘子轻轻翻动。当她熄掉桌灯又打开数次以后，原本默默注视着钢琴的罗伯特抬起了头。

"过来这边，甜心。"他说。她突然一阵开心，飞到他的身边。他感觉她贴近自己，是个冰冷的存在体。我之前为什么没弄懂？她就在这里，我却让她孤零零的。罗伯特想起自己多次探访她的坟墓；想起自己在诺柏林家族墓园的阶梯上静坐了好几个小时、毫无意义地自言自语；想起他跟瓦伦蒂娜在河边那晚，自觉愚蠢并且略感反胃。不过，我之前就是不大相信她在这里。我相信吗？他站着摇头。当他意识到自己的动作，便停了下来。"跟我们说说那是什么状态……感觉怎样？你还好吗？"有双胞胎在场，罗伯特无法说出心里想讲的话。艾丝沛在钢琴上坐好，开始斟酌这个问题。我还好吗？唉，就是死了啊。嗯，正在努力用积极的态度看待这件事。嗯……她思考时，在尘埃当中小小地旋转了一下。罗伯特想起她以前打电话时，总在一页又一页的纸上画出螺旋状的涂鸦。你在这里，真的在。

瓦伦蒂娜跟茱莉亚眼睁睁看着那个闪亮的螺旋浮现，好似来看热闹的旁观者。我们就像耶稣诞生时的那些羊，茱莉亚心想。瓦伦蒂娜在想艾丝沛是否一直在监视她们。她知道我们的什么事？她喜欢我们吗？感觉让人非常不自在。瓦伦蒂娜试着回想她们有没有说过艾丝沛的坏话。双胞胎还小的时候，会用这种想法来互相吓唬对方：每一天的每一分钟，上帝都看着她们。你永远也不可能足够好……她看着罗伯特的脸。他已经把她抛在脑后，一心等着艾丝沛再多写些什么。

单词开始出现：寂寞。被困在公寓。很高兴见到瓦跟茱。想念你。

茱莉亚问："你想要什么东西吗？"

看书。玩游戏。注意力。

"注意你吗？"瓦伦蒂娜问。

对。跟我聊天。**陪我玩**。艾丝沛尽量写快一点。她的字迹又大又失控。她看得出来，钢琴表面的空间容不下无限制的对话。就在此时，小猫跃上琴键，撞响琴键，然后跳上琴盖的中央，抹掉艾丝沛的字迹，效率高得有如除尘棒。"啊，"瓦伦蒂娜一把捞起它，"坏女孩。"她把小猫抛到沙发上，小猫遭到排挤，于是溜到钢琴下面生起闷气来。

现在钢琴上的灰尘不见了一半。艾丝沛沿着谱架的边缘写字：**罗，降神会，显灵板**。

"对了，维多利亚人会用显灵板，也相信自动书写，就是让幽魂附在灵媒身上，通过他们说话及书写。我是说，那就是灵媒假装在做的事，可他们是冒牌货啊，艾丝沛。"

也许吧。

"嗯，好吧。你想试试吗？"

显灵板吗？

"我得先做个板子。"他转向双胞胎，"你们有没有大张的纸？我们需要一个笔记本、圆珠笔，还有作为乩板用的水杯。"茱莉亚到厨房拿回一个果汁杯和一支笔。瓦伦蒂娜取来笔记本跟打印机的几张白纸，用胶带把纸张黏在一起。

罗伯特先把二十六个字母写成三排，然后在纸张最上方的角落写上"是"与"不是"。他把纸放在矮桌上，再把杯子倒放于纸张中央。

艾丝沛想，那个杯子太重了。她成功地晃动它，仿佛杯子自己震动一般，可是她移不动，连一英寸也办不到。

罗伯特说："我们需要几乎没有重量的东西。也许可以用瓶盖？"茱莉亚跑回厨房，拿回一个圆形的蓝色塑料安全圈线，是那天早上从牛奶瓶上撕下来的。"对，棒极了。"罗伯特说。他把它放在原本摆杯子的地方，圈线在纸上轻快地四处滑行。它像只开心的负子虫，很高兴逃离垃圾桶似的，茱莉亚想。当艾丝沛在钢琴上写字时，很容易想象她本人就在这里，不过，她在移动塑料线圈时，感觉线圈本身化为了生物，自主地移动着。茱莉亚与瓦伦蒂娜在矮桌旁席地而坐。罗伯特坐在沙发上，倾身伏在板子上。那个塑料片充满期待地停下来，恍如在倾听。小猫走过来，开始用后腿行进，准备腾起。把那只动物弄出去，艾丝沛想。瓦伦蒂娜仿佛听见艾丝沛高声说出口似的，站起身，把小猫放进饭厅，并关上门。

瓦伦蒂娜再度坐定之后问道："你说你被困在公寓里，这是什么意思？你一直在这里吗？"她没说出口的是，你一直在监视我们吗？虽然她想这么说。

在无人触碰的情况下，塑料线圈缓缓拼出词来。它特意沿着短直的路径挪动。**对，一直在这里，离不开。**塑料线圈在字母上停顿时，罗伯特便把字母誊上笔记本。他想到自己该把标点符号也写在板子上。

茱莉亚问："那天堂呢？你知道，难道就是他们在教堂里告诉你的那一套？"

没法证明有或没有，只是在这里等着。

"啊，"茱莉亚说，"永远吗？有什么改变吗？"

我越来越有力量。

"死去的人都会发生这种事吗？"

不知道，这里只有我。艾丝沛想要发问，而不光是回答问题，便赶在茱莉亚问其他事情之前，拼出：**艾蒂的情况怎样？**

双胞胎交换了眼神。瓦伦蒂娜说："她还好。"茱莉亚说："你不让她来这里看我们，她挺难过的。"

塑料圈在纸上漫无目的地打转。艾丝沛拼道：**别跟艾蒂说。**

"别跟她说什么？"罗伯特问。

别跟她说我变成鬼魂了，别跟任何人说。

"没人会相信我们的，"瓦伦蒂娜说，"你也知道老妈，她会以为我们满口谎言。而且她会觉得，你知道，这种说法很邪恶。"

对，很邪恶。你们会说法语吗？

"会。"茱莉亚说。

拉丁文呢？

"呃，不会。"

罗，你明天单独来这里，这样我们才能谈一谈。[1]

罗伯特微笑了。茱莉亚说："你们有秘密，这不公平。"瓦伦蒂娜想，他们俩早就有很多秘密了。她想呕吐。罗伯特伸手过去抚摸她的头发。她怀疑地望着他。茱莉亚跟艾丝沛突然一阵嫉妒，两人因为各自的理由而对这个举动感到怪异。

艾丝沛拼出：**累**。

"好吧。"罗伯特说。

晚安。

"甜心，晚安。"

"晚安，艾丝沛阿姨。"

罗伯特跟双胞胎站起来。气氛突然显得尴尬，他们在艾丝沛面前无话可说。他们想单独前往某处，为这个奇异的经历而放声叫喊：多么诡异、刺激又让人不安啊，这到底是怎么回事？"嗯，那就晚安了。"罗伯特下楼回自己的公寓。"晚安。"双胞胎目送他离开。他关起门，惊愕地站着凝望自己的天花板，接着他开始无法遏止地大笑。笑声传进双胞胎的耳朵里。她俩一语不发地坐在小矮桌旁边，把塑料乩板来来回回地轻弹。艾丝沛在走廊的地板上躺了一会儿，听着罗伯特的笑声，一面替他操心。当他安静下来，她便回到前厅，分别碰碰双胞胎的头顶。晚安，晚安。艾丝沛在抽屉里蜷起身子，沉浸在满足的狂喜里。

翌日清晨依然潮湿灰暗。罗伯特躺在床上听着双胞胎在她们的公寓里走动。天气不太好，他担心她们可能会留在室内。他听见小猫在房间之间任意飞奔。形似体型过大的实验白老鼠的生物，怎么会发出骑兵般的响声？罗伯特硬拖自己下床。他煮了咖啡，然后淋

---

[1] 原文为拉丁语。

浴。他穿好衣服、喝完咖啡时,双胞胎来到他的门口。

"你想跟我们去内阁战情室吗?"瓦伦蒂娜问。

"呃,我想去,可是我最好做点正事。论文的进度严重落后。杰西卡老是旁敲侧击,说我可能已经放弃了。"

"哦,还是来吧。"茱莉亚花了几分钟想说服他,清楚地意识到自己的语气并不诚恳。瓦伦蒂娜露出乞求的神情。但罗伯特只是温柔地催她们上路,她们终于离开,拿着庞大的方格花纹高尔夫伞,调整角度以便穿过栅门,罗伯特透过前窗观望。

他推测她们已经搭上地铁的时间,等到那时才收好铅笔与纸张,从书桌的小抽屉里取出艾丝沛的钥匙,上楼开门进去。

他站在走廊上,思忖该如何进行。他觉得饭厅会是最舒服的地方,于是在面前摆好显灵板、塑料圈与一叠纸,然后坐下来。

"艾丝沛?"他柔声呼唤。也许她还在睡吧。逝者会睡觉吗?"艾丝沛,我想我们可以试试自动书写,因为要你在显灵板上推乩板好像很费力。你想试试吗?"

他感觉自己似乎端坐了良久,默默地将手停在纸张上方,等候着。

他陷入了沉思。他曾在这张餐桌边吃过许多半熟的水煮蛋,坐的就是这张椅子。他跟艾丝沛共进早餐的第一个清晨,她当时问:"你的蛋要怎么样?"他回答:"半熟。"他示范给她看,艾丝沛自己吃炒蛋。日后的每次早餐,她都会把完美的半熟蛋摆在一只蓝色小蛋杯里给他。他在想,不知那只蛋杯到哪儿去了。罗伯特正想起身寻找,手却冰冷起来,然后往旁边抽动。他环顾四周,放眼无物。他拿起铅笔,重新摆好姿势。

这次他让笔尖触及纸张。那股寒意渐渐侵入他的手,铅笔开始在纸张上移动。

纸张上画满圆形、环圈与尖凸的线条,恍若地震仪的图表。有时,罗伯特觉得手指不由自主地紧抓铅笔;有时,铅笔本身似乎有着隐形的意志力而自行移动着。他趴在纸张上方观望。那些无意义的线条越缩越小，也越来越紧密。罗伯特想起自己上托儿所时，用粗胖的铅笔在粗糙的纸上练习写字母。他的手指因为冰冻而疼痛。

你在想什么？

他放开铅笔。铅笔掉落桌面，动也不动。

"半熟的蛋。"罗伯特静静地说。

铅笔转了几次，仿佛在自寻乐子，或是因被抛下而不悦。为了给右手一个机会取暖，罗伯特用左手捡起铅笔。

满满的爱。我想念你。

"我也是。这种说法只算轻描淡写。我只是……艾丝沛，真是糟透了。我之前没弄懂。我做了好些关于你的梦，在梦里你活着，而我一直忽略你，上个星期我才做过一个梦，我在塞恩斯伯里找你，你摇身变成一棵莴苣，而我却不知道……结果现在却发现基本上就是这种情况……我的意思不是说你是莴苣，而是你在这里，我却没意识到。"

不是你的错。

"我一直在想，我让你失望了。"

我死了。不是你的错。

"理智上，我知道这点……"

双胞胎坐在厨房地板上听着，耳朵抵在饭厅门上。茱莉亚瞥着她们拖过防水毡布上的那道泥水。我希望他不会进来，因为没地方可躲。瓦伦蒂娜真希望她们已经到博物馆去了。不管罗伯特要跟艾丝沛说什么，她都不想听。她望着茱莉亚，对方正以不舒服的姿势摊开四肢，就为了让耳朵贴在最好的位置上。茱莉亚全神贯注，她最爱窥探别人了。

艾丝沛坐在餐桌上，在罗伯特对她说话时，直直地盯着他的脸庞。他仿佛眼盲一般，因为他不知她在何处，所以坐着讲话时向上凝望。

"……我好像过不下去了，事情变得有点没意义。现在你在这里，可是又不真的在。"罗伯特顿了顿，等着看艾丝沛是否会回答。她没回答，于是他说："也许我可以到你身边，如果我死了的话……"

不要。

"为什么不要？"

要是最后你困在自己的公寓怎么办？

"啊。"

要是你死了，我会受不了的。

罗伯特点点头，"我们聊点别的吧。"

两个人同时意识到呼吸的声音。艾丝沛写道：**继续说话**。罗伯特开始谈及杰西卡昨天跟他讲过的事，是关于她上法学院那段日子的趣闻。艾丝沛走到厨房门口，把头穿过去。一开始她什么也没看见，接着一低头便看到了双胞胎。艾丝沛笑了笑，飞回罗伯特身边。**有间谍**，她写，**改天再回来吧**。

我怎么知道何时过来？罗伯特也用文字回复。

我一直都在这里，艾丝沛回答。

"甜心，我得走了。快中午了。我跟杰西卡说过，要帮忙处理园讯。"

我爱你。

他准备开口，接着转而书写，**我也爱你。永远。**

艾丝沛用手指抚过字迹。她真希望自己能保存那张纸，接着又想，不，那只是个物品。罗伯特收拢笔记本，把椅子摆回原位。他站在前厅，不想离她而去。一阵冰冷的感觉窜过他的全身，令他反胃。他等那种感觉消失后才离开。

艾丝沛回到厨房，以为会找到双胞胎，结果地上只剩几道薄薄的泥迹。艾丝沛走到后门的窗户，看到瓦伦蒂娜跟茱莉亚无声无息地走下防火梯。她们抵达地面时，拔腿奔过苔藓，没入侧边花园。她们比外表看起来还灵光。她不确定这会不会是个问题。她情绪纷乱，夹杂着得意与警惕、怀旧与恼怒。我真希望自己在跟罗伯特嬉闹时，可以把她们藏到哪里去。她叹了口气。我原本会是个多么差劲的母亲啊。

有什么事情比需要被人知道更为基本？这种"知道"是种彻底的亲密、爱情的灵药。罗伯特全然投入自己。只要双胞胎离开公寓，他便跟艾丝沛共处好几个钟头，把注意力灌注在彼此身上，透过纸张与铅笔来回溯日子的零星片段。原本看似平凡的日子，现在弥足珍贵，变成需要两人细细琢磨的共同回忆。

"你记得弄断脚趾那天吗？"

在绿园。

"在那之前，我从没见你哭过。"

很痛。要是你也会哭的。

"我想是吧。"

那个出租车司机人真好。

"对啊。后来我们吃了一堆冰淇淋。"

而且还喝醉了，结果宿醉比脚趾还严重。

"老天，我都忘了。"

还有：

"你最想念的是什么？"

碰触。身体。喝酒时喉咙里的热度。实体存在，像是必须真的举手、抬腿或转头。气味。我不记得你的味道了。

"我保留了几件你的衣服，可是香味淡了。"

跟我说说你的气味。

"哦。我想想……"

不同的部位闻起来也不一样。

"对……我的手闻起来像铅笔，还有润肤乳的味道，就是你以前老替我买的小黄瓜那种……我午餐吃了腊肠……嗯，我不知道可不可能知道自己的气味，人从来也看不清自己的脸，就跟那种情况有点像，你不觉得吗？"

我在镜子里看不到自己。

"哦。感觉挺……寂寞的。"

对啊。

"我真希望能看得到你。"

我在你左边,朝着你俯身。

"呃。看不到。也许你是在光谱的其他部分。紫外线?红外线?"

你需要能看见鬼魂的特制眼镜。

"棒极了!我们可以申请专利,这样大家走在街上时,就可以看到搭公交车、盘踞在塞恩斯伯里的鬼魂。"

你可以在墓园里戴这种眼镜。那里有好多鬼魂吧?

"我不确定。我是说,你就不在墓园里啊,我本来以为会在那里找到你。"

双胞胎要回来了。

"哦,糟糕。那就明天见吧。"

以及:

我们要怎么办?你不能这样过日子。

"你是什么意思?我挺快乐的啊。也就是说,总的来说,我还算快乐吧。"

瓦伦蒂娜爱上你了。

罗伯特放下铅笔。他站起身并沿着饭厅的四周踱步,仿佛为了取暖而用手臂环抱身体,最后再次坐下,"你希望我怎么做?"

我不知道。

他再次站起来,"艾丝沛,我不知道该说什么。"他收拢笔记本与铅笔,继而下楼。艾丝沛想,说你爱我啊。两天后,罗伯特再次拿着笔记本来到饭厅。"我一直在思考。"他坐着,手摆在纸张之上,等着艾丝沛出现。她老早就在了,可是没对他表示。她两臂交叠,眯着双眼坐在一张直背椅上,与他隔桌面对面。

罗伯特最后说:"艾丝沛,我一直想把事情弄清楚。关于瓦伦蒂娜。但我只是非常……困惑。"

一片静默。罗伯特听得见自己的神经系统在脑海里哀鸣。这天是个天色柔暗的雨天,饭厅里非常阴暗。

"好吧。我就坐在这里跟自己对话。"他停住。艾丝沛等着。"艾丝沛,你原本预期事情会怎么发展?你过世将近一年半了。我花了整整一年来哀悼你,希望自己也能死去,我甚至还很认真地考虑过自杀。就在情况感觉稍微好转时,双胞胎来了。如果你回想一下,你会记得你曾经暗示过,或者应该说,你曾经不止一次提过,你要把双胞胎送来这里,作为你的某种替代。就在我开始用那种眼光看待她们,应该说看待瓦伦蒂娜的时候,你再度出现……嗯,不是出现,而是显示你在这里。虽然这样很棒,可是感觉我们好像进退两难。"

那时,艾丝沛对罗伯特涌起某种自己生前不曾有过的感觉。他要离开我了,她想。他不再爱我了。他的语调里带着点什么。

"艾丝沛,要是我能来找你,要是我知道该去哪儿,该怎么做,或者能与你会合的话,我会愿意的。"

她站到他身旁,害怕听到他接下来要讲的话,也怕打断他。

"可是我们两个人都处在悬而未决的状态,不是吗?我被卡在自己的肉体里,而你被困在这里,不具备任何形体,没有躯体,没有声音……我下楼去,看着那些书写出来的纸页,都以为自己快疯了。"

她攫住他的手,用铅笔画出一道抽动的线条。她控制住铅笔,写道:**你希望我拥有身体?**

"那是我向来习惯的,"他说,"抱歉。"

艾丝沛向上升起,直到从天花板俯视罗伯特为止。好似被缠在吊灯中,她开始用双手穿过小小的水晶,罗伯特仰望。仿佛我是一朵云,而他期望的却是雨水。

"如果你要我放弃瓦伦蒂娜,我会照做。"

那是我想要的吗?她忖度。为什么他要我来决定?她把手指贴在吊灯里细致的火焰型灯泡底座。灯泡里的光线涌来，继而爆炸。罗伯特将脸转开，举起双手来遮挡双眼。艾丝沛感觉他维持那样的姿势端坐了良久。接着他静静地说："你为什么要那样？"他拾起铅笔，谨慎地把手摆在纸上，避开灯泡玻璃的碎片。

抱歉抱歉抱歉，无心之过。我在思考。

"你在生我的气吗？"

受伤，困惑，不是生气。

"艾丝沛，你在这里等等，我要清走玻璃。顺便给我们两人一点时间思考。"他走到厨房，找到畚箕与扫帚。等他清扫了碎片、换好灯泡以后，再次坐下，盯着纸张。他看起来好沮丧，艾丝沛想，坐在黑暗里，跟死去的女士笔谈，对他来说不好。如果这是个童话故事，就会有公主来拯救他。可是我能做的，顶多只是放他走。

没关系，她写道，**如果瓦伦蒂娜让你觉得快乐，那就尽管去吧。**

"艾丝沛……"

别忘了我。

"艾丝沛，听着……"

可是她已经离开了房间，那天没再回来与他对话，接下来几天也没有。

第三部

不明的过渡阶段

凌晨时分，瓦伦蒂娜比茱莉亚早醒，她常常如此。她动作轻柔地从茱莉亚的怀抱中脱身，坐在床上。窗帘拉得不严，室内弥漫着苍白的光线。有东西动了。瓦伦蒂娜仍未完全清醒，虽然瞥见那东西却没看仔细。她以为是小猫，可是小猫正睡在她身边的床上。瓦伦蒂娜定睛仔细一瞧。她这么做的时候，原本端坐于窗旁的东西渐渐伸展，她这才明白自己看见的是艾丝沛。

好似远距离观看一般，艾丝沛的形影朦胧不明，不具清晰的轮廓。她跟老妈一个样子，瓦伦蒂娜心想，可是鬼魂回望她的方式有种陌生与怪异之处。艾丝沛动着嘴巴，仿佛正在说话，并开始往床铺走来。在那一刻之前，瓦伦蒂娜都不觉得害怕，此时却骤然惊恐起来。恐惧让她完全清醒了。艾丝沛消失了，瓦伦蒂娜感觉脸颊一阵冰冷的触摸，接着不再有动静。穿着睡衣的她滑下床铺，奔出公寓，冲下前侧的楼梯，然后喘着气站在信箱旁边。

罗伯特才睡了一个钟头左右，愣了半晌才意识到有人敲门。他头一个念头是这栋房子肯定着火了。他穿着内裤走到门口，探头出去，眯眼查看。

瓦伦蒂娜说："我可以进来吗？"

"啊。等等。"他走到卧室，套上长裤与昨天的衬衫，然后走回门口，打开门。他说："早安。"接着更细心地观察她，"怎么啦？"

"我看到艾丝沛了。"她答道，然后开始哭泣。

罗伯特搂住瓦伦蒂娜，对着她头顶说："嘘。"等她稍稍平复，他说："这几个星期以来，我一直想看看她。她看起来怎么样？"

"就像老妈一样。"

"那你为什么哭？"

"我以前从来没见过鬼。我是说，你知道，她死了啊。"

"对，我知道。"他领她走进厨房，让她在餐桌边坐下，而他开始泡茶。瓦伦蒂娜拿纸巾擤擤鼻子。罗伯特说："你觉得她是刻意要对你显形的吗？到底怎么了？"

瓦伦蒂娜摇摇头，"一开始看到她的时候，她正坐在窗户的凹座往外看，没有特别要让我看见。等她一注意到我在看她，就朝我这边走来。我一害怕，她就消失了。"瓦伦蒂娜顿了顿，"其实虽然我这样想，不过我想我那时还没完全清醒。"

"哦，"罗伯特说，"所以你是梦见她喽？"

"不是，我想不是。不过，也许就好像……你知道，当你试着回忆某件事，却一时想不起来，后来你不再特别去想，事情就从脑海里跳出来那样。"

"嗯？"

我之所以会看到她，也许是因为我忘了自己看不见她。

罗伯特笑出了声，"我会试试那种方法的。近来她都不跟我说话了，所以我想她当然是不会现身的。她看起来怎样？她在生你的气吗？"

"生气？没有，她想跟我说些什么，可是看起来不像很生气的样子。"

水滚了，罗伯特往茶壶里倒水。他说："你和茱莉亚两个没跟她谈谈吗？"

"谈过几次。可是她不想回答我们想问的问题。"

罗伯特微笑，把茶具搁在桌上。"如果你们让艾丝沛来发问，最后也许还是能查出自己想知道的事。"他在瓦伦蒂娜对面坐下。

"也许吧，我真希望你能干脆跟我们明说。"

"跟你们说什么？"

"不管是什么，我们不大确定，可能艾丝沛跟老妈之间有某个重大的秘密。我是说，她们原本是双胞胎，后来却再也不跟对方说话。那是怎么回事？"

"我得说我无法透露。"

"不能还是不肯？"瓦伦蒂娜急躁地问。

"是不能。我不知道艾丝沛跟艾蒂是怎么分道扬镳的，事情发生在我认识艾丝沛以前。她很少提到你的母亲。"他倒出茶水。

瓦伦蒂娜望着蒸汽从她的马克杯中飘腾而起。

罗伯特说："但你们为什么要知道这个？明明母亲不想告诉你们，而艾丝沛又万分小心，不想留下可能会引发焦虑的任何信息。当然，前提是，假设真的有个秘密。"

"老妈很怕我们会发现。"

"那不就是'随它去'的好理由吗？"他原本不打算用这么激烈的语气说话。瓦伦蒂娜一脸错愕。"听着，"罗伯特用平静一点的语调说，"有时等事情查得水落石出时，你才明白不知情反倒比较好。"

瓦伦蒂娜皱起眉，"你又怎么知道会这样？多亏你是个历史学家，你把时间全花在调查别人的事情上了。"

"瓦伦蒂娜，研究维多利亚人是一回事，跟挖掘自己家族的丑事完全不同。"

她没回答。

"喏，我来跟你讲个警世寓言好了。"罗伯特喝了点茶，一时之间有所顾忌。我真的想跟她说这件事吗？不过，她一脸期待地望着他。他说："我十五岁时，母亲突然得到一大笔钱。我问她：'妈，是谁给你的？'她说：'哦，我姨婆普鲁过世了，这笔钱是她留给我的。'我的家族有一堆姑婆姨嫂，可是我从没听说过这个人。我母亲的家族可以远远回溯到十字军的时代，但是她们没一个有钱。不过，那是她的说法，而且坚持如 。过了两个星期左右，我看电视时，他们正在访问新任内阁部长，也就是我的父亲。他用的名字不同，可是那就是他没错。'妈，'我说，'过来看看这个。'我们一起坐在那里看他受访，他一副殷勤诚恳、体面正派的样子。"

瓦伦蒂娜知道接下来会是什么，"所以，钱是从你父亲那里来的？"

"对。他的职业生涯终于走到这样的阶段,要是她去找八卦小报爆料,可能会彻彻底底地毁掉他。我想,头条标题会是'内阁部长的双面人生'。所以他把钱付清,而我再也没见过他。当然,除了在电视上。"

瓦伦蒂娜终于明白她一直不敢多问的事,"所以那就是你没工作的原因?"

"没错,"罗伯特说,"不过,我想,等论文写完,我希望能教教书。"他叹了口气,"我宁可继续过穷日子,然后偶尔跟我父亲见见面。"

"我还以为你不喜欢他。"

"唉,他以前是不怎么喜欢小孩啦。我长到这把年纪,也许父子俩能真正发展到相互理解。不过,反正全都是些虚情假意吧。"

"哦,"瓦伦蒂娜觉得自己应该说点话,"真抱歉。"

罗伯特对她微笑,"你说话的风格越来越英国了。不需要抱歉。"茱莉亚在厨房的脚步声从他们的头顶上传来。"你该不该上楼去了?"

"再等一下。"

"那你要不要吃点早餐?"

"好啊。"

罗伯特从冰箱里挑出鸡蛋、培根和几种不同的食材,"你想要怎样的蛋?"

"煎的。"

趁着培根和鸡蛋还在煎,他先摆出盘子与刀叉、果酱与果汁,接着将吐司烤热。瓦伦蒂娜望着他,他的效率带给她安慰。有男人假装没注意到她身穿睡衣而奉上早餐,这种新鲜感也让她开心。

罗伯特把食物滑进盘子里,然后坐下来。他们开始用餐。茱莉亚在楼上跺着脚走过厨房。"有人在不高兴了。"罗伯特说。

"我才不管呢。"

"啊,唉。"他说。

"我真希望自己可以一走了之。"瓦伦蒂娜说。

可是你才刚来。"那你为什么不走呢？"

瓦伦蒂娜察觉到他的……什么呢？被惹恼了吗？她匆匆说道："我不是指你，我是说茱莉亚。她自以为她拥有我。面对这种事的时候，她的态度就像个百分百的独裁者。"

罗伯特犹豫了一下，然后说："到了今年年底，你们可以卖了公寓，做你们想做的事。"

瓦伦蒂娜摇摇头，"茱莉亚不会卖的。她不会做任何能让我独立的事，我被困住了。"

"你可以去哈维耶·罗奇那里，要他把资产分成两半。信托基金里有足够的钱，茱莉亚可以保有公寓，而你可以用现金拿到属于自己的那份。"罗伯特说。

瓦伦蒂娜的眼神一亮，"我可以那样吗？"

"遗嘱里有规定啊。你们没读过吗？"

"我们读过啊，"瓦伦蒂娜含糊地说，"可是我没注意小字体的部分。"

"艾丝沛说她很后悔当初规定你们要住在一起。她很担心你。"

"她什么时候说的？"瓦伦蒂娜问。

"上个星期。"

"太迟了。"

"对啊，"罗伯特说，"我想，看着你跟茱莉亚分裂，太像她跟艾蒂之间的经历，不管她们之间发生过什么事。"

瓦伦蒂娜吃完鸡蛋，抹干净嘴巴，"我真希望她能把经过告诉我们。"

"我想她会愿意的。我个人认为，不想让你们知道实情的，是你们的母亲。"

"如果你是我，你会做什么？"

罗伯特微笑了，目光扫过她的睡衣。"我会做各种事情，"他说，"要我为你一一列举吗？"

"不用啦，你知道我的意思。"她红了脸。

他叹了口气，"要是我，我会跟艾丝沛做个朋友。"

"哦，"她在考虑这件事，"我怕她。"

"那是因为你只把她当作一阵冷空气什么的。她在世的时候，是个很精彩的人。"

"为什么艾丝沛不跟你说话了？"

"什么？"

"你说她不……"

"哦，我是说过，"他起身收拾碗盘，"只是一场误会，会过去的。"

"她……比较像茱莉亚还是我？"

罗伯特摇摇头，"她就是她自己。她有胆量，就像茱莉亚，可是也很节制，就像你。她冰雪聪明，喜欢事情照她的意思来。不过，她通常很有手段，不管是什么事，明明是她指使我做的，却让我自得其乐。"

"她一直监视我们，而我们却不知道她在场，这点吓坏我了。"

"也许你们姐妹可以利用这点彼此更和睦一些？"

"她跟你说过什么？"瓦伦蒂娜问。

他一脸诧异，"我是靠自己的眼睛观察的。"

她深深涨红了脸，但没回答。罗伯特说："从我搜集来的点滴信息看，艾丝沛跟艾蒂当初有过协议，规定艾丝沛不能跟你与茱莉亚有任何瓜葛。艾丝沛似乎觉得自己以往很遵守她这方的约定。"他把果汁与奶油摆回冰箱。"可是我想，她现在想多认识你们一点。既然你们都来这里了，"他开始往水槽里放水，"要是这样说对你有安慰作用的话。她可能没你想象得那么常飘来荡去吧。她喜欢独处，如果你摆出几本书，让她能读得到，或是替她开着电视，我确定她就不会吵你了。"

"电视坏了。"瓦伦蒂娜提醒他。

"那我们来处理这件事，好吗？"罗伯特背对瓦伦蒂娜，站在水槽前。他凝望窗外，想起艾丝沛。你一定觉得无聊透顶。没人可以聊天，也没东西能读。他试着想象瓦伦蒂娜惊慌失措地逃开时，艾丝沛会有什么感受。他转向瓦伦蒂娜，"你介意我晚点上去，试着跟她谈谈吗？"

瓦伦蒂娜耸耸肩，"当然，没问题。可是你何必问呢？你老是溜到我们的公寓跟她聊天。"

"我不知道自己有那么露马脚。"

"我们是靠自己的眼睛观察的。"她微笑。

"说的也是。"

瓦伦蒂娜站起来，蹑足走向罗伯特，"谢谢你的早餐。"他的手泡在肥皂水里，就在他转头面向她时，她往他脸上匆匆一吻。

"哎哟，"他说，"我们好好来一遍吧。"每个吻都是一小门功课。罗伯特乐在亲吻之中，不过他开始忖度，这些功课是否会导向更为进阶的课程。他的双手濡湿，可是他将手探进她的睡衣里，用掌心抚过她的胸脯。

她轻声说："那样很好。"

"可以更好哦。"他提议。

"嗯……还不行啦。"她往后退步，一脸迷惑。罗伯特微笑。

"我得上楼了。"瓦伦蒂娜说。

"好吧。"

"我要去跟艾丝沛谈谈。"

"那样很好。"他跟她说。

"而且我会好好对茱莉亚的。"

"也很好。"

"晚点见。"

"好。"

瓦伦蒂娜回到她们的公寓时，发现茱莉亚坐在饭厅桌旁，穿戴整齐，边喝咖啡边读报纸，手里夹着一根烟。

"嗨。"瓦伦蒂娜说。

"嗨。"茱莉亚头也不抬地回答。

"我希望你别在公寓里抽烟。"

"我希望你别趁我睡觉的时候溜到楼下跟罗伯特乱搞,可是怎样都挡不住你吧?"茱莉亚的目光不离报纸。

"我又还没……我们又还没……反正这又不干你的事。"

茱莉亚看看瓦伦蒂娜,"随便。你的睡衣全湿了。"她把香烟放进唇间,往瓦伦蒂娜的方向吐出烟雾。瓦伦蒂娜去淋浴。等她穿好衣服,茱莉亚已经离开了公寓。

瓦伦蒂娜收集了一叠纸、几支圆珠笔与铅笔。她把罗伯特之前制作的显灵板铺在矮几上,然后小心地在中间摆好塑料乩板。"艾丝沛?"她唤道,"你在吗?"

乩板开始挪移。**早安**,它说。艾丝沛就在瓦伦蒂娜的面前现形,悬浮于显灵板上方,用极大的专注力推着小小的乩板。艾丝沛抬头看她并露出微笑。

瓦伦蒂娜回以微笑。"跟我说个故事吧。"她说。

什么样的故事?

"跟我说说你跟老妈小时候的事……"

艾丝沛把头一偏,想了片刻。她把手指摆进乩板里,绕了几圈。接着她跪在桌旁,开始缓缓拼出:**从前,有两个名叫艾蒂与艾丝沛的女孩……**

家庭式牙齿医疗

马丁牙痛。疼痛已经酝酿了数日,现在的痛感好似列车,终于抵达他的嘴,让他无法思考其他事情。他站在浴室镜子前方,把头往后仰,张开嘴巴,视线拼命往下,想瞧瞧那颗作怪的牙。可是这样一来只让他往后倒栽，小腿胫撞上了浴缸。于是他作罢，吞点玛莱格留下的、开给椎间盘突出的可待因[1]，接着便上床就寝。

当天早上稍晚时，电话响起。电话与马丁同床，相当靠近他的脑袋，使他觉得仿佛是牙齿在丁零作响。真是痛得锥心。是玛莱格。

"你好，水手，海上如何？"她的语气相当愉快。

"还是咸的，"他说，"你好吗？"他坐起身，笨拙地找眼镜。

"怎么了？"玛莱格说，"你听起来好像睡着了。"

"哦……我牙痛。"他觉得有点羞愧，他竟然希望她替他觉得难过。

"哦，糟糕，"玛莱格坐在公寓舒适的椅子上，大腿上搁着一本侦探小说，手边摆了一钵薯片，正享受着闲适的周六早晨。她处在宽宏大量的情绪里，决定打电话给马丁。现在他的牙痛摸索着穿过电话而来，向她索讨关心。"你做了什么处理吗？哪颗牙？"

"上排的一颗臼齿，在右边。感觉好像有人在踢我的脸。"

他们都没开口，因为没有明确的解决办法。即使马丁能出门看牙医，也没牙医可找：普斯考特医生已经离开居民保健服务，自己开诊所并且将马丁从他的病人名单上剔除。不过这也无所谓，因为普斯考特医生不提供上门出诊的服务。玛莱格最后说："也许你应该打给罗伯特？"

"为什么？"

"也许他可以……哦，算了。"

马丁用手压着脸颊。牙齿抽痛得更猛烈了。"虽然他这家伙挺灵光，可是我想他对治疗牙齿没什么概念。"马丁爬下床，走进浴室。感觉有什么不一样了（可是他一面跟玛莱格谈话，一面想找可待因的罐子，牙齿又正在抽痛，所以他无法去想是什么）。啊，在那里。他吞了两颗之后晃回床上。当他上了床，才意识到自己竟然

---

[1] 可待因，麻醉类管制药，具有止痛和止咳作用。

不假思索地赤脚踩过地板。嗯。没有惯有的焦虑,没有强迫行为的冲动。他将注意力转回玛莱格身上。

"所以你要怎么办?"她问他。

"睡个觉?"

"那么,要不要我打给罗伯特?"

"好吧,请他带把钳子上来。"

"呃,"她说,"回去睡吧。"

后来马丁坐在厨房餐桌边,被可待因引起的混沌状态所包围,试着吃点温麦片粥。他听到罗伯特跟跄着穿过昏暗的公寓,一面呼唤他的名字。"这边,在厨房。"马丁费劲地说。

"嘿,"罗伯特走到厨房时轻声说,"玛莱格说你跟牙齿精灵闹翻了。"

"嗯。"马丁说。

"听好啊,要是我找到了牙医,你能离开公寓吗?"

马丁慢吞吞地摇摇头。

"你确定?"

"抱歉……"

"别在意。我要去打几通电话,很快就回来,我希望如此。"

时间一点一滴流逝,罗伯特没再出现。马丁把头靠在桌上打起盹来。当他再次醒来时,茱莉亚就坐在桌旁读着昨天的《电讯报》。她把碗洗干净了。

"是罗伯特叫我来的。"她对他说。

"几点了?"马丁问。

"四点多了,"茱莉亚说,"我可以做点什么吗?要喝茶吗?"

"好的,麻烦你。"马丁说。茱莉亚来归还冷冻豆子,马丁感激地拿起来抵住脸。她起身去泡茶。

茱莉亚说:"罗伯特来了。"马丁坐直身子,用双手拨弄头发,让发丝竖直,结果弄得自己一副吃惊的模样。

"马丁,"罗伯特说,"我带塞巴斯蒂安来了。"

罗伯特的朋友塞巴斯蒂安·莫罗正站在厨房门口,他是殡葬指导。马丁向来觉得塞巴斯蒂安的态度冷淡。现在,对方虽然是一身亮眼的美丽深蓝西装,却一脸没把握的迟疑模样。他的鞋子闪闪发亮,手里提着巨大的皮制书包。

"可是我需要的是牙医,"马丁说,"不是礼仪师。时候还没到。"

罗伯特解释:"当礼仪师以前,塞巴斯蒂安在巴兹进修过大学部的牙医课。"

茱莉亚从座位上起身,两臂交叠于胸前,站在后门附近。只有罗伯特这种人才会带礼仪师来帮忙拔牙。

"你当初为什么不继续念牙医?"

塞巴斯蒂安说:"逝者不会咬人。"他提起书包问:"可以让我来吗?"

"请。"马丁说。

罗伯特在餐桌上铺了一条干净的毛巾。塞巴斯蒂安排开工具:含有局部麻醉药的针筒、一瓶酒精、几块棉花与纱布。罗伯特从橱柜里取出一个杯子和一只碗。

塞巴斯蒂安套上一尘不染的白色罩衫,清洗双手之后戴上乳胶手套。

等待罗伯特到来期间,马丁衷心希望能够了结自己的极端痛苦。可是现在,看看塞巴斯蒂安准备,马丁开始感到某种无法隐忍的焦虑。"等等!"他一把抓住塞巴斯蒂安的手腕,"我得……先做某件事。"

"马丁,"罗伯特说,"我们没办法等上几个钟头,让你……"

"这样好了,马丁,"茱莉亚顿时出现在他身旁,"我替你做好吗?你待在原地,告诉我怎么做,可以吧?"她倾身过去,充满期待地将耳朵贴在马丁嘴边。

马丁有所犹豫。由她来做，而不是我亲自做，这样妥当吗？他试着求教于负责仲裁这类事情的内在感受。它静寂无声。最后他对茱莉亚低语，她点了点头。"要我大声说出来吗？"茱莉亚问。

"不用，你只要站在我看得到的地方就好。"

塞巴斯蒂安说："我们想办法让你舒服点。"他跟罗伯特替马丁重新调整姿势，让他往后倾坐在椅子上，头部用桌上的电话簿与毛巾撑着。茱莉亚拿着手电筒站在他上方，往下照着他的脸。她开始数数，默默蠕动嘴唇。马丁紧盯茱莉亚的嘴唇，一面祷告。

"麻烦把嘴张开，"塞巴斯蒂安说，"噢，天啊。"

马丁等候麻醉剂生效的当儿，紧抓茱莉亚的手，她的另一只手晃了晃，手电筒的光线在他脸上摇曳。马丁有种痛楚移除的幸福感。"请稳住别动，"塞巴斯蒂安说，"我快成功了。"接下来的几分钟，场面十分血腥。马丁闭上了眼睛。先是传来沉闷的碎裂声，接着又是一阵探查。"看来就是这样了。"塞巴斯蒂安诧异地说。马丁闻到丁香油与酒精的气味。塞巴斯蒂安把棉花塞进牙龈空隙。"请轻轻咬下去。"马丁张开眼睛。

"完成啦。"塞巴斯蒂安眉开眼笑地说。马丁坐起身，看见牙齿躺在碗里，灰中带棕，牙根处沾有血迹，比他想象中的小多了。茱莉亚还在数数，马丁举起手，告诉她可以停了。"八百二十二。"她说。

"就这样吗？"马丁试着要问她，可是脸部一片酥麻，她听不懂他的话。疼痛消失，留下空缺，等麻醉药效消失以后，会升起另一股痛楚。"你是个天才。"他对塞巴斯蒂安喃喃说道。

"没有的事，"塞巴斯蒂安露出如释重负的神情，"谁都能拔牙的。不过我很高兴牙齿完整地拔出来了，它看起来非常脆弱。"

"要是我们有专业的设备，救得了那颗牙吗？"罗伯特问。

"不行吧……不过我们通常在拔牙以前就知道，而不是事后才知道。"塞巴斯蒂安开始清洗，茱莉亚在一旁帮忙。他把器具收进书包里，跟马丁握握手。马丁想要付费报答对方的服务。"当然不用。很高兴帮得上忙。接下来几天，你千万不能抽烟，也请用冰敷。现在我得走了。罗伯特打电话给我的时候，手头事恰好忙到一半。"

罗伯特送塞巴斯蒂安出去。他回来时，马丁说："你打电话给他时，他正在做什么？"马丁想象塞巴斯蒂安当时正弯着腰处理钢桌上动也不动的人体，操作那些闪闪发亮的器具……

"他正跟一位非常可爱的女士在沃斯利[1]喝茶。塞巴斯蒂安处理你牙齿的时候，她先在我的公寓里等着。那就是我耗了那么久才带他来的缘故。除此之外，也因为我们很难弄到局部麻醉药。说到这个倒提醒了我，我们得替你弄点抗生素来。"

马丁用手指抚着脸颊。"谢谢，谢谢你们两位，应该说三位。"他仰望罗伯特，"一定要送他一瓶威士忌，也要送你一瓶，"马丁歪着嘴对茱莉亚微笑，"你也要吗？"

她回以微笑，"不了，谢谢，那喝起来像药。"

马丁说："护士，这倒提醒了我，我该服我的维生素喽。"

茱莉亚一脸尴尬，"时间还没到呢。"

"我知道，可是我累了，打算早点上床。所以行行好……"

"好吧。"茱莉亚去拿药丸。

罗伯特问："那是怎么回事？"

"哦，"马丁说，"她一直在喂我安纳福宁。她谎称那是维生素，而我装出相信她的样子。"

罗伯特笑了，"我下辈子要变成漂亮的女孩回到人世。你不肯为坞茉格服药，甚至不愿听我唠叨，可是为了茱莉亚，却成了模范病人，这未免太老套了吧。"罗伯特把电水壶蓄满并拨动开关，"你可以吃点东西吗？"

"我想我应该吃点，"马丁看着罗伯特排开茶具，"不过，说真

---

[1] 沃斯利，伦敦有名的餐厅。

的，我是为了玛莱格服药的。"

"是吗？你跟她说了吗？"

"还没。我想，哪天我会给她一个惊喜吧。"马丁再次摸摸自己的脸颊，他感觉脸颊正渐渐肿起。他缓缓站起身，从冰库里取出那袋豆子。罗伯特拿走他手里的袋子，用毛巾包住。马丁把它贴在脸颊上，一面想着玛莱格。他想打电话给她，跟她说一切都好，可是不想让罗伯特听到。马丁皱起眉，问："刚刚塞巴斯蒂安说我不能抽烟吗？"

茱莉亚走进厨房，看看罗伯特。你还在啊？罗伯特说："你不能抽烟，也不能用吸管，因为要让拔牙的地方好好结痂，吸吮可能会让结痂移位。"

马丁说"哦"的语调如此凄凉，逗得罗伯特跟茱莉亚都笑了。罗伯特问："瓦伦蒂娜在做什么？"茱莉亚比出在无形纸张上书写的动作。"真的吗？"罗伯特说，"你觉得她介意我突然跑过去吗？"

"我不知道，"茱莉亚说，"我想她不要我在场。不过你尽管去吧，我来泡茶。"

罗伯特对马丁说："你要是需要什么，只要拨个电话。"

马丁说："我现在没事了。再次谢谢。刚刚那真是……奇迹啊。"

"是啊，不是吗？"罗伯特满意地离开。

茱莉亚泡好茶之后，在橱柜与冰箱里东挖西挖，想找可能拿来做晚餐的食材。她举起鸡肉汤面的罐头。马丁说："好的，麻烦了。"他的胃部咕噜作响。他问："你妹妹喜欢写东西啊？"

茱莉亚迟疑了。艾丝沛要她们别跟任何人说，而她们也这么做了。她一直很想跟马丁说说这件事，但总有什么让她却步。她怕他会以为她撒谎。"对啊，"她答道，"只是，你知道的，电子邮件啦，不是真的写作。"她在马克杯里倒了些茶给马丁，接着打开汤品罐头。马丁把冷冻豆子搁在桌上，两手环抱马克杯，等着茶水冷却。

局部麻醉剂的效用渐渐消退。他讨厌麻醉让嘴唇变成橡皮的感觉，可是介于痛与不痛之间的过渡状态也令他担心。

茱莉亚把汤加热，用微波炉煮了个马铃薯，摆好餐具，静静地在马丁的厨房里走动，一会儿想起罗伯特跟瓦伦蒂娜在楼下跟艾丝沛在一起；下一刻又忆起塞巴斯蒂安戴了手套的修长双手紧抓钳子拔除牙齿的模样；再一会儿又想起马丁在塞巴斯蒂安要求他张嘴时，脸上的恐惧神情；还有她替马丁数数时，他直盯着她的嘴唇，惊慌随之退去的情形。数字……为什么要用数字？数数有什么抚慰作用呢？她转身望着马丁。他正无精打采地垂肩坐着，脑袋偏斜，两眼放空。他一脸悲伤。没别的事做时，说不定这就是他的唯一表情。

茱莉亚替马丁与自己端上餐点。根本没有必要担心瓦伦蒂娜是不是等着跟她共进晚餐，罗伯特在那里。马丁留心地吃着，尽量不咬到自己。餐后，茱莉亚数算他该服多少药丸。他吞下药丸之后对她浅浅一笑，"护士，谢谢你。"

"别客气。"她说，然后开始清理桌面。片刻之后，她瞟了他一眼，他再次露出悲伤的神情。"马丁，怎么啦？"

"哦，我知道这很傻，可是我在担心自己不能抽烟。我知道该戒烟，可是目前看来时机不对，也就是说，我老是在戒烟没错，可是我今天原本没有戒烟的打算啊。"

茱莉亚微笑，"我们家老爸刚拔智齿时，也没法抽烟，老妈就帮他抽。"

"我不懂要怎么……"

茱莉亚猛弹手指，"你的烟呢？"

"在卧房。"

她拿着蓝色烟盒与打火机回来，把椅子拉到非常贴近马丁的地方，然后点燃一根烟。"好了，现在呢，就像这样。"茱莉亚抽了一口，小心别吸进去，马丁张开嘴巴，她把烟雾吹进他的嘴。"行吧？"她问。马丁点点头，烟雾从他鼻子里飘出。"嗯。"

茱莉亚把手搭在马丁肩膀上。他们朝彼此欠身。她转开头，叼住香烟，烟头点着了。马丁半合着眼，嘴巴微启。茱莉亚仰起脸，距离只剩几英寸时，她就缓缓呼出烟雾。马丁吸入烟雾的声响，让她想起瓦伦蒂娜哮喘发作时的长声喘息。他吐气，接着咯咯发笑。

"什么？"她说。

"我真是废物一个，不是吗？连自己抽烟都不行。"

"别傻了，"茱莉亚说，她摸摸他的下巴，"小可爱。"马丁挑起双眉。她又抽了一口烟。他热切地朝她欠身。

罗伯特下楼时，发现双胞胎公寓的门半开着。他敲了敲，走进去。公寓某处有扇窗敞着，湿冷的微风窜进走廊。瓦伦蒂娜坐在前厅的沙发上，四周尽是纸张。显灵板跟塑料乩板摆在矮几上。傍晚的光线将一切染上金色，褪色的玫瑰色与粉红丝绒跟着鲜亮起来。瓦伦蒂娜的浅绿洋装往周围展开，恍如睡莲的浮叶。她的头发好像通了电，包覆着脸庞。一切交融于金黄色的光线之中，对罗伯特来说，好似一幅画作，一个连续不断的画面。瓦伦蒂娜坐在沙发那边，一只脚塞在身下。她面对着沙发另一端，仿佛有人陪她坐在那儿。罗伯特站在门口放眼端详，巴望自己能看清另一个人，可是办不到。

瓦伦蒂娜转向他。他之前没注意到她的模样有多累：眼球满布血丝，还有黑眼圈。"你看得到她吗？"她问。

"看不到，"他说，"告诉我，她看起来怎么样？"

瓦伦蒂娜微笑了，"你进来的时候，她还换了衣服呢……"瓦伦蒂娜微微摇了摇头，"为什么我不该说呢？言归正传，她穿着丝质蓝洋装。腰部紧贴，下身是 A 字裙。她留着短发，发丝微卷，发型把眼睛衬托得很大。除了双手跟耳朵边缘，她苍白得不得了。她涂了深色口红……我还该跟他说什么呢？"

"你听得到她说话？"

"没有啦，她用比画的。"

罗伯特的身子往下沉，最后坐在四散的纸张边缘。他的手肘倚在矮几上。从这个角度，他觉得自己看见了空气里的一阵骚动，艾丝沛应该就在那里。那感觉，就像是看穿极度透明的玻璃，也好似尝试看见音乐。他摇摇头，"我想看，可是做不到。"

乩板开始移动。瓦伦蒂娜抄下信息。也许很快就能够吧。

"嗯。"罗伯特说，重得艾丝沛的厚爱，让他宽了心。他瞥了地上的纸张一眼，"你们刚刚都在聊什么？"

"家族的事，"瓦伦蒂娜说，"艾丝沛正在说，她跟妈还小的时候，在清教徒巷的房子里长大。"

"你母亲都没跟你说过那些事吗？"

"说得不多。老妈跟我们说了乔汀汉学院的一堆故事。你知道，就是那些奇怪的社会阶层跟无聊的学校制服。茱莉亚老是说，她们早该去上霍格沃兹[1]的。"

跟家里比起来，我们更喜欢学校。

"艾丝沛，为什么呢？"瓦伦蒂娜问。可是艾丝沛并未详述，她只是微微向后倾身，看起来仿佛与罗伯特四目相对。瓦伦蒂娜凝望着这一幕。接着罗伯特转向瓦伦蒂娜，说："你的外祖父母非常严格。很明显，寄宿学校成了一种解脱。艾丝沛以前老是提到学校戏剧和两人喜欢捉弄其他学生的事，你知道，就是双胞胎的恶作剧。"

瓦伦蒂娜问艾丝沛："你跟老妈的穿着打扮都一样吗？"

在学校，人人都做一样的打扮。除此之外都不会，我们只有小时候才穿得一样。 艾丝沛把注意力全放在罗伯特身上，让瓦伦蒂娜忐忑不安。打从他进房里来，艾丝沛的目光几乎没离开过他。她很习惯隐形的状态，都忘了他看得见她。

整个午后和接下来几天，只要茱莉亚到别的地方去，瓦伦蒂娜跟艾丝沛就促膝长谈，断断续续地提问与回答。艾丝沛的故事版本

1　霍格沃兹，《哈利·波特》中的魔法学校。

跟老妈说过的天差地别，瓦伦蒂娜惊奇不已。艾丝沛的童年里，事件常有阴暗的转折：湖边的野餐以同学的溺毙意外告终；她与艾蒂尝试跟隔壁的男孩交朋友，对方后来被送至精神疗养院。每个故事里，艾丝沛跟艾蒂都是一个团队，没有不和的迹象，也没有导致任何分裂的预兆，她俩永远形影不离，比许多敌手来得灵巧与敏捷。这些故事让瓦伦蒂娜渴望茉莉亚，不是目前那位颐指气使又让人窒息的茉莉亚，而是童年时期的茉莉亚，她是瓦伦蒂娜的保护者与分身。乩板费力地移动，让每个故事更添悬疑。出于需要，艾丝沛的故事皆是浓缩过的惊奇，它们让瓦伦蒂娜想起邮差公园里那些蓝白相间的石碑。

罗伯特拾起几张纸，"可以让我看看吗？"瓦伦蒂娜望着艾丝沛，后者耸了耸肩。这些你全听过了。乩板拼出这些字。

瓦伦蒂娜顺手加进了标点符号。当时我们九岁，有一天走路回家，看到一家商店前摆了"贩卖小狗"的牌子，我们非常兴奋，走进去跟柜台的老伯说话。他是个烟草商。他带着我们穿过店面，走到院子的小棚里。那里有小米格鲁犬。我们跟那些小狗玩了好久，想离开的时候，却发现他把我们锁在小棚里了。那段话就停在这里。罗伯特想起，多年前艾丝沛曾跟他提过这件事，当时两人正在庞德街上散步，烟商的店面原本在那里。瓦伦蒂娜找出另一页并递给他。我们大喊又大叫，可是没人过来。母狗跟着我们一起狂吠。天色变暗了。男人把门锁打开。我们扑向他，把他推倒在地，然后一路跑回家。

瓦伦蒂娜心想，这就像童话故事。有多少是真的？她原本听得很享受，可是现在却感到疑惧。

艾丝沛想起那个冰冷丑陋的小棚，以及她跟艾蒂呐喊时小狗们的焦虑。她望着瓦伦蒂娜，心想，为什么我要跟她说这件事？她累了，我还让她更困惑。艾丝沛拼出：瓦，跟我们说个故事吧。然后尽可能露出和善的微笑。

"我吗？"瓦伦蒂娜的脑袋一片空白。我好累啊。她希望罗伯特离开，好让她继续跟艾丝沛密谈交心。或者应该说，她想跟罗伯特到楼下去，任由对方亲吻，躲开艾丝沛。不然我可以干脆跑开，留他们跟对方做伴。

"茱莉亚在干吗？"她问罗伯特。

"照顾马丁吧，我想。"他说，然后跟她们讲到马丁牙疼以及塞巴斯蒂安英勇拔牙的经过。瓦伦蒂娜感到一丝妒意。原来茱莉亚忙着张罗别人的事。然后她想，不，其实我并不介意。她向旁边倾身，肩膀抵住沙发背，垂下脑袋。罗伯特问："你吃过东西了吗？"

"没有。"她想起自己吃过早餐，但感觉像是很久以前的事了。"我们这阵子没去买东西。"她抬头看他，双眼看起来极大，面颊苍白清瘦。

罗伯特说："你看起来有点饿。"说饿坏了比较贴切。你在这里坐了多久？他站起来，"艾丝沛，我想瓦伦蒂娜需要吃点晚餐。"他伸出双手，瓦伦蒂娜握住他，任由他将她拉起身。她觉得晕眩。

艾丝沛望着他们离开。瓦伦蒂娜在门口转身说："艾丝沛，我马上就回来哟。我只是得吃点东西。"门在他们背后关上。

艾丝沛离开沙发，走到敞开的窗前。她等候着。片刻之后，罗伯特与瓦伦蒂娜沿着小径离去，穿过栅门消失。我早该放聪明点，艾丝沛想，她很习惯有人呵护。天光渐渐逝去。我应该替他们开心。艾丝沛望着天色转深。街灯亮起。不过，今天过得还挺好的，几乎就像从前。

茱莉亚进来时，室内已相当昏暗。她穿过公寓，一路打开灯光，一面唤道："鼠儿？"她走到前厅时，打开钢琴旁边的落地灯，然后关上窗户。她把纸张收拾好，迅速翻动，时而停下阅读。艾丝沛望着她，略感忧伤。把一个人的说话内容像这样全写出来，真是滑稽。仿佛我的电话遭到监听，好像有人能够偷听似的。可是有何不可？为什么要跟瓦伦蒂娜说，而不跟茱莉亚讲呢？千万不要偏心。

茱莉亚头一抬，仿佛感应到艾丝沛的端详，"艾丝沛？瓦伦蒂娜呢？"

艾丝沛欠身俯在显灵板上方。**跟罗去吃晚餐。**她拼道。

"哦。"茱莉亚凄然地往沙发上一坐。

马丁的牙齿怎么样了？

茱莉亚眼睛一亮，"他好多啦。因为他想睡觉，所以我就下来了。"

你把每个人都照顾得好好的。

"我尽量啦，"茱莉亚摇摇头，"我想，瓦伦蒂娜因为这样而讨厌我。"

感激是个乏味的东西。

"她哪可能觉得感激啊！事情向来都是这样的：她要是生病，我就照顾她。"

要是你放开她，她会更爱你。

"我知道，但我办不到。"

看到茱莉亚的眼睛里盈满泪水，艾丝沛的心里一惊。她们动也不动地默默坐在一起。几分钟之后，茱莉亚离开了这个房间。艾丝沛听到她在擤鼻子。茱莉亚回来时问："为什么这张纸上写了'头部创伤'？"她把那些纸张递了过去，好让艾丝沛看看。

她问我们的父亲是怎么死的。

"哦，我们从没见过他吧？"

没有，你们只见过外祖母。

"可是我们不记得她了。"

你们还小的时候，她就过世了。

"他们人好吗？老妈从不谈他们的事。"

他很难缠，她很温顺。

茱莉亚犹豫了半晌，在纸上画了几个螺旋，一面考虑下一个问题。艾丝沛看着她想，真不可思议，难道她也有螺旋状涂鸦的基因吗？

"艾丝沛？你跟老妈到底怎么了？"

秘密。

"哦，别这样嘛，艾丝沛——"

抱歉，不能说，晚安。

"艾丝沛？"

可是艾丝沛已经离开了。茱莉亚耸耸肩，然后沮丧又兴奋地上床就寝。等瓦伦蒂娜回到家时，茱莉亚已经入睡，梦里尽是数字与牙齿。

黑暗中，马丁仰卧在床，将话筒抵在不肿的那侧脸颊，一边听着铃响。玛莱格在第七声接起，他满心感激。

"马丁？"

"你好，我的爱。要我跟你讲讲我牙齿的故事吗？"

"我担心死了。你讲话好像塞了满嘴的口香糖。"

"没有，可是我想我的脸颊涨大八倍了。你绝对猜不到，罗伯特带谁来拔我的牙……"

玛莱格往后躺回床上，一边倾听。他那时一定害怕极了，我应该陪在他身边的。想不到罗伯特竟然认识礼仪师牙医……两人受到彼此嗓音的吸引，即便身处相距遥远的城市，此刻却一起躺在黑暗里想着，这次我们的运气还真好。他们让话筒更贴近耳朵，各自忖度：这样的分离还要持续多久。

迷途者

迷路时，人可能有好几种反应。其中一种是惊慌失措。这通常是瓦伦蒂娜的第一反应。另一种就是抛开自己，将自我交付迷失，任由自我的错置，改变体验这世界的方式。茱莉亚喜欢而且开始刻意追求这种感觉。伦敦是个迷路的完美地点，蜿蜒的街道每过几个街区就会改变名称,汇聚又叉开,庭院小巷似是尽头,接着却顿时豁然开朗地迎向广场。茱莉亚玩起一种游戏:搭乘地铁,然后随意从起了有趣的站名的车站出来。图汀百老汇、灯心草湿地园、布丁坊巷。地面上的实际面貌经常让她失望。地铁路线图上的名称,往往唤起某种鹅妈妈[1]式的城市风光,听起来舒适又迷你。但那些地方实际上却常常让人害怕:外带炸鸡店、贩酒商店以及立博[2]投注站,排挤了原先的奇思异想。

茱莉亚脑海里的伦敦地图开始填满各种古怪的东西:艾伯特纪念碑上的牛群与大象;布鲁姆斯伯里只卖刀剑与手杖的商家;圣玛丽勒波教堂墓窖里的餐厅。她去了杭特瑞恩解剖博物馆,整个下午都在观赏装满内脏、朦胧不清的玻璃罐和防腐剂的展览,以及一只渡渡鸟的骨骸。

每天她回到家,脑海里都填满了伦敦的景象、对话的片断,还有隔天到哪儿冒险的构想。她走进公寓时,总是发现瓦伦蒂娜坐在沙发上,被一堆纸张所环绕,专注地看着乩板在显灵板上移动。茱莉亚会跟瓦伦蒂娜与艾丝沛说她那天是怎么过的,瓦伦蒂娜则会分享艾丝沛的一些故事。她们两人又惊又喜地发现,白天各过各的,反倒让两人晚餐时有话题可聊。不过,就在茱莉亚希望整晚都有瓦伦蒂娜的陪伴时,罗伯特却时常出现,突然把她带走。

每天早上,茱莉亚都恳求瓦伦蒂娜跟她一起出门。但每每在瓦伦蒂娜就要被说动时,又找了个借口待在家里。"你去吧,"瓦伦蒂娜会说,"我没生什么病啦,只是累了。"她真的一脸疲倦,似乎每天都流失一点活力。"鼠儿,你需要晒晒太阳,"茱莉亚跟她说了不止一次。"明天吧。"瓦伦蒂娜总是这么回答。

马丁站在前门。他伸出戴着手套的手,搭在门把上。他的心怦怦猛跳,但身体静止不动地站着,试着镇定下来。你到走廊无数次

---

[1] 鹅妈妈,虚构人物,被认为是传统的儿歌之源,常被描绘为骑在飞翔的雄鹅背上的、鹰钩鼻尖下巴的老婆婆。
[2] 立博,英国博彩公司的名称。

了。那里很安全的。通道上从来没发生过让人痛苦的事。没人在，除了一些旧报纸以外，什么也没有。他深深呼吸，继而缓缓吐气，然后将门拉开。

傍晚时分，阳光洒满了楼梯间。灿烂的尘粒在凝固的空气里飘舞。马丁两眼微眯。看吧，一切无害。他端详门槛、报纸和地板，想象自己往前踏步，将双脚定定地踩在地毯上，一年多以来第一次站在自己的公寓外面。

尽管去吧。那只是楼梯平台。罗伯特跟茉莉亚老是站在这里。玛莱格以前也是。玛莱格希望你能离开公寓。你是理性的生物，你明知道这是安全的。如果你能离开公寓，就能见到玛莱格。马丁想起初次站在高高的潜水跳板上那种心惊肉跳的感觉。当他转身爬下阶梯，班上的男生们嘲笑他。这里没人，要是你办不到，也不会有人知道的。可是如果你办到了，就可以告诉茉莉亚。他试着想象茉莉亚的脸庞，可是记得的却是她的嘴唇，当他拔牙时数着数字的嘴唇。

他正在流汗，于是拿出手帕贴在额头上。只要跨过门槛就行。他的呼吸越来越吃力。马丁闭上眼睛。这真是愚蠢。他开始颤抖，往后退步，气喘吁吁地将门关上。

明天，我明天再试。

九条命

瓦伦蒂娜与艾丝沛正在跟死亡小猫玩某种游戏。游戏是这样的：瓦伦蒂娜坐在走廊的地板上，靠近公寓的前门。她手边放着在食物储藏室找到的一整桶乒乓球。（"艾丝沛，为什么在那里放乒乓球？"她问过。艾丝沛只是耸耸肩。）艾丝沛站在走廊的另一端。如同往常，小猫不知道艾丝沛在场，所以当瓦伦蒂娜让乒乓球滚过地板时，小猫会充满信心地追上去，但艾丝沛会在最后一刻将球转往出乎意料的方向。这些小白球对于自己要往何处去，似乎自有打算，不是突然往空中直飞，就是干脆转向。小猫很快就过度兴奋，狂乱地直朝小白球腾扑。艾丝沛任由小猫奔越过她，享受毛皮迅速穿过她幽皮灵骨的感受。她躺卧在地，让球儿滚穿过她，小猫随着球猛然转向。小猫接近时，瓦伦蒂娜看到艾丝沛伸出双手，仿佛想抓住小猫，却忘了自己不具实体。小猫冲过她的双手。她感觉自己的小指上绕着某种平顺滑溜的钩子，双手好似塞满某种扎实的东西。她与之拉扯挣扎，仿佛逮到一条鱼。那东西蠕动不停，试着啃咬。原来艾丝沛抓到的是小猫。

与此同时，瓦伦蒂娜看到小猫摔落在地，倒卧不动。她奔跑过来。小猫死了。

"艾丝沛！"瓦伦蒂娜往地上一扑，紧抓小猫的躯体，"你做了什么事？把它放回去！"

艾丝沛仍紧抓着小猫。小猫前后猛扭，朝艾丝沛伸爪。瓦伦蒂娜看不到小猫的魂魄，可是看得到艾丝沛正在跟什么东西搏斗。

"把它放回去！马上！"

艾丝沛拿着挣扎的小猫，尽量往瘫软的躯体里推，活像把活蹦乱跳的鳟鱼塞进丝袜里似的。艾丝沛捧住的小猫胡乱挥动四肢、恐惧不安，瓦伦蒂娜抱着的纤细小猫却一动也不动。艾丝沛害怕要是硬把小猫塞进躯体，会伤害到它。接着她才明白小猫已死，要是自己的行动不够坚定，小猫将会继续处于无生命的状态。她决定以头部为重心摆进小猫身躯，其他身体部位再随之仿效。她觉得自己仿佛在操作测距式的老相机，努力要让两个影像合为一体。

艾丝沛用动作指示瓦伦蒂娜将小猫的身躯摆在地上。艾丝沛发现双手里的猫咪魂魄相当真实，不管成分为何，就跟艾丝沛自己的灵魂相同，正以某种物理的形式向她展现。打从艾丝沛死后，小猫魂魄是她能碰触到的第一样东西，小猫似乎与她存在于同一个空间，而非另一领域。我好寂寞，她把小猫塞进无生气的躯体时想着，真希望我可以留住它。

小猫似乎明白艾丝沛的打算，所以停止了扭打。艾丝沛用手指做出小小的掐折动作，试着把小猫封进体内。这让她想起母亲在揉捏派饼边缘的动作。突然之间，小猫的魂魄消失了。魂魄被自我吸收，窜入体内。白猫的小小身体痉挛抽搐，接着它坐起身，往旁边踉跄几步，然后恢复正常。它东张西望，好似偷拿硬糖却被逮到的孩子，开始舔遍自己的身子。

艾丝沛与瓦伦蒂娜坐在地上，先是盯着小猫，继而互望对方。瓦伦蒂娜离开房间。她拿着显灵板与乩板回到房里。

"出了什么事？"她问艾丝沛。

卡住，它溜了出来。

"什么卡住了？"

它的灵魂。

"卡在什么东西上？"

艾丝沛勾起小指，就像女士喝茶的模样。

瓦伦蒂娜坐着思索，"你有办法再做一次吗？"

宁可不要。

"对，可是如果想要，你想你能故意这样做吗？"

我希望不能。

"对，可是艾丝沛……"

艾丝沛站起身，或者应该说，她没有起身的过渡动作，就突然直接蹚出房间。瓦伦蒂娜跟着她走进厨房，她便消失了踪影。小猫高声喵叫，往瓦伦蒂娜的腿上撞挤。

"你好像没受什么伤嘛。想吃晚餐了吗？"瓦伦蒂娜把盆子摆出来，打开罐头，将食物一股脑儿倒进盘里，放在地板的老地方。小猫等着食物的模样，好似货物崇拜[1]的成员，继而开始带着平日

---

[1] 货物崇拜，一种宗教形式，尤其出现于一些与世隔绝的落后土著之中。当货物崇拜者看见外来的先进科技物品，便会将之当作神祇般崇拜。

的热忱狼吞虎咽。瓦伦蒂娜坐在地上看着它进食。

隐了形的艾丝沛站在厨房中央,看着瓦伦蒂娜凝望小猫。瓦伦蒂娜,你在想什么?

瓦伦蒂娜正在思索着奇迹。吃着晚餐的小猫看起来完全正常,那就是个奇迹。你永远也不会知道自己十分钟以前死过。你好像根本没注意到嘛。猫咪,会不会痛呢?回到你身体里会很难吗?你当时怕不怕?

她听到前门被打开,茱莉亚回来了。"鼠儿?你在哪儿?"可别跟茱莉亚说,艾丝沛想。她因为害死小猫而感到惭愧,即使那只是暂时的状态。

"在厨房。"瓦伦蒂娜喊道。

茱莉亚扛着桑斯博里的袋子走进来,把它们抛到流理台上,然后开始取出物品。"今天好吗?"她问。

"还好。你呢?"

茱莉亚讲起一个冗长又无聊的故事,关于在超市结账排队的一位娇小的老太太,似乎只靠精灵蛋糕与立顿茶包过活。

"好恶心。"瓦伦蒂娜说,试着回想何谓精灵蛋糕。

"就是杯子蛋糕。"茱莉亚说。

"哦。嗯,那就不算太糟。"她从地上起身,帮忙将采买的东西归位。双胞胎在半友好的沉默当中忙碌着。小猫吃完晚餐,四处游荡。艾丝沛站在角落里,避开双胞胎,手臂环抱在胸前思索着。刚刚那种情况非比寻常。等于是某些事情的线索……不过,是什么呢?她得好好思考一下。艾丝沛离开厨房里的双胞胎,发现小猫已在沙发的一池阳光里安顿下来打着盹儿。艾丝沛在它身旁蜷起身子,望着它低垂眼皮、缓缓呼吸。这番景象迷人又平凡,跟艾丝沛翻腾骚乱的情绪毫不搭调。瓦伦蒂娜走入房间并低语:"艾丝沛?"可是艾丝沛并未回答,也没现身。瓦伦蒂娜晃了开去,查看所有的房间,仿佛她俩正在玩捉迷藏。艾丝沛跟在她身后,如同一抹隐形的影子。

春天的骚动

某个悦人的五月午后，罗伯特坐在书桌前，试着逼自己动笔。他正在处理论文中献给女小说家亨利·伍德夫人的章节。他发现伍德夫人乏味至极。他努力读完《伊斯特林传》[1]，细心遍读她人生的细枝末节，发现自己就是没办法对她有任何感觉。

以往在做导览时，他总是略过伍德夫人。她介于乔治·温威尔和亚当·沃斯之间，不仅在字母排序上是这样，就连地理方位上也是如此。对于罗伯特来说，她似乎不值得拥有如此特殊、潇洒时髦的同伴。他坐着啃笔，揣测能否把她从论文中删除。也许不行。他可以针对她的死挥洒一番，可是她连死法也很无趣：她死于支气管炎。这女人真该死。

瓦伦蒂娜来到，打断了他的工作，让他如释重负。"到外面来，"她说，"春天到了。"他们到了屋外，脚步照例转向墓园。他们沿着史维恩巷散步时，听到有个低音铜管大号手正在瓦特罗公园里练习吹奏音阶。音符有种哀歌的质地。史维恩巷笼罩在夹道高墙的阴影里，即使他俩上方的天空蔚蓝无云，巷内依然存在于永恒的黄昏当中。瓦伦蒂娜想，我们好像是个小小的双人送葬队伍。等他们走到墓园栅门，站在阳光里等着进去时，她高兴起来。

奈杰尔打开栅门。"我们以为你今天不来。"

罗伯特说："我原本不打算来，可是阳光这么灿烂，我们觉得可以去摘点野花。"

杰西卡从办公室里走出来说："如果你们要走远，就顺便带几把耙子去吧。请别瞎晃。"

---

[1] 《伊斯特林传》，亨利·伍德夫人于一八六一年出版的奇情小说，是维多利亚时代的畅销书。

"当然不会。"罗伯特跟瓦伦蒂娜带的设备是一只无线电对讲机、两把耙子和一个收集垃圾的大袋子。他们越过中庭,往上走进墓园。"哎,"当他俩转进狄更斯小径时,罗伯特说,"真抱歉,我不是故意找你来工作的。"

"没关系的,"瓦伦蒂娜说,"大多数时间,我这个人都没什么用处。我不介意耙耙垃圾。这些空水瓶是从哪儿来的啊?"

"我想一定是有人从墙壁那边丢过来的。"罗伯特说。

他们在和乐融融的沉默中耙了好一阵子,把小径清扫干净,捡拾了好些快餐包装纸与咖啡杯。瓦伦蒂娜喜欢耙垃圾。这是她从来没做过的事。她好奇自己还会喜欢什么别的工作。在超市替杂货装袋?电话营销?谁知道。搞不好我可以尝试很多不同的工作,一次试一个星期。就在她想象自己在大英博物馆的外套寄放处工作时,罗伯特唤她到他身边。

"你看。"他低声说。她定睛一瞧,看到两只小狐狸鼻对尾地睡在一堆落叶上。罗伯特站在她身后,用手臂揽住她。瓦伦蒂娜身子一绷,他便放开了她。他俩任由狐狸继续睡,沿着小径回头持续耙地。

过了一会儿,瓦伦蒂娜问:"什么是瞎晃?"

"我想那是美国用词吧。杰西卡跟詹姆斯在大战期间学会了好些美国俚语。"

"可是那是什么意思呢?"

"可以指偷懒啦、鬼混啦,或者指另外一种意思的鬼混。"

瓦伦蒂娜脸一红,"难道杰西卡以为……"

"啊,我确定我们两个看起来不像打算把整个下午花在捡垃圾上,"他往垃圾袋里一瞥,"我想我们现在可以收工,散个步吧,把耙子留在这里就行,回头再拿。"他牵起她的手,领着她走向"牧草地",那是一个排满照料良好的坟墓的开放式空间,阳光点点洒落于上。

瓦伦蒂娜说:"能够到户外晒太阳真好。好像从我们抵达以来,每天都是灰蒙蒙的。"

"当然不是。"

"没错,我猜只是一种感觉而已。那种灰色已经渗进建筑物里了。"

"嗯。"罗伯特有点沮丧。你就是无法让她爱上伦敦。说到这个,你也没办法让她爱上你。他们继续散步。几座坟墓上新植了几株花,每个看起来都像繁花盛开的小花园。

"瓦伦蒂娜?"罗伯特说,"告诉我,为什么每次我碰你,你好像都会一缩?"

"什么意思?"她答道,"我没有。"

"不是每次。可是你真的会,刚刚我们看到狐狸的时候就是。"

"大概吧。"他们离开牧草地,返回小径。瓦伦蒂娜说:"感觉就是,怪怪的,有些失礼。"

"因为我们在墓园里吗?"罗伯特问,"我不知道啊⋯⋯等我过世了,我希望大家能定时到我的坟墓上做爱,这样会让我忆起更欢乐的时光。"

"可是你会想在别人的坟墓上这么做吗?在艾丝沛的墓上?"

"不想。除非我是跟艾丝沛在一起,不过那要怎样才可能发生?也许得等我们两个都死了吧。"他说。

"我在想,过世的人不知道做不做爱。"

"也许要看你最后上了天堂,还是下了地狱。"

瓦伦蒂娜笑了出来,"那还是没回答我的问题。"

罗伯特掐掐她的臀部,她放声尖叫。"地狱里是《性爱圣经》那套无聊的东西,天堂里才有那些淘气的美好性爱。"

"感觉好像说反了吧。"

"那是你的美国清教徒主义在作祟,为什么天堂不该由一切精彩的享受所组成?像是吃吃喝喝和做爱,如果这些都那么不堪,那我们何必要做这些事情来维生、繁衍后代呢?不,我想天堂是由无止无休的酒肉笙歌构成的。在地狱,他们要担心的是性病跟早泄。

反正啊,"罗伯特狡猾地斜睨一眼瓦伦蒂娜平静的侧脸,"你要是不小心,最后可是会流落到一个特别隔绝起来、专给处女安排的区域哟。"

"在天堂还是地狱?"

他摇摇头,"我不大确定。你不该冒这个险。"

"那我最好赶快。"

"我希望你会。"他在小径上顿住,停在接近通往罗塞蒂家族墓地的小转角。瓦伦蒂娜走了几步,才意识到罗伯特没陪她一起走,于是停下脚步。她凝望了他的眼睛片刻,然后困惑地垂下视线。

"你该不会是说……在这里吧?"瓦伦蒂娜的音量弱得几乎听不见。

"不是,"罗伯特说,"就像你之前说的,那就失礼了。要是杰西卡发现了,我想她肯定会叫警察逮捕我。老天,她连访客穿短裤都觉得讨厌。"

"我想她只会炒你鱿鱼吧。"

"那就更糟了,我要拿自己怎么办?这样我就得去找一份正当工作了。"他又开始迈步向前,她跟了上去。"瓦伦蒂娜,你喜欢我用那种方式跟你说话吗?"

她一语不发。

"是你先挑起的,然后又一脸不高兴。我不是……没人用这种方式跟我打交道,至少从我高中以后就没有了。我猜,问题在于年龄差距吧,"他叹了口气,"虽然我那时认识的女孩子大都等不及想炒饭。那真是个辉煌的年代啊。"

瓦伦蒂娜摇摇头,"那跟炒饭无关,"她因为那个陌生的俚语,还有她自己准备说的话而有所迟疑,"跟茱莉亚有关。"

罗伯特对她露出惊异不已的神情,"这怎么可能跟茱莉亚有关?"

瓦伦蒂娜说:"我们什么都一起来,每件重要的事……"

"可是你老是跟我说,你多么想单独做事。"

"对不起，"她说，"我只是会怕。"

"没关系，我可以理解。"

"不，那很蠢，"瓦伦蒂娜说，"我真希望能离开她。"

"你又没嫁给她，你想做什么都行。"

"你不懂。"

"是，我是不懂。"两人默默前行，接着罗伯特说："等等，我得去拿耙子。"他回头奔上小径，留瓦伦蒂娜在一方阳光里。这里挺好的，她想，如果我是艾丝沛，我宁可在这里而不要困在公寓里。罗伯特再次现身，手里拿着耙子与袋子。她望着他朝自己快步走来。我爱他吗？我想是吧。那为何不要……可是那是不可能的。她叹了口气。我得远离茱莉亚。罗伯特靠近她时，放慢了速度，"我们到办公室里喝茶好吗？"

"当然。"她说。两人一样迷惘地走回礼拜堂。

天气如此美好，茱莉亚想要嬉戏玩耍，却又不想单独出门。瓦伦蒂娜不知跟罗伯特跑哪儿去了。所以她上楼去，决心要把自己的心情传染给马丁。

"你好，我亲爱的，"当她出现在他闷不通风的阴暗书房时他说，"再给我一两分钟就好，我快完成了。你可以泡点茶来一起喝吗？"

茱莉亚大步迈进厨房，开始泡茶。通常她很享受泡茶的过程，就是排出杯碟、蓄水煮沸，做所有能够平抚情绪的习惯动作。可是今天她没了耐性。她把所有东西随便堆上托盘，带回马丁的书房。

"谢谢你，茱利亚。就放书桌上吧。你自己拉张椅子过来。咯，很舒适吧。"

她用力坐进椅子，"你老是坐在黑黢黢的地方，难道不腻吗？"

"不会啊。"他和善地说。

"你为什么要在窗户上贴满报纸？"

"我们的室内设计师建议的。"马丁微笑。

"才不可能呢。"

马丁斟茶,"普尔小姐,你好像有点心烦。"

"哦。瓦伦蒂娜跟罗伯特到外面什么地方去了。"

他把茶杯递给她,"为什么那会是问题?"

"哎,她是跟他约会啊。"

马丁挑起眉毛,"是吗?那挺有趣的哦。对她而言,他有点老了吧。"

茱莉亚说:"要是你未婚,你会跟我约会吗?"

这问题让马丁大吃一惊,他没回答。

茱莉亚说:"我猜那就表示不会喽,嗯?"

"茱莉亚……"

她搁下自己的杯子,倾身过去吻他。亲吻过后,马丁深深困惑地凝坐不动。"你不该那样的,"他终于说,"我是个已婚的男人。"

茱莉亚站起身,沿着一小堆的箱子绕行,"玛莱格在阿姆斯特丹。"

"虽然是这样,我跟她之间还是存在着婚姻关系啊。"他用手帕抹抹嘴巴。

茱莉亚再次绕着箱子转圈,"可是她都离开你了。"

马丁指着高堆如塔的箱子跟窗户,"她不喜欢过这样的生活。我不怪她。"

茱莉亚点点头。她觉得自己要是表示强烈同意,会不太礼貌。

话语不由自主地从马丁的口中纷纷飞出,"茱莉亚,你很迷人。"她站定不动,一脸狐疑地望着他。"可是我爱玛莱格,没人可以取代她。"

茱莉亚继续绕着圈子踱步。"那到底是什么样的感觉?"马丁没回答,她试着澄清,"我从没跟男孩子谈过恋爱。"

马丁站起来,两手抚过脸庞。双眼疲惫,有种刮胡子的冲动。这不是强迫行为,只是感觉到某种凌乱的感受,以及意识到外面接近傍晚的光线。他瞥了一眼电脑,快要四点了。时候到了,这原本是玛莱格正要下班回家、而他该淋浴的时间。他可以稍等一下。茱莉亚想，他不打算回答，然后松了口气。马丁说："我觉得好像有一部分脱离我，去了阿姆斯特丹，她就在那边等我。你知道幻肢症候群吗？"茱莉亚点点头。"她原本在的地方被痛苦替代。这种痛苦喂养着另一种苦痛，逼得我必须清洗跟数算等等，这就是那另一种痛。所以，她的缺席反而阻挡我去找她。你懂吗？"

"可是，要是你去找她，感觉不是会好很多吗？"

"我确定会。是啊。我当然会很开心。"他一脸焦虑，仿佛茱莉亚就要把他推到门外去了。

"所以呢？"

"茱莉亚，你不明白。"

"你没回答我的问题。我刚刚问你关于恋爱的事，你却说了你太太离开时的感觉。"

马丁再次坐下。她真是年轻。我们还那么年轻的时候，自顾自地塑造了整个世界，没人有置喙的余地。茱莉亚握紧双手站着，仿佛想从他身上敲出答案。"恋爱……就等于焦虑不安，"他说，"急着取悦对方，担心她会看清我的本质。可是又想让对方认识。也就是……赤裸裸的，在黑暗中呻吟，一点尊严也没有……即使她熟知我的一切而我也熟知她，我希望她看透我，希望她爱我。现在她走了，我所认知的内容变得不完整。所以我成天想象她在忙什么、说了什么、跟谁聊天、看起来又是如何。她离开的这段时间，我试着填补空缺，可是随着时间累积，越来越难做到。我得努力想象。我其实不知道，我再也不知道了。"他把头垂至胸前坐着，话语几乎模糊难辨。茱莉亚想，他对太太的感觉，就像我对瓦伦蒂娜的一样。这点令她害怕。她对瓦伦蒂娜的感受是错乱、破碎、不由自主的。茱莉亚突然对玛莱格涌起恨意。她为什么把他一个人丢在这里，双肩发抖地坐在椅子上？她想起老爸。他对老妈也有这种感觉吗？她无法想象老爸独自生活的模样。她走到马丁坐着的地方，他垂着头，双目闭合。她站在他背后，欠身向他，用双臂环抱他的肩膀，并将脸颊贴在他的后脑勺上。马丁僵直身子，接着缓缓地交错双臂，把手搭在茱莉亚的手上。他想起西奥，试着回想西奥最后一次拥抱他的时候。

"抱歉。"茱莉亚低语。

"不，不。"马丁回答。茱莉亚放开他。马丁站起来，走出书房。茱莉亚听到他在几个房间之外擤着鼻子。他回来时，用那种怪异的横走方式穿过门口，再次坐在椅子上。

茱莉亚微笑，"你离开房间时没有那样走路。"

"是吗？哦，天啊。"马丁一时惊恐不已，可是那种感觉渐渐淡去。我应该弥补一下，他想，但是没有潜在的冲动。

茱莉亚扭着身子舞动了一下，然后看看他，"这阵子你的情况好像改善了，不像平常那么害怕了。"

"真的吗？"

"是啊。我还不会夸张到说你看起来很正常，可是你不会每隔十秒就跳起来清洗东西了。"

"一定是维生素的功效。"

"谁料得到呢。"茱莉亚回答。马丁的语调里带着点什么，引她生疑。

"我一直在练习站在楼梯平台上。"他告诉她。

"马丁，那太棒了！你可以做给我看吗？"

"呃，我其实还没成功，可是我一直在练习。"

"那我们得多给你一些维生素。"

"对，我想那样可能不错。"

茱莉亚再次坐下，"要是你能出门的话，你会去阿姆斯特丹吗？"

"会。"

"那我就再也见不到你了？"

"你可以来阿姆斯特丹拜访我们啊。"他开始形容阿姆斯特丹的景色。茱莉亚一面倾听一面想，真的有可能发生呢。她既兴奋又担心：要是马丁的情况改善了，他会不会变得很乏味呢？

她打断他，"你可以让我拿下窗户上的报纸吗？"

马丁斟酌了半响。内心并未发出阻止的声音，但他犹豫不已。"也许只拆几扇窗户的就好？只是，先试试看？"

茱莉亚弹起身，在阻挡她通往书房窗户的箱子之间快速穿梭。她开始撕扯报纸与胶带。阳光洒遍房内。马丁站着眨眼，向外眺望树木与天空。我的天啊，又是春天了呢。茱莉亚在自己搅起的尘埃当中咳着。等咳嗽缓和一些，她问："如何？"

马丁点点头，"真是不错。"

"我可以再多弄一点吗？"

"更多窗户吗？"他没把握，"让我先……适应一下……阳光。也许过几天，你可以再多弄一些。"马丁走到距离窗户几英尺的地方。"天气好极了。"他说，心脏怦怦猛跳。整个世界似乎朝他倾轧而来。可是，茱莉亚说了什么，他没听见。

"马丁？"我的天啊。茱莉亚一把抓住他的肩膀，推着他往椅子那儿走去。他浑身是汗，呼吸急促。"马丁？"他举起一手，预先阻挡对方发问，骤然坐了下来。几分钟过后，他说："只是焦虑发作。"他继续闭上眼睛坐着，脸上有种遁入内在的神情。

茱莉亚说："有什么我能做的吗？"

"没有，"他说，"陪我坐着就好。"

她陪伴他坐在一旁。马丁不久便叹了口气说："唉，刚刚还真刺激，不是吗？"他用手帕拍拍脸庞。

"对不起。"今天她做什么都不对劲。

"请别道歉。来，我们搬椅子去太阳底下坐坐。"

"可是……"

"没事的，我们离窗户远一点就行。"他们搬动椅子。

"我自己都弄不懂，为什么你就该明白呢？"马丁说，"所谓疯狂就是这个样子，不是吗？公交车轮子全数从车身飞落，事情再也没了道理。或者说，有道理，只是其他人无法明白。"

"可是，你的情况明明越来越好了啊！"

"哦，我的确好多了。相信我。"马丁将两腿往外伸展，让阳光覆盖自己。很快就是夏天了。他想起夏季的阿姆斯特丹，运河河畔的狭窄房舍沐浴在各自分得的北国阳光里，肤色晒成古铜的玛莱格动作敏捷，取笑他的荷兰语口音。那是许久以前的事了，但是夏天将再度来临。他主动向茱莉亚伸出手。她握住他，两人并肩坐在阳光里，隔着安全的距离往外遥望春日。

在缝边处解体

瓦伦蒂娜把缝纫机带来伦敦，可是打从她俩第一天抵达公寓、让自己所有的物品各就各位以后，她就再也没碰过它了。缝纫机放在客房里，不管她何时注意到它，它都对她发出责备的信息。缝纫机开始在她的梦境里占有一席之地，渴求关注却备受冷落，好似她忘了喂食的宠物。

她站在客房里，瞪着机器。如果这是我想做的事，那我就该去做。她在网络上研究了一下时装设计课程。要入学的话，得先准备个人作品档案。几个星期以来，她都没跟茱莉亚提到大学的事。我会申请，要是进得去，我就去。老爸会付学费。茱莉亚干涉不了。瓦伦蒂娜拿开缝纫机的盖子并从饭厅里拉了张椅子来。她找出塞满布料的行李箱，整个往床上倒空。每拿起一块布料，就展开它、抚平再折好，她跟着想起艾蒂。茱莉亚对缝纫没耐性，所以从来没学过。瓦伦蒂娜解开绶带，整理线轴。她找到装卷线筒与优质剪刀的盒子。现在所有的东西整齐有序地在床上排开，她站着思考该怎么处理。

有一条完成了一半的长裤，是她在她们离开芝加哥以前开始制作的。她可以处理这个。不，她想，我想做点新东西。而且不要做一对，我只要做一件。

她在老家有个人体模型，可是太笨重了，没法带来伦敦。她拿出卷尺，测量自己的身材。好怪哦，我瘦了。她把布料分成几堆：好、不行、一般。在"一般"的那堆里，有一块黑丝绒长条布，是她八年级一时迷上哥特风格的服饰时买的。茱莉亚讨厌穿黑色衣物，所以这块丝绒布一直在瓦伦蒂娜的衣料集锦里留着没用。她摊开卷布。四码？刚好够做一件洋装。

艾丝沛现身时，她正忙着画洋装素描。"哦，嗨。"瓦伦蒂娜招呼着，我还以为她会注意到门关着，我想独处。

艾丝沛比出写字的手势，瓦伦蒂娜把素描簿翻到新的一页。**你要做东西啊？**

"对，"瓦伦蒂娜拿草图给她看，"一件超短连衣裙，内附连身披巾。"

你花太多时间跟罗伯特在一起了。

瓦伦蒂娜耸耸肩。

我可以在旁边看吗？

"随便。"瓦伦蒂娜搓揉双手以取暖，回头继续画着。艾丝沛在床上蜷起身，继而隐了形。

几个小时过去了。瓦伦蒂娜试着做一份纸样，却备感受挫。制作纸样就是她想在大学里进修的项目之一。她坐在地上，将纸摊在眼前，知道有地方出错，却不知该如何修改。我真是笨透了。也许我该拆了艾丝沛的一件洋装，看看自己漏掉了什么。她听到茱莉亚在走廊上的脚步声。"鼠儿？"瓦伦蒂娜坐着，呼吸差点停住。"鼠儿？"门开了。

"你在这里啊。哦，酷。你打算做什么？"茱莉亚在哈克尼区晃荡了一整天，弄得浑身湿透。瓦伦蒂娜一直意识到天在飘雨，但茱莉亚竟没注意到。

"你为什么不带雨伞?"瓦伦蒂娜问。

"带了啊。外头的雨真的下得很大,撑了伞还是会被淋湿。"茱莉亚的身影消失了,回来时身穿睡衣,头裹毛巾。"你打算做什么?"

"这个。"瓦伦蒂娜犹豫不决地递过素描。

茱莉亚仔细看了看,"用那个黑东西啊?"

"对。"

"嗯,那……挺不一样的。"

瓦伦蒂娜并未回答。她伸出手,茱莉亚将素描本还给她。

茱莉亚说:"我们可以穿那种衣服去哪里啊?看起来就像是给洛丽塔穿的万圣节道具服。"

瓦伦蒂娜说:"这是个试验。"

"但是布料也不够,也许我们可以去找家布店,你可以做粉红色的,那会很酷的。"

"我的布料够做一件洋装。粉红的看起来不搭。"瓦伦蒂娜假装在修改纸样,不肯正眼看茱莉亚。

"做单件洋装有什么意义?"

"为了我的个人作品档案。"瓦伦蒂娜静静地说。

"什么个人作品档案?"

"是给学校的,设计学校。"

"可是你又不去上学。我们都说好了,你不去的。"茱莉亚绕着纸样走动,然后蹲下来,试着直视瓦伦蒂娜的脸,"我是说,那有什么意义?我们有钱啊。"

瓦伦蒂娜说:"我们并没有讲好什么事。明明是你硬要逼我接受你的决定。"她开始卷起纸样,收好铅笔与素描簿。

"可是你一直埋头做自己的事。我几乎见不到你,你哪儿也不跟我去,白天只顾着跟艾丝沛聊天,晚上又跟罗伯特出门,你一副很讨厌我的样子。"

瓦伦蒂娜终于直视茱莉亚,"没错,我就是讨厌你。"

"才怪，"茱莉亚说，"你不可以。"

"你就像是我的狱卒。"瓦伦蒂娜站起身。茱莉亚仍然跪在地上。"茱莉亚，放我走吧。到了今年年底，我们请罗奇先生分摊资产。如果你想要，可以继续住在这里。我只是想拿点钱走，甚至不会拿很多，只要足以应付生活。你想做什么都随你。而我会去上学，去工作，不管是什么，我根本都不在意了。我只是想做点事情，过过自己的生活，好好成长。"

"可是你做不到的。"茱莉亚站起来时，毛巾笨拙地从头上自动松开。她把它往地上一抛。她看起来年轻得可悲，发丝缠绕在头上，一身粉蓝色睡衣。"瓦伦蒂娜，你连自己都照顾不来！我是说，万一你病倒了，我又不在身边照顾你，你会死的。"

"哼，"瓦伦蒂娜说，"我宁可死，也不要跟你过一辈子。"

"哼，"茱莉亚转身往门口走，然后停下，试着找别的话说，却什么也想不出来，"随你便。"茱莉亚穿过门口，用力把门甩上。

瓦伦蒂娜瞪着那扇门。现在呢？她突然意识到艾丝沛再次现身，仍然坐在床上，震惊地望着她。"走开，"瓦伦蒂娜对她说，"请别烦我。"艾丝沛顺从地起身，飘出关上的门。瓦伦蒂娜继续站在原地，任思绪驰骋。最后她拉开床上的黑丝绒，爬进那堆布料里，拉过那块丝绒盖在身上。我干脆失踪好了，她想。听着滂沱的雨声，瓦伦蒂娜痛哭良久。丝绒布底下的世界温暖安全。就在她坠入梦乡时，一面想着，我知道了，我知道该怎么办……在清楚意识与朦胧梦境的边缘，她将计划完全拟定了。

提　议

翌晨，瓦伦蒂娜看着艾丝沛阅读。半打的旧平装书页摊开，放在前厅的地毯上。艾丝沛读了摊开的那页，然后移到下一本，接着又一本。她混读着自己钟爱的老书(《米德镇的春天》、《爱玛》、《为欧文·米尼祈祷》[1])以及一些鬼故事(《螺丝在拧紧》,加上一点 M.R. 詹姆斯[2]和爱伦·坡的作品),希望能找出关于幽魂缠留的一些提示。这种做法的效果有点让人不安。当她读过所有摊开的书页,就会回到第一本书,费力翻页。然后继续接读其他书,沿着一排排书前进,直到所有的书页都翻过一轮。瓦伦蒂娜只能看到艾丝沛的一部分:她的头部、双肩、手臂都显形了,可是她穿的针织线衫在胸腔底部隐去不见。她颠倒着在书本上方飘浮。要是她全身显形,看起来就像是从天花板上头朝下悬空似的。要是她身上有血液,老早都涌到脑袋里去了。她一副怡然自得的模样。

"要我替你翻书吗?"

艾丝沛往上瞥,然后摇摇头。她弯起一只手臂,摆出肌肉男的姿势:我需要做做运动。瓦伦蒂娜捧着破旧的企鹅版《白衣女郎》[3],躺在粉红沙发上。艾丝沛在几英尺以外窸窸窣窣地翻动书页,让她很难把注意力集中在法斯克公爵和玛莉安身上。她把书搁下坐正,"茱莉亚在哪里?"

艾丝沛指指天花板。瓦伦蒂娜说了声"啊",然后起身离开房间。她带着显灵板与乩板回来。瓦伦蒂娜把手指贴在嘴唇上。艾丝沛不解地看着她。你不需要叫我安静吧。她挪到瓦伦蒂娜身边。

瓦伦蒂娜说:"你知道小猫到底发生了什么事吗?"

艾丝沛转开。我不想谈那件事。她不发一语,但瓦伦蒂娜却很坚持,"你也可以对我那样吗?把我的……灵魂拿出来,然后再摆回去?"

不行。艾丝沛拼道。

"是不能,还是不肯?"

不,不,不。她坐着,频频摇头。她原本想说真是该死的笨点

---

[1] 《为欧文·米尼祈祷》,美国作家约翰·欧文的作品。
[2] M.R. 詹姆斯(1862—1936),英国研究中世纪的学者,以鬼故事留名后世。
[3] 《白衣女郎》,十九世纪英国惊悚作家威尔基·柯林斯的作品。

子，但她最后还是写：为什么？

"不为什么。你为什么一定要知道原因？"

艾丝沛在想，要是自己有处于青春期的女儿，是不是就会这样：自以为有权，便不计后果地提出不合理的要求。她写道：**要是我没办法把你放回去，那怎么办？**

"你可以先用小猫练习一下。"

对小猫来说并不好受。

瓦伦蒂娜红了脸，"可是小猫没事啊。没理由认为在我身上就会失效，所以你也不用再跟小猫试了。"

细胞死亡，脑损伤。我们怎么知道小猫没事？

"别这样嘛，艾丝沛。至少考虑一下。"

艾丝沛凝视瓦伦蒂娜。接着她写：想都别想。然后就消失了。瓦伦蒂娜坐着思索。一阵微风吹动了地毯上敞开的书页。瓦伦蒂娜在想，不知那是艾丝沛还是轻风。为了惹恼艾丝沛，她把所有的书转而朝下。她原本就预料到艾丝沛不会同意。可是既然都已经提出这个构想了，她知道自己会想尽办法达到目的。

茱莉亚坐立难安。她背抵马丁前门，坐在楼梯平台上，一只脚直直地伸向前方，另一只曲贴着楼梯。又是个飘雨的早晨，微光似乎让平台上的一切蒙上了不少尘埃。茱莉亚听到马丁在自己公寓里喃喃自语的声音。她想走进去吵他，可是她愿意多等一下。她变换姿势，好让两只脚都抵着马丁留在平台上的一叠叠报纸。那几叠有点不稳。茱莉亚想象它们翻倒并将她淹没的情景。她会被闷死，而马丁永远也不会发现她，因为他连前门都打不开。不，弄错了。门是向内开的。瓦伦蒂娜会以为是她离家出走，然后觉得很歉疚。我要变成鬼魂，这样她就会再爱我。她会拿着显灵板，整天坐在这里，我们会过得很开心。罗伯特上来这里找她们时，会被困在雪崩一样倒下的报纸里，被敲破脑袋死去。茱莉亚推挤着其中一叠报纸。它往旁边倒下，滑到另一叠报纸上。结果不大让人满意。

好无聊啊,茱莉亚觉得。自己一个人无聊,真无趣。茱莉亚四下张望,但没找到值得观察或思考的东西。下楼去也没意义。瓦伦蒂娜不会跟她讲话的。

马丁唱起歌来。茱莉亚看得出来他喜欢唱歌。她不知道这是什么歌,可能是广告配乐。她又踢了报纸一脚,可是没倒。也许我该找份工作,她想。我还是会觉得无聊,不过至少有个理由可以离开房子。她闻到烤面包的味道,突然伤心至极。她狠狠一踢,这次报纸如她所愿,摔成一堆,盖住她的双腿与腹部。有点像是被埋在沙滩上,可是报纸没那么软,纸张的边边角角戳挤她。她在原地呆坐了好几分钟,试着享受那种体验。不要,她想,真没意义。茱莉亚从那一堆报纸里爬出来,跨过去,然后打开门。她循着马丁的声音走到厨房,他坐在那里准备要吃——没错——烤面包。

翌晨,瓦伦蒂娜跟艾丝沛一起坐在显灵板前。艾丝沛已经思考了一阵子。

我不懂。艾丝沛拼道。

"我想离开茱莉亚。"瓦伦蒂娜说。她越来越喜欢这个构想,脑子里根本无暇思考其他事情。

那就离开她啊。

"她不会让我离开的。"

胡说。

"你跟老妈决裂的时候……"

我们别无选择。

"为什么不?"

艾丝沛漫无目标地旋动乩板,接着停下。

"要是茱莉亚以为我死了,她就会放我走。"

要是你死了,茱莉亚会崩溃。艾蒂跟杰克也是。

瓦伦蒂娜一直没考虑到父母。她皱起眉:"嘿,艾丝沛,结局会很完美的。我会死去。没有我,茱莉亚会被逼得独自过活。然后你会把我摆回身体里,从此以后,我就可以过着幸福快乐的日子。或者,你知道的,至少我能过自己的生活,我自由了。"

艾丝沛坐着,指头贴在乩板上,望着瓦伦蒂娜。对瓦伦蒂娜来说,她的神情看起来先是烦躁,继而若有所思。艾丝沛拼道:**我们依照逻辑好好斟酌这件事。你会脱离身体好几天,会举行葬礼,身体会开始腐烂,然后身体会被送到墓园去,我们在这里,也许吧。要是你的魂魄最后跑到别的地方去,那怎么办?身体跟灵魂要怎么凑在一起?身体会变得很恐怖。总而言之,你简直疯了。**

"我们可以找罗伯特帮忙。"

他才不会帮这个忙。

艾丝沛激动难安。这件事就是个灾难。蛇、苹果、女人:纯粹是该死的诱惑,只会导致悲惨的结局。跟她说不。要是没有你,她是办不到的。要是你拒绝了,她会找到更合理的方式跟茉莉亚周旋。不,不,不,艾丝沛意识到瓦伦蒂娜耐性十足地等候着,好似乖巧的学童,静候她的答复。跟她说绝对不行。

艾丝沛把手指贴在乩板上,**让我想一想,**她拼出。

数　算

瓦伦蒂娜坐在后花园里喝茶。时值潮湿灰暗的五月清晨,比她平日习惯起床的时间还早。瓦伦蒂娜坐着的石凳覆满地衣,湿气徐徐渗入她的晨袍,那是艾丝沛的毛巾长袍。她的脚滑出拖鞋,腿往上缩起,好让下巴靠在膝上。

艾丝沛坐在窗边的座位上望着她。

瓦伦蒂娜听见喜鹊在墓园里啼鸣,其中两只停栖于墙顶上望着她,它们双脚轮换着重心。瓦伦蒂娜回望它们,试着回忆艾蒂教过她们的韵文。

一代表悲伤,
二代表喜悦,
三代表婚礼,
四代表孩儿,
五代表疾病,
六代表死亡。

　　二代表喜悦,她想,不错嘛。可是当她暗自窃笑时,又有三只喜鹊重重降落在前两只的旁边。片刻,又有一只身形庞大、尖声鸣叫的喜鹊降落在它们中间,使得其他几只不安地在墙上来回踱步。瓦伦蒂娜扭开头,接着抬头看看她们的窗户。那是茉莉亚吗?有个深暗的形影站着,框在窗户之中,衬着背后房间的漆黑,好似现实中的空洞。瓦伦蒂娜站起来,用手遮护双眼,试着要看清楚。是艾丝沛吗?不,那里什么也没有。这个想法令她忐忑,昏暗里的阴暗东西……不,没什么。艾丝沛不会那么……诡异。

　　瓦伦蒂娜喝下最后几口茶,收拾茶杯、碟子与汤匙之后走回屋里。

试　验

　　死亡小猫正睡在瓦伦蒂娜的枕头上。此时正值午后,阳光穿过卧房的窗户斜射而入,越过地毯、爬上床侧,但还晒不到小猫那儿。它白得几乎与枕套融为一体。那画面,就像有只北极熊置身于暴风雪中似的,艾丝沛想。她正站在阳光中看着小猫睡觉,让光线在她的身体上流泻而过。我要你。艾丝沛觉得沮丧。她从来不觉得自己是会趁美丽小猫打盹时动手杀害它的那种人。可是她显然就是。小猫，你别担心。我会把你放回去的。艾丝沛试探性地朝小猫伸出一只手，小猫没动。她用手指戳穿小猫腹部的柔软毛皮。我之前是怎么办到的？她将手指滑入小猫体内，小猫抗议地喵喵叫，翻了个身但没醒来。艾丝沛畅通无阻地将手指拖过温热的血液、脏器、骨骼与肌肉。她正在搜寻那个无形物的刻痕。她的手指应该能够辨识小猫的灵魂，因为它跟艾丝沛的构成成分是相同的。它在体内有永久固定的位置吗？还是会移动呢？上一次好像是我的手指勾到的。摸起来很滑溜，好像酪梨的果核迸出来一样。小猫发出呻吟，将身子蜷得更紧。抱歉，小猫，对不起了。艾丝沛把手往上伸，探入肺部，小猫醒了过来。

艾丝沛赶紧将手抽回。它看不到你的。可是小猫局促不安，弓起背脊，机警地查看四周。它踮脚走到床缘，侧耳倾听。公寓里一片安静，茱莉亚与瓦伦蒂娜出门去了。艾丝沛听见罗伯特在自己厨房里吸尘的响声。小猫绕了一圈，然后在床尾安顿下来，双掌交错，下巴靠于其上，眼睛细眯成线。艾丝沛坐在它身边等候。

几分钟后，小猫合上双眼。艾丝沛看着它的身侧起起伏伏，尾巴末端轻轻抽动。轻一点。艾丝沛抚摸它的脑袋，小猫很喜欢瓦伦蒂娜这样做，但现在这触摸只让它心烦地轻弹耳朵。

小猫再度入睡。艾丝沛快速猛击，就像小猫击打玩具一样，用手指扒穿小小的白色躯体。有东西勾住了。小猫的身体恍如坍倒的蛋糕一般瘫软下来。艾丝沛正抓着怒气冲天、又咬又抓的猫咪。

要是它抓伤我，我能痊愈吗？艾丝沛想象自己的灵魂被撕烂的模样，于是将小猫往床上一抛。她们瞪着彼此，小猫高声怒嘶，艾丝沛惊愕不已。如果我能听到它的声音……她说："小猫，没关系的。"然后伸出手。小猫一面低嘶，一面后退。它转身跃下床侧，继而消失了踪影。艾丝沛飞到床边，只来得及看到床边桌旁消散的一阵白雾。

现在怎么办？我现在要怎么把它放回去呢？艾丝沛想起瓦伦蒂娜，深感绝望。她在小猫疲软无力的躯体旁边缩起身子。小猫，回来吧。我只是在练习而已……真糟糕。小猫看起来死气沉沉，两眼半开，第三层眼皮覆盖着眼球。它看起来好像猫型的外星人，粉红的小舌吐了出来，脑袋以不舒服的角度垂挂于脚掌上。对不起，小猫，我真的，真的很抱歉。

它会到哪儿去呢？它还在公寓里吗？也许小猫到后花园潜行了，或者化为一小团白云，在墓园里悄悄跟踪麻雀与小蛙的魂魄。也许它会变成留连在南格罗夫的垃圾箱之间的小猫幽灵。艾丝沛抚摸小猫，那感觉，仿佛连它的皮毛也失去了生气。她将手指推进小猫的身侧，猛然发现其中的变化：里面有生命，只不过这个生命属于分解尸身的东西，在小猫体内，让每种死物灰飞烟灭的微小生物早已纵然泄出。

艾丝沛把手拉出来，然后坐起身。瓦伦蒂娜，这样是行不通的。跟你原先设想的情况完全不同。等葬礼结束，身体早就开始腐烂。你会死于腐化，你会死于自身的死。

艾丝沛让自己变细变薄，消散于空气中。为了愚蠢的构想而害死猫咪，让她惭愧不已。我早该放聪明点。可怜的小猫。艾丝沛回到抽屉里，缩起身子。她情绪恶劣、自觉丑恶地待在那里，一边痛骂自己，一边忖度大家对她的残酷会有何感想。答案是什么都没有，因为除了瓦伦蒂娜以外，无人知晓艾丝沛做了什么。

死亡小猫的葬礼

发现小猫的是茱莉亚。那是她生平面临的第一场死亡，而她只想到瓦伦蒂娜。她真希望事情不是这样的。她盼望小猫可以醒过来，这样瓦伦蒂娜就永远不会发现了。可是茱莉亚告诉瓦伦蒂娜这件事时，对方只是闷闷不乐地说了声"哦"。

茱莉亚在佣人房里找到一只铰链木盒。盒内铺了浅绿丝绒布，以往是用来收纳银制餐具的,但目前只剩摆放用具的空格。银器原本是送给艾丝沛与艾蒂双亲的结婚礼物,却在一九九六年失窃。茱莉亚一时不解,为什么有人会想留下一个完全失去用途的空盒呢?她把它捧到卧房,摆在小猫的身旁。

瓦伦蒂娜打开盒子。"我想它挤不进去。"她说。

"要是它的形状有点像叉子的话,也许可以。等等,我想这个可以拿出来。"茱莉亚说。茱莉亚把嵌入盒身的分格撕开,久经使用的胶水弃守不敌,释放出强烈的霉味。瓦伦蒂娜扮了个鬼脸,拉起棉衫掩住鼻子。

"我们把猫薄荷跟它一起放进去吧,然后用漂亮的东西把它包起来。"茱莉亚走进梳妆间,拿出一条原本属于艾丝沛的蓝丝巾。瓦伦蒂娜点点头。茱莉亚把丝巾摊在床上。瓦伦蒂娜抱起小猫,把它摆在丝巾上。她吻吻小猫的头顶。小猫的身体感觉有些僵硬。瓦伦蒂娜用丝巾裹住它,将它放进盒子里。比起躺在床上,小猫在盒子里看起来更死气沉沉。丝巾底下的身体全然静止,令人怜惜。瓦伦蒂娜盖上盒盖。

双胞胎走到楼下,无言地站在罗伯特门前。瓦伦蒂娜捧着盒子。罗伯特开门时说:"我一直在想这件事,我想我们应该把它埋在后花园。"

"为什么?"茱莉亚说,"墙壁后面是整个墓园啊。明明有家族墓园,却不能把它摆进去,这样很蠢。"双胞胎走进罗伯特的公寓,可是只站在玄关,一副又要再离开的模样。他关起门。

"为什么,有好几个正当理由。首先,你们没有适合做地上埋葬的棺木,所以那会很难看。其次,海格特墓园是不准埋葬动物的,这里是受过圣化的基督教墓地。"

"连基督徒的动物都不行?"茱莉亚问。

"要是我们弄得到适合的棺木呢?"瓦伦蒂娜问。

罗伯特说:"我们把它埋在花园墙壁旁边,然后让乔治帮忙刻个小墓碑。它离墓园只有两英尺,只要你们想,随时都能去看它。"

"好吧。"瓦伦蒂娜说。她麻木无感。她得跟艾丝沛谈谈,却遍寻不着艾丝沛。

他们三人走出屋外,来到后花园。罗伯特带着一把铲子和几只手套,跟瓦伦蒂娜商量后,他开始挖洞。虽然盒子不大,他还是往下挖了三英尺。洞口好不容易才挖得够大,他用新的眼光欣赏墓园的入葬团队:托马斯与马修在十分钟以内就能挖好那块坟地,但我的手竟然磨出了水泡,还浑身是汗。他小心翼翼地将盒子摆在洞口底部。

茱莉亚说:"我们不是该……说点什么吗?"

"你指的是祷文吗?"罗伯特问。他的目光从茱莉亚转到瓦伦蒂娜。

瓦伦蒂娜说:"再见了,小猫……"我爱你,对不起……她开始哭泣。罗伯特跟茱莉亚没把握地面面相觑,各自试着礼让对方去安慰她。茱莉亚用双手比画了一下:尽管去吧。罗伯特朝瓦伦蒂娜走去,将她揽向自己。她现在啜泣起来。茱莉亚转身走向房子,登上防火梯。她打开门时,向下俯视,看到瓦伦蒂娜紧紧攀住罗伯特。罗伯特正望着茱莉亚。他一脸不自在,好像有人把他不想要却假装喜欢的礼物给了他。茱莉亚走进公寓,留他们独处。

连续两天,大家互相闪躲:艾丝沛待在她的抽屉里自责;罗伯特花了点时间在墓园处理入葬记录;茱莉亚清早起来,没说去处就自行出了门;瓦伦蒂娜留在公寓里,试着处理披巾洋装。她发现自己很难专注,一直抓不到纸样的逻辑所在。罗伯特帮双胞胎订了一台新电视,在小猫葬礼的隔天送来。瓦伦蒂娜抛开洋装,转而去看《古董巡回秀》[1]以及关于伊斯兰教的纪录片。马丁完全不知道出了事,仍然开开心心地设计字谜,练习站在楼梯平台上。他现在能平静无波地站上整整十分钟。他正在考虑真正走下楼梯。

---

1 《古董巡回秀》,英国国家广播公司自一九七九年推出的古董鉴定电视节目。

瓦伦蒂娜一面用晚餐，一面看《东伦敦人》[1]时，艾丝沛终于出现了。她离电视几英尺，并未对瓦伦蒂娜显形。她努力思索着该说什么。节目结束了。瓦伦蒂娜关掉电视，开始清理碗盘。艾丝沛先随着她到厨房，又跟到卧房，一边苦恼不已。

瓦伦蒂娜说："艾丝沛？我知道你在。"

艾丝沛用手指碰碰瓦伦蒂娜的手背。艾丝沛走进前厅，坐在显灵板前，"出了什么事，艾丝沛？"

糟糕的失误，我非常抱歉。

"我又不希望你真的杀死它。你知道吗？"

我知道，我试着把它放回去，可是它不肯，就溜走了。

"它现在在这里吗？"

我看不到它。

"如果你看到它，你可不可以让我知道？"

可能要过一些时候。一开始，它会像一团云。

"好吧。"

对不起。

"我也很抱歉。艾丝沛，那是我的错。我不该提出这种建议的。"

计划得再周详，还是有可能发生意外。

"嗯，大概吧，"瓦伦蒂娜站起来，"艾丝沛，我累了，我得去睡了。"

晚安。

"晚安。"瓦伦蒂娜离开房间。接着艾丝沛听到她的刷牙声。忙了半天也不过如此，艾丝沛想，也许这样倒好。

翌晨，茱莉亚在后花园找到瓦伦蒂娜。坐在长凳上的她沐浴在阳光里，盯着小猫坟上的小土堆。

---

1 《东伦敦人》，英国自一九八五年开播的电视肥皂剧，相当受欢迎。

"嗯，嗨。"茱莉亚说。

"嗨。"

"我想去自由百货[1]。你要不要一起去？"

就在瓦伦蒂娜准备开口拒绝时，才想起茱莉亚其实不太喜欢自由百货。她一定是为了要逗我开心才去的。瓦伦蒂娜想到自由百货三楼的零头布料，她单是乱逛布料柜台，就可以耗上好几个钟头。可以换个口味，不用看电视。"好吧，"她说，"当然好。"

去的路上，两人没说什么话。瓦伦蒂娜一身黑色装扮，衣服是艾丝沛的。茱莉亚没办法跟她搭配，只好穿了淡粉红色的连帽上衣加短裙，配上裤袜。粉红加黑色看起来不错，她想。我们即使不穿相配的衣服，看起来也很搭。北线列车咆哮前行，她俩并肩而坐。两人清楚地意识到彼此的存在，却无法开启对话。她们一抵达自由百货，瓦伦蒂娜就到楼下，一头扎进布料区。茱莉亚隔着一段距离跟着走，在心里反复思索着，等瓦伦蒂娜愿意说话的时候，可以跟她说些什么。

午餐时间，她们离开百货公司，走到 Pret[2]，两人分吃了一份培根生菜西红柿三明治和一包马铃薯片。茱莉亚喝了一罐可乐，瓦伦蒂娜喝的是茶。午餐在沉默中延续，茱莉亚越来越焦虑，终于开口："接下来你想干吗？"

瓦伦蒂娜耸耸肩，"我不知道，我想就回家吧。"

"哦，别这样嘛，"茱莉亚哄劝，"天气这么好，还是不要回家吧。"

"好吧。"瓦伦蒂娜的语气明确表示，无论做什么她都无所谓。

"我们去散步吧。"

"好。"

回到街上，茱莉亚往南走。瓦伦蒂娜注意到，茱莉亚现在可以

---

[1] 自由百货，英国老字号的高级百货公司。
[2] Pret，全名为 Pret A Manger，是英国三明治连锁店。

不靠地图就四处游走。不久,两人就在圣詹姆斯公园里漫步。"我们去看看鸭子吧。"瓦伦蒂娜提议。她俩坐在长凳上,盯着鸭子看了半响。

茱莉亚问:"你为什么那么气我?"

"你自己知道。"

"不……我不懂。我们一向都在一起,以前很开心啊。我是说,这种情况我们根本连想都不会去多想,你知道吧?以前就是那样。我们想要同样的东西,我们永远不想分开……记得吗?"

瓦伦蒂娜摇摇头,"那是你的意思。是你自己对我们以前情况的看法。我们老是照你的意思做事。你从来没注意到,可是你一向为所欲为。我想做的事,不知为何我们就一直不去碰。就像上学的事。我们本来可以留在康奈尔,或是伊利诺伊大学,如果这样,我们现在早就毕业了,能有真正的工作了。可是我想要单独做什么的时候,你就不喜欢,所以你离开,还拖着我一起走。在我看来,你根本不想好好经营自己的人生,也不准我好好过自己的。所以这有什么意义,茱莉亚?你不能永远缠着我不放。"

"可是我们本来就该在一起的啊。我是说,你看老妈跟艾丝沛。她们本来不想分开的。是因为发生了什么大事,不得已才分道扬镳。除非不得已,不然她们不会这样的,而且分开让她们不快乐。"

瓦伦蒂娜说:"她们原本有机会相聚,可是并没有。罗伯特跟艾丝沛到美国度假,可是却连芝加哥都没去,就因为艾丝沛不想。罗伯特觉得,是老妈叫艾丝沛别跟我们联络的。"

"可重点是,她们原本并不想分开。"

"谁管她们啊?"瓦伦蒂娜说,"我想上学,我想交男朋友,我想要结婚生子,我想要成为设计师,我想要住在自己的公寓里,我想自己吃一整个三明治。不一定要照这个顺序就是了。"她补充了一句。

"你想要吃多少三明治都随你啊。"茱莉亚回答。她原本只是想开个玩笑,可是瓦伦蒂娜却倏地站起来走开了。茱莉亚朝她的背影呼唤。瓦伦蒂娜继续走个不停,茱莉亚追了上去。她要去哪儿啊?茱莉亚担心起来。她没带地图,十秒之内就会完全迷路。瓦伦蒂娜走出公园,略有犹豫,右转之后开始沿着林荫路走。茱莉亚跑步跟上。她看到瓦伦蒂娜回头瞥了一眼,然后又赶忙前行。瓦伦蒂娜走到特拉法加广场时,停步跟兜售《大问题》[1]的人说话,对方又指又比,似乎替她写下了什么。她想找地铁站,茱莉亚猜想,等待瓦伦蒂娜调查清楚。等上了车,我再追上去。那时她就溜不掉了。瓦伦蒂娜四下张望,没看到茱莉亚,于是往错误的方向走去。你为何不到查令十字路去?茱莉亚尾随她沿着科克斯普尔街走,然后走上干草市场。她穿得一身黑,有点像是隐形的。茱莉亚赶紧缩短两人的距离,很幸运地凑巧看到瓦伦蒂娜隐身没入皮卡迪里环线地铁站。茱莉亚追上去。她看到瓦伦蒂娜把交通卡往闸门一拍,通过之后奔下楼梯。茱莉亚跟上去,搭乘手扶梯,赶在瓦伦蒂娜之前抵达底部。瓦伦蒂娜一语不发地与茱莉亚擦身而过。茱莉亚心烦意乱,相隔几步走在她后头。

瓦伦蒂娜闪身进入皮卡迪里线西行方向的月台。她到底要去哪里?茱莉亚站在几英尺之外喃喃自语:"瓦伦蒂娜,这列车不对,它是要开往希思罗机场的。"瓦伦蒂娜不理会她。她要去机场吗?她没带护照,身上也没带什么钱。一班列车来到,瓦伦蒂娜上了车,茱莉亚跟了上去。

就在门将关上时,瓦伦蒂娜挤出车门,跃下列车。茱莉亚看到她站在月台上,一脸满足地望着列车滑离。

六点才过不久,罗伯特从墓园回来。他替自己调了杯酒,走出门外到了后花园,打算坐在墓园墙内好好放松一下。他发现茱莉亚坐在长凳上,已经哭了好一阵子。

"出了什么事?"他虽然知道自己最好别问,但还是开口了。

---

[1] 《大问题》,自一九九一年起在英国发行的杂志,主要目的是帮助和改善流浪者的生活与心态。

"瓦伦蒂娜迷路了。"茱莉亚回答。她把当天的经过说了一些给他听。

"很难讲,"他说,"她把你甩开,并不表示她迷路了。"

茱莉亚把脸扭开,"那她到哪里去了?"

"我不知道,可是她晚上一定会回家的。"

茱莉亚一脸怀疑,却还是说:"嗯,大概吧。"

罗伯特把自己的杯子递向她问:"要来一点吗?"

"不了,谢谢。"

"那有什么我可以效劳的吗?"

"没有。但还是谢谢你。"茱莉亚上楼回到公寓,留罗伯特独自在花园里担心。

十一点时,茱莉亚下楼来敲罗伯特的门。"有消息吗?"他问。

"没有,"茱莉亚继续站在走廊里,"我们该怎么办?要报警吗?"

"我不知道,"他回答,"我不确定……"

电话铃响了。罗伯特冲过去接听,"哪位?感谢老天爷。我们好担心……你在哪里?西达维奇?你怎么过去的?算了,我去拿地图来……我会搭出租车过去,你就在出口等我,好吗?不,没关系的,你就待在原地。对,别担心,我很快就到。"他挂掉电话,转向茱莉亚,"她在南伦敦的地铁站。"

"我可以去吗?"

罗伯特说:"你最好别去。"他找到皮夹与钥匙,然后踏上走廊。"抱歉,茱莉亚。她听起来……激动过头了。"

茱莉亚说,"没关系。"她转身上楼。罗伯特出发去搭出租车。

从海格特到西达维奇的路程遥远,让罗伯特有时间好好思考。也许我该打电话给她们的父母。我没能力处理她们的问题,艾丝沛也帮不上忙。我可以打电话给艾蒂跟杰克,请他们过来……过来做什么呢?负责照管她们……我不是她们的监护人,她们需要的是一位仲裁员……

出租车终于停靠在车站，罗伯特走出来站在人行道上。瓦伦蒂娜似乎从阴影里突然出现，罗伯特看到她恍若脱离身体的脑袋朝他飘来，接着才意识到她穿了黑色衣服。两人都没说话。她上了出租车，他随后滑坐进去。

车流量不大。司机通过手机与某人用印度话对谈。两人在尴尬的沉默中共乘了几英里。出租车跨越泰晤士河时，罗伯特问："你还好吗？"

"我做了一个决定，"瓦伦蒂娜镇定地说，"可是我需要你帮忙。"

罗伯特突然感到一阵不安。事后他想，当初应该马上要出租车停下，送她一人回家就好。他早该在那时抛开她，一个人在南伦敦的街道上狂奔，直至自己心脏衰竭为止。但他却说："嗯？"

为了避免让司机听到，瓦伦蒂娜开始悄声跟他说起艾丝沛让小猫复活的事。罗伯特听着，越来越不耐烦。"我不懂，"他说，"小猫明明死了啊。"

"那是另外一天的事，当时艾丝沛在练习，可小猫不喜欢，所以溜走了，艾丝沛没办法把它摆回身体里。"

"艾丝沛到底为什么要练习？要练习什么？"

"那就是我想跟你说的事。我们有个计划……"她在出租车后座，用柔软的美国腔调，几乎窃窃私语地解释那项计划时，罗伯特有种惊悚的感觉。他从瓦伦蒂娜身边挪开。"你疯了。"他说。

她把娇小的手搭在他的膝上。"艾丝沛一开始也这么说，可是她后来考虑了一下，想好了我们可以怎么进行。你应该跟艾丝沛谈一谈。"

"是，我当然得跟她好好聊一下。"他把她的手从腿上挪开，接着心一软，又握住她的手，"呃，瓦伦蒂娜。你不应该……让艾丝沛发号施令，这样可能不大好。"

"为什么不好？"

"她这人很……精明。她的构想里会隐藏其他想法。"

"她这阵子真的对我挺好的。"

罗伯特摇摇头,"艾丝沛其实不好。即使在世的时候,她也不是很……从某些方面来说,她很机智、美丽,而且很有创意。可是现在她一死,似乎失去了某些关键的特质,像是慈悲、同情心或者某种人性吧。我想你不该信任她,瓦伦蒂娜。"

"可是你信任她啊。"

"因为我是傻瓜。"

他俩在余下的时间里缄默无语。

因为瓦伦蒂娜不肯上楼,所以罗伯特将自己的床让给她。等她睡着之后,他才上楼敲响双胞胎的门。茱莉亚随即将门打开。

"进来吧。"她说。他站在前厅里,并不想坐下,免得拉长对话时间。

"她在我的公寓,睡着了。"他说。

"好吧。"

"茱莉亚,"他说,"你觉得瓦伦蒂娜……有过自杀的念头吗?"

茱莉亚赶紧说:"她不是认真的。"

罗伯特转身要走,"我想她可能是认真的。你就……当心点。"他下楼去,走到自己门前时,听到茱莉亚关起了她的门。

他踏入家门,走到电话旁。莱克福里斯特此刻约莫七点左右。他想象普尔夫妇共进晚餐的样子,轻松愉快,并未意识到女儿正在谋划自己的死亡与复活。他拿起话筒正要拨号时,才发觉自己没有号码。他可以问茱莉亚吗?最好不要,早上再跟罗奇要好了。

罗伯特几乎整晚没睡,把电视关成静音,观看足球精彩片段和讨论美国民谣的节目。有一刻他在椅子上睡着了。等他醒来时,瓦伦蒂娜已经离开。他上楼发现双胞胎正一起吃着早餐,一副相安无事的模样。瓦伦蒂娜替他泡了杯咖啡。

"你们今天要做什么?"他问她们。

"没什么。"瓦伦蒂娜说。

"也许你们可以去超市。"

"我们还有很多食物。"茱莉亚说。

"还是观光一下。"

"你想跟艾丝沛谈一谈吗?"瓦伦蒂娜问。

"你怎么猜到的?"他语气亲切地问。

瓦伦蒂娜一脸窘迫,可是什么也没说。早餐过后,茱莉亚上楼探望马丁,瓦伦蒂娜端茶到后花园去。罗伯特站在房里说:"艾丝沛,过来吧。"

他的脸颊感到她冰冷的碰触。他坐在餐桌前,握着铅笔,停在纸张上方并说:"艾丝沛,你在搞什么鬼?"

我?

"你跟瓦伦蒂娜。她跟我说了你们的计划。"

其实那是她的计划。

"她哪有能力想出这种计划。艾丝沛,你很清楚这是行不通的。首先,整个尸体都是化学物质。"

请塞巴斯蒂安别替她做防腐处理。

"不是,我的意思是天然的化学物质。各种腺体会释放出各式各样的讨厌东西,以便分解尸体。有气体,还有细菌……"

冷藏尸体。几乎结冰的状态。

"艾丝沛,那些都不是重点。根本不需要这样做。再过六个月,瓦伦蒂娜就能拿到一半资产,然后走人。要是她不想见茱莉亚,就不用勉强。"

要是她在那之前自杀呢?

"她不会自杀的。"他说这句话时,语调里的信念强过他的实际感受。

你最近有没有仔细看看她?她一副狂热执迷的样子。

"我要打电话给她爸妈。他们可以带她回家。"

我跟瓦伦蒂娜建议过,可是她不肯走。

"为什么不肯?无论如何,她该为自己做这些决定吗?如果需要,艾蒂跟杰克可以带她去医院。我没有那样的权力。"

他们也没有。

"艾丝沛,我不会帮你们做这件事的。没有我,你们办不成的。"

要是我们这样做,你就非得帮忙不可,不然她就会停留在死亡的状态。

这番话让罗伯特噤了声。他搁下铅笔,站起身,开始在饭厅里四处踱步。艾丝沛坐在餐桌上,望着他绕行。你始终没变,她恋恋地想着。最后他再次坐下。"这件事对你有什么好处?"他问她,"你嫉妒她吗?"

不。

"你真的要杀死她?"

现在我有能力做了,干净利落,没人会知道。

"也是。"罗伯特知道自己该问一个问题,而那个问题会把隐含于整个荒谬计划里的矛盾揭露出来,可是他怎么都想不起来,"这种做法是……是不对的,艾丝沛。"

也许吧。可是她意志很坚决。

"她不会自杀的。"

万一她真的动手呢?

他摇摇头。她的逻辑绕着圆圈打转。他总有能力站在那个圆圈之外,看出别的解决办法吧?"我们别做这种事,"他向艾丝沛乞求,"我们两人先讲好别这么做,那她就必须重新考虑。"

要是她自杀呢?

他什么也没说。

至少让我解释为什么可能行得通。

罗伯特坐着,由艾丝沛细心的笔迹填满一张又一张的纸,他被绝望感所吞没。我才不要做,他想。可是事情好像渐渐趋向于发生了。

他失控崩溃

周日午后，杰西卡与罗伯特关闭墓园之后，跟詹姆斯一起坐在俯瞰贝茨家后花园的露台上。那天异常忙碌，因为绝妙的六月气候引来了成群结队的观光客，但导游大多都休假去了。罗伯特与菲尔只好把两大批满怀敌意的电影工作者与演员轰出东侧墓园。几个从曼彻斯特来的墓地主人，连自己祖母的墓址都毫无概念。此刻贝茨夫妇与罗伯特坐着喝威士忌，放松解压。

"也许我们应该在栅门那里多贴一个标示，"詹姆斯说，"所有不确定墓地所在地点的墓地主人，请在上班时间到办公室来，这样员工们就能处理您非常耗时的要求。"

"我们愿意帮他们的忙，"杰西卡说，"可是他们一定要事先来电。这些人突然跑到墓园的门口，等着我们立刻来个墓地大搜查，太过分了。"

"他们以为记录已经数字化了。"罗伯特说。

杰西卡笑道："十年后还比较有可能。伊芙琳跟保罗尽量以最快的速度飞舞着指头，把入葬记录输进电脑，可是总共有十六万九千条资料呢！"

"我知道。"

"罗伯特跟保罗今天相当英勇，"杰西卡跟詹姆斯说，"除了征服讨人厌的电影人士，还各自带了四次导览。"

"我的天啊。其他导游呢？"

"布莉奇特去汉堡看望母亲。玛丽恩跟迪安到罗马尼亚度假。因为小瓦坪的那场恐怖的公交车事故，塞巴斯蒂安正在殡仪馆加班。阿妮卡被她的小女儿传染了感冒。"

"只剩我们三个，莫丽整天在东侧墓园的栅门那里忙，可怜的女孩。"罗伯特饮完杯中之物,杰西卡重新斟满。

"唉,"詹姆斯说,"我想,通过义工的方式来经营一座墓园,棘手的地方就在这里。你没办法因为缺少导览人员,就叫别人不要度假。"

"的确不行,"杰西卡说,"可是我希望他们都能优先选择墓园。"

"他们的确是啊,你知道的,"罗伯特说,"他们一周又一周,大老远从各个地方开车过来。"

"是啦,我知道。我只是累瘫了,就这样而已。今天真是漫长极了。"

罗伯特伸展双腿,"从积极的角度看,要是我每天带四次导览,我可能会健美一点。"

"你看起来的确好像在室内待得有点太久了,"杰西卡仔细打量他,"你应该多吸收一点维生素 D,省得老是一副疲倦的模样。"

"也许我该买台手提电脑。这样就可以坐在牧草地上,让坟墓团团环绕,而我在阳光下写作。"

> "我们常在曙光初现时看见他,
> 匆忙的脚步将露珠纷纷拂去,
> 就为了到高处草地上迎接朝阳。"

杰西卡露出微笑,"好浪漫啊,很适合拍成手提电脑的广告呢!"

"论文的进展如何?"詹姆斯问。

"还过得去。我近来有点分心。"

"你没有截稿日期吗?我还以为你的论文委员们已经有点不耐烦了。"詹姆斯说。

"问题是,研究做得越多,就有越多东西需要加进论文。有时候我觉得我论文的规模,会变得跟海格特墓园一样巨大,一座又一座的坟墓,一年又一年,每片草叶,每株蕨类……"

"可是罗伯特,没必要写到那个地步吧!"杰西卡的语调如此迫切，让他一时心惊。"我们需要你写出墓园的发展经过，还有它的重要性。你不需要在纸上完全重新创造这个地方。你是历史学家，历史必须经过挑拣与选择。"

"我知道。可是要我停止搜集材料还真难。"

杰西卡紧抿双唇，移开目光。詹姆斯问："有什么我们能帮得上忙的地方吗？你的原稿多长了？"

罗伯特犹豫了一下才回答，"一千四百三十二页。"

詹姆斯说："太好了，所以只剩筛选的问题了？"

"不是，"罗伯特说，"我才写到第一次世界大战。"

"哦。"詹姆斯说。罗伯特看看杰西卡，她正往外凝望自己的花园，试着克制自己。

"这座墓园有很多种历史，"罗伯特说道，"而不只是单一的一个。有社会、宗教、公共卫生的层面，还有葬在那里的人的传记故事，也就是伦敦墓园公司的兴起衰落。还有蓄意破坏的时期，接着是海格特墓园之友的组成，以及从那以后所完成的工作。这些事情全部都得拼凑在一起。然后还有某些人宣称的超自然事物……"

"你总不会要把那些胡扯的东西全放进去吧？"杰西卡坐直身子，转身问他。

"不是当作事实。但算得上是现代历史的一部分。"

"让人非常反感的一部分。"

"一小部分而已。可是那种疯狂的状态促成了墓园之友的组织。我不希望因为我们不赞同一些事件，就把它们删除。"

杰西卡叹了口气，"可是'历史是由胜利者写就的'，在海格特墓园的战役里，墓园之友肯定就是胜利者。所以对于自己的历史，我们总有表达意见的权利吧。"

罗伯特弄错了引言来源。他原本以为她引用的是米歇尔·福柯[1]的话。一时之间，他挣扎着面对这种认知失调，最后詹姆斯善

---

1 米歇尔·福柯（1926—1984），法国哲学家、历史学家。

意地说："是温斯顿·丘吉尔。"

"哦，对。"罗伯特说。可是我是马克思主义者，他想。他不打算解释，因为杰西卡对于卡尔·马克思（至少就他葬于海格特墓园这件事来说），老是抱着略带懊悔的态度。罗伯特不确定自己此刻有没有能耐替当前的马克思主义学院派思潮进行辩护。他匆匆离题，"我在思考记忆的本质。纪念碑的本质……"

贝茨夫妇交换眼色，可是并未发言。罗伯特这才明白他不确定自己想说什么。

"数字化的计划，"他终于说，"为了阅读碑文而清理坟墓。乔治在工作室里用新的墓碑重新刻上名字……"

"是吗？"詹姆斯说。

"我们为什么要做这件事？"罗伯特问。

"为了家属啊，"杰西卡说，"逝者不会知道差别。"

"还为了历史学家。"詹姆斯含笑补充。

"可是要是逝者真的知道呢？"罗伯特问，"要是他们全都在场，或在别处呢？"

"嗯……"杰西卡坐着看他。他不大对劲，紧张兮兮的样子。"罗伯特，你还好吗？我不是故意要大惊小怪，可是我担心你。"

罗伯特望着大腿。詹姆斯说："双胞胎一切都好吗？要是你觉得我们在打探隐私，就阻止我们吧。可是，我们本来以为你已经渡过难关了……"罗伯特抬起头，发现贝茨夫妇忧心地皱着眉望着他。

"双胞胎快要解体了。要是我没弄错，瓦伦蒂娜想离开朱莉亚，而朱莉亚希望瓦伦蒂娜能够跟我划清界限。不过，真正的问题不在这里。"

他意识到一股不想告诉他们的抗拒感。他不希望他们对他有负面的看法，而且他知道他们不会相信他。要是我不跟人说，我的脑袋就要爆炸了。也许他们能体会，即使他们觉得那不是真的。露台上的空气凝固了。他听见一只乌鸦在远处哀啼。接着啼声停下，三人坐在静止之中等候。

"我开始相信死后有某种存在,"罗伯特说,"我想人死后可能会在原地徘徊……或是莫名地被困在原地……"他吸了口气,"我这阵子都在跟艾丝沛聊。她被困在自己的公寓里,无法离开。"

"哦,罗伯特。"杰西卡的语气极度哀伤。他知道那是为他伤心,因他逐渐丧失神智而感伤,却不是为了艾丝沛的苦境而伤怀。

罗伯特说:"双胞胎也会跟她谈。"

"嗯,"詹姆斯说,"你想,她会愿意跟我们聊聊吗?你跟她都怎么沟通?"

"自动书写,我们累的时候就用显灵板。她很冰冷,所以很难书写很久。"

"你看得见她吗?"

"瓦伦蒂娜看得见,可我跟茱莉亚不行,我不知道为什么。"为了看到她,我愿意拿一切来交换。

杰西卡说:"这件事对你似乎有不大好的影响。"她一副欲言又止的模样。

"是。的确不大好。"

"也许我们应该放你去度假,"她说,"换个环境可能有帮助。还有,补充些维生素吧。也许墓园不是你现在所需要的。"

"再来点威士忌?"詹姆斯问。

"好的,麻烦你。"罗伯特事后想,他们三人当时是不是全喝过头了。他递出杯子,詹姆斯添了点水,然后倒进不少威士忌。"可是艾丝沛不在墓园里。除了狐狸、观光客和偶尔来工作的团队,我从没在墓园里遇到过什么。"

"那是好事,"詹姆斯说,"想到每个人不论冷热晴雨都被困在外面,我就不喜欢。不过,要是死后的生活是永远无所事事地在屋里闲荡,对我来说,感觉有点乏味。"

"一开始看起来是这样。可是最近她相当……活跃。昨天我看瓦伦蒂娜跟艾丝沛玩十五子棋,艾丝沛还赢了呢。"

杰西卡摇摇头,"如果你跟我们讲的是真的,请你谅解,我压根儿不信。这样想对什么事有帮助呢?"

罗伯特耸耸肩。

"你的处境好像挺棘手的,"詹姆斯说,"对人类来说,这种情形向来不会善终。"罗伯特想,你又能举出什么样的先例呢?他不解地望着詹姆斯。"在文学作品和神话里,像欧律狄刻[1]、《快乐的精灵》[2],还有伊迪丝·华顿[3]写的那个好故事……"

"《石榴籽》。"杰西卡补充。

"对,谢谢。情人跟丈夫的结局都很惨。"

"我请她杀了我,这样我就能跟她作伴。可是她拒绝了。"

"我希望她真的拒绝了!"杰西卡惊骇地说。

"这样不行,"詹姆斯说,"让我们帮帮你吧。我们带你去度假。"

"那谁来经营墓园?"罗伯特面带微笑。

"谁在意啊?"杰西卡回答。他怎么还开得了玩笑?"奈杰尔跟爱德华会想办法分摊工作的。我们要去哪里呢?巴黎?哥本哈根?我们从没去过雷克雅未克,他们说每年的这个时候很棒。"

"我们去阳光普照的温暖地方吧。"詹姆斯说。阴云开始遮蔽傍晚的天际。他觉得疲惫,单是想到行程会远于海格特的高街,背部就疼痛起来。他把杯子递上,杰西卡重新斟满。

"西班牙吧。"杰西卡说。她与詹姆斯相视而笑,"或者去阿玛菲海岸[4]?"

"可以啊,"罗伯特说,"哪里都行。听起来很棒。"有何不可?他想。我可以干脆走开。让她们一个自己解决。双胞胎合好如初,从此跟艾丝沛过着幸福快乐的生活……他叹了口气,知道自己

---

1 欧律狄刻,希腊神话中的人物,具有音乐天赋的英雄奥菲斯的爱妻。
2 《快乐的精灵》,英国作家诺埃尔·考沃德的一出诙谐的黑色喜剧,一九四一年首演。
3 伊迪丝·华顿(1862—1937),美国女作家,因作品描写自己所处的上流社会而闻名。
4 阿玛菲海岸,意大利南部海岸。

哪儿也去不成。不过,想象起来是这么简单。"我们再谈吧。"

"我们该吃点东西了,"杰西卡说,"我都饿得前胸贴后背了。"

"我向灯塔餐厅订外送好吗?"罗伯特说,"虾?"他摇摇晃晃地站起来,到里面去拨电话。

杰西卡跟詹姆斯静静坐着,聆听罗伯特在他们屋里穿梭的声音。他们听到他拿起走廊的电话,还有点菜的低沉嗓音。

詹姆斯说:"我们该跟什么人谈谈吗?我们可以打电话给安东尼……"

杰西卡用两手捂住眼睛。我好累啊。"我不知道。有鬼魂缠着亲爱的年轻朋友,这时候要怎么处理呢?"

"你不觉得他跟我们说,是希望我们能采取行动吗?"

"你的意思是,把他送进精神病院吗?"

詹姆斯踌躇了一下,"他提到自杀。"

"不,我想他是试着要艾丝沛杀死他。"她嗤之以鼻。

"我不喜欢这样。"

"是啊。你想他肯跟我们一起走吗?"

詹姆斯叹了口气问:"要是他在国外的旅馆房间里崩溃了,你觉得我们应付得来吗?"

"我们应该有所行动。"

罗伯特再次出现。"我要下山丘去拿吃的。"他的语调非常愉快而且正常。詹姆斯主动递上了钱,罗伯特道了声谢后婉拒了,表示由他作东。他走开的样子,看起来几乎酒醒了。巴黎、罗马、萨斯喀彻温省[1]。罗伯特踏出屋外走上街,开始迈向拱门路,一面轻声哼歌。他加快脚步。傍晚的气温正在急速下降。阿德雷德、开罗、北京。不管我去哪里都无所谓,她还是会困在那间公寓里,谋划复活的事情。这让他不禁哑然失笑。这简直棒透了,我竟然像彼

---

1 萨斯喀彻温省,加拿大未与咸水海域毗邻的省份之一。

得·洛[1]一样,在街上咯咯发笑。他不得不停下脚步,倚在报摊上笑弯了腰。坎昆[2]、布宜诺斯艾利斯、帕塔哥尼亚高原[3]。我可以干脆到对街搭地铁,一个小时内就能到希思罗机场。没人会知道。他喘着气站直,闭上眼睛。老天,我真不舒服。他就那样合眼站着,双臂环肚,足足有好几分钟。罗伯特睁开眼睛。全世界一时倾斜,接着又回归原位。他开始慢吞吞地迈下山丘。这样不行。我得去拿吃的回来。詹姆斯跟杰西卡会担心的。人们经过时都忍不住盯着他看。问题在于……我的责任心太重。她知道我会做,因为要是我不做……要是我不做的话……他差点错过那家餐厅,惯性救了他一把。他勉强走进去,替餐点付完钱。罗伯特拖着脚步爬上山丘时,突然有个想法:我该去读读那些日记。艾丝沛把它们交给我,我该读一读。他开始反复想着:日记,日记。等他回到贝茨家,餐点早已冷掉,杰西卡与詹姆斯正在厨房里喝汤。当晚,杰西卡让他睡在客房里。

早上,他带着宿醉以及遗忘某事的感受爬下床。杰西卡替他调了味道难闻的饮品,里面包括香蕉、西红柿、伏特加、牛奶和墨西哥辣酱。接着她煎了些蛋,坐在旁边陪着他吃。詹姆斯已经到墓园去了。

"我跟詹姆斯昨天晚上谈过了,我们觉得你需要人照料。你要不要过来跟我们一起住?多的是房间。"杰西卡露出微笑。

罗伯特心感雀跃。这就是他一直在寻找的紧急逃生口。接受提议的话语呼之欲出,这时他想:等等,要是我待在这里,晚上就不能到墓园去了。他说:"我可以考虑一下吗?"

"当然,"杰西卡说,"我们都在的。"

向她道谢后,他离开了那栋房子,心情有如任由救援船擦身而过的船难受害者。

---

1 彼得·洛,著名演员,代表作有《马耳他之鹰》、《卡萨布兰卡》等。
2 坎昆,墨西哥著名旅游城市,毗邻加勒比海。
3 帕塔哥尼亚高原,南美洲南端的高原,横跨阿根廷与智利。

翌晨，罗伯特终于想起展读那些日记的决心。他惶惶不安地将箱子抬到床上，开始翻阅。

假装这是在做研究吧，他告诉自己。它又不会咬人。这些日记始于一九七一年：艾丝沛与艾蒂时年十二岁。一九八三年，远在他进入她的生活以前，日记便戛然而止，这点让他如释重负。罗伯特一点都不期望读到关于自己的事。日记夹杂了学校八卦、对所读之书的评论、关于男孩的思索。有些内容似乎以暗号写成，有些宛若作者跟自己进行漫长的对话与议论。罗伯特顿时领悟，原来日记是艾丝沛跟双胞胎妹妹共同写就的。奇怪的是，她们配合得天衣无缝，几乎看不出是出自两人之手。这点让罗伯特不安。页边空白处标了些假期之间才会出现的符号，似乎代表着两人父母的一些事情。艾丝沛与艾蒂曾有一次出走计划，但终成泡影。罗伯特知道她的家庭生活一直不快乐：日记里没什么真正让人出乎意料的内容，只有一股不祥的伤感，掺杂了女孩子家的平常琐事、篮球网球以及学校戏剧等事情。后面的几册详述大学生活、派对以及双胞胎的头一栋公寓。杰克出现在场景里，一开始只是众多适合交往的俊俏青年之一，接着一切突然都以他为中心来铺展。身为独子的罗伯特对于其他人的手足有某种程度的好奇。艾丝沛与艾蒂很少以第一人称单数来书写，而几乎总是写"我们"去看电影或考试。罗伯特继续读下去，好奇自己到底想在艾丝沛的青少年时期寻找什么。

炸弹出现在日记的最后一册。艾丝沛在封面内侧塞了一只信封，信封上标出"巨大黑暗的恐怖秘密"。题字底下拙劣地画了一颗骷髅与交叉股骨。骷髅面带微笑。哦，艾丝沛，我不想知道。罗伯特拿着信封，考虑将之烧毁。接着他划开信封。

亲爱的罗伯特：

我希望你不会太气恼。你说过，你希望不会在我的文档里发现任何骇人听闻的秘密，可是恐怕就是有一些。用"骇人听闻"这个词不是很贴切，用"尴尬"可能更合适一点。无论如何，亲爱的，这些意想不到的事早已过去，发生的时间远在我认识你以前。

我名叫艾蒂温娜·诺柏林。

我跟双胞胎姐姐艾丝沛在一九八三年互换了身份。这整件事几乎都是她主导的。可是，要是我把身份更换回来，她一定会很不高兴。当然我也不是没有错。

你也知道，艾丝沛跟杰克·普尔订婚了。他们订婚到举行婚礼期间，杰克越来越频繁地挑逗我，于是艾丝沛决定要试验他。

我跟你说过很多我跟艾丝沛扮演对方的故事。可是你从没见过我们在一起的模样，我们那么相像，是如此完美的一对。而且我们深知对方。小时候，我们几乎不分你我。要是艾丝沛受伤了，我就会哭。

杰克在身边的时候，艾丝沛开始假扮成我。可是他看不出差别，就这样他爱上了"艾蒂"。他与艾丝沛解除婚约，然后要"艾蒂"同他私奔，顶替艾丝沛的位置，随他回到美国。

她又能怎样？她十分受伤，火冒三丈。可是情势是她自己造成的。她来找我。我们决定由她当艾蒂，我来当艾丝沛，让生活继续下去。

不幸的是，事情没那么简单。我跟杰克睡过（只有那么一次，因为我们在派对上喝醉了，那只是个愚蠢的错误，我的爱，那只是粗心大意跟酒精作祟），而我怀孕了。所以最后到美国去的人是我。虽然杰克娶的是艾丝沛，我却跟他过了将近一年的时间。我生下那对双胞胎，疯了似地健身，想摆脱婴儿肥。我忙着下厨理家，因为无聊、愤怒，以及被困死在闹剧里的感觉而发狂。双胞胎四个月大时，我带她们到伦敦去"探望外婆"。几个月后，带双胞胎回莱克福里斯特的是艾丝沛（现在是艾蒂了）。我从此没再见过她们，却常常在梦中与她们相会。据艾丝沛的说法，她们与我们非常相像。

等我回到伦敦，已经对杰克非常反感。艾丝沛坚持既然怀孕了就要有始有终（我本想堕胎的），这种做法令我作呕。一切是如此疯狂。人在年轻又犯傻气的时候，就会让自己陷在这种情况里。要是让杰克发现了，我不知道会出什么事。我一直想不通，他怎么可能没注意到我跟艾丝沛在身体上的细微差异呢？也许他知道，只是从来都不说？我们决定不要冒险，别再让杰克看到我们在一起的样子。我还是不敢相信我们竟然没被逮到。

艾丝沛偶尔会寄信过来，也会寄双胞胎的照片给我。如同我跟你说的，直到去年，我一直没回信。我认为跟杰克在一起的生活让她相当失望。她的信件满是对伦敦、老友以及我的渴望。在她结婚以前，我曾鼓动她将他甩开，不然就是向他全盘托出真相。她却下不了手。要是你见到她，或许会明白我的意思。

那就是我成为艾丝沛的来龙去脉。我想这一点并没有让我的人生道路改变太多。我后悔的是，我没机会认识那对双胞胎。让她带走她们后，日子非常难捱。我永远忘不了自己站在希思罗，望着她带着她俩消失在登机门后面。我连哭了几天。我很想再见艾丝沛一次。让我们终究分离的，只是恐惧与骄傲。

罗伯特，这就是我唯一没让你知道的秘密。我希望你不会对我有不好的观感。我希望当你见到双胞胎时，会在她们身上发现我的蛛丝马迹，也希望这会让你忆起过往的欢乐时光。

爱你的艾丝沛（艾蒂）

（又及：要是你想要的话，我真的想把一切都留给你。可是我知道你不会愿意。我爱你。艾）

这封信是她在过世前一周写下的。罗伯特坐在床上，手握着信，努力要弄懂其中的意思。那么，一切都是谎言？不，当然不是。可是他连她的真名都不知道。我爱过的人到底是谁？

他把信件与日记都收进箱子，全部搬到公寓后侧窄小的佣人卧室里。接着他关起门，想把那封信抛出脑海。可是不管他手头在忙什么，那封信总是会闯入他的脑海。接下来几天，罗伯特酒喝得更勤，老是独自待在公寓里。

期　待

瓦伦蒂娜跟艾丝沛花了很长时间商讨她们那项计划的细节。让一切都在自然随性的情况下进行。艾丝沛想出一个办法，让瓦伦蒂娜能从与茱莉亚共享的账户里取出一些钱。要是瓦伦蒂娜省吃俭用，这笔钱足以撑上一两年。直到葬礼以后，才会有人发现钱不见了。瓦伦蒂娜在公寓里找到几本人体解剖书，替艾丝沛在客房的地上将书摊开。这对她俩来说简直好似一场游戏：要预期可能遇到什么困难、怎么用计让罗伯特无法反对、如何避免惊动茱莉亚。万一……呢？她们其中一人会这样开头，然后两人就会有如侦探般合力面对问题，直到解决为止。她俩有私密的笑话、秘密的语言。如果她们策划的是一场野餐或惊喜派对，只要策划的不是瓦伦蒂娜的死，这一切（或者应该说，这一切原本）会让人有多么满足。瓦伦蒂娜津津有味地计划细节，而见她竟能轻率地陷他人于伤恸，这点直让艾丝沛惊奇。可是我也没比她好到哪里去。因为我要帮她做这件事。她不会肯的，要是她知道……而且要是不成功呢？要是成功了呢？艾丝沛望着瓦伦蒂娜，在心里跟自己激辩。她想，我们千万不能这么做，这样很不对。可是每晚罗伯特都会来带瓦伦蒂娜去吃晚饭与散步。他们总是晚归,在走廊里窃窃私语。于是艾丝沛硬起心肠。

复活日

在罗伯特的梦中,那天是海格特墓园的复活日。

他站在马车夫詹姆斯·赛尔比坟墓旁的阶梯上。赛尔比坐在自己的坟上,全然无视连接两侧墓柱的笨重铁链穿过他的胸膛。他正抽着烟斗,套着靴子的一只脚紧张地拍着地面。

小号在远方高声响起。罗伯特转身看到通往墓园的小径上方,用红色布料搭出长长的遮篷,白色丝绸遮盖了小径的尘土、碎石与泥巴。又是冬天,丝绸与铺满坟地的积雪几乎一样皓白。从树木缝隙间,他看到小径全都裹覆在红与白之中。罗伯特发现自己正向前走着。他焦虑地往下一看,担心沾满泥泞的靴子会弄脏丝绸,可是他并未留下任何足迹。

他走到安慰角,发现那里摆了举办宴席的桌子,上头没有食物,只有一份份摆好的瓷器与刀叉、空酒杯与空椅子。号角声止歇,罗伯特听见树木在风中窸窣作响。人声传来,但他无法判断源自何方。

坐嘛,有人说,但那其实不算人声,反而更像是来自他脑外的思绪。他坐在靠近桌子边缘的地方等候。

鬼魂们姗姗而来,踩着不确定的步伐,小心翼翼地沿着铺绸小径走来。半透明的他们围聚于桌子四周,不是身穿殓服、缠着裹尸布,就是穿着最好的衣服。鬼魂逐渐聚集在空气里。这座墓园埋了十六万九千人。罗伯特怀疑,桌子周围能否容纳所有的灵魂。灵魂在晨光中颤抖。他们看起来好像水母。一波不满的感觉散播而开:鬼魂饥肠辘辘,可是却没有食物。他以为自己看到伊丽莎白·西铎[1]，于是准备站起身来，想过去跟她聊聊，可是有只手搭在他的肩膀上，让他无法离开椅子。

现在有数不胜数的鬼魂，桌数也随之增加。有个非常熟悉、渴望多时的嗓音在他背后响起，"罗伯特，"艾丝沛说，"你在这里做什么？"

"我不确定。大概是来找你的吧？"他试着转身，可是再度受到钳制。

"不……不要。我不想……别在这里。"她朝他贴近。他觉得不安又局促，忽然感觉有某种恐怖畸形的东西正站在他背后，用一双恶心的手压着他。

他高喊她的名字，音量如此之大，吵醒了卧房里的双胞胎。音量如此之大，有好几个钟头，艾丝沛躺在他床铺上方的天花板上，在缓缓亮起的灰光中，等待他再次呼唤自己。

最后的电话

电话响起。艾蒂伸手将电话拉至耳旁，但未马上发话。她在床上蜷身侧躺，时间接近早上九点，杰克已经去上班了。

"妈？"

艾蒂坐起身，用手指将头发往后梳理抚平，仿佛瓦伦蒂娜看得见她似的。"你好吗？"她的嗓音听起来仿佛已经醒来好几个钟头了，"瓦伦蒂娜？"

"嗨。"

"你还好吗？茱莉亚在哪里？"

---

[1] 伊丽莎白·西铎（1829—1862），英国诗人、艺术家、模特，画家罗塞蒂早期油画中的模特都是她，她也是密莱绘制的《哈姆莱特》女主角"奥菲丽娅"名画的模特。

"她在楼上，跟马丁瞎混。"

艾蒂感觉肾上腺素逐渐消退。她还好。她们两个都还好。"很想念每周日跟你们聊天。你们到哪儿去了？"

"哦……对不起。我们只是……忘了日子，你知道的。"

"哦，"艾蒂说，因为被忽略而感到一阵刺痛，"所以，有什么事呢？"

"没事……我只是想打电话给你。"

"你真贴心。近来发生什么事了吗？"

"没什么。这里下雨，又很阴冷。"

"你听起来心情不大好。"艾蒂说。

"哦……我不知道。我还好啦。"瓦伦蒂娜坐在后花园，在绵绵细雨里发抖。她不想让艾丝沛听到这场对话，可是六月突然变得很冷，她得拼命忍住，不让牙齿打颤，"你跟老爸怎么样？"

"就跟平常一样。老爸刚刚升迁了，所以我们昨晚出门庆祝，"艾蒂听见电话那头传来鸟啼声，"你在哪里？"

"在后院。"

"哦。你跟茱莉亚最近去了什么好玩的地方吗？"

"茱莉亚现在几乎把整座城市都记在脑海里了。她不用地图就能来来去去。"

"不赖嘛……"艾蒂想。她有事瞒着我。可是她当时想，那也难免：她们一搬走，很快地，你就会对她们的事情一无所知了。她们创造自己的世界，你再也不属于那里。瓦伦蒂娜提出关于自己试做洋装的问题。艾蒂要她把素描用电子邮件传过来，接着才想起双胞胎没有扫描仪。

"对啊，唉。那就算了，"瓦伦蒂娜说，"不要紧的。"

"你确定你还好吗？"艾蒂问。她的语气就是不对劲。

"嗯。老妈，我得走了。我爱你。"要是继续跟她通话，我肯定会哭出来。

"好的，甜心。我也爱你。"

"拜。"
"拜。"

瓦伦蒂娜拨了父亲公司的号码，却进入他的语音信箱。我晚点再打好了，她想，于是没有留言。

被　逮

黎明将至。杰西卡伫立于墓园档案室的窗旁，目光往外越过中庭，远眺柱廊。档案室里一片阴暗。前晚大部分时间她都清醒地躺着，心里想着早些时候自己要给墓园副董之一写的信。最后她留了张纸条给詹姆斯，走来这里把信再修改过。她的脑海里挤满了词语，而这些词语应能说服副董，同意她的要求是符合逻辑的。虽说如此，她仍然无法解开自己纠结的论点。杰西卡倚在窗棂上，手肘垂直，两手在前紧握。柱廊上方的树林与坟墓在模糊不定的光线照射下，显得阴暗又朦胧。中庭让她想起空荡的舞台。工作好多啊，她想，没人了解我们是怎么运作的。中庭里的每块铺石可是一点一点用手砌出来的……

中庭突然溢满光线。有狐狸，她想，视线左右横扫，想看看它们。它们触动了动态侦测器。可是接着穿越中庭的是个男性。他好像不为光线所扰，既没加紧脚步，也未改变路线。杰西卡引颈观望，试图看得更清楚些：是罗伯特！

该死的小子。我叫他别进出那扇门的！杰西卡使劲狠拍窗户，不顾发炎的关节敲在冰冷玻璃上而引起的痛楚，她气得没法留意。事后她想不通自己的手为何肿胀又抽痛。罗伯特浑然不觉地继续往前走。杰西卡猛然抓起钥匙与手电筒，走下楼梯，穿过办公室，然后踅入中庭。她站在礼拜堂拱门下方附近，高喊他的名字。

罗伯特停下脚步，我现在麻烦大了。杰西卡快步走向他。他想，她走那么快，会跌倒的。她随身带着手电筒，却忘了打开，仿佛将之当成武器，而不是作为光源。他打起精神走向她，以便缩短两人之间的距离。他们在柱廊阶梯旁会合，仿佛事先编排过。杰西卡止步歇了歇。罗伯特等候着。

"你以为你在干吗？"她终于开口，"你明知故犯嘛！我们讨论过这件事，可是你却在这里，在将近破晓的时候，公然在墓园里大摇大摆地四处闲逛，你绝对没有权利来这里！我曾经信任你，罗伯特，你却令我失望。"没戴帽子、身穿园艺工作服的她气呼呼地抬头怒视他，头发有如尖刺般竖起。看到她脸颊上的一道泪光时，罗伯特惊愕不已，这让他败下阵来。

"我们是有规矩的！这些规定是为了法律以及安全起见而设立！"杰西卡大吼着，"虽然你有钥匙，却不代表你有资格在晚上进来！你可能会被私闯者攻击，或是摔进洞里，也可能会被树根绊倒，然后跌个脑震荡，你连无线电都没有！任何事情都有可能发生，墓碑可能会倒下来砸到你，任何事情！要是你弄伤或弄死自己，想想保险公司会怎么调动我们的保险费，又会对墓园造成什么样的宣传效果！罗伯特，你真是该死的自私鬼！"

他们瞪着对方。罗伯特柔声说："我们能不能进办公室谈？你会吵醒死者的。"

杰西卡无法控制自己的脾气。他为何无法认真看待这件事？我会让他明白这不是玩笑！"不！我们不会进办公室去谈！麻烦你，把钥匙交给我。"她伸出原本就握着自己钥匙的手，"你从前门出去。"罗伯特动也不动。"马上！"

他松手让钥匙落入她的掌心，转身走向大门。她紧随着他，仿佛护送囚犯。他们走到栅门边，她开了锁。他拉开巨门，然后钻了出去，继而把门拉上。他俩透过栅门栏杆面对彼此。"现在呢？"他问。

"你走吧。"她静静地说。

他鞠躬后走开，沿着史维恩巷而行。杰西卡看着他。现在呢？

她的心怦怦猛跳。除了我,没人看到他,不需要让大家知道这件事。她望着罗伯特,直到他消失在路的远处。她心里有股冲动,想跟上去说……要说什么呢?对不起吗?不,当然不。他轻率又粗心,让我们承担风险……她站在栅门那里,因情绪激动而难以动弹,却无法理解这样的情绪:生气、受伤、因激动而焦急、愤慨。她根本无法厘清。我得马上跟他恳谈一番不可,她想,接着又想:可是我赶走了他。她在锁孔里转动钥匙,缓缓踱回办公室。刚过五点。詹姆斯可能已经醒来了。她拿起电话听筒,接着又搁下来。

杰西卡坐在椅子上,望着房间慢慢亮起。我做得没错,她想,我做对了。等天一亮,她便起身泡茶。心事重重又疲惫的她,不小心将牛奶洒了出来。她想,那是个预兆,或是某种象征。她摇摇头。我们现在该如何是好?

维生素

马丁被难倒了。他整个下午埋头设计字谜游戏,目的是要欢庆卡尔·林奈[1]的三百年诞辰,可是他怎么也想不出线索,整套东西感觉有失优雅又粗拙。马丁站起来伸展身体。

有人敲门。"谁?"他转向门口,"哦,茱莉亚啊。进来吧。"

"不是,"她踏进房里,"我是瓦伦蒂娜,茱莉亚的妹妹。"

"哦!"马丁相当开心,"终于!真高兴认识你。谢谢你过来一趟。你想来点茶吗?"

"不了,我……我不能久留。我来只是要告诉你,茱莉亚这阵子给你的维生素……"

"怎么了?"

---

[1] 卡尔·林奈(1707—1778),瑞典植物学家,现代生物学分类命名的奠基人。

她吸了口气,"那其实不是维生素,而是一种叫做安纳福宁的药。"

马丁柔声说:"亲爱的,我知道,但还是谢谢你专程跑来告诉我。"

瓦伦蒂娜说:"你原本就知道?"

"每颗胶囊上都印了药名啊。而且我以前服过安纳福宁,知道它长什么样。"

瓦伦蒂娜微笑了,"茱莉亚知道你知道吗?"

马丁对她报以微笑,"我不大确定。我想,以防万一,我们别跟茱莉亚提这段对话吧。"

"哦,我本来就不打算提的。"

"那我也不会。"

她转身要走。马丁说:"你确定你不要多待一会儿吗?"

"不了,我没办法。"

"那么,等你想要的时候再过来吧。"

瓦伦蒂娜说:"好的,谢谢。"他听到她穿过箱子堆成的迷宫,脚步声渐行渐远,然后就不见了。

三人舞

罗伯特事后觉得,那个过程有如观赏一场芭蕾。

"你准备好了吗?"他问。

艾丝沛不希望瓦伦蒂娜说是。她想在此刻之前暂停,在不管即将发生何事之前打住,在诱惑之前、在灾难之前、在艾丝沛非得做出自己不愿做的事情之前。

罗伯特看着瓦伦蒂娜,她动也不动地站着。他不知是否该开扇窗,都六月了,天气却仍不合时宜地透着寒意,可是在茱莉亚回家以前，谁知道她的躯体会倒在那里多久。光线急速减弱，乌鸦在墓园里彼此叫唤。茱莉亚在楼上。瓦伦蒂娜合上双眼。她站在床尾，一只手握着床铺栏杆，另一只手在呼吸器上握紧又松开。她睁开眼睛。罗伯特站在离她几英尺远的地方。艾丝沛坐在窗户凹座，手肘搭在膝上，双手抱头，脸庞以某个角度扬起，传达了某种沉思的哀伤。瓦伦蒂娜看着艾丝沛，顿生疑虑。

　　罗伯特迟疑了一下，接着跨步走向她。瓦伦蒂娜用双臂绕住他的腰，将脸颊贴在他的衬衫上。她在想，不知衬衫纽扣会不会在她的脸颊上留下印痕。一旦她死了，印痕是否会留下来。他没吻他。她想可能是因为艾丝沛在场。

　　"我准备好了。"说着，她往后退步，踏进卧房地毯中央，从吸入器里吸了一口气。艾丝沛想，她早已是一副单薄飘忽的模样，在这样的微光里，只剩一抹阴影。

　　罗伯特退到门口。他根本无法将感觉诉诸言语。他等着事情发生。他不相信那会发生。他不希望它发生。不要，艾丝沛……

　　瓦伦蒂娜闭上眼睛，接着睁开并望向罗伯特，他看起来遥不可及。瓦伦蒂娜想起离开芝加哥那天，父母望着她与茱莉亚通过奥海尔机场的安检线。急剧的冰冷渗透她全身。艾丝沛穿过她的身体，只是举步踏入她而已。这让瓦伦蒂娜想起自己以前看立体镜拍成的老相片、试着把影像拼凑在一起的感觉。我会冷死的。她感觉自己被抓取、脱离、带开。"啊。"一段空无的间歇。接着她就在自己瘫倒于地板的身躯上方飘荡。啊——艾丝沛跪在躯体旁，抬头望着她。"甜心，来这边。"艾丝沛说。她的声音好像老妈。好怪啊。她试着去艾丝沛那边，却动弹不得。艾丝沛明白，于是朝她凑过去，将她收拢在自己的手里。现在瓦伦蒂娜只是个小东西，恍如老鼠似地被捧在艾丝沛的掌心里。她最后一个思绪是：好像睡着了一样……

　　罗伯特眼睁睁地看着瓦伦蒂娜全身瘫软。她倒了下去，膝盖一软，头部松垂。她弯起身子，撞到地板时发出闷声与裂响。接着房里除了他的呼吸外，寂静无声。他站在门口，并未到她身旁，因为他不知道到底发生了什么事，一定正在发生肉眼不可见的事情，而他不知道接下来要做什么。女孩瘫倒在地毯上，凝住不动。最后他跨过房里短短的距离，跪在瓦伦蒂娜身边。她没流血。他无法判断她身上是否有破损。她一副破碎的模样，但他不能碰她。她依自己倒下的样子躺卧着，他知道自己千万不能碰她。

艾丝沛俯视望着瓦伦蒂娜的他。她感觉得到包握于手里的瓦伦蒂娜，有如烟雾却又沉甸甸的。把她放回去吧，就是现在。趁着还有机会恢复正常，把她摆回去……她希望罗伯特能挪动瓦伦蒂娜，把她的四肢摊平，将两手排好。瓦伦蒂娜的头向后弯拱，朝右侧躺，两只手臂往前乱伸，双腿整齐地并在一起。她的眼睛往上翻，嘴巴张开，露出小小的牙齿。瓦伦蒂娜身体的姿势看起来不对劲，好似一种侮辱。艾丝沛想碰碰她，可是两手是满满的。现在如何？要是我放手，她会消散吗？我真希望自己有个小盒子。她想起自己的抽屉。对了，我把她摆在那里面好了。她会把瓦伦蒂娜带进抽屉。她们可以一起留在那里等候。

罗伯特站起来，离开了房间。他想在走到前门之前，将自己目睹的一切全部遗忘。手碰到门把时，他停下脚步。"艾丝沛？"他说。一阵冰冷的碰触拂过他的面颊。"我不会原谅你的。"一片沉默。想象她站在他背后，他抗拒转身观看的冲动，接着开门下楼，随着天光隐去，站在厨房里喝着威士忌，等待茱莉亚回家发现尸体，准备听她痛哭失声。

一个钟头以后，茱莉亚回来了。公寓里的灯光全暗。她穿过公寓时，一面扳开开关，一面唤道："鼠儿？"她一定出门了。"鼠儿？"也许她在楼下。公寓里冷飕飕且空洞得有点诡异，仿佛所有家具都被视觉幻象所取代了。茱莉亚在房子之间游荡，手指拂过饭厅餐桌，轻轻碰触沙发顶端与书本背脊，确保一切都是扎实稳固的，好让自己放心。"艾丝沛？"大家都到哪里去了？

她走到两人的卧房，将灯猛地捻开，看到瓦伦蒂娜身子歪扭，倒卧在地，仿佛冻结于痛苦的舞步里。茱莉亚缓缓移动，走到瓦伦蒂娜身旁坐下。她摸摸瓦伦蒂娜的嘴唇与脸颊，看到瓦伦蒂娜的手里紧抓着吸入器，于是不假思索地将手压在自己的胸膛上。

鼠儿？瓦伦蒂娜的模样好似是想一探上方的究竟：她的两眼上翻，脑袋后仰，仿佛有什么极端有趣的事情正在脑袋上方进行。"鼠儿？"瓦伦蒂娜没有回应。

茱莉亚抽噎，感觉脸上一阵寒意，伸手狂乱地挥打。"走开，艾丝沛！滚开！她在哪里？她在哪里？"然后她开始嚎啕大哭。

艾丝沛陪茱莉亚坐在地上，眼睁睁看着茱莉亚将瓦伦蒂娜紧搂在臂弯里，伏在对方的身上恸哭。茱莉亚，我一直不想做啊。她想到自己的双胞胎姐姐，想到很快得有人拨个电话通知她。看着茱莉亚，艾丝沛便明白情况再也不会回归正轨。这全是我的错。对不起。我真的非常、非常抱歉。

救护人员确认瓦伦蒂娜的躯体已死，医生确定为自然死亡，接着塞巴斯蒂安把她从公寓移走。这段时间里，艾丝沛与瓦伦蒂娜一起待在抽屉里。茱莉亚哭了又哭，由罗伯特去电话通知艾蒂与杰克。数个小时的静止、光线与黑暗。

罗伯特跟塞巴斯蒂安散了长长的步，最后两人之间的气氛变紧张了。"你不想让她的尸体做防腐处理，这点我能明白，"塞巴斯蒂安说，"我也能了解你为什么不想让我替她调整五官。那都没关系。可是你到底为什么要我替她注射肝磷脂？"

"那是一种抗凝血剂。"

"我知道。可是你又不打算低温保存她。"

"也不能这么说……总之我们希望棺木里能放满冰块，麻烦你了。"

"罗伯特！"

"塞巴斯蒂安，迁就我一下嘛。麻烦你尽量让她待在冷藏储存箱里。"

"为什么？罗伯特，我不喜欢这种事。"

"不是你想象的那样……"

塞巴斯蒂安怀疑地瞅着他，"对不起，罗伯特。不过，你要是不把真正的打算告诉我，那就另请高明吧。"

罗伯特说："你不会相信我的。整件事听起来很疯狂。是很疯狂没错。"塞巴斯蒂安一语不发。罗伯特深吸一口气，试着整理自己的思绪，"你相信有鬼吗？"

"很凑巧，"塞巴斯蒂安轻声说，"我相信。我有过一些……有趣的经验。可是我好像记得你不……相信有鬼。"

"我不得不重新考虑。"罗伯特跟塞巴斯蒂安提到艾丝沛的事，唯独略去那项计划不提。他跟塞巴斯蒂安说，艾丝沛在瓦伦蒂娜死去时，抓到瓦伦蒂娜的魂魄，现在打算把它放回瓦伦蒂娜的身体，让对方起死回生。

塞巴斯蒂安提出几项异议。（"艾丝沛为什么不马上让她复活？"是其中最难应付的一项，罗伯特只能说他不知道。）最后，塞巴斯蒂安同意尽力替瓦伦蒂娜低温保存，也同意别对她的家人透露任何事情，免得功亏一篑。可是，即便如此，罗伯特离开时还是思忖，等他一走出视线，塞巴斯蒂安会不会打电话给杰西卡或报警。

艾蒂与杰克在翌日清晨抵达。

罗伯特站在自己的窗前，望着他们踏上前方小径，隐入那栋建筑，他听见他们踏响阶梯。艾丝沛不准杰克与艾蒂进入她的公寓，那项禁令现在已经不合时宜。罗伯特好奇艾丝沛在做什么。他想灌醉自己以便转移注意力，或者一死了之也行，什么都好过跟瓦伦蒂娜的父母碰面。偏偏他先前就答应要陪他们到殡仪馆去。

在出租车里，他们几乎没有交谈。罗伯特无法正眼注视艾蒂。她跟艾丝沛相似到让人无法忍受的地步，唯一显著的差别是她的美国腔。茱莉亚还是处在茫然的状态。她坐在父亲身边，脑袋倚在他的肩膀上。艾蒂开始静静哭泣。杰克用手臂揽住艾蒂，备受打击地望着罗伯特。罗伯特坐在他们三人对面的折叠座椅上，余下的旅途中，他的目光一直停在杰克的鞋子上。

他们抵达殡仪馆时，塞巴斯蒂安正在等他们。他带艾蒂与杰克去验看瓦伦蒂娜的遗体。罗伯特与茱莉亚坐在塞巴斯蒂安的办公室中。

"你还好吗？"罗伯特问她。

"很好。"茱莉亚说，没正眼看他。

塞巴斯蒂安带着艾蒂与杰克回来。他开始小心地细说程序与选择，土葬与火葬的价钱，以及各类证书与签字方面的要求。罗伯特聆听着，希望能摆出无动于衷的表情。他忘了瓦伦蒂娜的父母对于该如何处理她遗骸的事可能会有自己的想法。而法律规定，塞巴斯蒂安必须将所有的选择都解释给他们听。罗伯特的心脏急速跳动。要是他们决定火化她呢？

艾蒂说："我们想带她回家，杰克的家族在莱克福里斯特墓园有块地，就在密歇根湖畔，我们想把她葬在那边。"

塞巴斯蒂安点点头，开始解释该如何空运遗体。罗伯特想，唉，那只能这样了。我尽力了，但失败了。现在情况已经超乎他的控制。

怪异的是，挽救情势的是茱莉亚。"不要！"她说。大家都看着她。"我要她留在这里。"

"可是茱莉亚……"艾蒂说。

"那不是你能决定的……"杰克同时开口。

茱莉亚摇摇头。"她想埋在海格特墓园，"茱莉亚望着罗伯特，"她说过。"

罗伯特说："那是真的。"

"拜托。"茱莉亚说。最后的决定是，将瓦伦蒂娜葬在诺柏林家族墓园里，如同她所要求的一样。

抽屉里，艾丝沛怀抱着瓦伦蒂娜，将她压成某种无形无状的柔软东西，紧紧摆在身边，免得她消散不见。现在就这样喽，瓦伦蒂娜，像有袋动物在囊袋里等着成长。她在想，不知道瓦伦蒂娜懂得什么、记得多少事情。就好像跟婴儿在一起，不知这个小东西在想些什么、到底是否会思考。艾丝沛不记得自己死后生活的头几天。事情是逐渐清晰起来的，并没有突然苏醒或顿时拥有意识的一刻。她把瓦伦蒂娜搂在身边，唱点短歌给她听，跟她随便闲聊。瓦伦蒂娜的存在恍如一声哼唱、一阵嗡鸣，可是没有字眼或思绪从她那里逃至艾丝沛这里。艾丝沛不禁忆起双胞胎襁褓中的模样。她们从不同时睡觉或进食，合力耗尽了她的精力与奶水。即使在那个时候，两人虽说看起来密不可分，但已是分明的个体。唉，瓦伦蒂娜，你这回可是把自己彻彻底底地分开了。抽屉里平静无波。日子一天天过去。很快，（虽然对鬼魂来说，时间几乎没有意义）举行瓦伦蒂娜葬礼的日子就要来到。那就是一切发生的时候了。

复活日

葬礼当天早晨八点，罗伯特站在马丁门前，被撒了一地的报纸所吞没。他试着扶正报纸、将它们堆好成叠，可是等马丁一出现便作罢。

"进来吧。"他们穿过公寓走到厨房。罗伯特坐在餐桌前，马丁启动电水壶。罗伯特觉得，比起楼下的情况，马丁似乎正常且家居到让人耳目一新的程度。当马丁成了这里运作最正常的人时，你就知道自己有麻烦了。

"葬礼在今天一点举行。"

"我知道。"

"你想来吗？你知道的，如果你不行，那也没关系，可是我想茱莉亚会很感激的。"

"我不确定。要是我办得到，我会朝楼下喊一声。"

"所以我当你是'不来'喽？"

马丁耸耸肩。他举起两盒茶包。罗伯特指指伯爵茶。马丁在杯里各放一只茶包，"茱莉亚的情况怎么样？"

"她的父母已经到了。光听艾丝沛形容，我还想象他们各有三个头、眼睛会喷火，可是他们已经接手照顾茱莉亚。而且他们来的时候都……我不知道，很低调吧。我们没人能真的相信这件事。他们一直在公寓里走来走去，好像不小心就会在走廊上碰见瓦伦蒂娜似的。茱莉亚几乎像是得了紧张症。"

"啊，"马丁倒出热水，罗伯特盯着水柱。"他们暂时要住在这间公寓吗？"

"没有，住旅馆。"

"所以茱莉亚自己留在公寓？"

"对。她父母想把她一起带到旅馆，可是她就是想待在这里。我不知道原因。"

"她不该独处的。"

"嗯，那就是我想跟你谈的事。我希望你今天晚上能叫茱莉亚来这边，等我跟你说可以放她走以前，先把她留在这里。"

马丁狐疑地瞅着罗伯特，"为什么？"

罗伯特希望自己保持无辜的态度，"茱莉亚不应该独处。"

"没错，她是不应该。可是她宁可跟父母在一起吧。"

"如果需要，你也可以叫他们上来。"

"你在说笑？你希望我在这里接待艾蒂跟杰克？你好好看过这地方没有？"

"看过啊，可是我倒不知道你也看明白了，"罗伯特转换策略，"马丁，这是生死攸关的事，你非得帮我不可，别让茱莉亚进她的公寓，几个小时就好。我又不能依靠艾蒂跟杰克。"

"你在搞什么鬼？"

"要是我跟你说，你也不会相信我。"

"试试看啊。"

"算是某种……通灵。"

"你想跟瓦伦蒂娜或艾丝沛接触?"

"多少算是。"

马丁恼怒地摇摇头,"现在时机不对吧。你不能等一阵子再来搞那种事吗?"

"绝对不能等。"

"为什么茱莉亚不能在场?"

"我没办法解释,而且你不能告诉她。"

"不,我不要。"

"为什么不?"马丁起身绕着厨房踱步。罗伯特马上希望自己抢先这么做,总不能两个人同时踱步吧。那会很怪。

罗伯特说:"瞒着茱莉亚又不会伤到她。这样吧,我跟你商量商量。今晚你要是把茱莉亚留在这里,我就把你等不及想要的东西给你。"

马丁再次坐下。"是什么?"他疑心重重地说。

"玛莱格在阿姆斯特丹的地址。"

马丁挑起眉毛。他再次起身并离开厨房。罗伯特听到他穿过走廊,进入书房。他离开了好一阵子,当他再次出现时,一手夹着点燃的烟,另一只手拿着阿姆斯特丹的地图。

"我还以为你已经戒烟了呢?"罗伯特说。

"我半小时以后会再戒。"马丁在桌上将地图抚平。罗伯特看到上头覆满标注、笔记与涂擦的痕迹。马丁指着用红笔在约丹区标出的迷你圆圈,"那里。"

罗伯特眯起眼睛,把目光聚焦于极小的字体上。"虽不中,也不远。"他们凝视彼此。罗伯特露出微笑,"你怎么会凑巧挑到那个地方?"

"我知道她。她小心别透露太多,但我还记得一些事。我们以前就住附近,在特威德莱利德法街上。"

"我连她的电子邮箱地址也给你。"

"玛莱格又不用电子邮件。"

"她用啊，用了超过一年啦。"

"一年？"

"我会把她的地址、电子邮件、公寓的照片给你。"

"她寄了住处的照片给你？"

"寄了好几张呢。她没提她现在养了猫吗？"

马丁一脸惆怅，"是吗？"

"一只名叫伊维特的小灰猫，会睡在玛莱格的枕头上。"

马丁静静端坐，瞪着地图一面抽烟。"好吧，就照你说的。我需要做什么？"

罗伯特告诉他细节。那其实相当简单，整天下来，只有这么一件简单的事。

当杰克醒来，穿着睡袍的艾蒂正站在旅馆小房间的落地窗前，凝望柯芬园石板瓦屋顶上方的蓝天。他躺着不动望着她，犹豫着，不想擅闯她的思绪。最后他起身走到浴室。人生就这么继续下去，真不可思议。我在这里小解、淋浴、刮胡子，就跟平常日子没两样，好像我们在度假似的。我们之前为何不来看看她们呢？他抹去颈上最后几道泡沫，然后回到房间。艾蒂仍然伫立于窗前。现在她垂着脑袋。杰克走近她，站在她背后，将双手搭在她裸露的双肩上。她微微转身。

"几点了？"她问。

"八点十五分。"

"我们可以打电话给茱莉亚。"

"我确定她一定醒来好几个钟头了。"

"对。"

他们继续维持那个站姿，杰克的双手紧握着她的肩膀。艾蒂说："我来打给她。"她的手机在这里不管用，所以手忙脚乱地用旅馆电话拨号，先是拨错，然后再拨。

"茱莉亚?"我只是想听听你的声音。

"嗨,妈。"哦,老天。妈,我不知道该怎么办。

"我想我们可能会早点过来。"再待在这房间里,我会受不了的。

"你们可以快点过来吗?"我自己一个人不知道该怎么办。

"好,好,我们穿好衣服就搭出租车过去,会尽快到。"艾蒂涌起一种诡异的幸福感。她需要我。艾蒂挂上电话时,面带微笑。她轻快地走向行李箱,开始为出席葬礼而打扮。杰克走到衣橱前站立,望着独自吊挂的深色西装。他一时忘却,迷失在悬挂于衣橱暗影里的深色毛料中。接着他想了起来,伸手取下西装。我觉得自己好老。西装很沉重,仿佛内里铺了柔软的金属。他看着艾蒂忙东忙西、梳头发、戴耳环。我不想到外面去。他拿着一双袜子坐在床上。艾蒂看他动也不动地坐着,就说:"来吧,她在等我们呢。"话里用的是单数人称,以不耐烦的语气清楚道出,瓦伦蒂娜已死的事实终于朝他袭来。

茱莉亚在楼下的主干道等他们。她透过铅框窄窗,看着父母穿过栅门,沿着横越前侧花园的小径走来。那是个明亮的六月天,阳光让他们看起来特别立体、清晰分明。他们让茱莉亚想起童书里的一张图。小女孩领着一头熊。茱莉亚打开门。冷风窜入,将罗伯特的邮件吹到地上。她让它们留在原地。

艾蒂拥抱茱莉亚并问:"你还没打扮?"

茱莉亚低头看看自己的运动服,"我不想在楼上等你们,那间公寓现在有点让我毛骨悚然。"

"那跟我们待在旅馆吧。"

茱莉亚摇摇头。"我得留在这里。"瓦伦蒂娜在这里,她一定在。

杰克朝茱莉亚弯腰,她用手臂紧抱他的脖子。"来吧。"她说。他们一起上楼,由茱莉亚带路。

一旦走进公寓,他们反而有所顾虑。"你吃过了吗?"杰克问。他饥肠辘辘,但费心去想早餐的事让他有罪恶感。

"还没,"茱莉亚含糊地说,"可能还有些吃的吧。你们想吃什么都行。我去换衣服。"

艾蒂跟着茱莉亚。昨天他们初来乍到,艾蒂因为悲痛而麻木无感,而且还有时差问题,茱莉亚又占据了她全部的心思。今早,艾蒂才开始注意到公寓本身。透过装潢、物品、墙上漆料、阳光透过窗投射的角度、空气,艾丝沛似乎突然浮现在她的眼前。她俩的童年恍如被保存在一间博物馆里。艾蒂浑身哆嗦。她站在卧房门口,茱莉亚开始脱下运动服。茱莉亚事先已把淡紫色洋装、白袜与漆皮黑鞋一字排开,也替瓦伦蒂娜挑了同样一套装扮入葬。

"不要。"艾蒂说。

"什么?"

"别跟她穿一样的衣服。我没办法……我希望你穿别的,拜托。"

"可是……"

"拜托,茱莉亚,那样太过头了。"

茱莉亚看看艾蒂,不再坚持。她穿着内衣裤走进梳妆间,开始从衣架上取下衣服,然后一把抛到床上。

艾丝沛听到艾蒂与茱莉亚的谈话声。她从抽屉里出来,往卧房缓缓而去。她用双手捧住瓦伦蒂娜。昨天,艾丝沛远离所有的人,她整晚都在跟自己讨价还价,困惑又充满戒心。我再也不要见她。她会崩溃的。我不想见她。这都是我的错。她人都来了,我该见见她。要是她知道实情,永远都不会原谅我的。懦夫,懦夫。杀人犯。瓦伦蒂娜似乎感应到艾丝沛的情绪,变得较为收敛,在艾丝沛阴暗的沉思包覆下,像朵悲伤疑惧的小云。此时,艾丝沛深感内疚地悄悄走向卧房。

艾蒂与茱莉亚正站在床铺两侧,翻着一叠衣物。哦……你终于来了。艾丝沛站在门口直勾勾地看着她。瓦伦蒂娜愉快起来,好似心脏般地跳动。哦,你,发生什么事了?你怎么可能变成这样呢?她最后一次见到双胞胎姐姐,是一九八四年在希思罗机场,两人在彼此的臂弯里啜泣,婴儿就在身旁的双人娃娃车里。过了二十一年,我们终于相聚……你变了好多。长了些年岁,可是还有别的:更为冷硬。是什么呢?发生什么事了?艾丝沛目不转睛地观望,一边思索,他没好好呵护你,你得照顾自己。没人像我一样爱你,要是我们一直在一起……哦,艾丝沛。

她沿着房间边缘偷偷摸摸地走着。茱莉亚正眼看她,停下动作望着她。茱莉亚,你看得到我吗?还是因为瓦伦蒂娜的关系?艾丝沛在窗户凹座那儿坐下,试着抹去自己的形影。瓦伦蒂娜在她的双手中扭转、搏动。茱莉亚走到艾丝沛坐着的地方,朝着瓦伦蒂娜伸出手。在茱莉亚的抚摸下,瓦伦蒂娜镇定下来。茱莉亚合上双眼,"鼠儿?"

"你在做什么?"艾蒂问。茱莉亚伸出一只手,站在窗边。"茱莉亚?"

"她在这里!"茱莉亚说,倏地哭了起来。

"什么?不,茱莉亚……来,过来这边。"艾蒂走到茱莉亚身边抱住她。杰克在门口现身,艾丝沛震惊不已。老了许多的他变得柔软、温顺了。艾蒂越过茱莉亚的肩头望着杰克,微微摇头。他退开。艾丝沛听到他穿过公寓走下楼。他去抽烟,她想。她观望茱莉亚与艾蒂。茱莉亚不再哭泣。她俩拥抱彼此,前后微微摇晃。艾丝沛心生妒意,接着又感到愧疚。她才是她们的母亲。无所谓了。要补救什么都太迟了。过去看似举足轻重的事情,现在却显得愚蠢。我们当时以为自己很聪明。其实我们很傻。我们全搞砸了。艾丝沛在想,自己是否能再次纠正这一切。要是瓦伦蒂娜回来的话?要是双胞胎返回老家?她会要瓦伦蒂娜跟茱莉亚一起走。她愿意牺牲一切。都是空悲伤一场。她起身离开房间。她感到一股渴望,接着才明白那是瓦伦蒂娜的感受。瓦伦蒂娜想留下、想待在茱莉亚与艾蒂身边。对不起,我没办法再看着她们。你得跟我走。艾丝沛走到书房窗旁,向外眺望却视而不见,将她微微抽动中的女儿牢牢紧贴在胸前。

罗伯特回应敲门声,原本以为会看到茱莉亚,结果竟然是杰克。

"我希望你不会介意。我被赶出来,以为也许……"

他不想独处,罗伯特领悟到。"好,当然。进来吧。"罗伯特方才一直坐在书桌前,盯着厚厚的书稿。什么都比独处来得好。他领着杰克到厨房去。"要我拿点什么给你?茶?咖啡?威士忌?"

"好,就最后那种。"

罗伯特拿出两只酒杯,加上酒瓶,"加水还是加冰?"

"加水不加冰,谢谢。"罗伯特往广口玻璃杯里装了点水,摆在杰克面前。他们相对而坐。空荡的厨房被阳光晒得白晃晃的,似乎敞亮得有点怪异。杰克思忖,这栋建筑物里的人家里是否都不摆食物。罗伯特看到他望着空无一物的橱柜,"我不大有胃口。不过如果你想吃一点,我可以烤些面包。"

"当然好。楼上没吃的。茱莉亚一副憔悴的样子。"

罗伯特没回答,起身开始烤面包。他打开冰箱,拿出一罐果酱和一瓶马麦特酸制酵母。接着他坐在桌边。杰克往后靠着椅子,是五〇年代金属配聚氯乙烯那类小型椅。罗伯特好奇,椅子会不会在杰克的硕大身形下崩折。他再度起身拿餐具。

杰克说:"我在想,不知能不能问你个私人问题?"

罗伯特发出不置可否的声音,然后坐下。

"你是艾丝沛的……?"男友?重要伴侣?这里大家都怎么称呼没有婚约的情人?

"对。"我是艾丝沛的。你摸索的是"生物"这个词语吧。面包片剧烈地弹起,让他们两人一惊。罗伯特往杰克的盘子里摆了三片,放了一片在自己盘里。他把盘子递给杰克,两人一起往吐司上抹果酱时,都没有开口,直到杰克吃完吐司为止。罗伯特把自己没碰的第四片递给他。杰克想,他看起来很疏离。罗伯特想,我快吐了。

杰克替自己倒了几指深的威士忌,然后添了些水。他开口道:"艾丝沛有没有跟你提过她跟艾蒂之间的过节?"

罗伯特摇摇头。老兄,我没料到你要问那件事。"她在世期间没有。她把私人文件全留给了我,文件里有她的日记,还有给我的一封信,里面解释了一些事情。"

"啊。我想,你不会答应让我看看那些东西吧?那封信呢?也许可以?"

"呃,你读过艾丝沛的遗嘱。她特别不想让你或她的妹妹接触这些文件。"

"嗯。"罗伯特看着杰克吃掉最后一片吐司。然后,杰克才说:"我真的只需要一个问题的答案,其他的我都知道了。"

"什么?"

"她们为什么要那么做?"

罗伯特不发一语。

杰克说:"这整个……愚蠢的游戏,我们玩了这么些年,我想知道意义何在?就我所能判断的,没人被蒙在鼓里,可是不知为何,我们竟然全都得继续假装自己不知道。"

"不知道什么?"

"你不知道互换身份的事吗?"

"我知道,可是照艾丝沛的说法,你并不知道。"

"可是她明明知道我知道。我是说,怀孕真的改变了她的身体……显然只有艾蒂自己不明白……也许这就是艾丝沛对艾蒂做的怪事?嘿,我知道你什么都不能透露给我,"杰克说,"可是,要是我照着自己所理解的,把来龙去脉告诉你呢?你只要听到事情对劲,稍微挑起眉毛就行。我们可以这样吗?"

"好吧。"

"好,"杰克抿一口威士忌,"平时这时间我是不喝酒的。"

"我也不在这时间喝。"直到最近。罗伯特替自己斟了些威士忌。他想那个气味可能会让他反胃,可是并没有。他谨慎地啜饮。我竟然喜欢在早晨闻到凝固汽油的气味。

杰克开始诉说:"那是一九八三年。艾蒂跟艾丝沛·诺柏林住在哈默史密斯的一间小公寓里,生活在波希米亚式的潦倒颓废当中,花了母亲不少钱。双胞胎才刚从牛津毕业。我当时在伦敦分行工作,直到现在,我还在这家银行服务。我们都知道,我那时订婚的人就是现在的艾蒂,可是那时她对大家来说是艾丝沛。我还是照着她们目前的名字来叫,免得混淆。"

"好。"

"艾丝沛,也就是你的艾丝沛,对我一点好感也没有。她没有主动表示敌意,只是表现出英国人的那种姿态,你知道,就是某人不想认识你,故意冷落你那样。我想那跟我个人无关,可是她很清楚事情的走向:我要带她的双胞胎姐姐到美国去。我不知道双胞胎情结对你跟艾丝沛的影响有多大?"

"不太大。艾蒂已经离开,艾丝沛又很少提到她。可是茱莉亚跟瓦伦蒂娜教会了我很多事。"罗伯特想,关于他跟瓦伦蒂娜的来往,茱莉亚不知道跟她父母说过什么。

"唉,双胞胎的问题在于,没人可以取代缺席的那一位。我是说,我跟艾蒂,我们爱瓦伦蒂娜,可是茱莉亚……我不知道她要怎么……"杰克望着双手。罗伯特发现自己呼吸困难。"回到正题。艾蒂与艾丝沛那对双胞胎,她们面对我的反应变得非常怪异,我再也没办法看到她们在一起的模样。她们非常相像,可是程度还不到她们想象的那样。她们假扮对方时,总会有一种额外的成分,就是装模作样。我是说,做自己就不用特别下工夫,可是诺柏林姐妹扮演对方时,就能嗅到明显的卖力味道。艾蒂开始扮演艾丝沛,也就是说,我的未婚妻开始乔装成她的妹妹,频频对我放电。那是你的艾丝沛永远也做不出来的,因为她真的讨厌我,就是用她那种无关个人的冷漠方式。"

"她为什么要那样？"

杰克摇摇头，"我太太对自己一直很没有安全感。她是两者当中较弱的那位，可是这些年下来，她吸收了她妹妹的某些人格特质。我想她当时是在试探我，看我会有什么反应。"

"所以你怎么做？"

"我气坏了，后来就犯下了天大的错误。我顺势跟着她们起舞。"

"啊。"

"是啊，所以……情况越变越复杂。我有百分之九十九的把握，在婚礼上站在我身边的是艾蒂。我的艾蒂，你懂我的意思。掉包发生在我们要搭飞机前往芝加哥的时候。"

罗伯特想象艾丝沛在飞机上与杰克并肩而坐，"艾丝沛很怕搭飞机。"

"她们两个都是。那就是我跟艾蒂没来拜访这俩姑娘的原因，不过现在看来是太荒唐了。那不是点醒我的原因。"罗伯特等着他详述。杰克却说："拜托……答案一定就在艾丝沛的文件里。要不然她为什么拼命想把女儿跟我们隔绝开来？"

罗伯特说："可是我不懂，你到底想查出什么？艾丝沛怀孕了，而你是父亲。她们那么自我，互换身份是个明显的解决之道，这样一切就会重回正轨。"

杰克说："我从没跟艾丝沛睡过。"

罗伯特想，我的脑袋快爆炸了。"你等着。"他说。他起身走到佣人房，找到放着艾丝沛那封信的最后一箱日记，全部搬到厨房里。他拿出一本日记，不停翻找，直到挑出那个条目为止。"一九八三年愚人节，"他说，把日记递给杰克，"在骑士桥的一场派对。你醉了。我想，这多少是为了开艾蒂一个玩笑。"

杰克阅读时，将日记拿离一臂之遥，"她没提我的名字啊。"

罗伯特回答："日记是她们合写的。"他向杰克倾身，指出紧接第一项条目下面的那条，"这是艾蒂的回答。"

你真该死。我难道不能拥有单属于自己的东西吗?杰克读道。他满面疑惑地抬头。

罗伯特说:"她们试着补救,可是她们不明白这会牵涉到什么。我想她们不是蓄意要伤害你的。"

"是啊,"杰克说,"我只是恰巧在场。"他把日记摆在桌上,合眼抿嘴。罗伯特想,他竟然不知道自己真的是她们的生父。哦,天啊。他想到瓦伦蒂娜,觉得无助又气愤。罗伯特无法言语。最后他用手指着其他的日记:"欢迎你自由翻阅。"

杰克回答:"不了,谢谢。我查到自己需要知道的部分了。"杰克起身,顿失方向,微感昏眩。他俩目光交会,继而移开视线,两人突然都不确定接下来该要如何。

罗伯特说:"罗德戴尔屋见了。"

"好。嗯……谢谢了。"杰克脚步沉重地离开。罗伯特听到他缓缓拾阶上楼。一扇门开启又关上。罗伯特取出皮夹,出门买花。

瓦伦蒂娜的葬礼在罗德戴尔屋举行,这是一栋十六世纪的庄园宅邸,内尔·格温[1]曾经定居于此,目前作为艺廊、婚礼场地或咖啡厅之用。她的告别式被安排在楼上的大房间,通常在此进行人体素描和瑜伽课。这房间一半用原木搭建,另一半一直处于未完成的状态,仿佛木工的午茶点持续了好几十年。覆满白玫瑰的棺柩靠在支架上,停放于房间前侧,折叠椅填满了剩余的空间。茱莉亚坐在最前排凝望窗外,夹在父母之间。她想起某人跟她们讲过内尔·格温的故事,说她把自己的婴儿倒悬于罗德戴尔屋的窗外。茱莉亚忘了事情的起因,也不记得是哪扇窗。

白色棺木搭有简单的钢制配饰。塞巴斯蒂安在房里走动,往讲台上摆了一个大水罐和几只杯子,将刚到的花环搁在棺木前方。他那种超高效率与超乎自然的平静,让茱莉亚觉得他好似一名管家。

---

[1] 内尔·格温(1650—1687),十七世纪英国女演员,查理二世的情妇。

我从没见过管家。塞巴斯蒂安瞥了茱莉亚一眼，仿佛知道她对他的看法，然后给了她一抹镇静的微笑。我快哭了，我一旦开始就停不下来。她想要消失。塞巴斯蒂安在讲台旁边放了一盒面纸。他把这种事情当成工作，早就习以为常。茱莉亚从没想到自己会面临死亡，也没想过死亡会发生在她认识的人身上。墓园里的那些人只是石头、名字与日期。慈爱的母亲。挚爱的丈夫。艾丝沛只是个余兴节目，对茱莉亚而言从来都不真实。瓦伦蒂娜就在那个盒子里。这不可能是真的。

我想要被鬼纠缠，茱莉亚想。鼠儿，缠住我吧。过来用你的手臂环抱我。我们会坐在一起，用乩板写下我俩的秘密。如果你做不到，只要看着我就行。那是我唯一需要的。你在哪里？不在这里，可是我也感觉不到你离开了。你是我的幻肢，鼠儿。我一直在找你，都忘了你已经死了。鼠儿，我觉得自己很傻。不管你在哪里，回来缠住我，来找我。陪我。我很怕。

茱莉亚望着母亲。艾蒂僵直地坐着，两手紧抓小提包，指节都发白了。她也很害怕。茱莉亚看着父亲的体型超过椅子的大小，身上散发着未经重制的烟叶与酒的甜腻气味。茱莉亚斜倚着他。杰克伸手握住她的手。

人群鱼贯而入，在折叠椅上落座。茱莉亚转身看，可是大多是陌生人。这些是墓园的工作人员。杰西卡与詹姆斯坐在普尔全家的后方，杰西卡拍拍茱莉亚的肩膀，"你好，亲爱的。"她戴了一顶钟形小黑帽，上头的面纱好似捕捉了星星的网。鼠儿一定会爱死那顶帽子。

"你好。"茱莉亚不知道还能说什么，所以她微笑并转身面向棺柩。要是我坐在后面，会更顺利地撑过这段时间。

当人们陆续就座，双肩披着红色衣饰的主祭站在房间前方，持着文件夹板观望。茱莉亚好奇事情接下来的发展。他们要求的是一场非宗教性的仪式。罗伯特通过人文学会把一切安排妥当。他问茱莉亚是否想发言。现在她的袋子里就塞着那张折了又折、删去多处的讲稿。那份讲稿全都不对，不恰当且不真实。马丁替她读过，并且帮忙重新修改措辞，可是讲稿还是传达不出茱莉亚想表达的内容。无所谓了，茱莉亚对自己说，反正瓦伦蒂娜又听不到。

披着红色披巾的主祭开口了。他欢迎大家，说了些跟宗教无关，但旨在提供慰藉的话。他邀请认识瓦伦蒂娜的人来谈谈她。

罗伯特站在讲台上，往外望着半满的房间。普尔家的人坐在离他几英尺的位置，坚忍地凝望着他。瓦伦蒂娜，原谅我。他清清喉咙，调整眼镜。他发现自己的嗓音一开始过于柔软，接着又过分响亮。罗伯特真希望自己身在他方、埋头做别的事。"这是奥肖内西[1]的一首诗。"他说，两手平稳地拿着纸张。

"我打造另一座花园，是的，
为了我的新爱人：
我让死去的玫瑰留在原地
在上方植上新的。
我的夏天为何还不开始？
我的心为何不加快速度？
我的旧爱来到，迈入园里，
让园子顿成荒芜。

她挂着疲惫的微笑进来，
如同昔日；
她环顾四周片刻，
因为寒冷而颤抖；
她瞬间的触摸将一切处死，
她瞬间的眼光使一切毁灭；
她使得白玫瑰花瓣散落，

---

[1] 奥肖内西，英国维多利亚诗人。

而且让红玫瑰转为煞白。"

诗还未结束,但罗伯特没念下去。他望着坐在折叠椅上的人们,正准备继续下去,不过突然改变主意,立刻坐下。他朗读的内容让大家一头雾水,房里响起交谈的嗡嗡声。杰西卡想,实在不恰当。他在怪罪艾丝沛什么呢?他原本应该谈谈瓦伦蒂娜的。艾蒂与杰克面向前方,直盯着白色棺木。杰克想不通,罗伯特到底是什么意思。

茱莉亚满怀怒意,可是她试着压抑住。她走到讲台那里,四肢好像通过遥控加以控制一样。她摊开讲稿,看也没看就开始讲,"我们离家很远……虽然你们跟我们认识不久,但还是来参加葬礼,真的很感谢。"我原本还要说些什么?"瓦伦蒂娜是我的双胞胎妹妹,我们从没想到两人可能会分开,也没有这个打算。我们原本要永远在一起的。"

"当我们还小的时候,爸妈带我们去林肯公园动物园,如果你们不知道的话,那是芝加哥市中心一个大型动物园,在观赏鸸鹋、长颈鹿等动物时,还看得到高楼大厦。那时候我们看着老虎,它独自待在假造的风景里,园方希望它以为自己在中国或是它原本的栖息地。瓦伦蒂娜爱上了这只老虎。她站在原地好久好久,只是一直看着它。它走过来望着她。他们两个就盯着对方看,最后它好像点了点头,然后走开了。瓦伦蒂娜对我说:'我死的时候,要当那只老虎。'所以我猜她现在可能变成老虎了,但我希望她不是在动物园里面,因为她其实很讨厌动物园。"茱莉亚深吸了一口气。我现在不会哭。"话说回来,那是我们八岁时的事。最近我们对死后生活有了不同的想法。"罗伯特想,哦,糟了。茱莉亚继续说:"我不知道瓦伦蒂娜对死亡到底有什么看法。打从我们搬到这里,死亡这件事就让她觉得有点兴奋,可能是因为我们就住在墓园旁边吧,而且我们才二十一岁,感觉死亡跟我们没有直接关系。"茱莉亚一直对着房间后方的吊唁花礼发言,可是现在她望着母亲,"反正,我想她也不会太在意。我的意思是，也不是说她想死，不过，她对墓园的美感起了兴趣，所以要是这件事一定要发生，我想她会很高兴葬在那里的。"还有什么呢？我爱你，没有你，我不知道该怎么过下去，你是我的一部分，你走了，我也想死了。

"不管如何，谢谢，谢谢你们过来。"茱莉亚在宾客的喃喃低语中坐下。塞巴斯蒂安与罗伯特目光交会。罗伯特看得出来，塞巴斯蒂安觉得这些讲词有些脱离常态。主祭说了几件事，嘱咐大家穿过瓦特罗公园到墓园，并再次感谢大家出席。扶灵者抬起棺木，扛着它离开房间。人们等着普尔全家跟上去。但他们没这么做，人群中扬起一阵压低的讨论声。人人起身，三三两两并排，鱼贯离开。普尔家一直坐到房间空空荡荡为止。罗伯特站在楼梯平台那里等候他们。最后，塞巴斯蒂安主动向艾蒂伸出手臂。他想，不知她有没有办法撑到下葬，"你要喝点水吗？"

"不，不必。"杰克与茱莉亚站起身。艾蒂抬头望着他们三人。我动弹不了。茱莉亚欠身对她细语："你可以留在这里，我会陪你。"

艾蒂摇摇头。她想把一切隔绝在外，让时间停止。她仍在思索那首诗，思索那片荒芜的花园。她想象自己单独在这样的花园里，花朵全已凋亡、夜幕逐渐低垂，而瓦伦蒂娜与艾丝沛就葬在此处。艾蒂心想，要是自己坐着别动，如果大家任她独处，她就能听见她们对她说话的声音。这样的景象占满她的脑海，挥之不去。杰克往下伸手，将艾蒂抬离椅子。他将她揽进自己怀里。她开始落泪。塞巴斯蒂安挪身，陪同罗伯特站在楼梯平台上。他们听着艾蒂的抽噎声。茱莉亚走出房间，与他们擦身而过，没向他们致意就直接下楼了。

我们到底干了什么好事？艾蒂的泪水有如溶剂，化掉了罗伯特的冷漠超然，也化掉了他原本打算随便把那天敷衍过去的决心，以及他向来自视为正派人士的感觉。他是个妖魔，现在他明白这点了。他所能做的，只是执行那个计划，可是计划不但设想不周，而且自私到骇人的地步。"不。"他说。

"什么?"塞巴斯蒂安问。

"没什么。"

杰西卡有种强烈的似曾相识感。他们再次围着诺柏林家族墓园站立。这是夏天而非冬天。奈杰尔站在灵车旁边,入葬团队守候在一旁。罗伯特茫然地驻足于菲尔与塞巴斯蒂安身旁。没有牧师,人文学社的女士讲了几句话。瓦伦蒂娜的棺柩放在墓室的地板上,准备摆进艾丝沛下方的壁龛。普尔一家紧紧依偎,茱莉亚的母亲几乎是被她跟父亲搀扶着的。塞巴斯蒂安机敏地拿出几把椅子。这家人重重地坐入椅子里,目光紧盯家族墓园的门。可怜的一家子。她那么年轻。杰西卡将目光转向罗伯特,自从那日清晨在墓园逮到他,她就没跟他说过话了。她对詹姆斯低语:"我想他快昏倒了。"罗伯特相当苍白,汗流浃背。詹姆斯点点头。他勾住杰西卡的手臂,仿佛她才是需要支撑的对象。

仪式结束,奈杰尔关上墓园的门,人们开始沿着小径散去。罗德戴尔屋那里备有咖啡、食物和饮品。杰克·普尔在与奈杰尔谈话,茱莉亚跟艾蒂静静地等候着。罗伯特自行走下小径,杰西卡叫住他。

他转身犹豫了片刻,接着朝她走了回去。

"罗伯特,我们真是遗憾。"杰西卡说。

他摇摇头,"错在我。"他告诉他们。

"我亲爱的,别怪自己啊。"杰西卡不安起来。罗伯特望着他们的样子带着点什么。我之前一直以为他快要失控了,可是现在我想他可能早已失控了。竟然用那首诗。哦,天啊。"我们得下去了。"她说。他们一起缓缓前行,路经埃及大道,迈向柱廊。

在罗德戴尔屋,大部分的对话都出自那些对瓦伦蒂娜所知不多的人们。杰克已经回到佛垂沃,好让艾蒂躺下休息。茱莉亚在一小群年轻的海格特墓园之友之间迷惑又安静地坐着。菲尔端热茶与三明治给她，在附近徘徊不去，等着她开口要求什么。最后罗伯特走过来。

"我可以陪你走回住处吗？"他问，"如果你宁可搭车，塞巴斯蒂安可以载你一程。"

"好。"她说。罗伯特看着她，决定最好还是把她送上车。茱莉亚不知所措，她两眼空茫，似乎没听懂刚刚那个问题。他帮她从墓园之友当中脱身。他们默默走到街上，一起等候塞巴斯蒂安去取车。

"艾丝沛花了多少时间才变成鬼魂？"茱莉亚静静地问，没正眼看他。

"我想她一定马上就变成鬼魂了。她说有一阵子她像雾气。"

"我觉得瓦伦蒂娜在场，就今天早上。在卧房里，"茱莉亚摇摇头，"感觉就是她没错。"

"艾丝沛跟她在一起吗？"罗伯特问。

"我不知道，我看不到艾丝沛。"

"嗯，我也看不到。"车子到了。他们在沉默中驶上山丘。

那天下午感觉漫无止境。罗伯特坐在书桌前，不去思考，静止不动。他想喝酒，却又怕醉倒而搞砸了事情。所以他无所事事地默默端坐。艾蒂在双胞胎的床上睡着了。杰克坐在窗户凹座那里，窗帘几乎完全拉上。他听着妻子轻柔的鼾声，读着一本美国初版的《老人与海》。茱莉亚发现自己无法承受待在屋内的感觉，于是坐到后院，膝盖塞在下巴底下，用双臂搂住自己。马丁正在练习靠近窗边站着。他看到茱莉亚，迟疑了一下，然后敲敲窗户向她示意。她跳起来跑向防火梯。他听着她的脚步咚咚作响，就在她抵达时，马丁打开后门的锁。茱莉亚一语不发地走进来，坐在厨房椅子上。

"你吃过了吗？"他问她。她摇摇头。他开始做芝士三明治，还倒了一杯牛奶，搁在她面前。他打开烤箱的电源，把三明治放进去让芝士融化。

"你竟然在用烤箱啊。"茱莉亚说。

"我确定烤箱可以用。我请煤气公司重新接线了。"

"太棒了,"她露出微笑,"你的情况好多了。"

"是维生素的关系。"马丁在口袋里寻找打火机与香烟,抽出一根并点燃。他坐在另一张椅子上,"你的情况如何?抱歉我没办法参加你妹妹的葬礼。"

"我没指望你会来。"

"罗伯特问过我,我已经走到平台上,可是没办法再往前进。"

"没关系。"茱莉亚想象马丁站在平台上,报纸围绕在四周,试着独力走下楼梯却做不到。

马丁整天都在思考,要如何说服茱莉亚晚上待在他这里。他拟定各种版本的对话,可是现在却不经意地脱口而出:"你今天晚上要做什么?"

茱莉亚耸耸肩,"可能到红咖啡馆跟爸妈吃饭吧,然后我就不知道了。我猜他们会回旅馆。"

"你不是应该跟他们一起去吗?"

茱莉亚倔强地摇摇头。我又不是小孩。

马丁说:"你要不要来我这儿?我想你不该独处。"

茱莉亚想到艾丝沛潜伏在公寓里,于是就说:"嗯,好啊。"她啜饮牛奶。两人都没开口,直到定时器响起。马丁小心翼翼地从烤箱中取出芝士三明治,放进盘子并搁在茱莉亚面前。她看看三明治与牛奶,觉得被人照顾的感觉真是奇怪。马丁将烟捻熄,好让她吃饭。等她吃完,他把杯盘清理干净,然后问:"你想玩拼字游戏吗?"

"跟你玩吗?不了,会很丢脸。"

"那么玩牌呢?"

茱莉亚迟疑了一下,"感觉玩什么都怪,当她……你知道的,我觉得自己不该玩。"

马丁递烟给她。她拿了一根之后,他替她点燃。他说:"我想,之所以会发明游戏,就是不要让我们的心思一直在某些事上面打转进而发疯。不过,我还有个点子,既然我错过告别式,我们自己来举行一场吧。你要不要跟我讲讲瓦伦蒂娜的事?"

一开始他还以为她不会回答。她皱眉瞪着烟头。不过就在那时,茱莉亚开始支支吾吾地跟马丁说起瓦伦蒂娜。他从她那里哄诱出每一个故事,直到那些话语开始塑造出那个活在茱莉亚脑海里的瓦伦蒂娜。茱莉亚谈了好几个钟头的瓦伦蒂娜,下午悄悄转为傍晚。马丁悼念着几天前的下午匆匆见过的那位女孩。

罗伯特的钥匙在杰西卡那里,所以他拿了艾丝沛的。他认识她这么久以来,后花园墙壁那扇门的钥匙一直挂在她的食物储藏室里没用。一周前,他从艾丝沛的书桌里取走诺柏林家族墓园的钥匙。这两把钥匙和双胞胎的公寓钥匙,现在就好端端地摆在他的大衣口袋里。罗伯特站在窗边眺望前侧花园,等着夜幕降临。

茱莉亚跟父母沿着小径走去,穿过大门,准备去吃晚饭。罗伯特想,就是现在了,我现在不动手,就再也做不到了。

他从公寓后门出去,刻意没上锁。虽然报纸遮蔽了马丁的窗户,但是罗伯特穿过后花园时,仍然抬头仰望。怪了,他竟然撕掉了一些报纸。马丁的书房里点了灯,其他房间一片阴暗。罗伯特悄悄穿过绿门,留了个缝。

通往诺柏林家族坟墓最直接的路线,就是穿过黎巴嫩环与埃及大道。他用手电筒照明,以便加快行进速度。天空悬着半月,大道上方的树木却将之掩蔽。他关掉手电筒,竖耳倾听。当时他并不害怕。他意识到自己因为身处墓园而感到愉悦。唯一的噪音就是往常的夜间声响:上下山丘的稀疏车流、随着夜凉而减弱的几种昆虫鸣唧。罗伯特迈出大道,上坡往诺柏林家族墓园走去。

钥匙用起来不顺手。我早该先替锁头上油的。他终于转动锁头,将门推开。他踏进小房间,套上一双乳胶手术手套,几乎完全拉上门，免得有人经过。虽然他们怕我的程度可能甚于我怕他们。他跪在瓦伦蒂娜的棺木旁边。擅闯这个小小的空间，让他觉得自己好似庞然大物，好像变大的爱丽斯将手臂伸入白兔房子的烟囱里。棺木被往后推入壁龛中，所以他往外又拉又扯，直到方便处理事情的程度为止。这种事无法用恭敬的手段进行，他从口袋里取出螺丝刀，一面旋开棺盖，一面这么想着。感觉花费了好长时间。撬开棺盖时，他早已浑身是汗。棺盖松开时发出短促的气流声，仿佛他打开的是巨大的腌黄瓜罐。

瓦伦蒂娜的躯体安稳地仰卧在白色丝绸当中。她看起来好舒服。罗伯特的双臂探入棺木，将瓦伦蒂娜抱起来。她几乎没什么重量。塞巴斯蒂安在她的身体下方藏了包覆塑料的冰块，所以她略带湿气。她虽然非常冰冷，可是柔软易曲。塞巴斯蒂安信守诺言：瓦伦蒂娜并未散发出腐败的气息。罗伯特不确定该把她放在哪里。他笨拙地站着，转身将她搁在地上。他从棺木里取出冰块、抛进树丛，接着把螺丝刀放进棺木并将棺盖放回。他把空棺木推回壁龛。罗伯特收拢螺丝刀与手电筒，环顾四周，看看自己有无留下痕迹，什么也没发现。他脱下大衣，摊在地上，接着把瓦伦蒂娜的躯体摆在外套上，再用外套包起来。现在把她藏好了。

他意识到钥匙在外套口袋里，于是把它们掏出来，改放进衬衫口袋。接着罗伯特抱起瓦伦蒂娜。他扛着她时，让她紧贴他的身子，脑袋倚在他的肩上。他一只手揽抱着她的上半身，另一只手开门，小心翼翼地穿过门口，虽然焦急，却不想推挤到他扛着的东西。他重新锁上墓园的门，关上手电筒，开始沿着小径摸黑往回走。

好怪，竟然这么简单。我以前总是想象窃尸这种行业是很繁重艰苦的。当然，如果还要先掘地，的确会比较费力，以前他们都要扛暗色灯笼跟铲子等东西。罗伯特想要咯咯发笑，或吹吹口哨。我不大对劲，回到家要喝一杯。他转进埃及大道。黑暗中，他感觉自己每走一步，瓦伦蒂娜就跟着震动颠簸。他放慢脚步，将她搂得更紧。

他走到黎巴嫩环那里，拾阶而上。站在阶梯顶端时，他以为听到了某人的呼吸声。他驻足不动、屏住呼吸，却没听到任何声响。

最后他来到墓窖。他走到绿门前，轻轻推开门。花园里一片空荡。马丁的书房仍亮着同样的灯，仿佛时间并未流动，一切平静无波。双胞胎的卧房里点了灯，窗帘被拉起。罗伯特进入花园后锁上门，奔过苔藓地并回到公寓。他汗如雨下。

我到底在干吗？他将瓦伦蒂娜搁在厨房桌上，走到冰箱那里取出一瓶伏特加。他正要以瓶就口时，却有所迟疑，于是从橱柜里取出酒杯，斟了些伏特加，一口气喝下，然后盯着自己投在厨房窗上的影子。他看得到自己背后有瓦伦蒂娜被包住的形体，有如木乃伊般躺着，好似博物馆的展示品。他又倒了一杯酒，饮下半杯。他锁上了后门。

亲爱的，现在来吧。

罗伯特轻手轻脚地将瓦伦蒂娜放在床上。一开始他横着放，她跟床板平行，双脚从床侧伸出。他把裹着她的外套拿开，丢在卧房椅子上。瓦伦蒂娜的小黑鞋恍如飘浮于地板上方，仿佛撑起鞋子的力量完全与她的双腿无关。罗伯特皱起眉。这样不好。他轻柔地用双臂搂起她，重新放在床上，这次是入睡的习惯位置。他抚平她的洋装，将她的手臂舒适地置于身侧，按摩她的指头。瓦伦蒂娜的头松垂地靠在他的枕头上，仿佛脖子再也没了骨头。罗伯特用双手捧着她的脸，转到让她看起来完整而非破碎的角度。他抚摸她的眉。

房里阴森森的，那年六月的夜晚都相当寒冷。那天早上他在卧房里摆满鲜花。他在花店里踌躇不已，要百合或是玫瑰？他决定要买粉红玫瑰，因为百合的气味总是让他反胃，也因为瓦伦蒂娜曾对粉红玫瑰略有赞美。现在玫瑰放在花瓶、旧锡罐和许久以前向艾丝沛借的盆子里。床铺两侧、窗棂、暖气罩上方都摆有玫瑰。这些玫瑰的色泽是芭蕾舞鞋、老妇人晨衣的那种粉红。在卧房的冰冷空气中，花朵似乎颤抖着，继续收卷花瓣，仍未散发香气。罗伯特向哈克尼区的摊贩买了一整个购物袋的蜡烛。每根蜡烛上面都有个圣人图像。小贩向他解释,得让这些蜡烛烧到自行熄灭为止,这样一来,你祈求的事情才会实现。罗伯特希望真有其事。蜡烛立在玫瑰旁边焚烧着。

　　罗伯特坐在床上望着身边的瓦伦蒂娜。令他吃惊的是,她的模样如此完美。他试着回忆瓦伦蒂娜提过的关于小猫复活的事。瓦伦蒂娜的眼下有黑眼圈,虽然身上有些地方泛青,某些部位又过红,但却不像医学院与警方太平间里那些肿胀、渗出体液、变色与发臭的尸体。太平间尸体的存在状态本身是活跃的,它们努力地尽快将自己转变成无从辨识的生物,不会再被错认为人类。瓦伦蒂娜依然保有自己的本质,他对这点心存感激。

　　他在想,他是否该跟她说话。与她共处一室却不发一语,这样似乎很不自然。她的发丝纠结。为了让自己分心,罗伯特开始梳理她的头发。他动作细腻地解开缠绕在一起的头发,免得拉扯她的头皮。她的头发好似牙线,一把把滑溜的白。梳子埋入发间,分开,抚平。起初,他的双手颤抖,接着便沉浸在那种重复动作以及瓦伦蒂娜亮泽发丝的美丽当中。这几乎是我想要的一切了。永远坐在这里,梳理她的头发。头发略微抗拒梳子而起伏,好似呼吸。罗伯特在不知不觉中,以自己呼吸的频率来梳理瓦伦蒂娜的头发,仿佛能把呼吸从他的肺传递至她的发,恍如她的头发此刻就要替她接管呼吸的任务。

　　最后他逼自己停下。她的头发已经相当柔顺,再做更多只会扰乱它。罗伯特凝坐倾听。屋外逐渐起风,附近传来犬吠声,可是瓦伦蒂娜一片静默。罗伯特看看手表,才十一点二十二分。

　　电话铃响,就那么一回。

　　茱莉亚倦了。晚餐期间,艾蒂与杰克谈到那场葬礼,以及他们二十二年前所知的伦敦。他们提议要陪茱莉亚待在伦敦,或是带她回莱克福里斯特老家。他们觉得她现在情绪过于激动,无法立即决定，接着又热切地盯着她看，仿佛能在她吃完牛排和薯条之前，赶紧将她带离。他们战战兢兢地聊起瓦伦蒂娜，聊到与瓦伦蒂娜相关的事时，都不忍用过去式，所以避免直接提及她。等茱莉亚送他们上出租车，自己走回佛垂沃时，她想爬上楼。可是马丁要我待在他那里。

当她走进马丁的书房时，他正坐在电脑前，可是屏幕暗着。他两手交叠，垂头坐着，好像在做感恩祷告。

"马丁？"

他振作精神，"你来啦。我都想睡了呢。"

"我也是。我只是要跟你说声晚安，我要上床睡了。"

"哦，先别去睡。"马丁伸出手。她不再坚持并走向他。他说："我在想，我可能会在明天离开。"

"离开？"她无法消化这样的信息，"你怎么能离开？我真希望……你不能等等吗？"

马丁叹气，"我不知道。要是我再等下去，到底离不离得开？可是，也许明天还太快。我不想让你难过。"

茱莉亚弯腰，用双臂紧抱他的脖子。她这么做是出于一时冲动，马丁回以他在西奥儿时常有的反应：他将茱莉亚拉到他的大腿上。倚在他的肩上，他们就这样端坐良久。马丁以为她可能睡着了时，她却开口："我会想你的。"

"我也会想你，"他说，一面抚摸她的发，"可是别一副那么悲哀的样子嘛。我确定我不会离开太久，不然你也可以过来拜访我们啊。"

"那不一样。现在一切都不同了。"她说。

"你有什么打算？"

"我不知道。大家自己一个人的时候都做什么？"

"跟我一起走吧。"他说。

茱莉亚窃笑，"那很蠢啊。你是要去找玛莱格，而且你又不需要我。"

"我不需要吗?"

她抬起脸庞,他亲吻她。这个吻持续进展,他喘着气打断,将她的手从他的皮带扣环拉开。"那样不好。"他说。

"抱歉。"

"不。重点是,要是我可以,我会愿意的。茱莉亚,安纳福宁有个副作用,就是……"

"哦——"

"那就是我向来不爱服用的原因。"

"好像贞操带哟。"她开始咯咯轻笑。

"你这个放肆的小姑娘。"

"我猜玛莱格不用担心我。"

马丁相当严肃地说:"就更广的角度来看,不,她是不用担心我。可是,茱莉亚,你的对象不该是我这样的老头,你的情人应该是三十年前的我。"

"可是,马丁……"

"你会明白的。"他挪动身子准备站起来,她从他的膝上滑下来。"同时,过来吧,我唱首摇篮曲给你听。"他牵起她的手,领着她到他的卧房。"啊,等等,让我查一下东西。"他拿出手机,按下二号快捷键,让它响一声后挂断。当时十一点二十二分。

她好奇地望着他,"你在干吗?"

"为求好运,"他说,"跟我来吧。"

罗伯特检查了一下,确认钥匙还在口袋里。他把其中两把放在梳妆台上,保留双胞胎公寓的钥匙。他搂住瓦伦蒂娜,将她抬离床铺。他在镜子里看到他俩的身影,那好似恐怖片里的影像:烛光从下方摇曳闪烁,他的脸庞笼罩在暗影里,瓦伦蒂娜的头部往后,脖子仰起,手臂与双腿垂晃。我像个妖怪。他感到这情境的荒谬,接着是不可言状的沉重羞愧感。

他尽可能不作声地穿过公寓。瓦伦蒂娜的脚撞上一堵墙。罗伯特缩了一下，接着又想，等她回到自己的身体里，是不是感觉得到？他将前门打开一英寸倾听，听到车流声和风吹动窗户的声响。他带着瓦伦蒂娜小心穿过门口，扛她上楼。走到双胞胎的门前，他得挪动她的位置。他站着，一边胡乱摸找钥匙。瓦伦蒂娜披挂在他身上，有如刚从干洗店取回的西装。他徒劳忙乱了一阵之后，才发现门从一开始就没锁。

他把瓦伦蒂娜扛进漆黑的前厅。他的眼睛适应以后，就小心地将这具躯体摆在沙发上。然后轻声说道："艾丝沛？瓦伦蒂娜？"

没有回应。他坐着等候，借着腕表散发的微光与月光，端详瓦伦蒂娜的躯体。

艾丝沛在场。她感觉瓦伦蒂娜在她的双手里狂乱蠕动。她想逃跑吗？她不敢打开双手，害怕瓦伦蒂娜会四散分飞，也担心她会抗拒或胡乱挥打。亲爱的，静下来。让我想想。她不能再拖延这个决定了。

罗伯特望着瓦伦蒂娜的胸膛，等着她开始呼吸。

艾丝沛跪在躯体旁。躯体冰凉，深沉地静止着，散发出诱人的气息。她感觉瓦伦蒂娜沉静了下来。罗伯特贴近她坐着，她感觉得到他急切、不悦又恐惧。她望着等待中的松弛身躯。艾丝沛做了决定，张开双手。

一团白色迷雾聚集在瓦伦蒂娜的身体上方。艾丝沛望着它悬浮于上，等着看它会怎么做。罗伯特什么都没看见，可是空气突然变冷。他知道鬼魂们到场了。呼吸啊，瓦伦蒂娜。

毫无动静。

片刻之后，他意识到那个躯体起了变化。有东西在了。响起了微弱的声音：咕噜作响的，液态的。他有种什么东西从远处逐渐靠近的感觉。

躯体张开嘴巴，很不顺畅地吸了口气，恍若气喘般。它似乎含住那口气良久以后才吐出来，接着再度开始吸吮空气，发出吓人刺耳的声音。躯体往旁边抽动，罗伯特抓住它。躯体痉挛，呼吸停止,接着骤然又痛苦地倒抽一口气。罗伯特将瓦伦蒂娜的双手压在她上半身的两侧。他跪在她身旁,用自己的身体护住她。沙发软滑,他努力别让她摔落到地板上。电力般的东西猛然击打她的身体,她四肢缩起,脑袋剧烈地前后旋动一次。

她喊道:"啊——啊——啊!"他说:"别出声啊,嘘。"仿佛把她当婴儿似的,可是她现在挥动四肢,睁开双眼。罗伯特一看到她空茫的眼神便退缩了。那种眼神还算不上是动物的眼神,而是植物人似的凝视。那道目光穿过他望向虚无。她再次闭起眼睛,呼吸静缓下来。他将手搭在她的胸膛上,她的心脏正在跳动。

他怕了。

"艾丝沛?"罗伯特对着房间低语。没有回应。"我现在可以带她离开了吗?"毫无反应。

黑暗里,有个刺耳的嗓音呼唤着他的名字。

"瓦伦蒂娜,我在这里。"她没说话。他抚平她的发丝,"我现在要带你下楼了。"她仍闭着眼睛,点了点头,像个过于困倦而无力开口的孩子。他将她抬离沙发,她试着用手臂搂住他的脖子却不行。他把她扛到楼梯平台上。她现在带有活人的重量了,稠密又动态。

在他自己的公寓里,他将她放回床上。她叹了口气,睁眼凝望他。罗伯特站着俯视她。她看起来几乎是正常的:疲惫不已,柔弱无力。不过,她神情有些不同。他想不出是什么。她掌心朝上地伸出手,举起手臂时因费力而颤抖。他用手握住她,她的手相当冰冷。她轻轻扯动他的手:躺在我身边。

"瓦伦蒂娜,等一下。"

他取出手机,拨了马丁的号码。他在电话响了一声后挂掉。接着罗伯特将电话与眼镜搁在床头桌上。他脱下鞋子,绕过床铺,在瓦伦蒂娜身畔坐下。她仰头看他,害羞地露出歪斜的微笑。这抹微笑以不同的速率浮现于她脸庞的各个部位。身穿淡紫洋装、白丝袜的她看起来与常人无异。有些地方血液聚集,让她的皮肤透着深红；有些地方则渐渐浮现粉红。泛青的惨白皮肤开始有了血色。他用手指碰碰她的面颊。柔韧又绵软。

"之前的情况怎么样？"

寂寞、寒冷、沮丧得让人发狂。"我——想念你。"她的嗓音破碎，听起来好似腹语表演者的傀儡，失衡、高亢、尖利、重音不对。

"我也想念你。"

她再度伸出手。他在她身旁躺下，她将脸转向他。罗伯特用手臂揽住她，感觉她在颤抖。那时他才明白，她在哭泣。这声音如此正常，而怀抱里的啜泣女孩如此真实可触，很容易就忘却追究对方落泪的缘由，自然而然加以安抚。他停止思索，任由自己吻上瓦伦蒂娜的耳朵。她似乎哭泣良久，而后打了个嗝，他递面纸给她。她乱抹鼻子、轻擦眼睛，再把面纸抛过床侧。

"好了吗？"

"嗯，嗯。"

她试着解他的衬衫纽扣，但手指却不听使唤。他将手贴在她的手上，"你确定吗？"

她点点头。

"我们应该等……"

"拜托……"

"瓦伦蒂娜……"

她发出猫叫般的一点噪音。

他自己解开扣子，接着替她卸下衣服。她试着帮忙，可是似乎过于虚弱。她任由他将拉链拉开、卸去淡紫色洋装，让他褪去她的内裤，细心地解开蕾丝白胸罩。她的身上有着蕾丝、松紧带与衣褶的印痕。她眼睛半闭地躺着，等候他褪去他的衣物。一盏蜡烛摇曳不定。

"你会冷吗？"

"呃，嗯。"他动作小心地从她身下将毯子与床单拉出来，躺进床里,将寝具盖在两人身上。"嗯,"她说,"暖了。"她如此冰冷,让他十分惊愕。他的手抚过她的大腿,好似刚从桑斯博里的冷冻柜里拿出来的肉类。

罗伯特不大确定自己有没有勇气去吻她的嘴。她的口气闻起来不对劲,好似腐坏的食物,有如他曾在墓园的暖气系统中发现的死刺猬。他转而亲吻她的胸脯。她身体的某些部位看起来比其他部位更加有生气,仿佛她的灵魂还未遍布全身。对罗伯特来说,瓦伦蒂娜的胸脯比双手更有存在感,相较之下,瓦伦蒂娜的双手就像接错线路的机器人。他用手摩擦她的双手,希望能让它们回暖复苏,可是似乎没什么作用。

有什么不大对劲。他把她拉向自己。她如此娇小轻盈,让罗伯特想起艾丝沛患病末期的几天。感觉几乎不存在,仿佛会溜回原本的所在之处。

"你觉得怎么样?"他再度尝试。

"好冷,"她说,"累。"

"你想睡一会儿吗?"

"不……"

"我会坐着观察你,确定你没事。"他抚摸她的颈与脸。她质疑的目光与他交会。有点不同。她的嗓音、她的眼神。她让步并点点头。罗伯特下床来,将蜡烛全部吹熄。祈愿半天,结果竟是这样。他捻开走廊的灯,让门微启,这样才看得见她。接着他再次爬进被窝里。她打着哆嗦。罗伯特贴着她躺下,望着蜡烛熄灭前的一抹轻烟消散在走廊传来的那道狭窄的光束中。

"我爱你,罗伯特。"她低语。他记忆长廊里的门突然开启,他几乎明白——

他说:"我也爱你……"

她将笨拙的手举向他的脸并望着他。她伸出食指,然后以极大的专注力,轻柔地用指尖触碰他鼻子上方的凹处,一路往下抚过他的唇,接着是他的下巴。

"……艾丝沛。"

她露出微笑,合上双眼并放松下来。

罗伯特躺在她身边,笼罩于黑暗里,逐渐意识到他们的行为以及这番行为的恐怖程度。

马丁用枕头撑背坐着,一面抽烟。茱莉亚紧贴他躺着。"唱唱歌吧。"她说道。马丁捻熄香烟。他用荷兰语唱了一段。

"什么意思?"她问。

"睡吧,宝贝,睡吧。外面有只小白绵羊在走路,它有小小的白脚,喝着甜甜的奶。"

"不错啊。"她说,然后就睡着了。

启　程

茱莉亚在黎明之前苏醒。马丁蜷着身子远离她酣眠。她静静起身,踅至浴室着装。她悄悄溜出马丁的住处,下楼,脱掉衣服,换上睡袍。她躺进自己的床铺,瞪着天花板。好一阵子之后,她起身淋浴。

早上,艾丝沛在罗伯特的床上醒来。她探出手,可是他不在。反倒摸到一张纸条:我去吃早餐。很快回来。罗。

床单的触感平滑,枕头上混合着罗伯特的气味与蜡烛坟堆的杏气,小鸟的啁啾鸣啭、自身纯粹的肉体存在,一切都让躺卧于床的艾丝沛喜不自胜。

浑身上下疼痛不已,但她不在意。她的关节发疼、血流迟缓、呼吸相当费力,仿佛肺部塞满半凝固的奶冻。那又怎样?我活着!她挣扎着要坐起来,结果被寝具缠住。她知道四肢该如何运作,但它们的反应不符合她的期望。艾丝沛笑了起来，刺耳的笑声有种恍如来自水底的质地，于是她停下来。她想办法站起来，紧抓床沿，踏出几步。走到床尾板时，她摇摇晃晃地站着，凝望镜中的自己。哦。哦……照出来的是瓦伦蒂娜。要不然你以为是什么？她想象瓦伦蒂娜在楼上，形单影只又寒冷。对不起，对不起……她不确定自己有何感受。一种难以辨识的纷杂思绪，糅合了胜利与懊悔。她盯着的不是自己的映像。这是件完美又抢眼的道具服，她现在穿在身上当作自己的躯体。这副身躯相当年轻，可是姿态与动作好似老妇：弓着背、蹒跚又谨慎。我能这样过日子吗？她将手搭在心口上，就在心脏该在的部位，接着想起来，于是将手移至右侧，找到缓慢的跳动。哦，瓦伦蒂娜。

艾丝沛离开床铺。她踉跄着走到浴室，打算泡个澡。等她走到那里时，慢慢地往地板俯下身去，伸手费力转开水龙头。这就像当鬼的头几天。我会越来越强壮的，我只是需要练习。水涌进浴缸。她碰不到塞子，所以水旋入排水孔。最后她关起水龙头，坐在冰冷的瓷砖地板上，等待罗伯特回来。

早餐过后，马丁打包好行李。他没摆太多东西在里头。他想，玛莱格可能会把他一脚踢开，那么他很快就得回来，不然就是他根本到不了那里。所以何必用额外的衣物来加重自己的负担？也许玛莱格会让他留下来，而他俩永远都不会回来。搞不好玛莱格早已找到了对象，那样的话，马丁知道自己宁可跳进王子运河，也不要孤零零地回家。于是，他轻装便行。

他在公寓里走动，将灯捻熄，关掉电脑。在他眼里，公寓显得相当怪异。马丁觉得自己恍若多年未曾见过这间公寓，仿佛这间陌生的公寓是他的梦境构筑出来的，而这间失落的公寓莫名地复制了他所有的物品。茱莉亚撕掉报纸的地方，有片片阳光从窗户流泻进来。马丁伸出双手，让阳光洒满掌心。

启程的时间一到，他站在门口，一只手搭着门把，另一只手抓紧行李箱的提把。没问题的。只是楼梯而已,你以前去过那边。那里从没发生过任何骇人听闻的事,不需要数数。马丁想,不过或许最好还是戴上手套。他回头找到一捆乳胶手套,放进夹克口袋。接着他打开门,往外踏上楼梯平台。

好了,我走出公寓了。马丁自我检查了一番。胸膛有些紧绷,但是还好。他将门锁上。目前还过得去。他提着行李箱,开始笨重地走下楼梯。抵达二楼楼梯平台时,他停住脚步,亲吻手指之后碰碰艾丝沛名牌上方的门板,接着他继续往下。

到了底楼,他敲敲罗伯特的门。他听到罗伯特走到门口,站在门前呼吸。"是我。"马丁轻声说。门打开约莫一英寸,马丁看得到罗伯特端详他的目光,于是更加紧张。门打开了,罗伯特默默比着手势,示意他进来。他照做了,拖着行李箱一起进去。罗伯特关起门。

罗伯特的外表让马丁惊讶不已。虽说难以界定发生过什么变化,但相当极端,仿佛连续病了好几个月:黑眼圈罩住眼睛下方,恍如疼痛难当地躬身站着。"你还好吗?"马丁问。

"我还好。"罗伯特说。他的脸上浮现出微笑,但看起来怪诞诡异。罗伯特清清喉咙,"我过去一两天目睹了几个奇迹,但你可能是最惊人的了。你要去哪里?"

"阿姆斯特丹,"马丁说,"你确定你还好吗?"

"一切都在控制当中。玛莱格知道你要过去吗?"

"不知道,"马丁说,"不过,要是你回想一下,她其实主动邀请过我。"

"等她意识到你为了她勇敢地面对出租车、火车与巴士,她会神魂颠倒的。"他再次微笑。马丁突然迫切地想要离开。可是他得先问个问题:"罗伯特,你知道有什么我不该去的理由吗?她有没……她是不是……"

"没有,"罗伯特的语气坚定,"我相信她还没有,也还不是。"

"嗯,那么……"一阵停顿。

"真是个深奥的话题。"

马丁伸出手。罗伯特握了握,当他感觉到马丁有所退缩时,才意识到自己弄错了。"她的地址是?"马丁问。

"抱歉。在这里。"罗伯特给马丁一只大信封。

马丁打开来,读了地址,"我本来都快猜对了,不是吗?"

"只差了两条街。真不可思议。"

马丁感觉罗伯特在等他离开。"我最好走了。不过……谢谢。"

"呃,不客气。"

马丁转身又问:"事情顺利吗?"

"什么?"

"通灵会啊。就是那件生死攸关的事。"马丁站着,将碰未碰门把,一面想着茱莉亚。"事情有点走偏了,可是结果……挺有意思的,"罗伯特说,"对了,你怎么有办法把茱莉亚留在楼上呢?"

"就靠卷筒胶带跟个人魅力啊。"马丁开门并踏入走廊。

罗伯特说:"找时间打电话给我们吧,跟我们讲讲结果如何。"他关起门时,笑得较为自然。

马丁瞥瞥手表,明白自己得加快动作了。这驱使他一路穿过走廊,迈出前门,没有太多犹豫的余地。花园小径走到一半时,他转身回望。茱莉亚从她的客厅窗口望着他。他挥挥手,她也挥手示意。他的视线往下瞟过底楼的客厅,看到有人坐在微暗的房里,是茱莉亚吗?嗯,不可能是茱莉亚。怪了。他摇摇头,抬头望着茱莉亚并露出微笑。马丁轻盈地提着行李箱,转身穿过栅门,她站着观望。他刚看到什么了?茱莉亚纳闷。

艾丝沛看着马丁穿过大门,消失了身影。再见,我的朋友。她听到罗伯特走进房里。他站在她背后。"他走了。"他静静地说。

"还挺能鼓舞人心的呢。他一定吓坏了。"

"他看起来够镇定的了。茱莉亚一直在偷喂他药丸。"

"啊。我希望那些药能在他的身体里停留得够久,让他撑到玛莱格的门前。"

罗伯特说："马丁去了你的葬礼。"

"是吗？他人真好，又勇敢。"

"非常勇敢。"

"罗伯特，为什么只是'有意思'？"她问。

"什么？"

"你跟马丁说结果相当'有意思'。你宁可复活的是瓦伦蒂娜，而不是我吗？"

"为了得到你而牺牲瓦伦蒂娜，我好像找不到这么做的充分理由。"

艾丝沛花了点力气转身面向他，"你到底以为昨天晚上出了什么事？"他站在她附近，但没碰她。罗伯特俯视她，回答前犹豫了半晌，"直到你进入……瓦伦蒂娜的身体以前，我什么也看不到。现在我只知道你在这里，而她不在。你觉得我该作何感想？"

"她办不到，她不够强壮。她死去以后的几分钟内，我还可以把她放回去的，要不然她得像我一样，等到变成力量很强的鬼魂才行。我花了好几个月的时间，才进步到能移动牙刷的地步，更别说是身体了。"她将掌心贴在自己的胸膛上，"一开始得用推挤跟意念来启动一切，必须用不知如何呼吸的肺部来呼吸，必须要让血液流动。你得把自己封进去，成为这个身体。瓦伦蒂娜只是一团雾状的东西。她飘悬在身体上方，然后，就散掉了。我当时就想，好吧，那就由我来接手。"

"可是你想她知道吗？你认为是她自己决定不回来的吗？"

"我不知道。那个阶段我记不清楚了。"

"可是，那整件事就是个骗局了。原本就不会成功，她本来就回不来，你为什么不告诉她？"

"我怎么会知道？我们又不是科学家，只能随机应变。但不管怎样，反正她本来就会自杀。"

"不……她原本可以逃走的。她只是想离开茱莉亚，她并不想死。"

"她爱上你了,"艾丝沛说,"她努力要当你的理想女孩,而你爱的却是个鬼魂。现在你的鬼魂复活了,瓦伦蒂娜成了鬼魂。"她顿住了,"所以你现在有什么打算?"

"我不知道,我没办法……艾丝沛,现在我只是瞧不起自己,竟然参与了这件事。"

"你要为了你的新鬼魂离开我?"

他转身背对她。他们两人悄声交谈,怕茱莉亚会在无意间听到他们的对话。不知为何,这点却让他更加怕她。他顿时觉得,在昏暗的客厅里压低嗓子争辩,实在荒谬得令人痛苦。

"你明明说过希望我能回来,是你想要我回来的啊……"

他无法回答。

茱莉亚站在罗伯特门前。我知道你在里面。门后一片安静。她没敲门,就只是盯着写着范肖的那张小卡。马丁到底在看什么?她试着想出可信的理由,好站在罗伯特的门前。她什么也想不出来,最终还是敲了门。

艾丝沛跟罗伯特在客厅里,默默聆听。最后艾丝沛抬头看他。他向她弯身,让她对着他的耳畔说话。"我从后门出去。你去看她要做什么。"罗伯特帮她脱掉鞋子,扶她走到后门。她往防火梯一坐,手里拿着鞋子吃力地呼吸。

罗伯特慢吞吞地走着。他在门口驻足片刻,才转锁开门。茱莉亚站在那里,一脸疲惫,心烦意乱,扣错扣子的洋装歪斜地垂挂于身,两手紧握身前,宛如忏悔者。

"你好,茱莉亚。"对不起,茱莉亚。我害死了你的妹妹。

"嘿。"你一副魂飞魄散的样子,罗伯特。

"你还好吗?"我不是故意要害死她的。是她坚持的。

"我可以进来吗?"你藏了什么?

"呃,好啊,当然。"事情的发展跟她原本以为的不同。

茱莉亚踏进罗伯特的走廊,她走了几步之后转身,"我可以到处看看吗?"

"为什么?"

她没回答,直接奔进前厅,站在那里看了半晌,继而冲入客厅,一路穿过饭厅、跨过走廊,然后进入他的卧房。她站着喘息,将蜡烛与玫瑰、烧尽的火柴、凌乱的寝具尽收眼底。她走进浴室,拿着梳子出来。银色的发丝在梳子周围飘飞,好似散发虹彩光泽触须的深海生物。

"这是瓦伦蒂娜的。"

"对。"

"她在哪里?"

"茱莉亚……"

"我知道,可是……有什么不大对劲。"茱莉亚转身,试着看明白,试着寻找能解释不对劲之处的东西,"我觉得她没死。"

罗伯特点点头,"我知道。"

"她在这里。"

"不,"他说,"茱莉亚……我知道这很难相信,可是她走了。"

"不。"茱莉亚说。她又开始在公寓里穿梭,罗伯特跟在她身后。

"你想来点早餐吗?"他问,"我有蛋跟柳橙汁。"她不理他,继续在几个房间里打转,仿佛速度能回答她的疑问。在饭厅里,她转向他。

"都是你的错,是你害死她的。"这番话如此贴近他自己的感受,让他无力回应。他两手垂在身侧站定,准备接受她的裁决。"你……要是你没有……你先害死艾丝沛,然后又害死瓦伦蒂娜。"

"艾丝沛死于血癌。瓦伦蒂娜有哮喘。"语言能够多么精巧地规避主题。又是多么没意义啊。

"可是……我不知道。她为什么会死?"

"我不知道,茱莉亚。"她盯着他直看,似乎等着他再说更多。她骤然奔出房间。罗伯特听到她甩上他的前门,然后冲上楼梯。

真是让人受不了。他想到墓园去走走，好摆脱这些过于真实、错得离谱的感受。可是艾丝沛还坐在防火梯上。他去接她，打开门时，她正缩伏在底部阶梯上，一副柔弱无骨的凄惨模样。他一语不发地将她抱起来、扛进屋内，把她摆在床上以后，扭开脸坐在她身旁。"我们得离开这里。"他说。

"当然了，"艾丝沛如释重负地说，"你想去哪里，我们就去哪里。"

他离开房间。她听到他拨电话。我们要去哪里？

"詹姆斯？我可以过来一下吗？我会带某个人过去……我到的时候再解释给你听……不，情况有点不寻常……对，谢谢，我们马上过去。"

这趟旅程，马丁早已想象过无数次。在他的脑海里，有些部分相当真实可触又明确具体，其他部分则是一片模糊。搭飞机绝不可能。他知道自己无法忍受被困在三万英尺的高空中，他的心脏会爆炸。所以他决定搭火车。

一开始他得先说服自己坐进出租车。司机先是耐心十足地等候，最后为他打开车门，任他进进出出几次、终于坐定之后允许关上门为止。有好一阵子，马丁闭眼坐着，不过最后觉得足够安全，便往窗外眺望。世界就在那里。看看那些新建筑，还有车子。好多怪车啊。他在广告里看过那些车子的照片，而现在它们就在眼前呢。一辆黑色丰田超过了他这辆出租车，两车在下一个红绿灯互相传达了敌意。马丁再次闭上眼睛。

站在滑铁卢站里，一切马上让他觉得无力招架。打从他最后一次过来，这里经过了彻底的翻修。他早到一个钟头，动作非常缓慢地越过车站的开放空间，目不斜视地数算自己的步伐。人们在他四周流动。在自己的焦虑之中，马丁还能够察觉到一丝兴奋，察觉自己对于重返世界的愉悦。他想起玛莱格，想着她见到他时会说什么、想到她将会多么以他为荣。瞧，亲爱的，我来到你身边了。马丁在车站滞冷的空气里打颤。他不自觉地闭上眼睛，把头往前弯拱，仿佛等着亲吻。几个人好奇地瞅着他。他在公布列车时刻的告示板前站住不动，想象玛莱格的拥抱。

他买的是欧洲之星的头等舱车票，而且为求好运而购买了单程票。他在候车室里，跟其他乘客保持距离地站立等候。终于能够踏上火车了，他一路走到自己在车厢隔间末端的座位。列车比他记忆中的还要安静与清洁。马丁低垂着头，紧握双手，开始不出声地数算。这趟旅程足足要五个钟头。不用搭渡轮让他满怀感激。火车会在轨道上直直往前移动，既不会飞越天际，也不会在海上航行。他只消静静坐着，在布鲁塞尔换车，再搭一趟出租车就行。是他能力所及的。

杰西卡打开前门。罗伯特站在门前的阶梯上，手里紧抓着什么，杰西卡起初以为是个受伤的孩子。他的手绕过那东西的手臂下方撑着，仿佛它就要滑到地上。虽然那日天气温和，那个人形却裹罩着围巾。罗伯特的脑袋往下朝着那个娇小身形垂着，他缓缓抬起面庞，以某种深邃的哀伤神情望着杰西卡。

"罗伯特？出了什么事？那是谁？"

"对不起，杰西卡。我想不出该到哪里去，我想你也许能帮帮我们。"

那个人形转过头来，杰西卡看到那张脸。茱莉亚？不是。"艾蒂？"

"杰西卡。"人形开口，试着挺直身子，想靠自己的力量站好。有点什么让杰西卡联想到新生的幼马，踉跄不稳但准备逃离。

"杰西卡，这是艾丝沛。"罗伯特说。

杰西卡伸出手，用门侧柱撑住自己。她所经历的是罕见的一刻。在那一刻，个人对世界的理解发生了变化，过往原本不可能的事情变成事实，即使远超过自己的理解之外。"罗伯特，"她高声喊道，"你干了什么事？"詹姆斯的呼唤从屋里传出来："杰西卡，你还好吗?"她顿住,然后回喊:"还好,詹姆斯。"她瞪着他俩,没把握又惊恐。

"我们最好离开,"罗伯特说,"抱歉。我不该……"

"可是这怎么可能呢?"

"我不知道。"罗伯特说。他感觉到自己犯下了多么严重的过错,"杰西卡,对不起。等我更仔细地把事情全部想过以后,再回来看你们。只是……别跟茱莉亚或她父母提起这件事。我想他们宁可不知道。"他抬起艾丝沛,转身离开。

杰西卡说:"等等,罗伯特……"可是他已经走开。艾丝沛用手臂揽住他的脖子。他们走到人行道上,被树篱遮住身影,詹姆斯在此时走到了门口。"怎么啦?"他问。"进来吧,"杰西卡说,"我有事告诉你。"

马丁坐在火车上,世界从他身边流过。外面的一切都还在:屋顶与烟囱、壁面涂鸦、办公大厦跟单车客。不久,放眼就会是他们从都市驱逐到乡间的羊群与无边天际。我曾经以为有两种现实并存:内在与外在的,可是也许那种想法有点粗劣。此刻的我与昨晚的那个我是不大相同的。等我抵达玛莱格的家,我也不再是她当初结婚或她离弃的那个男人……在发生了种种事情之后,我们要如何认出对方?我们朝着现实逼近时,它们也不停地从我们身边远去,在这种情形下,我们要怎么重新调整两人各自的现实?马丁用手指包住维生素罐,那是茱莉亚悄悄摆进他口袋的。一切如此脆弱,却又那么灿烂辉煌。他闭上眼睛。它来了……未来就在眼前……接着又是新的未来……

他在布鲁塞尔的火车站买了一个火腿三明治与一副墨镜。他相当紧张,额外的保护对他有安抚作用。他在商店的镜子里端详自己。邦德……詹姆斯·邦德。比利时高速火车比欧洲之星更拥挤,可是没人坐在他的旁边。还有三个小时。他吃起三明治。

出租车在玛莱格家门前将马丁吐出来。他站在曲折的窄街上，试着回想自己是否到过此地，随后断定自己不曾来过。他往门口踱去，揿揿玛莱格的电铃。她不在家。

马丁惊慌失措。他事先没考虑到，要是她没应门的话会怎么样。他所想象的，就是应该要发生的情景。他考虑的事项里没有不得不滞留于室外这一项。他试转门把，感觉自己的心跳飞快。不。别傻了，深呼吸。他坐在行李箱上吐气。

玛莱格推着单车走入街道。沉浸在思绪里的她，从袋子里捞取钥匙，一开始并未注意到在她门前阶梯上喘着气的男人。她一走近，他站起来说："玛莱格。"

"马丁！哦！天啊！你来啦！[1]"她因为单车而无法动弹，接着匆匆将它抵靠在房子上，然后转向他。"你来找我了。"她说。

"对，"他说，然后向她展开手臂，"是啊。"

他俩接吻。马丁拥抱玛莱格，就在阳光里、在恰巧经过的路人的和善凝视下，过往那些岁月随之飘逝消散。他再次找到了她。

"进来吧。"她说。

"当然，"马丁说，"可是我们晚一点会再出门吧？"

"会啊，"玛莱格含笑回答，"当然啦。"

日记的终结

艾蒂与杰克在伦敦停留两周。他们大大都在早餐前到佛垂冰，接走茱莉亚，带她去拜访老友，透过艾蒂的童年、杰克在银行工作的初期、两人恋爱交往的三棱镜来观看伦敦。茱莉亚因为忙碌而心存感激，不过他们的步调似乎有点勉强，而且有时她凑巧瞧见老爸

---

[1] 原文为荷兰语。

一脸困惑地望着老妈,仿佛那些故事跟他记忆中的有所出入。

有一天,艾蒂跟杰克抵达时,罗伯特走出去,在前院里拦住他们。"艾蒂,"他说,"我得跟你谈谈,只要一会儿就好。"

"我先上楼去。"杰克说。

艾蒂跟着罗伯特走进公寓。公寓里有种遭到遗弃的氛围,家具稀少,虽然井井有条,但艾蒂感觉到有东西被拿走了。

"你要搬出去啦?"她问。

"对,慢慢搬,"罗伯特说,"不知为何,我受不了一个人住在这里。"

他领着她穿过公寓,走到佣人房。除了几个装满分类账簿、相片和其他文件的箱子,房间几乎是空的。

"这些是艾丝沛留给我的,"他说,"你想要吗?"

艾蒂凝住不动。她站着,自我保护一般将双臂交叉抱在胸前,望着那些箱子。"你读过了吗?"她问。

"读过一些,"他说,"我想对你来说,它们可能更有意义。"

"我不想要,"艾蒂瞅着他,"你可以替我烧了吗?"

"把它们烧掉?"

"要是由我决定,我会生个大火堆,把它们全烧个精光,顺便烧掉所有的家具。艾丝沛连我们孩提时代的床都留着。我走进她的卧房,看到那张床的时候,根本无法置信。"

罗伯特说:"那张床很漂亮。我一直挺喜欢的。"

艾蒂说:"你能帮我烧了这些东西吗?"

"好。"

"谢谢你。"她浮现出微笑。罗伯特从未见她笑过,她笑起来的样子与艾丝沛相似得让他痛苦。她转身,他跟着她依循原路穿过公寓。到了门口时,他问:"茱莉亚要留在这里吗?"

"对,"艾蒂说,"我们本来以为她可能想回老家,可是她不肯。她好像觉得她要是离开这间公寓,就等于抛弃了瓦伦蒂娜。"艾蒂眉头一蹙,"她变得非常迷信。"

罗伯特说:"我可以理解。"

艾蒂顿住,"再次谢谢你。你人真好。我看得出来为什么艾丝沛跟瓦伦蒂娜都喜欢你。"

罗伯特摇摇头,"我很遗憾……"

"不要紧,"艾蒂说,"一切都会好起来的。"

后来,等普尔一家出门以后,罗伯特把箱子拖到后花园,把里面的东西一件件尽数烧尽。翌晨,艾蒂看到苔藓上的烧灼痕迹时,显得相当开心。

六月中的某一天,天色阴霾,杰克与艾蒂一起坐在前往芝加哥的飞机上等待起飞。她在他俩登机前喝过两杯,可是作用不大。汗水沿着她的背、腋窝与额头淌下。杰克伸出手,她紧紧抓住。"稳住。"他说。

"我真蠢。"她摇摇头。

杰克刻意冒了个险,"你不蠢,亲爱的艾丝沛。"

飞机开始滑动。她听到自己的名字时,诧异得只能瞠目结舌地望着他。他们被拉入天际,伦敦在他们下方渐渐远去,她几乎忘了要害怕。"你知道多久了?"等飞机平飞时,她问他。

"好多年了。"他说。

她说:"我还以为你一知道就会离开我……"

"永远不会。"他说。

"对不起,"她说,"真的很对不起。"她开始哭泣,就是那种邋遢、抽气不止、无法控制的痛哭,她向来都不肯放任自己这么哭,那是一辈子哭泣的额度。杰克望着她,好奇她接下来的反应。空乘人员拿着一小包面纸赶过来。"哦,天啊。我出洋相了。"艾蒂终于说。

"没关系的,"杰克说,"这架飞机上坐满了美国人。没人会介意。他们全都在看电影。"他拉起两人之间的扶手,她依偎在他的怀里,品尝那既空洞又满足的怪异感受。

回　归

　　茱莉亚做了整夜的噩梦，所以起得晚，醒来时也糊里糊涂。两天前，艾蒂与杰克犹豫不决地回到莱克福里斯特。看到他们离开，茱莉亚心中的石头落了地，可是现在公寓太过安静了。她似乎是唯一留在佛垂沃的人。既然是周日，她索性穿上昨天的衣服（前天跟大前天也穿过的），走到公车站附近的街头小店去买《观察者日报》。回来时，有一辆大型摩托车挡住了通往佛垂沃的小径。茱莉亚心烦地绕过它。她走回栅门，进入屋内，完全不知道有人在看她。

　　她泡了茶，打开一包巧克力消化饼。她往茶里倒了牛奶，把所有的东西和香烟摆进托盘，拿到饭厅去。小猫鬼魂蜷着身子躺在报纸上面，一只眼睁开，另一只眼闭着。茱莉亚把托盘往桌上一放，伸手穿过小猫，把报纸从桌上抽起，开始分开各版。小猫对此表示不满，它往空中举起一脚，开始舔着自己的下腹，这一来，猫咪微微形似大提琴手，但茱莉亚看不见小猫，所以她没像往常一样取笑这件事。

　　茱莉亚摊开报纸，吃下一块饼。她漫不经心地想着，不知道艾丝沛在哪里？在做些什么？几周以来，除了偶然的一片寒气与颤动的电灯泡，茱莉亚察觉不到她的踪迹。茱莉亚每读完一个版，就懒得重新折好，反正鼠儿不在，又不会来读这份报，也就不会被茱莉亚的自私所惹恼。茱莉亚点燃一根烟。小猫做个鬼脸，然后跳下餐桌。

　　过了一阵子，读完《观察者日报》，正抽着第四根烟时，茱莉亚听到了些声响。那些声响很像脚步声，所以她把头往后偏，盯着天花板，那些声响就是从那里传来的。马丁？马丁回来了吗？茱莉亚把香烟在茶渣里捻熄,从饭厅奔向楼梯平台,不假思索地冲上楼梯。

马丁公寓的门微启。茱莉亚心跳加速,走进公寓。

她静静地站着聆听。公寓静悄悄的。茱莉亚听到外头鸟儿的啼鸣。箱子与塑料容器仍在幽暗的光线里蒙尘。茱莉亚想,不知自己该不该喊出声,接着又想,搞不好不是马丁。她拿不定主意地站着,想起那个晚上,马丁用大水吵醒了她们,当时她发现他正忙着刷洗卧房地板。那是好久以前的事了,当时是冬天,但现在都夏天了。茱莉亚不作声地慢慢穿过马丁的几个房间。一切都在静止状态。大部分的窗户仍因覆满报纸而一片漆黑。天光从几扇清空的窗户流泻而入。报纸还留在她抛下的地方。茱莉亚蹑脚穿过会客室与饭厅。有人在厨房的料理台上留了一个啤酒瓶盖跟开罐器。茱莉亚不记得马丁会在早晨喝啤酒,可是接着又想,还是早上吗?自己那么晚才起床。

她穿过走廊,窥探马丁的书房。马丁的书桌旁站着一位高瘦的青年,对着光举着一份文件阅读着。那幅情景让茱莉亚想起维梅尔的画作。青年背对着茱莉亚。他穿着牛仔裤、黑色棉衫与摩托车靴,头发略长偏黑。他一面读着,一面叹了口气并用手指扒梳头发。要是茱莉亚见过玛莱格,那种叹息与手势就会告诉她,眼前这人是谁。所以,在他转身让她看到他的脸之前,她毫无概念。

"哦!"茱莉亚说。青年吓了一跳。他俩盯着彼此半晌,接着茱莉亚说:"抱歉。"青年同时脱口而出:"你是哪位?"

"我是茱莉亚·普尔。我住楼下,我刚听到脚步声……"他好奇地瞅着她。茱莉亚意识到他看到的一定是个衣着邋遢、尚未梳洗,身材过瘦、头发细长干枯的女生。"你是谁呢?"

"我是西奥·威尔斯。马丁跟玛莱格的儿子。我两个多星期没有老爸的消息,也没有老妈的。他们通常那么……爱沟通。但他们一直没接电话。现在我来了,他却离开了。你知道这件事有多诡异吗?他竟然会离开?我没办法……我不懂。"

茱莉亚微笑,"他去阿姆斯特丹找你妈。"

西奥摇摇头,"他是自愿走出公寓的吗?他上了公交车还是火车?不。上次我见到他的时候,我连哄他离开浴室都没办法。"

"他的情况改善了。他服了药就渐渐好转了。他去找玛莱格。"

西奥在马丁的书桌前坐下。他与马丁相像的程度,令茱莉亚错愕,他比较年轻,背没那么驼,动作幅度较大,可是相貌与双手还是很像马丁。基因真是个奇怪的东西。她向来这么觉得。她想,在其他独树一帜的方面,不知道他跟马丁像不像。

西奥说:"他讨厌服用抗抑郁剂,怕有副作用。我们试着劝他吃,他老是拒绝。"西奥用双手抹过面庞。茱莉亚纳闷,她跟瓦伦蒂娜对别人是否就有这样的影响:大家看着她们其中的一个人,必定会想起另外一个人。这就是让瓦伦蒂娜痛恨不已的事情。那种层层堆栈、纠缠难分的不明状态。当有人望着她,却看到了我。茱莉亚望着西奥,却看到了马丁,但这点让她相当兴奋。

"他不知道自己服了药。我骗了他。"她看不出西奥对此是否赞同,他似乎迷失在思绪里。"那是你的摩托车吗?"她问。

"嗯?对。"

"我可以骑骑看吗?"

西奥微笑着问:"你几岁了?"

"够大了。"茱莉亚红了脸。他以为我十二岁啊。"我跟你一样大。"

他挑起两边眉毛。"真的。"她说。

"那就证明给我看。"

"待在这里,"茱莉亚下令,"别不等我就离开。"

"别担心,我得拿几样东西,要是找得到的话。"西奥说,一面瞥着箱子。

茱莉亚冲刺下楼。她脱掉衣服然后淋浴,接着站在艾丝沛的衣柜前伤脑筋。瓦伦蒂娜会穿什么呢?不,忘了那些事吧。我会穿什么呢?她决定穿牛仔裤、艾丝沛巧克力色的仿麂皮高跟靴,还有粉红棉衫。她还涂了口红,吹干头发,回到楼上去。

西奥正跪在一叠箱子旁边。"根本不可能找得到,白费力气。"他说。

"可能吧。"茱莉亚说。

西奥转头看她。"那么,"他说,"你想搭摩托车逛逛吗?我有多的安全帽。"

"好啊,"茱莉亚说,"我想。"

探 访

一开始,瓦伦蒂娜近乎无物,而且几乎一无所知。她觉得很冷,在公寓里漫无目标地游荡,怀着期待等候。

公寓里的时光流转得极为缓慢。起初瓦伦蒂娜没特别留意,但随着几个月的过去,她开始明白自己已死,艾丝沛不知为何离开了,而她现在永远离不开茱莉亚。瓦伦蒂娜一旦开始理解自己可能的经历,时间便随之放慢减缓,直到她觉得公寓的空气仿佛凝化成了玻璃。

小猫现在常伴她左右。他们日日追随一池池的阳光,懒洋洋地倚在地毯上。晚上他们陪着茱莉亚一起看电视。夜里茱莉亚入睡时,他们就坐在窗户凹座,往外凝望月光普照的墓园。好似一场永无止境的梦,那里平静无波,可以任意飞翔。茱莉亚似乎不停地寻觅她,苦苦等候着。有时茱莉亚会用没把握的语调呼唤瓦伦蒂娜的名字,或是朝着她的方向看。那些时候,瓦伦蒂娜会转到其他房间去,她不希望茱莉亚知道她在。瓦伦蒂娜自觉羞愧。

夏季终结,秋天来临。某个冷雨纷纷的傍晚,瓦伦蒂娜看到罗伯特沿着前侧步道走来。花园里有个待售标志,马丁与玛莱格要将公寓抛售。茱莉亚在楼上帮西奥拆箱和装箱。

罗伯特走进公寓。打了艾丝沛名字的小卡片还钉在门上,刹那间勾起他一阵哀伤。他在楼下就已脱下泥泞的鞋子,不声不响地穿过走廊,走进前厅。他打开钢琴旁边的灯,环顾四周,"瓦伦蒂娜?"

她站在窗边,等着看他会怎么做。

"瓦伦蒂娜……对不起。我那时不知道。"

几个月以来,她一直想见他,现在他来了,她却觉得失望。

罗伯特站在房间中央,偏着头仿佛正在倾听,两手空空地垂贴身侧。毫无动静。没有冰冷的存在体,只有空缺。

"瓦伦蒂娜?"

她纳闷,他是否不曾爱过她。

他等着。最后,在没有任何回应的情况下,他转身轻步走出公寓。她观望着,直到看见他走上小径,穿过栅门,成了灰暗天色衬出的一抹暗影。罗伯特,你要去哪里?等你到了那里,等待你的又会是谁?

偶遇、回避与察觉

茱莉亚沿着长亩街浏览橱窗。那是一月的某个周六,阳光普照。她那天早上醒来时,就有冲动到一个人来人往的地方去。她想去商店,考虑替西奥买个礼物,或是给自己买件俏丽的衣服,周末去看他时可以穿。茱莉亚草草打扮,穿着昨天的牛仔裤跟运动衫,外搭艾丝沛的外套。她觉得自己分外单薄,仿佛身体填不满衣服一样。她穿着毛绒保暖靴大摇大摆,走路的姿态宛如航天员。她走进尼尔园区一家小店,里面摆满了粉红色的商品:高筒运动鞋、长羽毛围巾、人造革迷你裙。鼠儿会爱死这些东西的,她想。茱莉亚想象自己与瓦伦蒂娜穿着蓬松的安哥拉毛衣,搭配荧光绿的网袜。她将毛衣贴在胸膛上，镜子里的映像却让她嫌恶。从镜子里往外瞥的那个女孩，看起来有如感冒的瓦伦蒂娜。茱莉亚转身，试也没试就将毛衣放回横架上。

回到人行道上，她驻足片刻，想到她在几条街以前路过的一家成衣店，试着回想自己刚才从哪个方向来。一个女孩与她擦身而过。让茱莉亚注意到她的，或许是那女孩气味里的什么：由熏衣草肥皂、汗水、爽身粉糅合而成。那女孩行色匆匆，躲闪观光客，毫不犹豫地移动，凭直觉绕过《大问题》杂志的摊贩与街头艺人。女孩一头栗色暗发，走路时鬈发也一起弹跳。她身穿亮红色洋装，搭着绒毛小披肩。茱莉亚开始跟踪她。

她跟着女孩，心情越来越激动。福尔摩斯说，人不可能掩饰背影。也许是温西爵爷[1]说的。不管怎样，从背影看，那女孩分明就是鼠儿。不过走路的方式不像。在人群当中，瓦伦蒂娜绝对不可能那么直率地阔步走路。女孩闪身进入史丹弗兹，就是那家地图店，茱莉亚也跟着进去了。

"麻烦你，我想找东艾塞克斯的地图。"女孩的嗓音是那种圆润柔和的中音，肯定是剑桥口音。

"你想要公路图，还是地形测量图？"店员问。

"地形测量图吧，我想。"

那女孩跟着店员下楼时，茱莉亚就在一张桌子边徘徊，桌面上摆满了关于澳洲的书籍。几分钟过后，女孩提着购物袋回到楼上时，茱莉亚看清了她的脸庞。

她像瓦伦蒂娜，但又不像。有着超乎寻常的相似度，却又毫无相似之处：女孩有着瓦伦蒂娜的五官，却完全没有她的表情。女孩化了浓妆，脸上流露出瓦伦蒂娜永远也比不上的沉着。她散发着自信的光芒。

女孩的手搭在门把上，正准备悄声离去，但茱莉亚无法忍受就

---

[1] 英国小说家多萝茜·塞耶茜笔下塑造的业余贵族神探彼得·温西爵爷。

这样放她走。

"打搅一下。"茱莉亚说。女孩停步转身,看到茱莉亚说话的对象是自己。茱莉亚看出女孩怀有身孕。两人目光交会:那女孩诧异吗?害怕吗?或者只是因为发现陌生人用手紧抓她的手臂而惊愕?

"什么事?"女孩问。茱莉亚如此认真地凝视那女孩,仿佛要吞噬她的脸庞。她想刷掉女孩的彩妆、褪去对方的衣物,看看所有熟悉的痣点与疫苗疤痕是不是都在。

"你弄痛我了。"女孩高声说。那不是瓦伦蒂娜的声音。店里的人在她们四周安静下来。茱莉亚听到背后传来沉重的脚步声。她放开女孩的手臂。女孩猛地推开门,踏上街道之后仓促离开。茱莉亚随她出去,望着她湮没在人群中。

艾丝沛强迫自己别跑。她气喘吁吁,试着放慢脚步。她没回头。这里有家星巴克,她走进去,在一张桌旁坐下,等心不再狂跳之后,便去了洗手间。她往脸上泼泼水,再补了补妆,端详自己的映像。竟然没通过考验。她变了,可是变化的程度显然不够大。茱莉亚在表面的差异底下瞥见了双胞胎妹妹。茱莉亚知情吗?要是她知道,为何没追上来?她看起来为何那么没把握?艾丝沛回想茱莉亚的面庞:那么消瘦,如此疲惫。她伏在水槽上方,用手臂抵靠着水槽,垂下脑袋,下巴靠在胸膛上,腹部在两臂之间浮肿得有如红色气球。艾丝沛开始哭泣,而一旦开始她就停不下来了。眼泪浸湿了小绒毛披肩。

她终于从厕所里出来,外面有三个女人在排队。她经过时,每个人都给了她脸色看。艾丝沛决定省略剩下的待办杂务。她闪身走入地铁,二十分钟以后走出国王十字车站。她站在一间小公寓门前寻找钥匙时,罗伯特打开了门。

"你到哪里去了?"他说,"我都要担心起来了。"

"罗伯特,我们得离开伦敦。我看到茱莉亚了。"

"她看到你了吗?"

艾丝沛告诉了他事情的经过。"我想她不确定,可是她很困惑,而且她吓到我了。我们得离开。"

他们正坐在脏乱的厨房里。艾丝沛坐着时,将手肘靠在桌上,两手撑住脑袋。罗伯特不停踱步。厨房很小,他只能往每个方向走几步。这让她紧张,也让她联想到了茱莉亚,"拜托别这样。"

罗伯特坐下来,"我们能去哪里?"

"美国、澳洲、巴黎。"

"艾丝沛,你连有效的护照都没有,我们没办法搭国际航班。"

"东艾塞克斯好了。"

罗伯特说:"为什么选艾塞克斯?"

"那里挺美的。我们可以住在刘易斯,每个星期天下午到丘陵草原散步。有何不可?"

"那边我们什么人也不认识。"

"正好啊。"

罗伯特起身,再次踱步,忘了艾丝沛刚才要他别那么做。"也许我们该把事情供出来,然后我们就能住在我的公寓,最后事情就会恢复正常。"

艾丝沛只是望着他。你完全疯了。过了一会儿,罗伯特说:"我想不行。"

"我们可以找间小木屋,让你把论文写完。"

"我没办法去墓园,到底要怎么把论文写完?"他吼道。

"你为什么不能去墓园?"艾丝沛静静地问。她感觉到了胎动。

"因为杰西卡看到你了,"他说,"我该怎么跟她解释?"

艾丝沛皱眉,"你能说多少实话,就说多少,让她自己把事情想清楚。没有理由说谎,只要省去几件事情就好。"

罗伯特站着,俯视她仰起的面庞、她那张借来的脸。原来那就是你的行事风格,他想,我以前从没意识到。"搬去艾塞克斯的事,你策划了多久了?"他问她。

她说:"哦,从我们还很小的时候就开始了。爸妈以前会带我们去格林德波恩,我们会跟着其他打扮华丽的人在刘易斯下火车。

我一直很想住在那边的乡下。其实，我想住在歌剧院，可是我想那不可能。"

"哦，我不知道，"罗伯特烦躁地说，"你都可以起死回生了，不管你喜欢哪里，你都有办法入住吧。"

"嗯，但我们不能住进你的公寓。"艾丝沛说。

"的确不行。"

"那么，好吧，"艾丝沛说，"我们能不能至少去看看东艾塞克斯？找个房屋中介？"

"好吧。"罗伯特说。他从桌上捞起钥匙，一把抓起夹克。

"你要去哪里？"

"出去。"他披上夹克时，转身看着她。她好似受到责难，他不记得自己曾经在她脸上见过这种表情。"我去图书馆，"他的态度软化下来，"预约了些书。"

"一会儿见？"她问，仿佛不大确定。

"嗯。"

罗伯特沐浴在阳光下，沿着尤斯顿路走着。他想，我非得跟杰西卡谈谈不可。走进图书馆时他想，我无法想象自己离开伦敦的样子。他把东西搁在锁柜里，然后上楼去。我要怎么办？他端坐静待桌灯启动，此时脑中浮现出答案。答案如此显而易见，他朗声大笑。

罗伯特与杰西卡关着门坐在她的办公室里。那是下班时间，墓园的员工皆已返家。他尽可能对她和盘托出，试着把所有的证据摊在她眼前，不为自己开脱。杰西卡不动声色地聆听，她端坐在逐渐减弱的光线里，十指互搭为尖塔状，身子前倾，目光严肃地凝望他。最后他沉默了。杰西卡伸手拉动桌灯的小链，桌灯洒下一小池黄光，光线并未遍及两人。他等着她开口。

"可怜的罗伯特，"她说，"真是非常不幸。可是我想，你可以说是心想事成了。"

"那是最糟糕的惩罚了,"罗伯特说,"要是可以,我愿意将那一切归零。"

"是啊,"她说,"可是你无能为力。"

"是啊,我无能为力,"他叹了口气,"我得走了。我们明天离开,还得打包呢。"

他俩站起来。她问:"你还会回来吗?"

"希望吧。"他打开头顶的灯光,跟着她缓缓走下楼梯。两人站在墓园栅门口时,她说:"再见了,罗伯特。"他吻了她的两颊,悄悄穿过栅门走开。他走了,她想。杰西卡看着罗伯特消失于视线之外。接着她锁上栅门,站在阴暗的中庭聆听风声,惊叹于人类的愚蠢行为。

终 曲

那是春天的第一日。瓦伦蒂娜坐在窗户凹座,向外眺望海格特墓园。晨光斜照进来,穿过她,毫不停歇地倾洒于破旧的蓝色地毯上。树木长出新叶,鸟儿盘旋于树梢之上。瓦伦蒂娜听到有车辗过圣麦可教堂停车场的碎砾。今天,外面的世界闪亮、洁净又嘈杂。瓦伦蒂娜任由太阳晒暖自己。小猫跃上她的大腿,她抚摸它雪白的脑袋,一面望着鸽子在朱利厄斯·毕尔之坟的顶端筑巢。

茱莉亚在睡觉。她现在的睡姿呈现大字形,仿佛试图占满整张床。她张着嘴。瓦伦蒂娜仍然搂着小猫,起身走到床边。她站着观察茱莉亚,接着把手指探进茱莉亚的嘴。茱莉亚没醒。瓦伦蒂娜走回窗户凹座,再次坐下。

一小时之后,茱莉亚醒来,瓦伦蒂娜已经离开。茱莉亚淋浴、着装、独自饮用咖啡。她发现这栋房子的寂静让她不安。罗伯特已经迁离,楼上的公寓还没卖掉(也许是因为箱子塞满了半个公寓)。

也许我该养条狗。在伦敦怎么找狗呢？英国人对动物那么痴狂，也许不能直接到收容所挑一只出来，也许要看对眼才行。茱莉亚想象着，看到她在巨大寂静的佛垂沃过着孤儿般的生活时，安排领养的人员不知会作何感想。也许我应该变成那种养了一百只猫的女人。四处猫满为患。我可以放它们进马丁的公寓，那里就可以变成猫咪迪斯尼乐园。它们会高兴得发狂。

茱莉亚坐在饭厅桌旁，有杯咖啡为伴。桌上散满了纸张与圆珠笔，纸张上尽是瓦伦蒂娜的字迹。安排领养小狗的人会看出她疯了。她开始收拢纸张，继而大步走进厨房，将它们一把扔进垃圾桶。茱莉亚回到饭厅时，瓦伦蒂娜正站在落地窗旁，小猫在她肩膀上。茱莉亚叹了口气。

"那种东西不能随便放，"她说，"看起来很怪。"

瓦伦蒂娜不理会这番话，兀自比出她们总用来请服务生送账单的手势：假装在自己上翻的手掌上写字。

"好，"茱莉亚说，"好吧。"她啜一口已经冷却的咖啡，只是故意要表现给鼠儿看，她不必在对方一声令下就马上行动。瓦伦蒂娜耐着性子站在她的椅子旁边，茱莉亚坐下来，朝自己拉来一张纸，拿起一支笔，停在纸张上方。"来吧。"她说。

瓦伦蒂娜欠身，小猫跃上餐桌，站在纸张上。瓦伦蒂娜将它拨开，把自己的手放进茱莉亚的手中。

我弄清楚了。

"弄清楚什么？"

怎么离开。

"哦。"茱莉亚抬起头，无奈地望着瓦伦蒂娜。"唉。好吧。怎么弄？"

需要通过一个身体。张开你的嘴。到外面。

"到外面去，张开我的嘴？"

瓦伦蒂娜摇摇头。

张开嘴，合上嘴，再到外面去。

茱莉亚有如看牙医般地张开嘴，继而闭上，紧抿双唇，然后指着窗户。"对吗？"瓦伦蒂娜点点头。"现在吗？"瓦伦蒂娜再次颔首。"我穿一下鞋子。"

瓦伦蒂娜抱起死亡小猫，在玄关等候茱莉亚。她觉得她在镜子里瞥见了自己的淡淡映像，但不大确定。

茱莉亚再度现身时，穿着艾丝沛最爱的羊毛衫之一，是淡蓝克什米尔配上珍珠母纽扣。瓦伦蒂娜站着，端详了茱莉亚好一会儿，然后朝她倾身并吻她的唇。对茱莉亚来说，那感觉一如鼠儿过去给过她的所有亲吻。她露出微笑，泪如泉涌。

"现在？"茱莉亚重复，瓦伦蒂娜点点头。

茱莉亚睁大嘴巴，闭上双眼。她感觉自己的嘴里充满了某种好似浓烟的东西。她张开双眼，试着别呛着。我要怎么呼吸？她嘴里的东西变得越来越结实。茱莉亚感觉它在自己的喉咙里，她又咳嗽又倒抽气。好似吞下一嘴皮毛、一颗硕大的毛球。她闭上嘴，挣扎着要呼吸，接着感觉那个东西缩小并且更加沉重，并让出它四周的空间，最后塞在她的舌头与上颚之间。它尝起来有金属气味，微微动个不停，好似试着保持不动的兴奋孩子。茱莉亚环顾走廊。瓦伦蒂娜与小猫已经消失。

来吧，你们两个，我们走吧。茱莉亚跨过门槛，走上楼梯平台。瓦伦蒂娜跟小猫还在她的嘴里。茱莉亚冲下楼梯，奔出佛垂沃的前门。那团怪异的东西仍在她的舌上震颤。她沿着建筑侧面奔跑，进入后花园，再到墙上的那扇门，慌乱地摆弄钥匙。她将门打开，走进墓园，然后张开嘴巴。

瓦伦蒂娜往外飞进空气。她悬浮半晌，在晨间的微风里舒展，好似花园水管喷水造成的彩虹。死亡小猫原本跟她缠在一起，就在茱莉亚站着观察时，他们似乎一分为二，还原成各自的模样。

瓦伦蒂娜感觉微风承载她、扩展她，将她与小猫分开。起初她看不见也听不到，接着再度能够听见看见。茱莉亚双臂紧抱在胸前，脸上挂着凄凉的浅笑，仰头望着瓦伦蒂娜。

"再见，瓦伦蒂娜，"茱莉亚说，泪水淌下她的脸庞，"再见了，小猫。"

再见，再见，茱莉亚。小猫扭动身子，从瓦伦蒂娜的怀抱中挣脱，跳上墓窖顶端，往墓园里冲刺。瓦伦蒂娜转身跟了上去。

她的感官好似门窗一般忽然敞开。万事万物都在对她说话与歌唱。青草、树木、石头、昆虫、兔子与狐狸，全都停下手边的事情，目送那个鬼魂飞过。它们对她呼喊，仿佛她离家多时，而它们是她凯旋的观众。她飞过墓碑与树丛，因为它们如此密集又凉爽而极度欣喜。小猫在黎巴嫩环下面等候瓦伦蒂娜，她追了上来。他们一起在埃及大道上飘飞，沿着主干道滑翔。要是还有别的鬼魂，瓦伦蒂娜也看不见。迎接她的是大自然，坟墓上的天使只是石头而已。瓦伦蒂娜的视线可以穿越事物、深入事物。她看到地下的坟墓深井以及堆栈其中的棺木；她看到棺柩里的尸体，摆着渴望的身姿与恳求的手势，尸身早已化为枯骨与尘埃。瓦伦蒂娜心中涌现出一种迫切想找到自己身体的欲望，那种欲望发自肺腑，近乎狂喜。他们现在飞得更快了，石头与绿意一片模糊地掠过他们身边。现在，终于到了：写着诺柏林的小石棚、对瓦伦蒂娜来说不成阻碍的小铁门、里面的宁静空间、艾丝沛的棺木、艾丝沛的躯体、艾丝沛的父母以及祖父母的棺木与躯体。她看到自己的棺柩，还没碰到它之前就知道里头是空的。那么，那是真的了。她看到死亡小猫急切地用脸磨蹭那个白箱子。瓦伦蒂娜将双手搭在艾丝沛棺柩的亮漆木头上，如同罗伯特做过的那样。现在呢？她抱起小猫，走到外面。她没把握地站在小径上。

有个小女孩沿着小径走来。她对着自己哼歌，一面抓着无边女帽的系绳，随着脚步的节奏甩动。她穿着十九世纪晚期风格的薰衣草色洋装。

"你好，"她对瓦伦蒂娜客气地说，"你要来吗？"

"去哪里？"瓦伦蒂娜问。

"他们要召集乌鸦，"女孩说，"我们要去飞翔。"

"你们为什么需要乌鸦？"瓦伦蒂娜问，"你们自己不能飞吗？"

"那不一样。你以前没做过吗？"

"我是新来的。"瓦伦蒂娜说。

"哦，"女孩开始走路，瓦伦蒂娜陪着她，"嗯，你是美国人吗？你怎么找到猫的啊？这边没人有猫。我活着的时候，有只叫梅西的猫，可是它不在这里……"瓦伦蒂娜跟着她到墓园的不信国教者区，那里有很多鬼魂分成小组围在一起站着聊天。此区的树木近来被砍除了，整片空间向天际敞开，坟墓之间有残根突起。鬼魂们朝瓦伦蒂娜一瞥，继而移开视线。她在想自己是否应该试着自我介绍。那个小女孩刚刚晃到别处去了。现在女孩回来了，拖着一位异常肥胖的男人，他一身准备出发猎狐的打扮。

"这是我爸。"女孩说。

"真是欢迎啊，"男人对瓦伦蒂娜说，"你想加入我们吗？"

瓦伦蒂娜犹豫起来，她恐高。可是有何不可？她想，我都死了。现在什么都伤不了我。我可以随心所欲。"好的，"她说，"我很乐意。"

"好极了。"男人说。他举起一只臂膀，有只庞大的乌鸦飞下来，在他们面前重重停下，一面嘎嘎啼鸣，一面高视阔步。好像在招出租车啊。不久，有几百只乌鸦在四周闲晃转悠。每个鬼魂似乎都缩成了适合的尺寸，各自跳上一只乌鸦。瓦伦蒂娜模仿他们。她用缥缈无形的手臂扣紧乌鸦的脖子，另一只手抱住猫咪，然后用双膝紧偎乌鸦的身体。

此刻，大群的乌鸦带着鬼魂，不约而同地从海格特墓园升起。鬼魂的深色服饰与裹尸布在空中拍动翻飞，恍如翅膀。他们飞过瓦特罗公园，环绕一圈，继而飞越汉普斯特石楠地，继续飞翔，直抵泰晤士河，开始跟着河流向东而去，经过国会大厦和威斯敏斯特大桥，路过堤岸站、伦敦桥、伦敦塔等地标。瓦伦蒂娜紧紧抱着她的乌鸦。猫咪在她耳畔打着呼噜。我好快乐啊，她惊讶地想着。阳光穿过鬼魂时亮度未减,乌鸦的黑影让河流蒙上了阴影。

瓦伦蒂娜消失在视线之外后,茱莉亚在敞开的门口伫立了半晌,聆听鸟鸣。接着她关起绿门,回到公寓替自己再泡了一杯咖啡。她坐在窗户凹座里,望着墓园里的树木摇摆,白色墓碑的闪光透过叶片传来。她听着屋里的宁谧、冰箱的嗡鸣、老旧报时收音机上数字的翻跳。我绝对要弄只小狗来,茱莉亚想。整个下午她都在打扫除尘,晚饭过后跟西奥通了电话。茱莉亚满足地单独上床,一夜无梦地深深沉睡。

那天是色彩鲜亮的日子之一:小木屋四周的田野散发出灿烂的绿意,艾塞克斯的天际蓝得让艾丝沛眼睛发疼。日暮时分,她带着宝宝去散步。他是个有疝痛毛病的婴孩,在其他事物无法抚慰他时,有时散步就能让他静下来。此刻他正安静地呼吸,在抵着她胸部的小背袋里酣睡。艾丝沛走到通往他们小屋的长长车道。此时天色已黑,不过月亮几近满月,她看得见自己的影子在车道前方移动着。夏虫的唱鸣从四面八方朝她扑来,一种闪烁跳动的合唱,好似铺展于田野上的声音之毯。

几个星期以来,她一直仔细地观察罗伯特。他们搬到这里以后,曾经有过一段漫长的交恶时期。罗伯特无法适应这种宽敞辽阔和宁静。他想念墓园,稍微有点借口,就会搭火车到伦敦走访墓园。他很少跟艾丝沛说话,仿佛退缩到自己的无形伦敦里,撇开她,自己住在里面。他那叠庞大的文稿碰也没碰地搁在书桌上。接着宝宝出生了,艾丝沛发现自己活在全然形而下的世界里,睡眠成了难得的奖赏,喂食母乳比她记忆中的更加复杂。婴儿一哭,她也跟着哭泣,不过罗伯特终于好像苏醒一般注意到了她。婴儿似乎让他感到诧异,仿佛他以为她的怀孕只不过是一场玩笑。让艾丝沛惊奇的是,婴儿做了她办不到的事:让罗伯特回头继续书写论文。

这几个月,他在宝宝引发的混乱中,以完美的专注力埋头工作。她在他四周蹑脚走路,担心会打破那种魔咒,可是他告诉她没必要如此。他说,怪的是,他发现嘈杂喧闹反倒对他有所帮助。"好像论文自己想被完成。"他说。打印机每晚不停运转,吐出越来越多崭新的纸页。

今晚她感到某种暂时的休止。这世界正自己适应崭新的模式。有事情即将发生,文稿几近完成。夜幕下,艾丝沛带着宝宝在气味甜美的田野之间漫步,深感欢喜。我在这里。我活着。她用两手抱着宝宝,感觉他柔软的脑袋贴着自己凉爽的手心。挥之不去的悔意不时涌来,她想起瓦伦蒂娜在卧室地板上的破碎模样。对于这个影像一直重复出现的理由,艾丝沛没有答案,也无法辩驳。它在她的脑海里鲜明地闪现,继而渐渐淡去。她继续走着。

小木屋的窗户亮着熊熊的橙色光线,让她联想到万圣节的鬼脸南瓜灯。灯光全开。艾丝沛穿过花园,从后门进屋,踏进厨房。昆虫的唧鸣减弱,房子里格外安静。

"罗伯特?"她唤道,小心地压低嗓音。她走进前厅。那里没人。罗伯特的书桌上摆了一叠整齐的纸张。《海格特墓园史》。所有的档案与笔记已全数清走。这个场景有种终结的意味。艾丝沛微笑。"罗伯特?"

他不在屋里,那晚也没回家。几天过去,她终于明白他再也不会回来了。

致 谢

如果没有"海格特墓园之友"主席珍·佩特曼非凡的宽宏大量，我无法写就《她的镜像幽灵》。她除了教导我关于墓园的事情并允许我成为那里的导览人员之外，也一直是我的好朋友与灵感的来源。

我很感激海格特墓园的员工：希拉里·迪布尔·罗杰斯、理查德·夸克、西蒙·莫尔、马丁·帕维尔·克修塔、阿内塔·哥穆尔尼卡、维克多·赫尔曼以及内尔·勒克斯顿，谢谢他们在葬礼习俗与惯例上的帮助，也感谢他们以极大的幽默与耐心回答我的诸多提问。

我要特别谢谢托尼·杰利夫博士与约翰·佩特曼，他们的研究与学识跟这份写作计划的关系尤为密切。

非常感谢克里斯蒂娜·诺兰、苏珊·诺顿、艾伦·彼得斯、埃迪·戴利、特蕾西·谢瓦利埃、斯图尔特·索伯恩、伊恩·凯利、玛丽·奥彭肖、贾斯丁·比克斯特思、格雷格·霍华德和贝基·霍华德、珍·埃廷格、朱迪·罗伯茨、罗恩·戴维斯、肯·卡特、鲍勃·特里默、克里斯汀·吉尔森、史蒂夫、哈纳芬、马修·普里德姆、萨曼塔·佩林、亚历克斯·马勒、朱迪丝、尤伊尔，以及所有过去与现在的海格特墓园之友和导览人员，他们体贴地让我随行导览，也让我在他们进行解说时不断提问。能与他们共事是我的殊荣。

向约瑟夫·瑞格致以我的爱与感谢，谢谢他勇往直前、坚忍不拔、不落俗套的思考，以及帮助极大的编辑工作。感谢劳伦·肖特·皮尔森、马库斯·霍夫曼和霍华德·桑德斯在文学与人生上的卓越建议与指引。谢谢芭芭拉·马歇尔与麦克尔·斯特朗。还要感谢阿布纳·斯泰因文学经纪公司的凯斯皮恩·丹尼斯，谢谢他的友谊与出色的经纪工作。

谢谢丹·富兰克林睿智的编辑与触类旁通的思考，他也帮助我纠正了我的美式用语。同时将爱与感谢献给英国兰登书屋的雷切尔·库尼奥尼、苏珊妮·迪安、克洛伊·约翰逊希尔、亚历克斯·鲍勒、莉兹·福利、罗杰·布拉塔切尔和贾森·阿瑟。还要感谢加拿大兰登书屋的玛丽恩·加纳和路易斯·丹尼斯。另外还要向S.费希尔·费尔拉格出版公司的汉斯·于尔根·巴尔梅斯、伊莎贝尔·库普斯基、布里吉特·雅各拜致以谢意与爱。

感谢南·格雷厄姆果断的编辑工作与轻盈的笔触，我满心喜悦地期待未来的合作。谢谢斯克里布纳出版公司的苏珊·莫尔德、保罗·惠特拉奇、雷克斯·博诺梅利以及凯蒂·莫纳翰。我很感激雷格岱基金会和雅多艺术机构提供的机会，让我有工作的时间与空间，也感谢大英博物馆在研究上提供的支援。更感谢海格特科学与文学学会，我在他们的图书馆里度过了一个颇有成效的下午。

向丽萨·安·格尔、伊桑·拉文和他们的孩子乔纳森与娜塔莉致以谢意与爱，谢谢他们的盛情招待。特别要谢谢丽萨·安·格尔准许我转用她关于树林鬼魂的故事，还让我借用死亡小猫（抱歉我得杀死它）的构想。

感谢海利·坎贝尔、尼尔·盖曼、安东尼娅·罗斯·洛格，也感谢大卫·德鲁让我在芭蕾舞团度过了那么多快乐的午后。

非常感谢诺亚·D.弗雷德里克的拉丁文翻译和在翻译事宜上的协助，也谢谢安娜·丽塔·皮雷斯将马丁与玛莱格的出租车幻想翻译成葡萄牙文。谢谢丹尼尔·梅里斯帮忙撮合此事。

特别感谢伯特·门科在荷兰语以及与荷兰有关的一切事物上的帮助。

谢谢约翰·帕杜尔，他将我想象的佛垂沃绘成平面图，这份不可或缺的资料，让我免于误踩很多地雷。感谢珍妮特·莱福利与我在咖啡屋写作和闲聊一整天的日子；感谢杰斯·托马斯、玛丽·德拉比克、卡特琳娜·西蒙、赫苏斯·门德斯和赫苏斯·雷耶斯招待我的俄国茶与付出的同情。

　　谢谢你们的启发、建议、在研究和试读书稿方面的帮助：琳恩·罗森、威廉·弗雷德里克、琼内尔·尼芬格、里瓦·莱勒、伯特·门科、达内亚·拉什、本杰明·钱德勒、罗伯特·弗拉多娃和克里斯托弗·施内贝格尔。谢谢帕特里夏·尼芬格帮忙解答缝纫方面的疑惑，感谢贝思·尼芬格跟劳伦斯·尼芬格的支持。

　　谢谢莎伦·布里滕·迪特默的友谊，帮我将纷繁复杂的事务隔绝在外。

　　还要感谢阿普里尔·谢尔登，谢谢她沉静的力量、正确的判断力、惊人的写作艺术，以及在我创作时所给予的帮助。

绿色小箱

每次结束海格特墓园的导览时,就会有人拿着一个绿色塑料募捐箱,站在精心雕琢的栅门旁。访客常在离开时,顺手将身上的零钱投进去。这些钱将用以支持墓园的维护与保存,单是二〇〇九年,每天就需要大约一千英镑。唉,华丽豪奢的老墓园维持起来花费不少呢。

如果你愿意帮助海格特墓园之友维系他们的工作,也可以考虑捐款。不管你住在哪里,只要上网进入 PayPal.com,按下"寄款"(Send Money),然后输入墓园的 PayPal 邮箱地址即可:donations@highgate-cemetery.org

感谢您。

奥德丽·尼芬格